M √   Q

SIBYLLE NARBERHAUS
Syltstille

HOCHGIFTIG Im hart umkämpften Baugewerbe herrschen seit jeher Neid und Missgunst. Die Landschaftsarchitektin Anna Scarren freut sich über einen neuen Auftrag. Doch während ihrer Arbeit macht sie eine grausige Entdeckung: Auf dem Grundstück ihrer Auftraggeberin wurde eine Leiche vergraben. Annas Ehemann Nick und seine Kollegen nehmen die Ermittlungen auf, die ergeben, dass es sich bei dem Toten um einen Sylter Bauunternehmer handelt. Dieser wurde offenbar auf besonders heimtückische Art und Weise ermordet. Doch wer kommt als Täter infrage? Kaum hat sich Anna von diesem Schock erholt, entpuppt sich das Aufleben einer alten Schulfreundschaft als Bedrohung für ihre gesamte Familie. Eine nervenaufreibende Täterjagd beginnt.

Sibylle Narberhaus wurde in Frankfurt am Main geboren. Sie lebte einige Jahre in Frankfurt und Stuttgart bevor sie schließlich in die Nähe von Hannover zog. Dort lebt sie seitdem mit ihrem Mann und ihrem Hund. Als gelernte Fremdsprachenkorrespondentin und Versicherungsfachwirtin arbeitet Sibylle Narberhaus bei einem großen Versicherungskonzern. Schon in ihrer frühen Jugend entwickelte sich ihre Liebe zur Insel Sylt. So oft es die Zeit zulässt, stattet die Autorin diesem herrlichen Fleckchen Erde einen Besuch ab. Dabei entstehen immer wieder Ideen für neue Geschichten rund um die Insel.

Bisherige Veröffentlichungen im Gmeiner-Verlag:
Syltleuchten (2017)

SIBYLLE NARBERHAUS
Syltstille
Kriminalroman

Immer informiert

Spannung pur – mit unserem Newsletter informieren wir Sie
regelmäßig über Wissenswertes aus unserer Bücherwelt.

Gefällt mir!

Facebook: @Gmeiner.Verlag
Instagram: @gmeinerverlag
Twitter: @GmeinerVerlag

Besuchen Sie uns im Internet:
www.gmeiner-verlag.de

© 2018 – Gmeiner-Verlag GmbH
Im Ehnried 5, 88605 Meßkirch
Telefon 07575/2095-0
info@gmeiner-verlag.de
Alle Rechte vorbehalten
1. Auflage 2018

Lektorat: Claudia Senghaas, Kirchardt
Herstellung: Mirjam Hecht
Umschlaggestaltung: U.O.R.G. Lutz Eberle, Stuttgart
unter Verwendung eines Fotos von: © august30 / Fotolia.com
Druck: CPI books GmbH, Leck
Printed in Germany
ISBN 978-3-8392-2343-7

Personen und Handlung sind frei erfunden.
Ähnlichkeiten mit lebenden oder toten Personen
sind rein zufällig und nicht beabsichtigt.

KAPITEL 1

»Ist das Ihr letztes Wort?«, fragte er.

Seine Hand umklammerte fest den Hörer des Telefons, gleichzeitig konnte er seine aufsteigende Wut kaum unter Kontrolle halten. Auf seinem runden Gesicht zeichneten sich hektische rote Flecken ab. Er begann zu schwitzen.

»Das Thema ist abgeschlossen, ich habe dem nichts hinzuzufügen«, erwiderte der Mann am anderen Ende der Leitung mit entschlossener Stimme, ein Hauch Zufriedenheit schwang mit. »Und wenn Sie sich auf den Kopf stellen, die Entscheidung ist gefallen. Dieses Mal zu meinen Gunsten. Glauben Sie im Ernst, dass ich mir dieses Geschäft Ihretwegen entgehen lasse? Nennen Sie mir einen Grund, warum ich das tun sollte. Es ist an der Zeit, dass Leute wie Sie lernen, Niederlagen anzuerkennen und einzustecken. Ich habe mir nichts vorzuwerfen, alles ist ordnungsgemäß gelaufen.«

»Ordnungsgemäß! Dass ich nicht lache! Das werden Sie bitter bereuen! Das schwöre ich Ihnen!«

»Uh, schicken Sie mir Ihre Mafiafreunde an den Hals, oder wie darf ich diese Äußerung verstehen? Ich kriege ja richtig Angst!« Er machte eine kurze Pause. Ein Klicken war zu hören. Das Klicken eines Sturmfeuerzeuges. Dann wurde Luft eingezogen, begleitet von einem leisen Knistern, und wieder ausgestoßen. Er hatte sich eine Zigarette angezündet. »Sie können mir gar nichts! Lassen Sie mich gefälligst in Ruhe, ich habe zu arbeiten.«

Der Mann am anderen Ende der Leitung schnaubte verächtlich. Am liebsten hätte er aus lauter Frust mit der Faust gegen die Wand geschlagen. Das Resultat wäre eine verletzte Hand gewesen. Mehr nicht. Es hätte an der gegenwärtigen Situation nichts geändert.

»Wie Sie das verstehen wollen, ist allein Ihre Sache. Sie werden damit nicht durchkommen. Verlassen Sie sich darauf. Wir wissen beide, dass Sie die vorgegebene Frist nicht eingehalten haben. Das stinkt zum Himmel! Das lasse ich mir nicht gefallen, das war illegal!«

»Ha, das sagt der Richtige! Ich wünsche einen schönen Tag!« Mit diesen Worten legte der Mann kichernd auf.

Das höhnische Lachen seines Gesprächspartners hallte ihm noch eine Weile in den Ohren, aber er bemühte sich, seine angestaute Wut zu zügeln, indem er bewusst gleichmäßig ein- und ausatmete. Er durfte sich nicht derart aufregen bei seinem ohnehin viel zu hohen Blutdruck.

»Und?«, fragte sie, als sie das Büro betrat. »Was hat er gesagt?«

»Was soll er gesagt haben?«, fauchte er sie verärgert an. Seine Wangen glühten, und die Zornesröte stieg ihm erneut ins Gesicht, ehe sie vollständig abgeklungen war. »Er lässt sich nicht umstimmen. Aber das war nicht anders zu erwarten.« Er hatte das Telefon neben sich auf den Schreibtisch gelegt und vergrub sein Gesicht in den Händen. »Das war's dann endgültig für uns.«

»Aber vielleicht ...«, wollte sie einlenken, doch er fiel ihr barsch ins Wort.

»Vielleicht, vielleicht! Mein Gott, wie naiv bist du eigentlich?«, fuhr er sie an. »Hast du auch nur den Hauch einer Ahnung, in welcher Misere wir uns befinden?«

Sie wurde augenblicklich rot im Gesicht, und ihre Augen füllten sich mit Tränen.

»Ich habe es nicht so gemeint«, wimmerte sie, griff nach einem Päckchen Taschentücher neben dem Computer und putzte sich geräuschvoll die Nase.

»Das weiß ich, Liebling. Es tut mir leid. Ich ärgere mich dermaßen über diesen unverschämten Kerl. Dieser ...« Er beendete den Satz nicht, seufzte und sah seine Frau entschuldigend an.

»Was machen wir jetzt? Wir können uns nicht unser Lebenswerk von einem dahergelaufenen Typen kaputtmachen lassen? Alles, was wir über die Jahre aufgebaut haben, kampflos aufgeben?« Sie warf das zusammengeknüllte Taschentuch neben sich in den Papierkorb.

»In diesem Fall müssen wir wohl auf ein Wunder hoffen«, murmelte er vor sich hin und fuhr sich mit der Hand über das kurz geschorene Haar.

»Das brauchen wir nicht.« Ihre Miene erhellte sich plötzlich. »Ich glaube, ich habe einen Weg gefunden.«

KAPITEL 2

»Anna, wir sind erst zehn Minuten unterwegs, und du guckst unentwegt auf dein Handy«, stellte Britta fest, als sie mich dabei beobachtete, wie ich zum vierten Mal in Folge verstohlen auf das Display meines Mobiltelefons schielte. Schnell schob ich es zurück in meine Handtasche.

»Ja, ich weiß. Ich will bloß sichergehen, dass zu Hause alles gut läuft«, erwiderte ich wenig überzeugend.

»Natürlich tut es das. Was soll deiner Meinung nach nicht laufen?« Darauf wusste ich keine Antwort. »Nick ist die Zuverlässigkeit in Person und obendrein ein liebevoller Vater. Das weißt du. Da gibt es andere, bei denen sich das Sorgen machen lohnen würde. Nick zählt in keinem Fall dazu. Lass deine beiden Männer mal machen!«, fügte Britta mit einem schelmischen Grinsen hinzu.

»*Männer* ist gut gesagt. Bis die beiden einen echten gemeinsamen Männerabend bestreiten, dürften noch einige Sturmfluten über Sylt hereinbrechen.«

Wir verfielen in albernes Gelächter. Dafür ernteten wir sofort einen empörten Blick eines grauhaarigen Mannes mit rahmenloser Lesebrille, der uns gegenüber zwei Reihen weiter saß und in einem Managermagazin blätterte. Die Frau an seiner Seite dagegen lächelte uns freundlich zu.

»Ich fürchte, unser Verhalten ist unter seinem Niveau«, flüsterte ich Britta zu.

»Das mit dem Niveau ist so eine Sache. Achte auf seine Schuhe. Unter den Sohlen kleben noch die Preisschilder.«

Ich richtete meinen Blick auf die Schuhe des Mannes. Er hatte seine Beine lang ausgestreckt und an den Fußknöcheln überkreuzt, sodass die Sohlen gut sichtbar waren. Tatsächlich, Britta hatte recht. Auf den Schuhsohlen klebten eckige weiße Preisschilder. Ich konnte sogar erkennen, dass der schwarze Originalpreis durchgestrichen und durch einen neuen Preis in roter Schrift ersetzt worden war. Den genauen Betrag konnte ich allerdings aus dieser Entfernung nicht entziffern.

»Reduzierte Schuhe mit Preisschildern tragen, aber 1. Klasse fahren, das zeugt von sehr hohem Niveau«, murmelte ich. »Hinzu kommt, dass er einen Socken auf links trägt.«

Daraufhin fingen wir erneut an zu lachen. Ich konnte mich kaum beruhigen und vermied es, Britta direkt anzusehen, sonst wäre ich vermutlich geplatzt. Ihr ging es ähnlich. Es dauerte eine geraume Weile, bis wir uns beruhigt hatten. Zu Schulzeiten waren wir wegen eines dieser Lachanfälle aus dem Deutschunterricht verbannt worden. Wir durften das Klassenzimmer erst wieder betreten, wenn wir uns beruhigt hatten, hatte uns unsere Lehrerin ausdrücklich mit auf den Weg gegeben. Wir konnten uns jedoch nicht beruhigen und nutzten diese unfreiwillige Freistunde, um Eis essen zu gehen.

Während der IC mit beeindruckender Geschwindigkeit durch spätsommerliche Gefilde glitt, sah ich gedankenverloren aus dem Fenster. Die Landschaft zog an uns vorbei wie in einem Film. Die Blätter einiger Laubbäume hatten sich bereits herbstlich verfärbt und boten im Licht der Sonne einen atemberaubenden Anblick. Ein wahres Feuerwerk der Farben. Es war Mitte September, und die Nächte wurden spürbar kühler. Morgens lag ein hauchdünnes Vlies aus Tau über dem Boden. Die Luft roch manchen Tag bereits nach Herbst. Natürlich hatte Britta recht damit, dass Nick mit unserem Sohn zurechtkommen würde. Christopher war mittlerweile zehn Monate alt und ein sehr pflegeleichtes Kind. Ich hatte für die Tage, an denen ich nicht zu Hause sein würde, alles bis ins Detail organisiert. In zwei Tagen würde ich wieder auf Sylt sein. Eine laute Männerstimme riss mich aus meinen Gedanken.

»Die Fahrscheine bitte!«

Ein beleibter Bahnangestellter mit rundem Gesicht und kleinen hellen Schweinsaugen zwängte sich durch den Gang. An seinem Haaransatz hatten sich kleine Schweißperlen gebildet. Der Zug schaukelte unerwartet, und der Mann hatte Schwierigkeiten, das Gleichgewicht zu halten. Wenn du fällst, dann bitte nicht in meine Richtung, wünschte ich mir insgeheim. Im letzten Augenblick konnte er sich an der Rückenlehne eines Sitzes abfangen. Die Fahrgäste hielten ihm bereitwillig ihre Fahrkarten entgegen, die er mit prüfendem Blick kontrollierte. Britta und ich reichten ihm ebenfalls unsere Fahrscheine, als er bei uns angekommen war. Er nahm sie kurz in Augenschein, nickte und wünschte uns eine angenehme Fahrt. Ich fragte mich, wie er in dem kurzen Augenblick überhaupt erkennen konnte, ob eine Fahrkarte gültig war. Mir wäre es schwergefallen, aber ich verfügte auch nicht über sein geschultes Auge.

»Also, ich bin sehr gespannt, wer alles auf dem Klassentreffen erscheinen wird«, erklärte Britta und verstaute ihre Fahrkarte sicher in ihrem Portemonnaie.

»Das bin ich auch«, erwiderte ich. »Wie ich Franka am Telefon verstanden habe, haben 22 ehemalige Mitschüler zugesagt. Das sind wirklich viel von insgesamt 28.«

»Somit wären wir nahezu komplett. Na, wir werden sehen, ob alle ihr Wort halten und tatsächlich kommen«, sagte Britta und lehnte sich entspannt in ihren Sitz zurück. »Ich würde gerne Musik hören, wenn es dich nicht stört«, ergänzte sie, zog ihren MP3-Player aus der Tasche und sah mich fragend an.

»Warum sollte mich das stören? Mach ruhig! Ich wollte lesen. Zu Hause komme ich in letzter Zeit selten dazu. Tagsüber habe ich keine Zeit und abends bin ich meistens viel zu müde. Spätestens nach der dritten Seite fallen mir die Augen zu«, antwortete ich und schlug mein Buch auf, das ich auf den Knien liegen hatte.

»Wenn ich einen Mann wie Nick neben mir im Bett liegen hätte, könnte ich nicht ansatzweise einen Gedanken an ein Buch verschwenden. Wie lange seid ihr zusammen?« Britta sah mich mit einem schelmischen Grinsen an.

»Britta, bitte!«, erwiderte ich und merkte, dass ich rot wie eine überreife Tomate anlief.

»Ich meine ja nur.« Sie zuckte mit den Schultern.

»Hör Musik und lass mich lesen!«, entgegnete ich.

Während Britta mit geschlossenen Augen der Musik lauschte, tauchte ich ein in eine andere Welt und vergaß für eine Zeit lang alles andere um mich herum.

Nach Husum, Heide und Itzehoe hielt der Zug nun im Hamburger Hauptbahnhof. Viele Fahrgäste verließen an diesem Haltepunkt den Zug, aber ungefähr genauso viele stiegen zu. Das war kein Wunder, denn es war Freitagnachmittag, und das Wochenende stand unmittelbar vor der Tür. Einige Reisende waren bepackt, als wenn sie eine Weltreise antreten wollten. Sie kämpften sich mit riesigen, unbequem wirkenden Rucksäcken auf dem Rücken und Reisetaschen in beiden Händen durch die Menschenmenge. Vielleicht standen sie tatsächlich am Anfang einer langen Reise, kam es mir in den Sinn. Auf dem Bahnsteig wimmelte es von Menschen. Ein Pärchen lag sich in den Armen und sah dem nahenden Abschied schmerzerfüllt entgegen. Die junge Frau weinte. Ihr Begleiter hielt sie fest im Arm und streichelte ihr tröstend übers Haar. Bei diesem herzzerreißenden Anblick bekam ich schlagartig Heimweh. Am liebsten wäre ich ausgestiegen und hätte den nächsten Zug in Richtung Westerland genommen. Ich wusste, dass mein Impuls albern war, und schämte mich im selben Moment dafür. Ich war eine erwachsene Frau. Wir hatten erst vor wenigen Stunden die Insel, die jetzt meine Heimat war, verlassen. Ich sah zu Britta, die neben mir eingeschlafen war. Ihr Kopf lehnte seitlich gegen die Kopfstütze ihres Sitzes. Bestimmt würde ihr Nacken schmerzen, wenn sie aufwachte. Offensichtlich hatte sie die Musik so entspannt, dass sie glatt eingenickt war. Sie lächelte im Schlaf. Da sie friedlich schlief, beschloss ich, sie trotz allem nicht zu wecken. Die drohenden Nackenschmerzen nahm ich in Kauf, sie würden schnell abklingen. Ich warf einen Blick auf meine Armbanduhr. Wenn der Zug den Hauptbahnhof von Hannover pünktlich erreichen sollte, lag noch über eine Stunde Fahrtzeit vor uns. Das mit der Pünktlichkeit bezweifelte ich jedoch, denn wir hatten zum jetzigen Zeitpunkt bereits 15 Minuten Verspätung. Ich überlegte, ob ich meinen Eltern die Verspätung telefonisch ankündigen sollte, damit sie nicht unnötig lange auf mich warten mussten. Sie hatten darauf bestanden, mich vom Bahnhof abzuholen. Ein Veto wäre zwecklos gewesen. Ich zögerte und gab die Hoffnung nicht auf, dass der Zug die Verspätung unterwegs aufholen würde. Daher beschloss ich, ihnen später Bescheid zu geben, wenn absehbar war, dass wir in keinem Fall pünktlich ankommen würden. Ich sah aus dem Fenster. Auf dem Bahnsteig herrschte ununterbrochen emsiges Treiben. Einige Reisende hetzten mit schnellen Schritten durch die Menge, den Blick abwechselnd auf die Uhr und die Anzeigetafeln gerichtet. Ihren Gesichtern entnahm ich, dass sie auf dem Weg zu ihrem Anschlusszug waren, den sie unter keinen Umständen verpassen durften. Andere hatten es weniger eilig. Sie warteten gelangweilt neben ihrem Gepäck sitzend oder stehend, einen Pappbecher mit Kaffee oder eine Papiertüte mit etwas Essbarem vom nahe gelegenen Backshop darin in der Hand. Eine Mutter mit zwei Kindern bahnte sich den Weg auf eine ältere Frau zu, die die Großmutter zu sein schien, denn die Kinder rissen freudig die Arme in die Höhe und stürmten auf die Frau zu. Die Oma stellte ihren Koffer ab, ging leicht in die Knie und nahm ihre beiden Enkel mit ausgebreiteten Armen in Empfang, um sie dann fest an sich zu drücken. Eine rührende Szene wie aus einem Film. Doch hier führte das echte Leben Regie. Wie viele Geschichten oder Schicksale spielten sich da draußen in diesem Augenblick wohl ab, überlegte ich. Ein schriller Pfiff ertönte, und der Zug setzte sich in Bewegung. Wir ließen den Bahnhof bald hinter uns. Nachdem wir die

Stadt mit ihren hohen Häusern, Straßen und Gewerbegebieten verlassen hatten, fuhren wir eine ganze Weile durch unbewohntes Gebiet. Ein breites Band aus Wäldern und Feldern, unterbrochen durch einzelne kleinere Ansiedlungen, flog an uns vorüber. Ich las nicht in meinem Buch, sondern blickte aus dem Fenster und hing meinen Gedanken nach. Von Zeit zu Zeit kontrollierte ich mein Handy, ob eine Nachricht eingegangen war. Doch ich hatte keinerlei Textnachrichten erhalten. Kurzzeitig überlegte ich, Nick eine SMS zu schreiben und zu fragen, ob alles in Ordnung sei. Dann entschied ich mich dagegen. Unter keinen Umständen wollte ich ihm das Gefühl vermitteln, ihn kontrollieren zu wollen. Britta hatte recht, er würde das hinbekommen. Auf Nick konnte ich mich stets verlassen. Der Gedanke an ihn und unseren gemeinsamen Sohn Christopher zauberte mir spontan ein Lächeln ins Gesicht. Vor meinem inneren Auge sah ich die beiden vor mir zusammen mit unserem schwarzen Labradormischling Pepper. Zufrieden lehnte ich mich in meinem Sitz zurück und beobachtete die vorbeifliegende Landschaft.

Über eine Lautsprecheransage wurde den Fahrgästen mitgeteilt, dass der Zug in Kürze den Hauptbahnhof von Hannover erreichen würde. In diesem Augenblick wurde Britta wach. Sie blinzelte und sah sich um.

»Habe ich echt die ganze Fahrt über geschlafen?«, fragte sie, rieb sich den Nacken und gähnte hinter vorgehaltener Hand.

»Fest wie ein Murmeltier«, bestätigte ich grinsend. »Keine Sorge, du hast nichts verpasst. Ich kann dich beruhigen.«

»Da bin ich froh. Dafür habe ich jetzt einen steifen Nacken«, beschwerte sie sich, rieb sich mit der Hand die schmerzende Stelle und verzog das Gesicht.

Der Zug verlangsamte die Geschwindigkeit, und die ersten höheren Gebäudekomplexe waren in Sichtweite. Dann schlängelten sich die Waggons durch die Innenstadt von Hannover zum Hauptbahnhof. Kreuzungen und mir bekannte Plätze tauchten rechts und links der Strecke auf. Ich hatte einen Großteil meines Lebens in dieser Stadt verbracht, bevor ich vor eineinhalb Jahren auf die Insel Sylt gezogen war. Britta war sogar hier geboren und somit eine waschechte Hannoveranerin. Wir kannten uns seit der ersten Schulklasse. Sie lebte allerdings viele Jahre länger auf Sylt als ich. Damals lernte sie während ihrer Ausbildung zur Hotelkauffrau ihren Mann Jan Hansen auf der Insel kennen, verliebte sich in ihn und blieb dort. Sie hatten zwei Kinder zusammen, die Zwillinge Ben und Tim. Die Jungs waren mittlerweile zehn Jahre alt und aus dem Allergröbsten raus. Nick und ich standen im Gegensatz dazu mit unserem kleinen Christopher erst ganz am Anfang.

Ein Lautsprecher knisterte, und eine tiefe Männerstimme teilte den Reisenden mit, dass der Zug in Kürze den Hauptbahnhof der Messestadt Hannover erreichen würde, gefolgt von einer Aufzählung diverser Anschlussverbindungen. Wir zogen unsere Jacken über und wuchteten unsere Reisetaschen aus den Gepäckfächern über unseren Sitzen. Britta half einer älteren Dame, die von ihrem Koffer erschlagen zu werden drohte. Dann kämpften wir uns Stück für Stück den engen Gang entlang vor in Richtung Tür, wo bereits eine Traube Fahrgäste zum Aussteigen bereitstand. Der Zug schaukelte plötzlich, als er in eine scharfe Kurve einbog, und ich konnte mich im letzten Moment an der Kopfstütze eines Sitzes festkrallen, um nicht der Länge nach hinzufallen. Wir rollten mit gedrosseltem Tempo in den Bahnhof ein. Im Vorbeifahren hielt ich Ausschau nach meinen Eltern. Ich musste mich dabei etwas bücken, um aus den tiefen Fenstern einen Blick erhaschen zu können. Und da konnte ich den auffallend gemusterten Mantel meiner Mutter in der Menge der Wartenden auf dem Bahnsteig entdecken. Sie suchte mit angestrengtem Blick die vorbeifahrenden Wagen ab, um mich irgendwo darin ausfindig zu machen. Telefonisch hatte ich ihr einige Tage zuvor die genaue Wagennummer mitteilen müssen, in dem wir unsere Plätze reserviert hatten. Sie hatte darauf bestanden. Mit quietschenden Bremsen kam der Zug schließlich zum Stehen. Die Türen öffneten sich mit einem zischenden Geräusch automatisch, und wir stiegen nacheinander aus. Draußen auf dem Bahnsteig lauerten neue Fahrgäste auf das Einsteigen. Sie drängten sich so dicht an die Türen, dass ich Mühe hatte, durchzukommen. Hinter mir hörte ich Brittas Stimme, die ebenfalls beim Verlassen des Zuges behindert wurde.

»Dürfen wir erst mal aussteigen?«, hörte ich sie gereizt sagen. Ich drehte mich zu ihr um und konnte sehen, wie sie genervt mit den Augen rollte. »Ich hasse das! Jedes Mal dasselbe. Ich weiß, warum ich am allerliebsten mit dem Auto verreise«, erklärte sie, als wir uns aus dem größten Pulk der Schieber und Drängler befreit hatten.

»Ach, ärgere dich nicht, Britta. Die Leute erziehst du nicht. Das interessiert die herzlich wenig, wenn du dich aufregst«, versuchte ich, meine Freundin zu besänftigen.

obwohl sie sie weiterhin duzten. Draußen vor dem Bahnhof am Ernst-August-Denkmal – der Hannoveraner sagt ›unterm Schwanz‹, da Ernst-August hoch zu Ross dargestellt ist – verabschiedeten wir uns voneinander. Britta machte sich auf den Weg zur höchstens 50 Meter entfernten Straßenbahnhaltestelle, und ich folgte meinen Eltern zum Parkhaus in der nahe gelegenen Ernst-August-Galerie, einem modernen Einkaufs-Tempel mit vielen Geschäften und Gastronomie unter einem Dach. Diese Shoppingcenter lagen absolut im Trend und schossen in nahezu allen Großstädten wie Pilze aus dem Boden. Nachdem mein Vater meine Reisetasche im Kofferraum seines Golfs verstaut hatte, fuhren wir los.

»Anna, ich freue mich, dass du uns besuchen kommst. Schade, dass du unseren Enkel nicht mitgebracht hast. Ich hätte ihn so gerne gesehen. Sicher ist er schon wieder gewachsen. Bei den Kleinen geht das so rasend schnell«, bedauerte meine Mutter.

»Ach Mama, der Aufwand hätte sich nicht gelohnt für die kurze Zeit«, gab ich zu bedenken. Ich konnte verstehen, dass meine Eltern ihr Enkelkind gern gesehen hätten.

»Ich weiß, mein Kind. Das sollte kein Vorwurf sein. Jetzt fahren wir nach Hause und trinken schön Kaffee. Rate mal, was ich extra für dich gemacht habe?«

»Hm, lass mich überlegen. Apfelstrudel?«, mutmaßte ich mit gespielter Unwissenheit.

»Richtig. Den habe ich heute Morgen gemacht. Ganz frisch. Dazu koche ich dir einen starken schwarzen Tee. Du wirst sehen, es wird wie früher sein.«

Ihre wachen Augen leuchteten erwartungsvoll. Ich aß für mein Leben gern den selbst gemachten Apfelstrudel meiner Mutter. Dafür trat sogar meine heiß geliebte Schokolade in den Hintergrund. Ehrlich gesagt hatte ich gehofft, sie würde ihn backen, als ich ihr erzählt hatte, dass ich für ein Wochenende nach Hannover kommen würde.

»Das klingt äußerst verlockend«, erwiderte ich und musste schlucken. »Ich habe inzwischen richtig Hunger bekommen.«

»Du bist ohnehin viel zu dünn.« Ihr prüfender Blick wanderte einmal von oben nach unten an mir herunter. »Das ist mir sofort aufgefallen, als du aus dem Zug gestiegen bist. Ich wollte bloß nicht gleich etwas sagen. Wahrscheinlich ist die Doppelbelastung mit Beruf und Familie zu kräftezehrend für dich. Und dann das große Haus mit dem riesigen Grundstück. Ihr solltet unbedingt über eine Haushaltshilfe nachdenken«, machte meine Mutter deutlich und unterstrich ihre Aussage, indem sie sich zusätzlich zu mir nach hinten umdrehte und mir einen mahnenden Blick schenkte.

»Das wird nicht nötig sein. Zudem habe ich nicht gern fremde Leute im Haus. Das weißt du doch. Ava hilft mir ab und zu. Nick ist schließlich auch da. Wir sind ein gut eingespieltes Team«, rechtfertigte ich mich. »Du musst dir keine Sorgen machen.«

»Da muss ich deiner Mutter ausnahmsweise recht geben, Anna, du könntest wirklich ein wenig Entlastung brauchen«, mischte sich mein Vater in das Gespräch ein. »Nick arbeitet ebenso hart wie du, und ihr braucht Zeit für euch. Von Christopher ganz zu schweigen. Obendrein müsst ihr euch auch um Pepper kümmern. Einen Hund darf man nicht vernachlässigen. Tiere spüren das genau, wenn sie plötzlich weniger Zuwendung bekommen. Das kann unter Umständen zu Verhaltensauffälligkeiten führen. Neulich gab es zu diesem Thema einen Bericht im Fernsehen.«

Das hatte mir gerade noch gefehlt: Meine Eltern beschworen Probleme herbei, die nicht ansatzweise bestanden. Ich wusste, dass sie um unser Wohl besorgt waren, aber ich war alt genug und wohnte Hunderte Kilometer entfernt. Das hielt meine Eltern allerdings nicht davon ab, sich stets aufs Neue in mein Leben einzumischen. In diesem Moment schwor ich mir, mich niemals in Christophers Leben einzumischen, wenn er eines Tages erwachsen sein würde.

»Wir vernachlässigen weder unser Kind noch unseren Hund. Ihr müsst euch darüber nicht den Kopf zerbrechen. Über euren Vorschlag mit der Haushaltshilfe werde ich nachdenken und mit Nick sprechen. Einverstanden? Und jetzt würde ich das Thema gern ad acta legen«, versuchte ich, die Situation zu entschärfen und die Diskussion zu beenden.

Mein Vater brummte irgendetwas Unverständliches vor sich hin, wie er es öfter tat, und bog in die Straße ein, in der meine Eltern ein kleines Einfamilienhaus im Grünen bewohnten. Es grenzte unmittelbar an den Stadtteil Eilenriede, die grüne Lunge Hannovers. Ein seltsames Gefühl beschlich mich, als wir auf das Haus zufuhren. Ich war lange nicht mehr dort gewesen, und Erinnerungen an mein altes Leben erwachten mit einem Schlag zu neuem Leben. Als ich in meiner eigenen Wohnung in Hannover gelebt hatte, war ich an den Wochenenden regelmäßig bei meinen Eltern zum Kaffee gewesen. Besonders im Sommer hielt ich mich gern dort auf, wenn ich an heißen Tagen mit einem guten Buch und kühlen Getränk im Schatten des alten Apfelbaums der Hitze trotzen konnte. Eine stets willkommene Abwechslung zu meinem meist stressigen Alltag. Ab und zu übernachtete ich in meinem alten Zimmer, wenn es spät geworden und der Rotwein, den mein Vater spendierte, zu köstlich war. Vor allem in der ersten Zeit meines Alleinseins, als ich mich von meinem damaligen Freund getrennt hatte, spendeten mir die Besuche bei meinen Eltern Trost und gaben mir Halt. Ein unschönes und düsteres Kapitel meiner Geschichte, das mich im vergangenen Jahr überraschend eingeholt hatte. Schnell schüttelte ich diese unbehaglichen Erinnerungen ab. Mein Vater parkte den Wagen in der neu gepflasterten Einfahrt, und wir stiegen aus.

»Die Einfahrt ist schön geworden, Papa«, stellte ich anerkennend fest und deutete auf die graue Fläche, die mit einer hellen Kante aus Granit eingefasst war.

»Das haben dein Vater und sein Freund letztes Frühjahr zusammen gemacht. Da siehst du, wie lange du nicht mehr hier warst«, sagte meine Mutter und marschierte zur Haustür, um aufzuschließen. Der leicht anklagende Unterton war nicht zu überhören.

Mein Vater holte meine Reisetasche aus dem Kofferraum, und ich folgte ihm ins Haus.

»Ich bringe dein Gepäck gleich nach oben in dein altes Zimmer«, sagte er und hatte die ersten Treppenstufen schon hinter sich gelassen, ehe ich protestieren konnte. Ich wollte meinen Eltern keine Umstände machen und hätte meine Tasche selbst nach oben bringen können.

»Danke, Papa, das ist nett von dir«, erwiderte ich. »Ich gehe mir nach der Zugfahrt die Hände waschen.«

»Tu das! In Zügen schwirren massenweise Bakterien und Viren herum bei den vielen Menschen. Darüber möchte ich lieber nicht genauer nachdenken, was man sich alles holen kann.«

Meine Mutter verzog angewidert das Gesicht und eilte schnurstracks in die Küche, nachdem sie ihren Mantel an die Garderobe gehängt und ihre Handtasche auf der Kommode daneben abgestellt hatte. Ich konnte hören, wie sie Wasser in die Kaffeemaschine füllte und anschließend mit Geschirr hantierte. Nick und ich hatten meinen Eltern vergangene Weihnachten einen Kaffeevollautomaten geschenkt. Wir besaßen ein ähnliches Modell bei uns zu Hause, von dem meine Eltern begeistert gewesen waren. Nachdem ich mir gründlich die Hände gewaschen hatte, ging ich nach oben in mein altes Zimmer. Natürlich war es nicht mehr eingerichtet wie zu der Zeit, als ich es bewohnt hatte. Sonst hätten überall an den Wänden Poster mit Pferden oder mit längst in Vergessenheit geratenen Pop- und Filmstars gehangen. Das Zimmer diente heute meiner Mutter als Rückzugsort, an dem sie unter anderem ihre Handarbeitssachen aufbewahrte. In den hohen Regalen befanden sich in unzähligen Kunststoffboxen, nach Farben sortiert, Wollknäule. Stricken war ihre absolute Leidenschaft. In der näheren Umgebung meiner Eltern musste niemand im Winter unter kalten Füßen leiden, denn meine Mutter hatte die gesamte Nachbarschaft mit ihren Sockenkreationen versorgt. Je näher die kalte Jahreszeit rückte, desto mehr Bestellungen für Socken, Schals, Mützen und Handschuhe flatterten ins Haus. Meine alten Möbel waren im Laufe der Zeit verschwunden oder durch modernere ersetzt worden, bis auf meinen alten Schreibtisch. Den hatten meine Eltern behalten. Aus sentimentalen Gründen, wie ich annahm. Er stand noch immer direkt unter dem Fenster mit Blick in den weitläufigen Garten, an dessen Ende die uralte Trauerweide stand. Ihre langen Zweige mit den filigranen Blättern bewegten sich anmutig und federleicht, wenn der Wind darin spielte. Unzählige Male hatte ich gedankenverloren am Schreibtisch gesessen und die beruhigende Wirkung dieses Windspiels in mir aufgesogen, wenn ich über schier unlösbaren Mathematikaufgaben beinahe verzweifelte. Mein Blick schwenkte zurück auf den Schreibtisch, wo ich eine der diversen Fotografien, die in unterschiedlich großen Rahmen auf dem Schreibtisch platziert waren, in die Hand nahm. Auf dem Bild saß ich am Klavier und spielte hoch konzentriert. Die Aufnahme war während meines ersten Auftritts mit dem Schulorchester entstanden. Für dieses Ereignis hatte ich täglich mehrere Stunden geübt, um mich unter keinen Umständen vor versammelter Mannschaft zu blamieren. Auf einem weiteren Bild hielt ich stolz meine Schultüte in der Hand. Es war mein erster Schultag. Ich strahlte mit unübersehbarer Zahnlücke in die Kamera meines Vaters. Der Tag war gleichzeitig die Geburtsstunde der Freundschaft zwischen Britta und mir. Auf den meisten Bildern war ich aus Kinder- und Jugendtagen zu sehen. Einige Fotos waren aber auch neueren Datums. Ein Hochzeitsbild von Nick und mir vor der Morsumer Kirche und natürlich ein Bild unseres Sohnes Christopher. Er lachte zahnlos in die Runde. Ich betrachtete die Fotos, und Erinnerungen an längst vergangene Tage blühten auf. Ich musste beim Blick in die Vergangenheit schmunzeln, wurde aber auch nachdenklich. Der Anblick dieser Fotos machte mir bewusst, wie schnell das Leben vorbeizog und wie kostbar die Zeit war, die einem Menschen zur Verfügung stand.

»Anna, kommst du? Dein Tee ist fertig«, hörte ich die Stimme meiner Mutter von unten aus der Küche.

»Ja! Bin unterwegs!«, rief ich zurück, riss mich von der Vergangenheit los und lief die Treppe nach unten.

Mein Vater saß bereits am Tisch, als ich neben ihm Platz nahm. Meine Mutter schob mir ein riesiges Stück Apfelstrudel auf den Teller.

»Nimm dir Sahne dazu«, forderte sie mich auf, und ich griff gehorsam nach der Schale mit der weißen Verlockung.

»Danke«, sagte ich. »Das sieht köstlich aus. Und wie gut das riecht!« Unwillkürlich musste ich schlucken.

»Wie geht es euch?«, wollte mein Vater wissen und belud seine Gabel mit einem Stück Strudel. Dabei purzelte eine Rosine neben seinen Teller auf das blütenweiße Tischtuch. Von den Augen meiner Mutter unbemerkt, bugsierte er die runzelige Frucht schnell zurück auf den Teller. Lediglich ein kleiner dunkler Fettfleck blieb auf der hellen Decke als stummer Zeuge des Malheurs zurück. Mein Vater zog den Teller ein Stückchen nach rechts.

»Uns geht es sehr gut«, beantwortete ich seine Frage. »Ich bin beruflich gut ausgelastet und kann mich vor neuen Aufträgen kaum retten. Seitdem Nick bei der Kripo ist, hat er keinen Schichtdienst mehr, nur Rufbereitschaft. Die regelmäßigen Nachtdienste entfallen daher, und die Wochenenden sind meistens frei. Das ist eine enorme Entlastung. Neben seiner Arbeit bildet er Pepper zum Spürhund aus. Das ist praktisch, denn er kann ihn manchmal mit zum Dienst nehmen. Und der kleine Christopher ist unser Sonnenschein. Er wird von Tag zu Tag größer und erkundet neugierig die Welt.«

»Das freut mich zu hören«, stellte mein Vater zufrieden fest und schenkte mir ein liebevolles Lächeln. »Was für eine Art Ausbildung ist das, die Nick mit Pepper macht?«

»Mantrailing«, erwiderte ich und steckte mir einen Bissen Apfelstrudel in den Mund.

»Darunter kann ich mir gar nichts vorstellen«, meldete sich meine Mutter zu Wort, während ich genussvoll kaute.

»Das ist eine Ausbildung zum Personenspürhund. Er lernt, Menschen zu finden«, versuchte ich zu erklären, nachdem ich runtergeschluckt hatte.

»Warum muss man dem Ganzen ein Fremdwort geben?« Sie sah mich fragend an.

»Das ist Englisch.«

»Das ist mir klar. Alles muss heutzutage in Englisch sein«, stöhnte sie und bugsierte ein weiteres Stück Strudel auf den Teller meines Vaters.

»Was gibt es hier Neues?«, erkundigte ich mich und sah in die Runde.

»Hier passiert nichts Aufregendes. Jeder Tag ähnelt dem anderen. Wir sind gesund und zufrieden. Was will man mehr in unserem Alter?«, erklärte mein Vater.

»Das klingt beinahe so, als wenn ihr über 90 Jahre alt wärt«, unterbrach ich ihn mit einem Lachen. »Ihr seid erst gerade einmal Mitte 60!«

»Also Volker, nun übertreibst du aber wirklich!« Meine Mutter schüttelte verständnislos den Kopf und griff nach der Sahneschüssel. »Wir überlegen, ob wir Anfang Oktober Urlaub machen sollen.«

Ich fragte mich, ob sie damit Urlaub bei uns auf Sylt

in Betracht zogen, und wusste nicht recht, wie ich reagieren sollte. Die Besuche bei uns waren meist ein bisschen anstrengend. Vor allem für uns. Ich hoffte, sie hatten dieses Mal ein anderes Ziel als Sylt im Auge, und bekam sofort ein schlechtes Gewissen. Schließlich waren es meine Eltern und immer für uns da, wenn wir Hilfe benötigten. War ich undankbar? Ehe ich den Gedanken zu Ende spinnen konnte und mir selbst eine Antwort auf die Frage geben konnte, fuhr meine Mutter fort.

»Papa und ich überlegen, ein paar Tage auf die Insel Lanzarote zu fliegen. Einfach raus hier und mal etwas anderes sehen. Zu dieser Jahreszeit ist das Wetter angenehm warm dort, und wir könnten für den bevorstehenden Winter Sonne tanken. Andererseits ...«

»Das ist eine hervorragende Idee. Was gibt es da lange zu überlegen?«, erwiderte ich schnell und jubilierte innerlich. Den skeptischen Blick meiner Mutter blendete ich aus. Es stand überhaupt nicht in ihrer Absicht, uns einen Besuch abzustatten.

»Deine Mutter hat Angst, dass während der Zeit unserer Abwesenheit bei uns eingebrochen werden könnte«, stellte mein Vater fest und schenkte sich Kaffee nach.

»Volker, du weißt genau, dass unsere Nachbarn zu dieser Zeit auch weg sind und ich mir deswegen Sorgen mache«, protestierte meine Mutter und warf meinem Vater einen vorwurfsvollen Blick zu. »Außerdem solltest du nicht so viel Kaffee trinken, das wirkt sich schlecht auf deinen ohnehin zu hohen Blutdruck aus.«

Mein Vater zog die Augenbrauen hoch und schüttelte resigniert den Kopf, während er den Deckel der Thermoskanne zuschraubte.

»Kann nicht irgendjemand anderes nach dem Haus sehen?«, wollte ich wissen. Da meine Mutter nicht sofort antwortete, sondern etwas verlegen mit dem Löffel in ihrer Kaffeetasse rührte, beschlich mich plötzlich eine böse Vorahnung. »Ihr wollt damit nicht andeuten, dass ich während dieser Zeit bei euch einhüten soll, oder? Mama? Papa?«

»Wäre das denn so schlimm?«, fragte meine Mutter nach kurzem Zögern und sah mich direkt an.

Ich hatte es befürchtet. Die Sache hatte einen Haken.

»Mama, wie stellst du dir das vor? Ich kann auf Sylt nicht einfach alles stehen und liegen lassen und hierher kommen. Ich habe Verpflichtungen.«

»Siehst du, Maria, ich habe gleich gesagt, dass du den Kindern nicht zumuten kannst, auf unser Haus aufzupassen«, entgegnete mein Vater.

»Ich helfe euch wirklich gerne, aber das geht nicht«, erklärte ich. »Tut mir leid.«

»Das war bloß eine Idee, mach dir keine Gedanken, Anna. Ich finde, dass das mit dem Urlaub von Anfang an eine Schnapsidee war, aber deine Mutter hat sich nun mal diese Reise in den Kopf gesetzt. Und wenn sie sich erst in etwas verbissen hat, lässt sie nicht mehr locker. Du kennst sie ja.« Er seufzte und schüttete einen ordentlichen Schluck Milch in seinen Kaffee. Als krönenden Abschluss ließ er ein Stück Würfelzucker in die hellbraune Flüssigkeit fallen und rührte alles mit zufriedener Miene mit dem Löffel um.

Meine Mutter holte postwendend zum Gegenschlag aus, doch ich kam ihr zuvor.

»Grundsätzlich finde ich die Idee mit der Reise sehr gut.

Als Rentner habt ihr Zeit. Ihr solltet viel öfter verreisen. Könnt ihr nicht Henriette und Günter fragen, ob sie nach dem Haus sehen können? Sie wohnen quasi gleich um die Ecke«, versuchte ich, die Wogen zu glätten.

»Dein Vater will bloß nicht fliegen, das ist alles. Wenn es nach mir ginge …«, sagte meine Mutter beleidigt und zog einen Schmollmund. Sie sah derart komisch aus, dass ich nur schwer ein Lachen unterdrücken konnte.

»Meinetwegen«, gab mein Vater letztlich klein bei. »Ich rufe morgen bei Günter und Henriette an und frage, ob sie auf unser Haus aufpassen würden. Bist du nun zufrieden, Maria?«

In diesem Moment klingelte mein Handy, und ich war dankbar dafür.

»Entschuldigt bitte, da muss ich rangehen. Anna Scarren«, meldete ich mich, da mir die Nummer unbekannt war, die auf dem Display aufleuchtete.

Während des Gesprächs erhob ich mich von meinem Stuhl und ging rüber ins Wohnzimmer, um ungestört telefonieren zu können.

»Wer war das?«, erkundigte sich meine Mutter, als ich mich zurück an den Tisch setzte.

»Ich habe soeben einen neuen Auftrag an Land gezogen«, erwiderte ich zufrieden. »Das war eine Frau, die ihren Garten von mir anlegen lassen möchte. Sie hat in Braderup neu gebaut. Das Haus ist fertig und ich kann gleich anfangen, da sie möglichst vor dem Winter mit allem fertig sein möchte. Ein Ladengeschäft gehört mit zum Haus. Die Eröffnung soll unbedingt vor Weihnachten stattfinden.«

»Herzlichen Glückwunsch! Das freut mich, Anna.«

Mein Vater erhob sich, um mich zu umarmen. »Wir sind sehr stolz auf dich! Nicht wahr, Maria?«

Meine Mutter reagierte nicht, denn sie war dabei, den Tisch abzuräumen. Ihr Verhalten deutete darauf hin, dass sie immer noch sauer auf meinen Vater war, sonst hätte sie sich längst zu Wort gemeldet. Nichts zu sagen, war wider ihre Natur und musste ihr ungeheuer schwerfallen. Das würde ein lustiger Abend werden, überlegte ich und trug die Platte mit dem restlichen Apfelstrudel in die Küche.

Ich war müde und erschöpft, daher ging ich bald nach dem Abendessen zu Bett. Zuvor telefonierte ich kurz mit Britta. Wir verabredeten uns für den morgigen Tag um die Mittagszeit. Zunächst wollten wir einen Abstecher in die Innenstadt machen und anschließend zum Klassentreffen gehen, das in einem Restaurant direkt am Maschsee stattfinden sollte. Jetzt saß ich im Nachthemd auf meinem Bett und wählte unsere Telefonnummer von zu Hause. Nachdem es ein paarmal geklingelt hatte, hörte ich Nicks tiefe wohlklingende Stimme am anderen Ende der Leitung. Ein warmer Schauer durchrieselte meinen gesamten Körper, als ich ihn mir bildlich vorstellte.

»Sweety«, sagte er, »wie schön, deine Stimme zu hören. Geht es dir gut? Alles okay?«

»Ja, alles in Ordnung, ich liege bereits im Bett.«

»Leider nicht mit mir«, erwiderte er, und ich wurde schlagartig rot.

Ich konnte mir sein Grinsen lebhaft vorstellen. Er schaffte es immer wieder aufs Neue, mich aus dem Konzept zu bringen. Das war bei unserer ersten Begegnung nicht anders gewesen. Ich hatte mich damals in seiner Gegenwart jedes Mal wie ein unreifer Teenager gefühlt.

»Ich wäre gern zu Hause bei euch. Ihr fehlt mir schon jetzt«, versicherte ich ihm. Ich sprach extra leise, damit meine Eltern mich nicht hörten. Nicht, dass sie mich belauschen würden, aber ich wollte vermeiden, dass sie einen falschen Eindruck bekamen, falls sie mich hören sollten. »Was macht Christopher? Ist er lieb? Hat er gegessen? Vermisst er mich? Und wie geht es Pepper?«

»Christopher hat gegessen und schläft selig und süß. Pepper liegt neben mir und lässt sich das Ohr kraulen. Du siehst, es ist alles in bester Ordnung, du brauchst dir also keine Sorgen zu machen. Wir schaffen das. Vertrau mir.«

»Das tue ich. Ich bin überzeugt, dass du alles im Griff hast, Nick. Daran zweifle ich nicht eine Sekunde, aber du kennst mich.«

Er lachte. »Ja, bleib entspannt, genieße dein freies Wochenende, hab Spaß bei dem Klassentreffen und lass dich von deiner Mutter bekochen. Deine Eltern lassen es sich sicher nicht nehmen, dich rundum zu verwöhnen.« Eine leichte Ironie lag in seiner Stimme.

»Stimmt, meine Eltern, ein unerschöpfliches Thema! Aber sie meinen es nur gut. Ich bin todmüde, ich melde mich morgen früh bei dir, okay?«, sagte ich und musste gähnen.

»Das höre ich, schlaf gut.«

»Du auch. Gib Christopher einen Kuss von mir. Ich vermisse dich«, flüsterte ich in mein Telefon.

»Ich vermisse dich auch, Sweety. Bis morgen.«

Dann legte ich auf. Ich blieb regungslos im Bett sitzen, und Nicks gefühlvolle Stimme hallte noch einen Moment in meinem Ohr nach. Was hatte ich für ein Glück. Er sah nicht nur blendend aus, er war obendrein ein wundervoller Mensch. Das Schicksal hatte es gut mit mir gemeint, als es uns zusammenführte. Im letzten Jahr brachte ich einen gesunden Jungen zur Welt, der unser Glück vervollständigte. Manchmal hatte ich Angst, dass alles zu perfekt lief und das böse Ende irgendwo lauerte. Was nicht bedeutete, dass Nick und ich nicht auch bereits stürmische Zeiten zusammen erlebt hätten. Wir kannten uns erst wenige Wochen, als Nick schwer verletzt wurde und sein Leben an einem seidenen Faden hing. Der Gedanke jagte mir heute noch einen kalten Schauer über den Rücken. Ich legte das Handy auf den Nachttisch neben mir und kuschelte mich fest in meine Bettdecke. Dann knipste ich die kleine Nachttischlampe aus. Aus dem Erdgeschoss drangen Geräusche aus dem Fernseher zu mir herauf. Meine Eltern waren offensichtlich noch wach und sahen fern. Es dauerte nicht lange, und ich fiel in einen tiefen traumlosen Schlaf.

KAPITEL 3

Am nächsten Morgen erwachte ich gegen 9.00 Uhr. So lange hatte ich seit ewigen Zeiten nicht mehr geschlafen. Ich streckte mich ausgiebig, stand auf und zog die Vorhänge zurück. Die Rasenfläche auf dem Grundstück meiner Eltern war mit leichtem Tau überzogen. Die Sonne kämpfte sich zaghaft durch eine dünne graue Wolkenschicht. Ein herrlicher Spätsommertag stand in den Startlöchern. Ich ging ins Badezimmer und stellte mich unter die Dusche, um meine Lebensgeister endgültig wachzurütteln. Frisch geduscht und angezogen begab ich mich nach unten in die Küche. Meine Eltern waren bereits auf den Beinen und saßen gut gelaunt am Frühstückstisch. Der Groll des Vortages war verflogen, wie ich erleichtert feststellen konnte. Meine Mutter war kein nachtragender Mensch, sie beruhigte sich ebenso schnell, wie sie sich aufregte.

»Guten Morgen, Anna! Hast du gut geschlafen?«, fragte meine Mutter. »Möchtest du Rührei? Papa hat frische Brötchen besorgt.«

»Morgen. Ja, ich habe geschlafen wie ein Murmeltier. Ich bin richtig erschrocken, dass es schon so spät ist. Ich nehme gerne Rührei«, beantwortete ich ihre Fragen der Reihe nach und setzte mich an den gedeckten Tisch.

»Wir haben dich absichtlich nicht geweckt.« Mein Vater schenkte mir ein Lächeln, als er von seiner Tageszeitung aufsah.

Meine Mutter verquirlte geräuschvoll zwei Eier in einem Gefäß, gab Salz und Pfeffer dazu und goss die Masse anschließend in eine heiße Pfanne. Als das Ei stockte, zerteilte sie es mit einem Pfannenwender und briet es eine Weile. Dann gab sie das fertige Rührei auf einen Teller und streute zum Abschluss einen Teelöffel frische Schnittlauchröllchen aus dem Garten darüber. Sobald der Teller vor mir stand, zog mir ein verführerischer Duft in die Nase, was zur Folge hatte, dass mein Magen prompt laut zu knurren begann.

»Da hat wohl jemand starken Hunger«, bemerkte mein Vater augenzwinkernd und lugte hinter seiner Zeitung hervor.

Beherzt griff ich nach der Gabel und ließ es mir schmecken. Nach dem reichhaltigen Frühstück fuhr ich mit der Straßenbahn ins Stadtzentrum, wo ich mit Britta verabredet war. Ich war seit ewigen Zeiten nicht mehr mit der Straßenbahn gefahren und konnte feststellen, dass ich es nicht vermisst hatte. Als ich unseren Treffpunkt, die »Kröpcke-Uhr«, in der Innenstadt erreichte, konnte ich Britta schon sehen. Sie stand zwischen all den anderen Wartenden und hielt nach mir Ausschau. Ehe ich die Hand heben konnte, hatte sie mich entdeckt und winkte mir fröhlich zu.

»Na, wie geht's?«, begrüßte sie mich.

»Gut, und dir? Was machen deine Eltern?«, stellte ich die Gegenfrage.

»Denen geht es gut. Alles bestens. Ich habe nach langer Zeit endlich mal wieder ausgeschlafen. Herrlich! Auf Sylt alles im Lot?«, fragte sie grinsend. Ich nickte. Ich hatte gleich heute früh nach dem Duschen mit Nick telefoniert. »Na, dann lass uns losgehen«, forderte Britta mich auf. »Ich habe den Jungs versprochen, ihnen etwas aus der großen Stadt mitzubringen.«

Nachdem wir ausgiebig durch die unterschiedlichsten Geschäfte gebummelt waren und Britta eine Kleinigkeit für ihre beiden Söhne erstanden hatte, steuerten wir den Maschsee an. Der See, Anfang der 1930er Jahre künstlich angelegt, ist seither ein beliebtes Ausflugsziel. Mit seinen rund sechs Kilometer langen Uferwegen ist er bei Fußgängern ebenso wie bei Radfahrern und Joggern beliebt. Jedes Jahr im August verwandelt sich das Ufer des Sees in eine riesige Partymeile. Dann findet das dreiwöchige Maschseefest statt, das alljährlich bis zu zwei Millionen Besucher anlockt. Überall stehen Buden mit kulinarischen Köstlichkeiten, verschiedene Bühnen bieten Livemusik, und den krönenden Abschluss bildet ein Feuerwerk am Nachthimmel der Stadt. Britta und ich schlenderten am Alten Rathaus vorbei zum Nordufer des Sees. Dort, in einem Restaurant, sollte unser Klassentreffen stattfinden.

»Bin ich passend angezogen?«, fragte Britta mich und sah an sich herunter.

Ich legte den Kopf schief und musterte sie übertrieben kritisch. »Doch, ich glaube, so kannst du dich durchaus sehen lassen.«

Wir mussten lachen, und Britta versetzte mir einen spielerischen Klaps gegen die Schulter. Gemeinsam betraten wir das Restaurant und folgten dem Stimmengewirr, das mehr und mehr anschwoll, je näher wir dem Raum kamen, den uns eine Angestellte zugewiesen hatte. Eine Frau mit kurzen mittelblonden Haaren, die ihr wild in alle Richtungen vom Kopf abstanden, kam uns begeistert entgegen.

Ihre Wangen wiesen hektisch rote Flecken auf, und sie machte einen aufgeregten Eindruck.

»Anna! Britta! Großartig, dass ihr tatsächlich kommen konntet!«, begrüßte sie uns überschwänglich. »Ich kann gar nicht glauben, dass ihr hier seid. Lasst euch anschauen!«

»Hallo, Franka!«, erwiderten wir im Chor.

»Mensch, wie lange ist das her, dass wir uns das letzte Mal gesehen haben? Ihr zwei habt euch kaum verändert. Scheinbar konserviert die Nordseeluft«, stellte Franka mit einem Zwinkern fest, nachdem sie uns eine nach der anderen von oben bis unten gemustert hatte. »Kommt mit! Die meisten Ehemaligen sind schon da, sie stehen dahinten an der Bar. Dort bekommt ihr etwas zu trinken. Das Essen gibt es in circa einer Stunde. Ich hoffe, das haltet ihr bis dahin aus?« Sie sah uns fragend an.

»Kein Problem. Schließlich sind wir nicht in erster Linie wegen des Essens hier«, winkte Britta mit einem Augenzwinkern ab.

»Ich habe mir extra etwas Besonderes einfallen lassen für den heutigen Abend. Ihr könnt gespannt sein.« Dann eilte sie voran.

»Oh Gott, ich habe es befürchtet«, raunte Britta mir leise zu.

Ich musste schmunzeln, denn unsere Mitschülerin war seinerzeit praktizierende Frutarierin. Mir war nicht bekannt, ob sie diese Überzeugung noch immer vertrat. Wir folgten ihr quer durch den Raum zum anderen Ende. Während sie vor uns herwatschelte, fiel mein Blick auf ihre Kleidung. Sie trug einen ausgewaschenen Jeansrock, dazu einen dunkelgrünen Baumwollpullover mit ausgestellten

Ärmeln. Ihre kurzen, stämmigen Beine steckten in einer türkisfarbenen blickdichten Strumpfhose und endeten in hellbraunen halbhohen Lederstiefeln mit bunten Blumenapplikationen. Britta sah zu mir. Ihr Blick sprach Bände, und wir waren uns wortlos darüber einig, dass Franka aus modischer Sicht in den vergangenen Jahren keinerlei Richtungswechsel eingeschlagen hatte. Wir gelangten zu einer Gruppe Menschen, die sich um einen Bistrotisch versammelt hatte, auf dem mehrere Biergläser standen. Die Anwesenden unterbrachen abrupt ihr Gespräch, um uns Neuankömmlinge neugierig zu beäugen.

»Sieh mal an, unsere beiden Sylter Schönheiten!« Allgemeines Gelächter ertönte. »Habt ihr euch herabgelassen, eure Luxusinsel zu verlassen, um euch unter das einfache Volk zu mischen? Naja, ihr wart ja schon immer etwas Besonderes«, sagte Peter, ein ehemaliger Mitschüler und musterte uns geringschätzig.

In diesem Moment bereute ich, hergekommen zu sein. Offenbar hatte sich in den vergangenen Jahren nichts geändert, wie ich feststellen konnte. Peter gab sich noch immer jugendlich cool und sah sich verpflichtet, die Rolle des Anführers einzunehmen. In meinen Augen war er bereits zu Schulzeiten ein Vollidiot gewesen. Und mit dieser Ansicht war ich nicht allein.

»Hallo, Peter, wie schön, dass du deinen Humor all die Jahre nicht verloren hast«, konterte ich und schenkte ihm ein gequältes Lächeln.

Als Britta etwas erwidern wollte, gesellte sich plötzlich eine schlanke Blondine zu uns. Schlagartig verstummte das Gelächter, und vornehmlich die männlichen Anwesenden starrten sie mit offenen Mündern und großen Augen an.

»Hallo, alle zusammen!«, sagte sie und lächelte, zufrieden über ihre Wirkung, in die Runde. An Selbstbewusstsein mangelte es ihr in keiner Weise.

»Stella!« Britta war die Erste, die nach einem Moment der Stille ihre Sprache wiedergefunden hatte.

»Ja, da bin ich. Da staunt ihr, was? Ursprünglich hatte ich für heute einen sehr wichtigen Termin, aber wie ihr seht, konnte ich es einrichten, doch noch am Klassentreffen teilzunehmen.« Sie strahlte über ihr ganzes makelloses Gesicht.

Ihre zweifelsfrei sehr teure Kleidung unterstrich ihr perfektes Aussehen. Neben ihr kam ich mir klein, hässlich und unbedeutend vor. Während wir alle in Stellas hellem Licht erblassten, war Britta die Einzige, die sich nicht von ihrem filmreifen Auftreten einschüchtern ließ.

»Stella, wir hätten dich außerordentlich vermisst, wenn du nicht gekommen wärst«, bemerkte sie in messerscharfem Ton.

Britta hatte nie ein Hehl daraus gemacht, was sie von Stella hielt. Ein verwöhntes Einzelkind aus wohlhabendem Haus. Stellas Mutter besaß mehrere gut gehende Apotheken, und ihr Vater war irgendein hohes Tier bei einem riesigen Pharmakonzern, was sie gern in einem Nebensatz einfließen ließ. Mit ihrer Art und ihrem unermüdlichen Geltungsdrang machte sie sich keine Freunde – ganz im Gegenteil. Mit Geld konnte man sich eben keine Sympathien erkaufen. Mittlerweile wurden die Gespräche um uns herum wieder aufgenommen.

»Und du lebst jetzt auch auf Sylt, habe ich gehört?«, fragte mich Stella, als ich an der Theke Getränke bestellte. Sie war mir gefolgt und bestellte sich notgedrungen einen

Prosecco, nachdem sie von dem jungen Mann hinterm Tresen erfahren hatte, dass es keinen Champagner gab.

»Ja, das stimmt. Das war immer mein Traum. Nun ist er wahr geworden.«

»Wie schön für dich.« Sie nahm ihr Glas entgegen und nippte daran. »Und? Bist du verheiratet? Hast du Kinder? Wie ist es dort zu leben? Das ist sicher sehr aufregend. Erzähl mal!«

»Ach, so spannend ist das alles nicht. Ich arbeite wie jede andere auch, bin verheiratet, und wir haben einen kleinen Sohn und einen Hund. Was machst du?«, stellte ich die Gegenfrage und griff nach dem Tablett mit den Getränken, das mir der junge Mann über den Tresen reichte.

»Mein Mann arbeitet in der Geschäftsleitung eines internationalen IT-Konzerns. Er ist für den Aufbau von Sicherheitsstandards verantwortlich. Dafür muss er sehr viel reisen. Er ist praktisch rund um die Welt unterwegs. Kinder haben wir keine, und für Haustiere hatte ich ehrlich gesagt nie viel übrig. Die machen nur Arbeit und Schmutz. Und dann die Zeit, die man sich ans Bein bindet, von der eingeschränkten Unabhängigkeit ganz zu schweigen. Wer kümmert sich darum, wenn man in den Urlaub fährt? Nein, nein, darauf kann ich gut verzichten.«

Das war typisch für Stella. So detailliert wollte ich es gar nicht wissen. Wo und was ihr Mann arbeitete, war mir völlig gleichgültig. Eigentlich interessierte ich mich überhaupt nicht für Stellas Leben, sondern wollte nur aus reiner Höflichkeit Konversation mit ihr betreiben und damit von meiner eigenen Lebenssituation ablenken. In gewisser Hinsicht tat Stella mir dennoch leid, da niemand mit ihr reden wollte. Doch warum sollte ausgerechnet ich diejenige sein, die sich opferte? Ich nahm das mit Gläsern beladene Tablett und balancierte es vorsichtig auf den Tisch zu, an dem ich mich mit ein paar anderen ehemaligen Klassenkameraden niedergelassen hatte. Stella folgte mir und setzte sich unaufgefordert an unseren Tisch, völlig ungeachtet der Tatsache, ob wir ihre Gesellschaft wünschten oder nicht. Daraufhin standen sofort zwei ehemalige Mitschülerinnen auf, nahmen ihr Glas und wechselten wortlos den Tisch. Dieses Verhalten empfand ich als ausgesprochen unhöflich und überzogen. Wir waren schließlich keine Teenager mehr, sondern erwachsene Leute. Stella schien sich jedoch nicht daran zu stören, oder sie konnte es geschickt verbergen. So richtig wusste man nie, woran man bei ihr war. Die folgenden Stunden vergingen wie im Flug. Es wurde viel erzählt, gelacht und in Erinnerungen geschwelgt. Ein Gefühl, als hätten wir eine Reise mit der Zeitmaschine in die Vergangenheit unternommen. Drei unserer damaligen Lehrer waren ebenfalls gekommen. Das rechnete ich ihnen hoch an. Bei der großen Anzahl von Schülern, mit denen sie im Laufe ihrer beruflichen Laufbahn in Kontakt kamen, war es nicht selbstverständlich, dass sie zu jedem Klassentreffen gingen, zu dem sie eingeladen wurden. Zumal wir ihnen das Leben nicht immer leicht gemacht hatten.

Als die Wanduhr über der Tür kurz vor 23.00 Uhr zeigte, hielt ich Ausschau nach Britta. Sie stand an der Theke umringt vom harten Kern unserer ehemaligen Klasse und schien sich königlich zu amüsieren. Ihr mitreißendes Lachen hallte unverkennbar durch den Saal und ließ mich unwillkürlich schmunzeln.

»Oh, Anna, komm her zu uns.« Britta winkte mir zu.

»Claus, kannst du die Geschichte von eben bitte wiederholen? Anna lacht sich bestimmt schlapp«, forderte sie den Mann zu ihrer Rechten auf.

Claus hätte ich im Leben nicht wiedererkannt. Ich musste zweimal hinsehen, um ganz sicher zu gehen. Der Mann, der mich freundlich anlächelte, war unglaublich attraktiv und hatte in keiner Weise Ähnlichkeit mit dem Claus, den ich in meinem Gedächtnis unter diesem Namen gespeichert hatte. Denn dieser war stark übergewichtig gewesen, hatte einen Haarschnitt wie Prinz Eisenherz und stopfte ständig mit Schokolade überzogene Waffeln in sich hinein. Aus meiner Erfahrung konnte ich sagen, dass sich die Menschen im Laufe der Zeit meistens nicht zu ihrem Vorteil veränderten. Doch es gab offenbar Ausnahmen, wie ich mit Verblüffung feststellen durfte. Nachdem ich aufgehört hatte, Claus ungläubig anzustarren, und er seine Geschichte erneut zum Besten gegeben hatte, verabschiedeten Britta und ich uns. Nach und nach begann sich die gesamte Veranstaltung aufzulösen, und jeder machte sich auf den Heimweg. Die meisten unserer ehemaligen Mitschüler waren Hannover treu geblieben und lebten entweder direkt in der Stadt oder in der näheren Umgebung. Nur sehr wenige, wie Britta und ich, hatte es im Lauf der Jahre in andere Landesteile verschlagen. Stella gehörte mit zu den letzten Gästen und verabschiedete sich mit großer Geste von uns, als wenn wir zu Schulzeiten die besten Freundinnen gewesen wären. Sie bot sogar an, uns von ihrem Fahrer, der ihrem Mann rund um die Uhr zur Verfügung stand, nach Hause fahren zu lassen. Doch wir lehnten dankend ab.

»Danke, Stella, das ist sehr freundlich, aber wir haben es nicht weit«, bedankte ich mich.

»Wie du meinst«, entgegnete sie mit leicht beleidigtem Unterton. »Dann kommt gut nach Hause.«

Da es spät geworden war, fuhren wir nicht mit der Straßenbahn. Wir gönnten uns ein Taxi, das erst Britta nach Hause bringen und anschließend mich bei meinen Eltern abliefern sollte.

Als wir im Wagen saßen, sagte Britta: »Das war echt ein lustiger Abend. Ich hätte nicht gedacht, dass so viele Ehemalige kommen. Franka hat das toll organisiert, das muss man ihr lassen. Angezogen läuft sie allerdings genauso furchtbar rum wie damals.«

»Hast du wirklich damit gerechnet, dass sie ihrem Stil untreu wird?« Ich zog die Augenbrauen hoch.

»Nein, wenn ich ehrlich bin. Anders kann ich sie mir nicht vorstellen, dann wäre es nicht mehr Franka. Was sagst du denn zu Claus Bremer? Ich dachte, mich trifft der Schlag, als er mich begrüßt hat. Alter Schwede, was für ein Mannsbild! Du hast auch nicht schlecht geguckt. Deinen Gesichtsausdruck hättest du sehen sollen, der war filmreif!« Britta schien sich noch im Nachhinein königlich zu amüsieren, denn sie hörte nicht auf zu kichern. Ich kannte sie gut genug, um zu wissen, dass es nicht allein die Erinnerung an mein – zugegeben – äußerst dummes Gesicht war, was sie derart erheiterte: Sie hatte einen ordentlichen Schwips.

»Ich war in der Tat überrascht, das muss ich zugeben. Er war früher ein unscheinbarer Typ, der nie groß auffiel, und heute ist er das krasse Gegenteil«, erwiderte ich.

Britta hatte ihre Fassung zurückerlangt. »Er hat erzählt, dass er ab und zu für diverse Modefirmen modelt.«

»Ja, warum nicht? Ein netter Nebenverdienst.«

»Konntest du dich an Birte erinnern? Als sie mich heute Abend angesprochen hat, wusste ich im ersten Augenblick überhaupt nicht, wer sie war. Ich habe sie im ersten Moment für eine Restaurantangestellte gehalten. Das war mir ungeheuer peinlich, aber ich konnte mich beim besten Willen nicht an sie erinnern. Erst als sie mir ihren Namen nannte, fiel es mir wie Schuppen von den Augen.«

»Ich kann mich erinnern, dass sie sehr gut in Geschichte war. Sie sieht exakt aus wie früher. Birte ist vermutlich die Einzige von uns, an der die Zeit keine Spuren hinterlassen hat«, stellte ich fest.

»Damit könntest du recht haben. Trotzdem ist sie nach wie vor derselbe farblose und dröge Dinkelkeks von früher. Ich fand sie schon damals unspektakulär. Sie arbeitet im Stadtarchiv, hat sie mir berichtet. Passt ja!« Britta zog eine vielsagende Grimasse.

»Wahrscheinlich verbringt sie den ganzen Tag im Keller. Da bekommt man wenig Tageslicht und sie wirkt deswegen so durchsichtig«, mutmaßte ich. »Oh, sind wir gemein! Birte hat das Herz auf dem rechten Fleck. Sie ist zwar nicht besonders hübsch und drängt sich nicht gerne in den Vordergrund, aber sie war immer hilfsbereit und ehrlich. Für ihr Aussehen kann sie nichts. Sie ist mir tausendmal lieber als Stella. Wer weiß, was die anderen in diesem Moment über uns sagen?«

»Dass wir uns super gehalten haben, was sonst? Außerdem sind sie neidisch, weil wir auf Sylt leben dürfen.«

»Das kann sein. Stella hat es mehrfach betont. Sie wollte am liebsten jedes Detail wissen.«

»Du hast ihr nicht etwa gesagt, dass du ein riesiges Haus geerbt und einen umwerfenden Mann hast?«

»Bist du übergeschnappt? Ich werde mich hüten, ihr etwas von dem Haus zu erzählen. Über Nick habe ich nichts Näheres erwähnt. Stella weiß, dass ich verheiratet bin und wir einen kleinen Sohn haben.«

»Das reicht. Mehr braucht sie nicht zu wissen«, stellte Britta fest.

»Mir tut sie irgendwie leid«, sagte ich nachdenklich. »Sie stand von jeher im Abseits. Findest du nicht? Stella hat nie richtig Anschluss gefunden.«

»Kein Wunder bei ihrem Benehmen. Sie muss alles besser haben und den Mittelpunkt des Universums bilden. Aber wehe, jemand sagt oder weiß etwas besser als sie, dann ist sie sofort eingeschnappt und macht die Schotten dicht. Dann bist du in Ungnade gefallen und hast für den Rest deines Lebens bei ihr verschissen.«

»Britta, bitte!«

»Was denn? Ist doch so, oder nicht? Das darf man ruhig unverblümt sagen. Wen sie nicht mag, dem macht sie das Leben zur Hölle. Das ist die Realität.«

»Stimmt. Das ist ja das Traurige an der Sache«, versuchte ich zu erklären.

»Bitte Anna, komm nicht mit deiner Jeder-verdient-eine-zweite-Chance-Nummer«, unterbrach mich Britta.

»Okay, in diesem Fall gebe ich dir recht. Jeder ist für sein Glück ein Stück weit selbst verantwortlich. Stella kann manchmal ganz schön zickig sein.«

»Und das ist freundlich formuliert!«

Das Taxi hielt direkt vor Brittas Elternhaus. In den Fenstern brannte kein Licht. Entweder war niemand zu Hause oder Brittas Eltern schliefen. Sie betrieben eine Bäckerei mit einem kleinen Café und mussten sehr früh morgens anfangen zu arbeiten, sogar an den Wochenenden. Sonntags frische Brötchen kaufen zu können, war mittlerweile eine Selbstverständlichkeit, nicht nur in Urlaubsregionen. Britta kramte in ihrer Handtasche nach ihrem Portemonnaie.

»Lass, Britta, ich zahle das alles zusammen«, versicherte ich ihr.

»Danke, Anna! Dann bis morgen auf dem Bahnhof. Schlaf gut!«

Sie drückte mich flüchtig und stieg aus dem Auto. Ich winkte ihr durch die geschlossene Fensterscheibe nach, als sie sich an der Haustür kurz umdrehte. Dann verschwand sie im Inneren des roten Backsteinhauses.

Im Haus meiner Eltern brannte Licht. Sie waren noch wach, denn ich hörte Stimmen aus dem Wohnzimmer, als ich aufschloss. Ich legte den Hausschlüssel auf die Anrichte, hängte meine Jacke an die Garderobe und ging ins Wohnzimmer. Der Fernseher lief. Meine Mutter saß auf dem Sofa, umgeben von Wollknäulen in den unterschiedlichsten Farben, und strickte eine geringelte Socke. Auch bei uns zu Hause wurden statt Hausschuhen die selbst gestrickten Socken meiner Mutter getragen. Vornehmlich im Winter. Nick lief am liebsten barfuß im Haus, da wir eine Fußbodenheizung besaßen.

»Hallo!«, sagte ich, als ich den Raum betrat.

Mein Vater saß in seinem Lieblingssessel und verfolgte gebannt einen Boxkampf, der im Fernsehen lief. Er schien mich überhaupt nicht wahrgenommen zu haben, denn er drehte weder den Kopf in meine Richtung noch erwiderte er etwas.

»Ach, da bist du, Liebes«, begrüßte meine Mutter mich

und sah von ihrer Handarbeit auf. Sie schob sich ihre Lesebrille auf die Nasenspitze und schielte über den Rand hinweg, um mich besser erkennen zu können. »War's schön? Sind viele gekommen?«

»Ja, sehr viele, und es war interessant und lustig«, erklärte ich.

Mein Vater schien mich aus dem Augenwinkel wahrgenommen zu haben. Er hob kurz die Hand und murmelte: »Hallo, Anna!« Sein Blick war weiterhin auf den Fernseher gerichtet. »Das gibt's doch nicht! Das war gegen die Regeln!«, polterte er plötzlich los.

Überrascht sah ich meine Mutter an. Sie zuckte die Schultern.

»Lass uns in die Küche gehen, dann kann Papa in Ruhe fernsehen«, schlug sie vor, legte ihr Strickzeug beiseite und erhob sich vom Sofa.

»Seit wann interessiert sich Papa fürs Boxen?«, wollte ich wissen, denn diese Tatsache war völlig neu für mich.

»Er schaut öfter Sportsendungen, die live übertragen werden. Während der Olympischen Spiele bekommst du ihn gar nicht mehr vom Fernseher weg. Hin und wieder sieht er sich dann auch mal einen Boxkampf an«, erklärte meine Mutter. »Magst du etwas essen, Anna?«

Ich schüttelte den Kopf. »Nein danke, heute Abend gab es ausreichend zu essen. Für heute ist es genug, sonst platze ich. Ich trinke höchstens noch eine Tasse Tee, wenn du eine hast.«

Das brauchte ich kein zweites Mal zu sagen, da griff meine Mutter bereits in den Küchenschrank, zauberte ein Päckchen Kräutertee daraus hervor und hielt es mir vor die Nase.

»Wie wäre es damit?«

Ich nickte. Sie schaltete den Wasserkocher ein. Während das Wasser langsam zu kochen begann, füllte meine Mutter mit einem kleinen Löffel etwas getrocknete Teeblätter in einen Teefilter aus Papier und versenkte ihn in einem weißen Porzellanbecher. Auf dem Becher stand in blau geschwungener Schrift mein Name. Diese Tasse hatte ich täglich benutzt, als ich noch zu Hause bei meinen Eltern wohnte. Ich musste unwillkürlich beim Anblick dieses Relikts aus der Vergangenheit schmunzeln. Scheinbar konnte sich meine Mutter von diesem Stück nicht trennen, obwohl am Henkel und am Rand jeweils eine Stelle abgeplatzt war, und die Tasse dadurch unansehnlich geworden war. Normalerweise entsorgte sie angeschlagenes Geschirr rigoros.

Wir blieben eine Weile in der Küche, tranken Tee, und ich erzählte von dem Klassentreffen. Viele der Namen, die ich erwähnte, waren meiner Mutter geläufig. Sie hatte ein ausgesprochen gutes Namensgedächtnis. Der Tee schmeckte wunderbar, und langsam ergriff eine bleierne Müdigkeit Besitz von mir. Der Boxkampf im Fernsehen war zwischenzeitlich offenbar zu Ende, denn mein Vater kam in die Küche geschlurft. Er öffnete den Kühlschrank, warf einen Blick hinein und schloss ihn wieder, ohne etwas herauszunehmen. Als ihn meine Mutter fragend ansah, entgegnete er, er hätte eigentlich gar keinen Hunger und würde schlafen gehen. Ich räumte unsere Teetassen in die Spülmaschine und wünschte meinen Eltern eine gute Nacht.

Als ich im Bett lag, ließ ich den Abend in meinem Kopf Revue passieren. Das Wiedersehen mit meinen Schulkameraden war insgesamt betrachtet gelungen gewesen. Der Weg von Sylt nach Hannover hatte sich auf jeden Fall gelohnt. Zu sehen, was aus jedem Einzelnen im Laufe der Jahre geworden war und welche Wege eingeschlagen wurden, fand ich ausgesprochen interessant. Morgen fuhren wir zurück nach Hause. Auch wenn der kurze Ausflug in die Vergangenheit und der Besuch bei meinen Eltern schön waren, zog es mich nach Sylt. Bevor ich das Licht ausschaltete, kontrollierte ich mein Handy ein letztes Mal. Nick hatte mir eine SMS geschickt. »Schlaf gut, wir freuen uns auf dich«, hatte er geschrieben. Mit einem Lächeln auf dem Gesicht schlief ich ein.

KAPITEL 4

Es war sehr früh am Tag. Morgendlicher Dunst hing über dem Garten. Die verblühten Sonnenblumen ließen traurig ihre schweren Köpfe hängen. Ihre Zeit war vorüber, in der sie mit ihren strahlend gelben Gesichtern sogar bei bedecktem Himmel für gute Laune sorgten. Die Vögel erfreuten sich nun an ihnen, da die Samen aus den dunklen Köpfen ihnen als willkommene Nahrungsquelle dienten. Er saß am Küchentisch, las Zeitung und trank einen starken Kaffee wie jeden Morgen, als plötzlich das Telefon klingelte. Nach dem dritten Klingeln drehte er sich um und nahm es widerwillig von der Fensterbank.

»Wieso brauchst du so lange? Moin, Bruno«, erklang die Stimme seiner Schwester, als er den Hörer an sein Ohr hielt.

Ein Anruf zu dieser frühen Stunde bedeutete vermutlich nichts Gutes. Eine böse Vorahnung beschlich ihn.

»Moin, Beke! Von dir habe ich lange nichts mehr gehört«, erwiderte er, ohne vorwurfsvoll klingen zu wollen.

»Du weißt, dass ich immer sehr viel zu tun habe. Das Geschäft läuft, aber es könnte besser gehen. Da bleibt wenig Zeit für die angenehmen Dinge des Lebens«, konterte sie gereizt. »Und wie sieht es bei dir aus? Geschäftlich meine ich.«

»Ich bin zufrieden. Der Laden wirft keine Reichtümer ab, aber ich komme über die Runden«, erklärte er. »Mal besser, mal schlechter. So ist das halt.«

»Du musst dich eben mehr anstrengen. Lass dich nicht so gehen, Bruno! Erweitere deinen Kundenkreis oder ändere deine Marketingstrategie. Stillstand bedeutet Rückschritt. Du darfst dich niemals zurücklehnen, sonst bist du raus. Wie oft muss ich das noch predigen?«, gab sie ihm barsch zu verstehen.

Er seufzte innerlich. »Was kann ich für dich tun?«, wechselte er das leidige Thema.

Seine jüngere Schwester Beke war überaus ehrgeizig, geradezu besessen von Erfolg, Reichtum und Besitz. Er verkörperte in dieser Hinsicht das absolute Gegenteil – genügsam und mit den kleinen Dingen des Lebens zufrieden. Das beinahe krankhafte Streben nach Geld war ihm stets zuwider gewesen. Seine Frau war aus ähnlichem Holz geschnitzt wie seine Schwester, daher hatte sie ihn vor einigen Jahren verlassen und war bei Nacht und Nebel mit einem anderen Mann und den gesamten gemeinsamen Ersparnissen nach Südfrankreich durchgebrannt. Er, Bruno, hatte sie kampflos ziehen lassen, obwohl es ihm fast das Herz zerriss. Aber er wusste einfach nicht, was er tun sollte. Seine Schwester hatte anschließend wochenlang auf ihn eingeredet, er solle sich unbedingt sein Geld zurückholen. Doch Bruno war noch nie eine Kämpfernatur gewesen und fügte sich seinem Schicksal widerstandslos. Er liebte seine Frau noch immer. Seit ihrem Weggang ging es mit dem Geschäft zusehends bergab. Er rutschte immer tiefer in die roten Zahlen. Zu Beginn der Misere hatte ihm seine Schwester finanziell unter die

Arme gegriffen, bis er sich einigermaßen allein über Wasser halten konnte und langsam wieder Boden unter den Füßen bekam. Im Nachhinein bereute er, ihre Hilfe in Anspruch genommen zu haben. Dieser Anruf heute war sicherlich ein erneuter Vorwand, ihn unterschwellig daran zu erinnern und in irgendeiner Weise um eine Gegenleistung zu bitten. Beke rief niemals grundlos oder aus purer Geschwisterliebe bei ihm an. Schon gar nicht, um zu hören, wie es ihm ging. Das interessierte sie nicht. Daraus machte sie kein Hehl. Sie wurde nicht grundlos zu Schulzeiten »die eisige Beke« genannt.

»Du musst mir helfen, Bruno«, gab seine Schwester ihm unmissverständlich zu verstehen.

Das war keine große Überraschung, lag er also mit seiner Vermutung richtig. Sie hatte einen Auftrag für ihn.

»Worum geht es?« Ein resigniertes Stöhnen mischte sich in seine Antwort. Dieses Mal gab er sich keine Mühe, seinen Verdruss zu verbergen.

»Also wirklich, Bruno! Ich weiß nicht, was es zu stöhnen gibt. Hast du vergessen, dass ich dir damals sehr geholfen habe?«, erwiderte sie anklagend.

»Nein, wie könnte ich das vergessen?«

»Du brauchst nicht zynisch zu werden.«

»Das bin ich nicht. Also, worum geht es?«, fragte er ruhig.

Während er seiner Schwester zuhörte, fuhr er mit den Fingern über den Rand seiner Kaffeetasse. Er musste sie dringend abwaschen. Mit der Hand gespült wurde sie nicht so gründlich sauber wie in einem Geschirrspüler, aber der war seit einem halben Jahr kaputt. Eine Reparatur war unmöglich, und ein neues Gerät konnte er sich nicht leisten. Als er nun erfuhr, in welcher Angelegenheit Beke seine Unterstützung benötigte, verschlug es ihm für einen Moment lang die Sprache.

»Das kann ich nicht machen!«, flüsterte er mit heiserer Stimme, als wenn ihm eine unsichtbare Hand die Kehle zudrücken würde.

»Natürlich kannst du«, zischte sie.

»Nein, Beke, damit will ich nichts zu tun haben!«

Kurzes Schweigen.

»Wie du willst, Bruno. Ich weiß allerdings nicht, ob ich Hauke davon überzeugen kann, noch länger auf die Rückzahlung deines offenen Darlehens zu warten. Er ist in diesen Angelegenheiten äußerst pingelig und kann sehr ungemütlich werden.«

Bruno wurde heiß. Er schluckte. »Du weißt, dass ich das Geld nicht auf einen Schlag zurückzahlen kann. Wir haben eine Abmachung. Das ist Erpressung!«, gab er zurück. Er fühlte sich in die Enge getrieben. Panik ergriff ihn.

»Nenn es, wie du willst. Es liegt in deiner Hand. Denk darüber nach und sag Bescheid. Aber warte nicht zu lange.«

Beke legte ohne ein weiteres Wort auf und beendete somit das Gespräch. Mit einer Mischung aus Wut und purer Verzweiflung starrte Bruno auf das Telefon in seiner Hand. Dann ließ er es langsam auf die Tischplatte sinken. Wie sollte er sich entscheiden? Wenn er der Bitte seiner Schwester nicht nachkam, würde er finanziell endgültig am Ende sein und seinen Betrieb dichtmachen müssen. Ließ er sich hingegen darauf ein, würde das sein Leben ebenfalls für immer ruinieren, wenn er Pech hatte. Was letztendlich schlimmer war, vermochte er in der jetzigen Situation nicht zu entscheiden.

Meine Eltern brachten mich nach einem ausgiebigen Frühstück zum Hauptbahnhof. Meine Mutter hatte vorsorglich ein Fresspaket für Britta und mich zusammengestellt. Sie war kaum zu bremsen, obwohl ich ihr erklärte, dass wir keine Expedition zum Polarkreis unternehmen würden und im Zug ebenfalls die Möglichkeit bestand, Ess- und Trinkbares zu erwerben. Das Essen im Zug sei ungesund und maßlos überteuert, hatte sie entgegnet. Gegen ihre Hartnäckigkeit war ich einfach machtlos. Mein Vater hatte schon vor langer Zeit aufgegeben, sich ihr bei den meisten Angelegenheiten zu widersetzen. Er musste schließlich an seinen hohen Blutdruck und sein Nervenkostüm denken.

Britta wartete bereits auf dem Bahnsteig auf uns. Sie war mit der Straßenbahn gekommen. Da der Zug 20 Minuten Verspätung hatte, verabschiedete ich meine Eltern alsbald. Ich versicherte ihnen, dass sie meinetwegen nicht zu warten brauchten und lieber nach Hause fahren sollten. Auf Bahnsteigen war es stets laut, ungemütlich und zugig. Ich wollte nicht, dass sie eine Erkältung riskierten. Nur widerwillig fügte sich meine Mutter meinem Vorschlag. Mein Vater argumentierte zusätzlich, dass die Parkzeit begrenzt war, und er nicht bereit war, sich ein Ticket einzuhandeln. Die hohen Parkgebühren seien ohnehin eine Unverschämtheit. Meinen Vater als geizig zu bezeichnen, wäre falsch, sparsam traf es eher. Manchmal wunderte ich mich allerdings, beispielsweise, wenn er versuchte, meine Mutter davon abzuhalten, sich bei Angeboten zu bevorraten. Dies sei lediglich eine Marketingstrategie der Anbieter und eine viel zu hohe Kapitalbildung, war seine Devise. Er war vor seiner Pensionierung bei einer Bank beschäftigt gewesen. Ich betrachtete sein Verhalten als Berufskrankheit. Glücklicherweise lagen die Zeiten hinter mir, in denen ich mit den beiden einkaufen gehen musste, und somit blieb ich von derlei Diskussionen verschont.

Ich hatte das Gefühl, die Zugfahrt würde nie enden. Britta war bald eingeschlafen, und ich hing meinen Gedanken nach, während ich mich von Musik berieseln ließ. Dabei konnte ich herrlich abschalten. Ich liebte Klaviermusik, da ich selbst seit ewigen Zeiten Klavier spielte. Endlich überquerten wir den Hindenburgdamm, der Sylt mit dem Festland verband. Die Insel lag im kupferfarbenen Licht eines Spätsommernachmittags, und Schwärme von Zugvögeln zogen über den Himmel. Als ich den Kampener Leuchtturm und den Kirchturm von St. Serverin, der Kirche von Keitum, von Weitem erblickte, machte sich ein Glücksgefühl in mir breit. Gleich waren wir wieder zu Hause. Am liebsten hätte ich das Fenster geöffnet, um die würzig-schwere Luft nach Meer und Algen tief einzuatmen. Nur noch wenige Minuten trennten mich von meiner kleinen Familie. Ob sie bereits auf dem Bahnsteig auf mich warteten? Ich konnte die Ankunft kaum erwarten und verstaute den MP3-Player in meiner Handtasche. Britta wachte auf, als die Zugdurchsage ertönte, dass wir in Kürze den Endpunkt Westerland erreichen würden.

»Sind wir schon da?«, fragte sie verschlafen und rekelte sich.

»Schon ist gut. Du hast die gesamte Fahrt über geschlafen. Übrigens schnarchst du«, erwiderte ich grinsend.

»Da musst du dich täuschen«, behauptete Britta steif und fest. Ihre Mundwinkel zuckten amüsiert.

Der Zug fuhr langsam im Bahnhof von Westerland ein. Mit laut zischenden Bremsen kam er letztendlich zum Stehen, und die Türen öffneten sich automatisch. Alle Fahrgäste stiegen aus, darunter Britta und ich. Ich war froh, endlich frische Luft in meine Lungen pumpen und mich ein paar Schritte bewegen zu können. Wir wurden von lauten Möwenschreien empfangen. Die Enge in dem Zug war jedes Mal beklemmend. Seit ich vor nicht allzu langer Zeit unfreiwillig einige Tage und Nächte in einem engen Verlies verbringen musste, mied ich es, mich in geschlossenen Räumen aufzuhalten, die ich nicht jederzeit aus freien Stücken verlassen konnte.

»Mama!«, hörte ich Jungenstimmen rufen und sah, wie zwei Jungen aus der Menge auf dem Bahnsteig auf uns zustürmten. Ben und Tim liefen auf ihre Mutter zu. Britta empfing sie mit offenen Armen. Ihr Mann Jan folgte wenige Meter hinter ihnen und küsste seine Frau zur Begrüßung. Ein harmonisches Bild. Suchend sah ich mich um. Wo war Nick? Er wollte mich vom Bahnhof abholen. Noch kurz vor Niebüll hatte ich ihm eine SMS geschrieben, dass wir in Kürze einträfen. Enttäuschung und Sorge stiegen in mir auf. Dann erblickte ich ihn. Er stand ganz vorne am Gleis und lächelte mir zu. Ich eilte ihm mit schnellen Schritten entgegen. Auf einem Arm hielt er den kleinen Christopher und in der anderen Hand die Hundeleine, an dessen Ende Pepper befestigt war. Er musste mich gewittert haben, denn er hob seinen Kopf in meine Richtung.

»Hallo!«, rief ich.

»Sweety!«, sagte Nick und küsste mich so leidenschaftlich auf den Mund, als ob wir wochenlang getrennt gewesen wären.

Mir blieben die Blicke der übrigen Reisenden, die uns passierten, nicht verborgen. Einige von ihnen zwinkerten mir freundlich zu.

»Nick, doch nicht vor allen Leuten«, flüsterte ich ihm peinlich berührt zu und nahm ihm Christopher ab.

»Ist es neuerdings verboten, seine Frau in der Öffentlichkeit zu küssen? Das muss mir entgangen sein«, sagte er grinsend und griff nach meiner Reisetasche.

»Nein, natürlich nicht. Na, mein Kleiner, hast du deinen Daddy auch nicht geärgert?« Ich drückte Christopher fest an mich, der mit seinen kleinen Händen nach meinen Haaren grapschte.

»Wir sind prima zurechtgekommen«, versicherte Nick. »Oder, Christopher?«

Nun war endlich Pepper an der Reihe, der schwanzwedelnd um meine Aufmerksamkeit buhlte. Ich bückte mich und streichelte ihn ausgiebig. Er schmiegte sich fest an mein Bein. Nachdem wir uns von Britta und ihrer Familie verabschiedet hatten, fuhren wir in unser Haus nach Morsum. Als ich das Haus betrat, zog mir ein angenehmer Duft in die Nase.

»Das riecht aber gut. Hast du gekocht?«, erkundigte ich mich.

»Ja, ich dachte, du freust dich über ein kleines Willkommensmahl«, sagte Nick, stellte die Tasche ab und nahm mir meine Jacke ab.

»Und ob. Was gibt es denn?«, wollte ich wissen und platzte fast vor Neugier.

Nick konnte fantastisch kochen. Und das war nur eines der Dinge, die er perfekt beherrschte.

»Überraschung!«, flüsterte er mir ins Ohr und küsste mich auf die Wange. »Aber wie wäre es zunächst mit einer Tasse Tee und einem Stück Blaubeerkuchen? Ava hat einen gebacken und vorbeigebracht«, ergänzte er schnell.

»Hervorragende Idee«, gab ich zurück und war froh, zu Hause zu sein.

Während ich ins Schlafzimmer ging und meine Reisetasche auspackte, kümmerte sich Nick um Kaffee und Kuchen. Ich hatte den kleinen Christopher mit nach oben genommen. Neugierig untersuchte er meine Tasche und zog ein kleines Stofftier hervor. Das hatte meine Mutter für ihn gekauft und mir mitgegeben. Begeistert nahm er es in beide Hände und drückte es fest an sich. Er strahlte. Der Anblick ließ mir Tränen in die Augen steigen. Seine Freude war unglaublich rührend.

Nick und ich saßen auf dem Sofa im Wohnzimmer, aßen Kuchen und sahen Christopher dabei zu, wie er auf dem dicken Teppich saß und mit seinen Bauklötzen beschäftigt war.

»Ihr habt mir gefehlt, obwohl es bloß ein Wochenende war«, stellte ich fest und trank einen Schluck von meinem Tee.

»Hat es dir in Hannover nicht gefallen?«, fragte Nick und streichelte über meinen Oberschenkel.

»Doch, aber ihr habt mir trotzdem gefehlt. Das Klassentreffen war lustig und äußerst aufschlussreich.«

Dann berichtete ich Nick in Kurzfassung von meinen Begegnungen.

»Ich war noch nie bei einem Klassentreffen«, sagte er schließlich.

»Warum nicht? Was hindert dich daran?«

Er sah mich skeptisch an. »Darf ich dich erinnern, dass ich in Kanada zur Schule gegangen bin? Für ein Klassentreffen müsste ich bis nach Kanada reisen. Findest du den Aufwand nicht übertrieben?«

»Kommt darauf an. Christopher und ich würden dich begleiten. Eine Art Urlaub. Wir könnten es mit einem Besuch bei deinen Eltern verbinden. Sie würden sich bestimmt freuen, Sohn und Enkel zu sehen«, schlug ich vor.

»Und ihre Schwiegertochter. Lass uns darüber reden, wenn es zur Debatte steht. Wie geht es deinen Eltern?«, wollte Nick wissen, der von meiner Idee nicht besonders begeistert zu sein schien.

»Alles wie immer. Sie überlegen, demnächst Urlaub zu machen.« Er sah mich mit großen Augen an. »Nein, keine Angst, sie kommen nicht zu uns nach Sylt. Sie wollen auf die Kanarischen Inseln. Meine Mutter sprach von Lanzarote«, beruhigte ich ihn und bemerkte, dass sich seine Miene entspannte und er erleichtert ausatmete.

»Verstehe mich bitte nicht falsch, Anna, ich habe nichts gegen deine Eltern, aber sie können manchmal sehr anstrengend sein, auch wenn sie es nur gut meinen«, erklärte er entschuldigend.

»Ja, gerade dann besonders.«

Nachdem Christopher gegessen und ich ihn ins Bett gebracht hatte, ging ich nach unten. Nick war währenddessen in der Küche beschäftigt, aus der es herrlich roch.

Er stand am Herd, mit dem Rücken zu mir, und rührte in einem Topf. Ich schlang von hinten meine Arme um seine Taille und zog ihn fest an meinen Körper. Er drehte sich zu mir um, nahm mein Gesicht in seine Hände und sah mir tief in die Augen. Dann küsste er mich lange und eindringlich, sodass mir ganz schwindlig wurde.

»Hunger?«, hauchte er mir zu, als sich unsere Lippen trennten. Ich nickte. »Dann setz dich, es geht gleich los. Das war erst die Vorspeise.«

Ich musste lachen und kniff ihm in die Seite. Daraufhin lachte er ebenfalls und widmete sich wieder dem Essen.

»Deine neue Kreation war hervorragend«, stellte ich anerkennend fest, nachdem ich alles bis auf den letzten Krümel aufgegessen hatte. Nick war in meinen Augen ein begnadeter Koch. Sein Vater führte zwei Restaurants in Kanada. Vermutlich lag das Talent zu kochen in den Genen der Familie Scarren. Zufrieden lehnte ich mich auf meinem Stuhl zurück. »Das war die beste Lammkeule, die ich seit Langem gegessen habe. Und diese Kartoffeln in der Soße! Ein Gedicht! Falls dir die Arbeit bei der Polizei eines Tages keinen Spaß mehr machen sollte, kannst du problemlos auf Koch umsatteln. Restaurants gibt es ausreichend auf der Insel.«

»Freut mich, dass es dir geschmeckt hat. Die Fleischqualität war sehr gut. In so einem Tier steckt man nicht drin. Wenn das Fleisch zäh ist, kann man sich mit der Zubereitung noch so viel Mühe geben, dann hat man keine Chance«, erwiderte Nick und nahm einen Schluck Rotwein. »Lust auf Nachtisch?«

»Ich glaube, ich brauche erst mal eine Pause. Ich bin pappsatt. Später komme ich sehr gerne auf das Angebot mit dem Nachtisch zurück«, sagte ich mit einem vielsagenden Lächeln.

Nick schien sich zu amüsieren, denn seine Mundwinkel zuckten. Wir räumten das benutzte Geschirr in die Spülmaschine und siedelten anschließend mit unseren Weingläsern ins Wohnzimmer um. Auf dem Sofa sitzend, kuschelte ich mich an meinen Mann und genoss seine Nähe. Mit einem Ohr horchte ich nach oben in Richtung Kinderzimmer, aber alles war ruhig. Christopher schien fest zu schlafen. Er war ein ausgesprochen pflegeleichtes Kind.

»Und?«, wollte Nick plötzlich wissen. »Hast du vor, alte Freundschaften wiederzubeleben nach dem Treffen?«

»Nein«, gab ich nach kurzem Zögern zurück. »Es war schön, vertraute Gesichter wiederzusehen, aber wir leben alle unser eigenes Leben. Man nimmt sich oft vor, sich wiederzutreffen oder wenigstens zu telefonieren, aber sobald man sich dem Alltag zugewendet hat, verläuft der gute Vorsatz als leere Versprechung im Sande. Hast du noch alte Schulfreunde, mit denen du in Kontakt stehst?«

Nick schüttelte den Kopf und trank einen Schluck Wein. Dann stellte er sein Glas ab und sagte: »Nein. Klar gibt es ein paar Leute, die ich aus meiner Schulzeit in Kanada kenne, aber ich würde sie nicht als Freunde bezeichnen. Ab und zu bekomme ich eine Karte zu Weihnachten oder zum Geburtstag, meist sind es die Mitschülerinnen, die den Kontakt aufrecht halten.«

»Das glaube ich gern«, rutschte es mir heraus.

Nick grinste. »Der Einzige, mit dem ich in regelmäßigem Kontakt stehe, ist Scott. Aber leider hast du ihn bislang nicht kennengelernt, da er nicht zu unserer Hochzeit kommen konnte. Als freiberuflicher Fotograf ist er überall auf der Welt für Reportagen unterwegs. Ich hoffe, ich sehe ihn bald, bevor er in irgendeinem Urwald auf dieser Welt verloren geht.« Nick lachte kurz auf. Dann sah er nachdenklich aus.

»Er fehlt dir.«

»Ja, das tut er. Jedenfalls manchmal. Er ist eine Art Bruder für mich.«

»Ich würde ihn gerne kennenlernen. Du hast zwar viel von ihm erzählt, doch momentan ähnelt er eher einem Phantom.«

»Vielleicht klappt es bald. Wie sieht dein Plan für morgen aus?«, fragte Nick und strich mir eine Strähne aus der Stirn.

»Morgen treffe ich mich mit einer potenziellen Kundin. Sie hat mich am Freitag angerufen. Sie hat ein Haus in Braderup gebaut und mich gebeten, ihr einen Vorschlag für den Garten und den Parkplatz zu machen.«

»Den Parkplatz?« Nick legte seine Stirn in Falten. »Ein Hotel? Oder besitzt sie einen Fuhrpark?«

»Du bekommst hässliche Falten auf der Stirn, wenn du so guckst«, bemerkte ich.

»Männer bekommen, wenn überhaupt, Linien. Dadurch werden sie im Alter noch interessanter und attraktiver«, wurde ich belehrt.

»Tatsächlich? Was du alles weißt! Aber zu deiner Frage: An das Wohnhaus ist ein kleiner Laden angeschlossen, so wie ich die Besitzerin am Telefon verstanden habe. Ich werde mir das morgen alles genauer ansehen. Um 9.30 Uhr habe ich den Termin vor Ort. Christopher und Pepper nehme ich mit. Die Besichtigung wird vermutlich seine Zeit brauchen.«

»Gut, na dann. Ich bin nach Feierabend auf ein Bier mit Uwe und den Jungs verabredet.«

»Schön, grüße sie von mir.«

»Das werde ich machen.«

Nachdem wir unsere Gläser geleert hatten, ließen wir Pepper kurz in den Garten und gingen anschließend schlafen.

KAPITEL 5

»Dein Bruder war eben hier, du hast ihn nur knapp verpasst«, sagte Hauke Hinrichsen, als seine Frau durch die Haustür in den Flur trat. In beiden Händen hielt sie zwei volle Einkaufstüten und schob sich damit an ihrem Mann vorbei in die Küche. Er machte einen Schritt zur Seite.

»Und was wollte er? Hat er sich endlich entschieden?« Mit letzter Kraft wuchtete sie stöhnend die schweren Plastiktüten auf die Arbeitsfläche. Ihre Handflächen wiesen rote Striemen auf. »Verdammt, sind die blöden Tüten schwer!«, fluchte sie und massierte mit dem rechten Daumen die Innenseite ihrer linken Hand.

»Warum gehst du nicht zweimal?«

»Warum hilfst du mir nicht?«, fauchte sie zurück. »Das esse ich schließlich nicht alles allein. Was hat Bruno gesagt?«

»Ich glaube, er hat kapiert, dass er im Grunde keine andere Wahl hat, als uns zu helfen. Allerdings war er nicht gerade begeistert. Er hat dauernd von Erpressung gesprochen. Du würdest ihn mit unfairen Mitteln unter Druck setzen. Wenn die Sache schiefgeht, würde er nicht den Mund halten, hat er gesagt«, berichtete ihr Mann. »Dann geht er zur Polizei und wird alles erzählen.«

»Jaja, leeres Geschwätz. Das darf man nicht ernst nehmen. Dann ist ja alles klar. Ich war mir sicher, er würde einknicken. Bruno hat einfach kein Rückgrat. Er war schon immer ein Weichei, sonst hätte er sich wohl kaum die Frau ausspannen lassen.« Sie verzog verächtlich den Mund. »Außerdem schuldet er uns diesen Gefallen.«

»Sei froh, dass er solch eine Memme ist. Das kann für uns nur von Vorteil sein.«

»Wie geht es jetzt weiter?«, fragte sie und begann damit, die gekauften Lebensmittel im Kühlschrank und den Schränken zu verstauen. Eine Packung Nudeln wurde gewaltsam in eine Schublade gestopft, in der eigentlich kein Platz mehr war.

»Ich denke, je schneller wir es hinter uns bringen, desto besser. Ich habe bereits einen Plan.«

Er grinste zufrieden und nahm sich eine Flasche Bier aus dem Kühlschrank. Er entfernte den Kronkorken und setzte den Flaschenhals an den Mund. »Prost!« Nach einem großen Schluck stieß er laut auf und wischte sich mit dem Handrücken quer über den Mund.

»Hauke, bitte!«, ermahnte sie ihn mit strengem Blick.

»'tschuldigung.«

»Ich kann es kaum erwarten. Hatte mein Bruder das Zeug dabei?«

»Ja, es steht in der Werkstatt. Geh da nicht ran!«

»Ich werde mich hüten, ich bin ja nicht lebensmüde.«

Nick war heute Morgen sehr früh zum Dienst aufgebrochen. Ich machte mich kurz nach 9.00 Uhr auf den Weg nach Braderup. Dort sollte ich mich mit meiner neuen Auftraggeberin treffen und wollte pünktlich sein. Das Grundstück lag ein Stück abseits in einer Sackgasse in direkter Nähe zum Watt. Als ich davor hielt, verließ gerade ein Mann in Begleitung einer Frau das Grundstück. Beide trugen Arbeitskleidung und stiegen in einen Kleintransporter. Vermutlich gehörten sie zu der Baufirma, die mit dem Hausbau betraut war. Sie fuhren zügig an mir vorbei, ohne mir Beachtung zu schenken. Ich kümmerte mich nicht weiter darum, denn meine gesamte Aufmerksamkeit galt Christopher, der weinend in seinem Kindersitz kauerte. Ich blickte in den Rückspiegel. Dann schaltete ich den Motor aus und drehte mich zu ihm um. Sein neues Stofftier, das ihm meine Mutter geschenkt hatte, war in den Fußraum gefallen. Das war der Auslöser für seine Missstimmung.

»Ach, kleiner Mann, das ist nicht so schlimm! Warte, ich gebe es dir gleich«, versuchte ich ihn zu trösten, schnallte mich ab und angelte mit einem Arm nach dem Spielzeug.

Kaum hielt ich es in der Hand, erschien ein Lachen auf seinem Gesicht, und seine Augen, aus denen eben noch dicke Tränen gekullert waren, leuchteten. Seine kleinen Hände griffen gierig nach dem weichen Spielgefährten. Pepper saß derweil im Kofferraum des Wagens und verfolgte aufmerksam das Geschehen durch die Gitterabtrennung. Sobald Christopher auch nur zu weinen anfing, war Pepper sofort zur Stelle. Er bewachte ihn rund um die Uhr. Ich stieg aus und befreite Christopher aus seinem Kindersitz. Anschließend entließ ich Pepper aus dem hinteren Teil meines Geländewagens. In diesem Augenblick bog ein kleines quietschgelbes Auto in die Straße ein und hielt direkt hinter meinem Wagen. Eine kleine mollige Frau mit dunklen Locken entstieg dem Gefährt und strahlte mich aus ihrem runden Gesicht fröhlich an. Sie trug schwarze Leggings und eine knielange auffällige Tunika mit Blütenmuster.

»Hallo!«, rief sie fröhlich, schulterte ihre Handtasche und schlug schwungvoll die Fahrertür ihres Wagens zu. »Sie müssen Anna Scarren sein, richtig?«

»Ja, die bin ich«, antwortete ich und ging auf sie zu. »Schön, Sie kennenzulernen.«

»Lassen wir die förmliche Anrede, ich bin Inka.« Sie streckte mir ihre Hand entgegen, und ich bekam einen festen Händedruck zu spüren.

»Gern, ich bin Anna.«

»Danke, dass du so spontan Zeit hattest. Und wen haben wir hier?«, fragte Inka und wandte sich an Christopher auf meinem Arm.

»Das ist Christopher«, erklärte ich.

»Der ist ja goldig! Ein hübscher Junge. Na, bei der Mama ist das kein Wunder!«

Und bei dem Vater erst, fügte ich in Gedanken hinzu und hatte augenblicklich Nicks Gesicht vor Augen. Ich lächelte stolz. »Wen hast du noch mitgebracht?«, wollte Inka wissen und bückte sich zu Pepper, der interessiert an ihrem Schuh schnüffelte.

»Das ist Pepper.«

Sie hielt ihm ihre Hand hin, und Pepper roch zaghaft daran.

»Soso. Auch ein Hübscher! Na, du riechst wohl meine Gipsy?«

»Hast du auch einen Hund?«

»Ja, eine Labradorhündin. Aber sie ist viel runder als du, Pepper. Geht mehr nach ihrem Frauchen!« Inka lachte so herzhaft, dass ihr gewaltiger Busen dabei auf und ab wogte. »Wollen wir starten, Anna? Ich würde dir gern alles zeigen.«

»Gerne, ich bin schon sehr gespannt«, erwiderte ich und folgte Inka auf das Grundstück.

»Also, hier in diesem Teil werde ich mein Schmuckatelier mit dem Verkaufsraum unterbringen. Dahinter befindet sich die Werkstatt. Die zeige ich dir auch gerne, wenn du magst«, sagte sie und deutete auf einen Anbau mit einer großen Fensterfront.

»Du stellst Schmuck her?«

»Ja, ich bin Goldschmiedin. Sagte ich das nicht am Telefon?« Die Frage schien sie zu verblüffen.

»Nein, du erwähntest lediglich, dass du einen Laden direkt am Haus hast. Um welche Art Geschäft es sich dabei handelt, hast du nicht explizit gesagt. Mit Schmuck lässt sich auf der Insel sicher gutes Geld verdienen, denke ich. Vor allem, wenn er nicht von der Stange ist.«

»Das siehst du richtig. Ich habe mich auf Sonderanfertigungen spezialisiert. Die Leute bevorzugen das Individuelle, keine Massenware. Wollen wir reingehen?«

Ich nickte zustimmend und folgte Inka in das Innere des Hauses. Drinnen roch es nach frischem Beton und Fliesenkleber. Hier und da lugten Kabelenden aus der Wand.

»Der Rest des Hauses wird ausschließlich privat genutzt«, erklärte Inka, während wir durch die leeren Räumlichkeiten spazierten. Schließlich erreichten wir einen großzügig geschnittenen Raum, der, wie sie mir erklärte, als Werkstatt dienen sollte. In der Mitte stand ein riesiger Tisch mit jeder Menge unterschiedlichen Werkzeugen darauf. Der gesamte Raum war lichtdurchflutet. Von hier aus hatte man einen herrlichen Blick in den dahinter liegenden Garten und auf das Watt.

»Beneidenswerter Arbeitsplatz«, bemerkte ich und ließ Christopher runter, da er auf meinem Arm zappelig wurde.

»Das war immer mein Traum«, erwiderte Inka und sah sich stolz um. »Und damit dieser Ausblick perfekt wird, würde ich dich gerne engagieren und dir die Gestaltung der Außenanlage anvertrauen.«

»Ich fühle mich geehrt. Darf ich fragen, wie du überhaupt auf mich gekommen bist?«, wollte ich wissen. »Ich bin schließlich nicht die einzige Landschaftsarchitektin auf der Insel.«

»Das war nicht schwer. Ich brauchte mich bloß ein bisschen auf der Insel umzusehen. Dabei bin ich in Kampen an einem Haus mit einem wundervoll gestalteten Garten vorbeigekommen. Die Besitzer waren gerade draußen, und da habe ich sie gefragt, wer den Garten angelegt hat. Sie haben mir deinen Namen gegeben und dich in den höchsten Tönen gelobt. Du siehst, so simpel ist das manchmal.«

»Ich glaube, ich weiß, von welchem Grundstück du sprichst. Das war mein erstes Projekt auf der Insel, und die Eigentümer haben mir freie Hand gelassen. Was hast du dir für dein Grundstück vorgestellt? Etwas in der Art wie in Kampen?«

»Ein paar Ideen habe ich bereits. Lass uns rausgehen, dann zeige ich dir, wie ich mir das vorstelle.«

Nach einer weiteren Stunde verabschiedete ich mich von Inka mit einem neuen Auftrag in der Tasche. Sie hatte freundlicherweise die Grundstückspläne im Voraus kopiert und mitgebracht. Somit war ich sofort in der Lage, mit der Planung zu beginnen. Christopher wurde langsam unruhig. Ihm war langweilig, was ich durchaus verstehen konnte. Ich versprach Inka, in den nächsten Tagen ein Angebot zu erarbeiten und ihr zukommen zu lassen. Sie freute sich und betonte, dass sie es kaum erwarten könne, erste Vorschläge in den Händen zu halten.

Als ich zu Hause war, gab ich zu allererst Christopher sein Essen und legte ihn anschließend hin, damit er seinen Mittagsschlaf halten konnte. Er lag kaum in seinem Bettchen, war er auch schon eingeschlafen. Die frische Luft, der Besuch bei Inka und die Autofahrt hatten ihn müde gemacht. Leise schlich ich aus dem Zimmer und ging nach unten in die Küche, um mir einen Tee zuzubereiten und eine Scheibe Brot zu schmieren. Mein Magen meldete sich mit lautem Knurren. Pepper fixierte gebannt die Dose mit den Hundekeksen. Ich ließ mich erweichen und gab ihm einen Keks. Seine Beute in der Schnauze trabte er stolz davon, um sie im Wohnzimmer auf dem Teppich zu verspeisen. Mit einem Pott heißen Tee und dem Brot wanderte ich kurz darauf nach oben in mein Arbeitszimmer. Dort machte ich mich daran, eine Skizze für Inkas Grundstück anzufertigen. Noch waren die Eindrücke in meinem Kopf ganz frisch. In Gedanken stellte ich mir vor, wie ich den Parkplatz vor dem Atelier und den angrenzenden Garten gestalten wollte. Völlig in meine Arbeit vertieft, bemerkte ich nicht, wie schnell die Zeit verging. Ein leises Geräusch riss mich aus meinen Gedanken. Ich lauschte angestrengt. Da war es wieder. Die Töne kamen eindeutig aus dem Kinderzimmer auf der anderen Seite des Flurs. Ich sah auf die Uhr auf meinem Schreibtisch. Tatsächlich waren eineinhalb Stunden vergangen, seit ich Christopher schlafen gelegt hatte. Jetzt war er hellwach.

Ich stand auf und ging ins Kinderzimmer. Pepper lag neben Christophers Bett und hob den Kopf, als ich das Zimmer betrat. Er legte sich immer neben das Bettchen, wenn der Kleine seinen Mittagsschlaf hielt. Christopher lag auf dem Rücken und versuchte, mit den Fingern nach den Figuren des Mobiles zu greifen, das über seinem Bett hing. Dabei gab er die unterschiedlichsten Laute von sich. Als er meine Stimme hörte und mich erblickte, strahlte er über das ganze Gesicht und quiekte vor Begeisterung. Ich zog die Vorhänge auf, hob ihn aus dem Bett und brachte ihn ins Badezimmer, um ihn zu wickeln. Pepper folgte uns wie ein Schatten.

Gegen 18.00 Uhr hörte ich erst einen Wagen vor dem Haus, und anschließend öffnete sich die Haustür. Nick kam nach Hause. Pepper flitzte schwanzwedelnd zur Tür, um sein Herrchen zu begrüßen. Ich erhob mich vom Sofa, legte das Buch zur Seite, das ich gerade las, und ging ihm entgegen.

»Hallo, Sweety!« Nick gab mir einen Kuss.

»Hallo, Nick! Wie war's? Ehrlich gesagt habe ich so früh nicht mit dir gerechnet. Wolltet ihr nicht zusammen ein Bier trinken gehen?«, fragte ich verwundert.

»Uwe und Ansgar haben kurzfristig abgesagt. Christof hatte einen wichtigen Termin und musste nach einer halben Stunde gehen, und Oliver fühlte sich heute nicht besonders gut. Er hat sich eine üble Erkältung eingefangen und wollte sich ins Bett legen, damit er morgen wieder fit ist. Allein wollte ich auch nicht bleiben«, erklärte Nick, während er seine Jacke an die Garderobe hängte. »Wie geht es euch? Alles okay? Schläft der Kleine?«

»Alles bestens. Ja, Christopher schläft. Ich habe es mir auf dem Sofa bequem gemacht und lese. Hast du Hunger? Ich mache dir gerne etwas.«

Nick schüttelte ablehnend den Kopf. »Danke, ich habe eine Kleinigkeit gegessen. Aber einen Kaffee würde ich gerne trinken.«

»Du und dein Kaffee! Wenn ich um diese Zeit einen Kaffee trinken würde, könnte ich die ganze Nacht kein Auge zumachen«, stellte ich fest und machte mich auf den Weg in die Küche.

Nick lachte und folgte mir. Dort lehnte er sich mit dem Rücken gegen die Arbeitsplatte und sah mir zu, wie ich einen Becher aus einem der Hängeschränke nahm und die Kaffeemaschine einschaltete.

»Was hat dein Termin in Braderup ergeben? Hast du den Job?«, fragte er und sah mich erwartungsvoll aus seinen dunklen Augen an. Er wirkte müde und abgespannt.

»Oh ja, ich habe den Auftrag!«

»Glückwunsch, das ist großartig«, sagte Nick und trat näher zu mir.

Dann legte er seine Arme um meine Taille, zog mich zu sich und küsste mich auf den Mund.

»Inka Weber ist total nett. Sie vertraut mir voll und ganz und ist gespannt auf meine Vorschläge«, berichtete ich. »Inka hat ihre gesamten Ersparnisse in dieses Projekt gesteckt und wagt einen Neustart. Sie kommt ursprünglich nicht von hier. Sie war bis vor Kurzem in Hessen zu Hause.«

»Mutig, aber ich denke, sie wird reiflich darüber nachgedacht haben, diesen Schritt zu wagen.« Nick griff nach dem Kaffeebecher, den ich ihm reichte. »Komm, wir setzen uns auf die Terrasse, es ist noch so schön mild. Trinkst du nichts?«

»Nein danke.«

Wir verließen die Küche, gingen auf die Terrasse und machten es uns auf den Gartenmöbeln bequem. Nick reichte mir eine Decke, in die ich mich einwickelte. Pepper war uns gefolgt und durchstreifte mit hocherhobener Rute und gesenkter Nase sein Reich. Vermutlich verfolgte er die Spur eines Kaninchens, das kurz zuvor über den Rasen gehoppelt war. Diese Nager waren mittlerweile zu einem Problem geworden. Sie vermehrten sich mit rasender Geschwindigkeit und unterminierten die gesamte Insel. Draußen war es beinahe windstill, und der Garten erstrahlte in seiner spätsommerlichen Pracht. Die Blütenbälle der Hortensien verfärbten sich langsam, und ihr warmer Ton strahlte eine sanfte Ruhe aus. Alles wirkte friedlich. Am Horizont zog ein Schwarm Seevögel vorbei. Die Sonne stand tief am Himmel und ihr rötliches Licht wurde durch ein Band aus dünnen Schleierwolken gedämpft. Obwohl der Sommer sich allmählich verabschiedete, besaß die Sonne noch ausreichend Kraft, um die Luft tagsüber angenehm zu erwärmen. Abends und früh morgens konnten die Temperaturen dagegen manchmal empfindlich frisch sein.

»Wie war es auf der Arbeit?«, wollte ich von Nick wissen.

Wir hatten die ganze Zeit ausschließlich über mich und meinen Auftrag gesprochen. Nick lehnte sich in seinem Stuhl zurück und hatte seine Beine lang ausgestreckt, die Knöchel überkreuzt.

»Nichts Weltbewegendes. Ein Ladendiebstahl und eine

handgreifliche Rangelei am Strand wegen eines Strandkorbes.«

»Wegen eines Strandkorbes?«, wiederholte ich.

»Ja, angeblich war der Strandkorb doppelt vergeben worden. Beide Mieter hatten tatsächlich dieselbe Strandkorbnummer«, erklärte Nick eher beiläufig und trank einen Schluck von seinem Kaffee.

»Das kann durchaus passieren, deshalb muss man sich nicht gleich an die Gurgel gehen«, wandte ich ein.

»Das sehe ich auch so. Am Ende hat sich herausgestellt, dass beide Familien zwar ein und dieselbe Nummer hatten, aber der eine Strandkorb war in Wenningstedt gebucht worden und nicht in Westerland.«

»Tja, wer lesen kann, ist klar im Vorteil. Und deshalb musstet ihr extra ausrücken. Das ist nicht zu fassen!«, stellte ich kopfschüttelnd fest. »Als gäbe es nichts Wichtigeres auf der Welt.«

»Ja, das ist leider kein Einzelfall«, seufzte Nick und legte seinen Arm um mich.

»Zweifelst du manchmal an deiner Berufswahl? Ich meine, würdest du lieber etwas völlig anderes machen?«

Nick sah mich verdutzt an. »Nein, ich mag meinen Job. Naja, jedenfalls meistens. Nur solche Sachen wie heute sind völlig überflüssig und nervig. Wenn die Leute solche Einsätze selbst zahlen müssten, würden sie sich vorher überlegen, ob sie sofort die Polizei rufen.«

»Da kannst du dir sicher sein!«, pflichtete ich ihm bei. »Ich dachte, bei der Kripo musst du dich mit solchen Dingen nicht mehr beschäftigen?«

»Prinzipiell hast du recht, aber die Saison ist noch nicht vorbei, und wir unterstützen die Kollegen von der Schutzpolizei, wo wir können. Zurzeit herrscht absoluter Personalmangel, viele Kollegen sind erkrankt.«

Nachdem wir einige Minuten schweigend nebeneinandergesessen waren, ergriff Nick das Wort.

»Ich hatte übrigens heute einen Anruf von Scott.«

»Deinem Freund aus Kanada?«, fragte ich neugierig. Gerade gestern hatten wir von ihm gesprochen. »Und?«

»Er kommt uns besuchen«, fuhr Nick fort.

»Das ist super! Wann kommt er? In nächster Zeit?«

»Erst Ende des Jahres«, antwortete Nick. »Dann ist er beruflich an der Nordseeküste unterwegs. Wenn ich ihn richtig verstanden habe, macht er Aufnahmen für einen Bildband. Irgendetwas über das Wattenmeer als UNESCO Weltnaturerbe oder so ähnlich. Wir haben nicht lange telefoniert, die Verbindung war sehr schlecht.«

»Das klingt interessant, findest du nicht?«, bemerkte ich. »Das Wattenmeer ist einzigartig auf der Welt.«

»Scott hat immer spannende Themen. Deshalb ist er ständig auf der ganzen Welt unterwegs. Er hat jedes Mal eine Menge interessanter Dinge zu berichten«, sagte Nick und leerte in einem Zug seinen Kaffeebecher.

Ich betrachtete ihn aufmerksam und meinte, einen Anflug von Wehmut in seiner Stimme zu erkennen. »Würdest du gern ein solches Leben führen? Ein Leben wie dein Freund Scott?«

Nick sah mich mit großen Augen an. »Wie kommst du darauf? Stimmt etwas nicht, Sweety? Du stellst heute Abend merkwürdige Fragen. Gibt es etwas, was du mir sagen möchtest?«

»Nein, es ist alles in Ordnung. Ich denke bloß manchmal, dass du vielleicht lieber mehr Abwechslung in deinem

Alltag hättest. Schließlich warst du früher viel unterwegs, hast Touren unternommen, sehr viel Sport getrieben. Und nun sind wir verheiratet, haben einen Sohn ...«

»Halt, Anna«, unterbrach er mich. »Vieles hat sich verändert, aber ich mag mein Leben so, wie es ist. Ich liebe dich und Christopher und bin glücklich. Es gibt nichts auf der Welt, gegen das ich das alles tauschen möchte. Mach dir nicht so viele überflüssige Gedanken!«

Er beugte sich zu mir und gab mir einen Kuss. Erleichtert strich ich mit meiner Hand über seine Wange. Ein Leben ohne ihn war für mich nicht mehr vorstellbar. Das machte mir von Zeit zu Zeit ein wenig Angst.

KAPITEL 6

Hauke Hinrichsen parkte seinen Wagen auf dem grasbewachsenen Seitenstreifen und stieg aus. Die letzten paar Meter bis zu dem Haus wollte er zu Fuß zurücklegen. Er öffnete die Schiebetür seines Transporters und ließ seinen Hund heraus. Dieser sprang mit einem Satz aus dem Wagen und steckte seine Nase sogleich in das hohe Gras. Dann hob er ein Hinterbein, pinkelte und markierte auf diese Weise die Stelle. Der Vorgang wurde durch heftiges Kratzen und Scharren mit beiden Hinterläufen abgeschlossen. Auf dem Weg zu dem Haus ging Hauke Hinrichsen in Gedanken noch einmal alles durch, was er sagen wollte. Sein Rottweiler lief brav bei Fuß. Nachdem vor ein paar Jahren auf dem Firmengelände der Firma Hinrichsen eingebrochen worden war, hatte Hauke beschlossen, sich einen Hund anzuschaffen. Wenn es nach seiner Frau gegangen wäre, würde er solch eine Fußhupe – wie er kleine Hunde gerne bezeichnete – neben sich führen. Glücklicherweise ließ sie sich letztendlich davon überzeugen, dass es vernünftiger war, sich einen richtigen Hund und keinen für die Handtasche zuzulegen. Ein Tier, das Einbrecher abschrecken und sie nicht aus Mitleid zu Tränen rühren sollte. Nach kurzer Eingewöhnungszeit hatte seine Frau Rudi – auf diesen Namen hatten sie sich geeinigt – richtig ins Herz geschlossen, sodass er Angst hatte, sie würde ihn zu sehr verweichlichen. Ein Rottweiler mit Plüschtier in der Schnauze wirkte alles andere als Furcht einflößend.

Als Hauke Hinrichsen sein Ziel erreicht hatte, holte er tief Luft und betätigte beherzt den Klingelknopf. Daraufhin ertönte eine blecherne Melodie aus dem Inneren des Hauses. Noch bevor sich Hinrichsen über den merkwürdigen Klingelton wundern konnte, wurde die Haustür geöffnet. Eine kleine blasse Frau mit kurzen Haaren blickte fragend zu ihm auf. Ihre Miene signalisierte keinerlei Regung, und ihr leerer Gesichtsausdruck erweckte den Anschein, als ob sie überhaupt zu keiner Gefühlsregung fähig sei. Sie sah mit ihren dunklen Schatten um die Augen und der auffällig hellen Haut regelrecht krank aus.

»Moin, Frau Winkler!«, begrüßte Hauke Hinrichsen sie. Er sprach instinktiv leiser, um diese zerbrechlich wirkende Frau nicht zu erschrecken. »Bitte entschuldigen Sie die Störung, aber ich würde gerne Ihren Mann sprechen. Mein Name ist Hauke Hinrichsen. Ich …«

»Ich weiß, wer sie sind. Mein Mann ist in der Werkstatt. Gehen Sie hinten rum!«, erwiderte sie kurz angebunden und warf einen flüchtigen Blick auf den Hund. Dann schloss sie die Haustür. Überrascht von dieser schroffen Begrüßung, stand Hauke Hinrichsen einen kurzen Moment wie angewurzelt vor der Tür, ehe er sich auf den Weg um das Haus herum zur Werkstatt machte. Er hatte sich wirklich alle Mühe gegeben, freundlich zu sein. Doch diese Frau badete vermutlich jeden Morgen in Eiswasser. Wie der Schein trügen konnte, überlegte er. Sie hatte vermutlich Haare auf den Zähnen. Als er sich dem baufälligen Gebäude, das ganz offensichtlich die Werkstatt darstellte, näherte, ertönte daraus laute Musik. Neben dem weit aufgeschobenen Tor, von dem die Farbe großflächig abblätterte, lagerten diverse Paletten mit Steinen und Platten unterschiedlicher Größe und Form. Über den gesamten Hof verteilt lagen Haufen mit Steinen, Zementsäcken und anderen Baumaterialien. Alles wirkte unaufgeräumt und chaotisch, äußerst unprofessionell aus Hauke Hinrichsens Sicht. Ein Kleinlaster, der ebenso verschmutzt wie verbeult war und sicher schon bessere Zeiten erlebt hatte, parkte in einer Ecke. Der Lack an der Ladefläche war an einigen Stellen von Rost zerfressen, und auch die Firmenbeschriftung an der Tür war bis auf wenige Buchstaben nicht mehr lesbar. Dieser Mann braucht dringend Hilfe, fühlte sich Hinrichsen in seinem Verdacht bestätigt.

Am geöffneten Tor angekommen, rief er laut: »Hallo! Herr Winkler? Sind Sie da?«

Er erhielt keine Antwort. Es schien niemand anwesend zu sein. Dafür schallte aus dem Radio in der Ecke ein alter Schlager in voller Lautstärke. Hinrichsen rief ein zweites Mal den Namen des Inhabers. Als er gerade den Rückzug antreten wollte, hörte er plötzlich eine tiefe Stimme direkt hinter sich und drehte sich erschrocken um. Vor ihm stand ein Hüne von Mann. Er sah ihn grimmig mit zusammengezogenen Augenbrauen an und hielt eine lange Eisenstange in der Hand. Bekleidet war er mit Jeansshorts und einem eng anliegenden T-Shirt, das seinen extrem muskulösen Oberkörper eindrucksvoll zur Geltung kommen ließ. Jahrelanges Training als Bodybuilder war unverkennbar. An den Füßen trug er schwere Arbeitsschuhe. Der Mann schien keinen Hals zu besitzen, denn der Kopf ging fast nahtlos in den breiten Schultergürtel über. Ein wahres Muskelgebirge. Hinrichsen musste bei dem Anblick schlucken, obwohl er selbst von kräftiger Statur war. »Was wollen Sie hier? Verlassen Sie auf der Stelle mein Grundstück!«, begrüßte der Hüne den Eindringling schroff.

Demonstrativ schlug er immer wieder das eine Ende der Eisenstange in seine Handfläche. Es ließ sich unschwer erahnen, was den Besucher erwartete, wenn er der Aufforderung nicht Folge leisten würde. Daran konnte scheinbar auch die Anwesenheit von Rottweiler Rudi nichts ändern. Selbst der Hund spürte, dass Vorsicht geboten war. Er setzte sich neben seinen Herrn und begann nervös zu hecheln und zu sabbern. Links und rechts liefen ihm zähflüssige weiße Speichelfäden aus der Schnauze.

»Bitte, Herr Winkler, ich möchte nur mit Ihnen sprechen!«, versuchte Hauke Hinrichsen eine Eskalation zu vermeiden.

»Es gibt nichts, was wir zu besprechen hätten. Ich dachte, das hätte ich Ihnen am Telefon abschließend zu verstehen gegeben. Verschwinden Sie!«, erwiderte Winkler und machte einen Schritt auf den ungebetenen Gast zu. Rudi begann zu bellen, wurde jedoch sofort von seinem Herrn in Schach gehalten.

»Ich bin gekommen, um mich bei Ihnen zu entschuldigen. Ehrlich! Das neulich am Telefon tut mir leid. Ich würde Ihnen gerne ein äußerst lukratives Angebot unterbreiten. Das sollten Sie sich wenigstens anhören.«

Roland Winkler hielt einen Moment inne und taxierte sein Gegenüber genau.

Dann entgegnete er: »Ein lukratives Angebot? Für wen lukrativ? Ich müsste verrückt sein, mich mit Ihnen und

Ihresgleichen einzulassen. Leute wie Sie kenne ich zur Genüge. Am Ende bin ich der Dumme! Nein danke, kein Bedarf. Und jetzt Abflug!«

»Winkler, kommen Sie schon! Hören Sie sich erst mal an, was ich zu sagen habe, bevor Sie mich verurteilen.« Er stellte die durchsichtige Plastikflasche, die er die ganze Zeit über in der Hand gehalten hatte, ab und zog dann eine weitere Flasche aus seiner Jackentasche. »Wie wäre es mit einem kleinen Schlückchen?«

Misstrauisch beäugte ihn Roland Winkler, dessen Augen sich zu schmalen Schlitzen verengt hatten. Er schien sich zu fragen, ob er seinem Besucher trauen konnte.

Eine halbe Stunde später war der Inhalt der Flasche zu Dreiviertel geleert, und die Männer saßen sich auf zwei einfachen Plastikstühlen an einem kleinen Tisch in der Werkstatt entspannt gegenüber. Sie scherzten und lachten sogar. Die anfängliche Skepsis und das Misstrauen auf beiden Seiten waren heiterer Stimmung gewichen.

»Mann, Hauke, das ist ein echtes Teufelszeug, was du da zusammengebraut hast«, stellte Roland Winkler fest und knallte das leere Glas auf die Tischplatte.

Der gesamte Tisch geriet daraufhin bedrohlich ins Wanken. Auch Winklers Aussprache war nicht mehr so klar und deutlich wie noch kurz zuvor.

»Das ist nicht mein Verdienst. Den Schnaps hat mein Schwager gebrannt. Wenn er auch sonst eine Niete ist, das beherrscht er. Ich kann dir gerne etwas davon zukommen lassen, wenn du magst. Aber verpfeif mich bloß nicht, sonst gibt's mächtig Ärger, wenn du verstehst, was ich meine.« Er zwinkerte seinem Gegenüber verschwörerisch über den Tisch hinweg zu.

In diesem Augenblick erschien Frau Winkler auf dem Hof. Sie hatte einen Einkaufskorb über dem Arm und sah die beiden Männer mit bitterböser Miene an.

»Ich fahre zu meiner Mutter und vorher einige Besorgungen machen wie immer. Ich werde morgen am späten Abend zu Hause sein. Solltest du Hunger haben, im Kühlschrank findest du alles. Musst du dir bloß warm machen«, sagte sie.

Ihr Blick fiel auf die Schnapsflasche und die leeren Gläser auf dem Tisch. Auch wenn sie nichts sagte, konnte man ihrem Gesichtsausdruck deutlich ablesen, was sie von diesem Trinkgelage hielt. Ohne ein weiteres Wort machte sie auf dem Absatz kehrt und steuerte auf einen klapprigen Golf zu, mit dem sie vom Hof fuhr.

»Schlechte Stimmung?«, erkundigte sich Hauke Hinrichsen und füllte die Gläser ein weiteres Mal. »Frauen, kenn ich.«

Roland Winkler sah seiner Frau kurz nach und zuckte gleichgültig mit den Schultern. Dann setzte er sein Glas erneut an die Lippen und trank es in einem Zug aus. Hinrichsen beobachtete ihn und nippte lediglich an seinem Glas. Er musste noch Auto fahren und sollte langsam aufhören zu trinken, obwohl er eine ordentliche Menge vertragen konnte. Im Übrigen war die Flasche ohnehin fast leer.

»Ich glaube, ich sollte mich jetzt auf den Heimweg machen, sonst gibt meine Frau womöglich eine Vermisstenanzeige auf«, sagte Hauke Hinrichsen und machte Anstalten aufzustehen. Sein Hund, der die ganze Zeit ein paar Meter entfernt gelegen hatte, hob aufmerksam den Kopf und sah zu seinem Herrn.

»Ich werde über deinen Vorschlag nachdenken«, erklärte Roland Winkler und blieb entspannt sitzen.

Beim Aufstehen geriet Hinrichsen ins Taumeln und stieß so heftig gegen den Tisch, dass die Wasserflasche, die noch immer auf dem Tisch stand, umfiel und sich der gesamte Inhalt nicht nur über die Tischplatte, sondern auch über die Hose und die nackten Beine von Roland Winkler ergoss. Fluchend sprang dieser von seinem Stuhl auf, dabei hatte er Mühe, sein Gleichgewicht zu halten.

»Oh, das tut mir leid, Roland!«, entschuldigte sich Hinrichsen. »Wie ungeschickt von mir. Der Schraubverschluss war nicht festgedreht, hatte ich völlig vergessen. Hast du einen Lappen, dann beseitige ich die Bescherung schnell.«

»Ach, alles halb so wild. Lass mal, Hauke! Ist ja nur ein bisschen Wasser«, erwiderte Winkler und wischte sich die nassen Finger an seinen Jeans ab. »Warum schleppst du eigentlich diese Flasche mit dir rum?«

»Sie dient im Rahmen einer Erziehungsmaßnahme für Rudi«, erklärte Hauke Hinrichsen und zeigte auf seinen Hund.

»Entziehungsmaßnahme?«, wiederholte Winkler mit schwerer Zunge. »Ist er Alkoholiker oder was?«

Hinrichsen lachte auf. »Nein, nicht Entziehungsmaßnahme sondern Erziehungsmaßnahme! Rudi verhält sich aggressiv anderen Hunden gegenüber, wenn er an der Leine ist. In erster Linie hat er es auf andere Rüden abgesehen. Damit er das lässt, bekommt er jedes Mal einen Spritzer aus der Flasche, wenn er anfängt. Das soll angeblich helfen, behauptet die Hundetrainerin.«

»Hm«, brummte Roland Winkler wenig überzeugt.

»Ich habe da ebenfalls meine Zweifel. Aber meine Frau ist fest davon überzeugt, dass es etwas bringt. Also lasse ich sie in dem Glauben. Du weißt ja, wie Frauen sind. Besser, man widerspricht ihnen nicht. Um des lieben Friedens willen.«

Mit dieser Aussage erntete er ein zustimmendes Nicken. Man verstand sich eben unter Männern.

»Ach, weißt du was?«, fuhr Hinrichsen fort und machte eine abwehrende Handbewegung. »Wenn es dir nichts ausmacht, kannst du die olle Pulle entsorgen. Das bringt eh alles nichts! Warum muss ein Hund alle seine Artgenossen mögen? Soll er seinen Spaß haben. So ein Hund ist doch auch nur ein Mensch.«

»Richtig. Da stimme ich dir voll und ganz zu.« Roland Winkler griff nach der Flasche und beförderte sie überraschenderweise zielsicher mit einem Wurf in die große geöffnete Mülltonne neben dem Tor. »Die wird sowieso morgen geleert.«

KAPITEL 7

Ich war im Badezimmer und föhnte mir die Haare, als ich Pepper unten in der Diele bellen hörte. Ich schaltete den Fön aus und lauschte. Christopher saß auf seiner Krabbeldecke und spielte mit seinem Kinderspielzeug. Er ließ sich von dem Hundegebell nicht beunruhigen, denn es war ihm vertraut. Trotzdem sah er mich mit großen Augen an. Die Klingel ertönte.

»Komm, wir gehen mal nachsehen, wer das ist!«, sagte ich und beugte mich hinunter, um ihn hochzuheben. Mit Christopher auf dem Arm ging ich ins Erdgeschoss. Pepper stand vor der Tür und winselte angespannt. Seine Nackenhaare hatte er zu einer Bürste aufgestellt. Das signalisierte mir, dass ein Fremder vor der Tür stand.

»Schon gut, Pepper!«, beruhigte ich den Hund und öffnete die Haustür.

»Hallo, Anna! Ich dachte schon, du bist nicht zu Hause und wollte wieder gehen.«

Ich brauchte ein paar Sekunden, bis ich mich von der Überraschung erholt hatte.

»Hallo, Stella!«

»Na, da staunst du, was? Sicher hast du nicht damit gerechnet, mich so schnell wiederzusehen. Das Klassentreffen ist erst eine Woche her«, sagte sie und sah mich triumphierend an.

Ich musste zugeben, dass ich im ersten Moment nicht

wusste, was ich sagen sollte. Stella sah atemberaubend aus. Haare, Make-up, Kleidung, alles war wie immer perfekt aufeinander abgestimmt.

»Ehrlich gesagt, nein. Aber komm bitte rein.« Ich machte einen Schritt zur Seite und ließ Stella vorbei. Im Vorbeigehen zog sie eine feine Parfümnote hinter sich her. Ich schloss die Haustür hinter uns. »Bitte geh ruhig durch ins Wohnzimmer. Pepper, ab auf deinen Platz!«

Der Hund schnüffelte neugierig am Hosenbein meiner ehemaligen Mitschülerin und begab sich auf mein Kommando hin gehorsam auf sein großes Hundekissen unter der Treppe.

»Nett hast du es hier, das muss ich sagen! Ein sehr schönes Haus«, stellte Stella fest, als sie mitten im Wohnzimmer stand und sich neugierig umsah. »Und was für ein fantastischer Ausblick! Alleinlage ist vermutlich selten auf Sylt.« Ihr Blick fiel durch die große Scheibe des Wintergartens in den Garten. »Dein Mann scheint eine Menge Kohle zu verdienen?«

Für einen kurzen Augenblick hatte ich ein Déjà-vu. Vor einem Jahr war mein Ex-Freund Marcus ähnlich überfallartig hier aufgetaucht und hatte dieselbe Frage gestellt. Ich antwortete Stella nicht. Mich interessierte in erster Linie, was sie plötzlich hier wollte, denn von einer unmittelbar bevorstehenden Reise nach Sylt hatte sie letzte Woche nichts erwähnt. Das wäre mir in keinem Fall entgangen, zumal sie ihre Absicht jedem sofort unter die Nase gerieben hätte. Eingeladen hatte ich sie auch nicht.

Daher fragte ich: »Was führt dich nach Sylt? Beim Klassentreffen hast du kein Wort von dieser Reise erzählt.«

»Ach, ich wollte einfach spontan ein paar Tage ausspannen. Und da habe ich gedacht, Sylt ist von Hamburg schnell zu erreichen, und bei der Gelegenheit könnte ich Britta und dir einen Besuch abstatten. Beim Klassentreffen hatten wir kaum Gelegenheit, ausgiebig über die alten Zeiten zu plaudern.«

»Aha. Und wo wohnst du?«

Sie legte eine längere Pause ein, bevor sie antwortete, daher rechnete ich mit dem Schlimmsten. Sie will bei uns wohnen, schoss es mir durch den Kopf.

»Ich habe mir selbstverständlich ein Hotelzimmer genommen.« Sie sah mir direkt ins Gesicht. Ihre Miene spiegelte Genugtuung wider. »Hattest du etwa Sorge, dass ich vorhatte, mich bei dir oder Britta einzuquartieren?« Sie lachte.

Ihre makellosen weißen Zähne blitzten dabei auf. Ich merkte, wie ich bei ihrer Antwort sofort rot wurde. Sie hatte mich eiskalt erwischt, und das ärgerte mich am meisten.

»Als Sorge würde ich es nicht bezeichnen, aber der Gedanke ist nicht völlig abwegig, wenn man dich kennt.«

Hatte ich das wirklich gerade gesagt? Ich war selbst über meine Worte überrascht. Britta wäre stolz auf mich gewesen. Sie war der Ansicht, dass ich stets zu nett und höflich zu Menschen war, die ich nicht leiden mochte. Diese Antwort war weder nett noch höflich gewesen, jedenfalls für meine Verhältnisse.

»Magst du einen Kaffee?«, fragte ich Stella, die immer noch interessiert umherblickte.

»Gerne, wenn es keine Umstände macht. Ich trinke ihn allerdings nur mit einem Spritzer fettarmer Milch und etwas Süßstoff. Aber sag mal, ist das dein kleiner Sohn?«, wollte sie wissen und kam näher. Bislang hatte sie ihm keinerlei Beachtung geschenkt.

Sie streckte die Hand nach Christopher aus. Ihre Armreifen klapperten.

»Der ist ja goldig. Wie alt ist er?« Sie wollte Christopher über die Wange streichen, als Pepper plötzlich bellte.

»Pepper, aus! Ab auf deinen Platz«, wies ich den Hund zurecht, der widerwillig davon trottete. »Christopher wird Anfang Dezember ein Jahr alt.«

»Ein süßes Kerlchen! Dein Hund passt wirklich gut auf.«

»Ja, das tut er. Das ist schließlich sein Job«, erwiderte ich und freute mich innerlich, dass Pepper Stella ebenso wenig leiden mochte wie ich. »Lass uns in die Küche gehen. Dann mache ich Kaffee.«

Stella folgte mir bereitwillig, schon aus dem Grund, weil sie neugierig war. Pepper nutzte die Gelegenheit und kam hinter uns her.

»Wie lange hast du vor, auf Sylt zu bleiben?«, erkundigte ich mich, während ich Christopher in seinen Kinderstuhl setzte.

»Ach, ich denke, zwei Wochen täten mir gut.«

»Aha.« Ich reichte Stella einen Becher mit dampfendem Kaffee. »Süßstoff haben wir leider nicht im Haus, und die Milch hat 3,8 Prozent Fett«, entschuldigte ich mich.

Sie nahm mir die Tasse ab und setzte sich auf einen der Stühle am Esstisch.

»Macht nichts, dann trinke ich ihn zur Not schwarz. Also, Anna, das Haus ist der absolute Wahnsinn. Ich hätte nie gedacht, dass du es eines Tages soweit bringen würdest.« Sie trank einen Schluck und musterte mich über den Rand ihrer Tasse hinweg.

»Wieso? Wie darf ich das verstehen?«, forderte ich eine nähere Erklärung.

Langsam ärgerte ich mich über ihre dreiste Art. War sie nur gekommen, um mich zu beleidigen? Die Mühe hätte sie sich sparen können, darauf konnte ich verzichten. Ich war es leid, mich ständig vor anderen Leuten für unser Zuhause rechtfertigen zu müssen. Ich war nicht verpflichtet, jedem zu erzählen, wie wir zu dem Haus gekommen waren. Die Geschichte hatte nicht nur gute Seiten, denn sie hätte Nick um ein Haar das Leben gekostet.

»Bitte entschuldige, so war das natürlich nicht gemeint. Du warst in der Schule immer die Klassenbeste. Außerdem gibst du nicht schnell auf, wenn du dich erst mal in eine Sache verbissen hast. Dafür habe ich dich immer bewundert«, säuselte sie und nippte erneut an ihrem Kaffee.

Ihre schlanken, gepflegten Hände mit den vorbildlich manikürten und rot lackierten Fingernägeln umgriffen den Becher. Ein breiter goldener Ehering zierte ihren rechten Ringfinger. Gedankenverloren griff ich mir an meinen eher unscheinbaren Ehering, den ich allerdings an der linken Hand trug wie Nick auch.

»Stella, was führt dich wirklich hierher? Sei ehrlich und gib zu, dass du bloß neugierig warst und wissen wolltest, wie Britta und ich leben. Woher hattest du meine Adresse?«

Plötzlich bekamen ihre Augen einen nassen Schimmer und ich ein schlechtes Gewissen. Fing sie gleich an zu weinen? War ich unbeabsichtigt in ein Fettnäpfchen getreten? So zartbesaitet hatte ich Stella nicht in Erinnerung. Ganz im Gegenteil, denn sie konnte selbst kräftig austeilen. Tat ich ihr etwa unrecht? Ehe ich nachfragen konnte, klingelte mein Handy.

»Anna Scarren.«

Am anderen Ende hörte ich die Stimme von Carsten Carstensen, unserem Freund und entfernten Nachbar. Er klang furchtbar aufgeregt und durcheinander.

»Ganz ruhig, Carsten! Hast du einen Rettungswagen gerufen? Gut, dann kann es nicht mehr lange dauern, bis Hilfe kommt. Ich mache mich sofort auf den Weg. Bis gleich!« Dann legte ich auf.

»Ist etwas passiert?«, wollte Stella wissen, die das Gespräch verfolgt hatte.

Ich atmete tief aus. »Ja, das war ein Freund. Seine Frau ist gestürzt. Der Rettungswagen ist bereits verständigt. Ich will gleich rüber gehen. Ava und Carsten sind nicht mehr die Jüngsten. Tut mir leid, Stella, ich muss dich jetzt leider bitten, zu gehen.«

»Das verstehe ich. Mach dir um mich keine Gedanken«, erwiderte sie und erhob sich.

»Wir können gerne ein anderes Mal weiterreden«, bot ich an.

»Klar, das ist kein Problem. Ich bin noch eine Weile auf der Insel.«

Ich verabschiedete Stella und machte mich umgehend mit Christopher auf den Weg zum Haus von Carsten und Ava Carstensen. Pepper ließ ich zu Hause. Im Nachhinein tat es mir leid, dass ich Stella derart brüsk abgefertigt hatte, aber Ava war im Moment wichtiger. Ich nahm ausnahmsweise das Auto, obwohl das Haus der Carstensens nicht weit von unserem entfernt lag. Normalerweise dauerte der Weg keine fünf Minuten zu Fuß.

Als ich um die Ecke bog, sah ich bereits den Rettungswagen vor dem Haus stehen. Ich stoppte meinen Wagen, stieg aus, befreite Christopher aus seinem Kindersitz und eilte mit ihm auf dem Arm auf den Hauseingang zu. Die Haustür stand weit offen, und aus dem Inneren des Hauses konnte ich Stimmen hören. Im Flur kam mir bereits der Notarzt gefolgt von zwei Sanitätern entgegen, die Ava auf einer Trage nach draußen trugen. Ava war blass um die Nase, lächelte mir jedoch tapfer zu, als sie an mir vorbeikamen.

»Ava! Was machst du für Sachen?«

»Das wird schon wieder! Unkraut vergeht nicht, du weißt doch«, erwiderte sie. Ihre sonst so funkelnden Augen hatten an Glanz verloren.

Carsten kam auf mich zu. Er war ebenfalls weiß im Gesicht und wirkte hilflos.

»Anna, schön, dass du so schnell kommen konntest«, begrüßte er mich.

»Was ist überhaupt passiert?«, wollte ich wissen.

»Ava wollte die Küchenschränke oben sauber machen und ist von der Leiter abgerutscht und gefallen«, erklärte er sichtlich erschüttert. Der Schreck und die Angst um seine Frau steckten ihm noch in den Knochen. »Ich habe ihr tausendmal gesagt, dass das eine überflüssige Arbeit ist. Wer schaut schon oben auf die Küchenschränke? Für solche Aktionen sind wir einfach zu alt. Aber du weißt, wie eigensinnig und verbohrt sie oft sein kann.«

Er seufzte. Wir standen direkt am Rettungswagen, in den Ava von den Sanitätern geschoben wurde. Dann wurden eilig die Türen des Wagens geschlossen.

»Sie wird wieder gesund, ganz bestimmt«, versuchte ich, Carsten zu beruhigen. »Ich bringe dich ins Krankenhaus, wenn du möchtest, oder kann ich sonst etwas für dich tun?«

»Nein, ich möchte am liebsten gleich ins Krankenhaus fahren. Ich werde nur schnell ein paar Sachen von Ava zusammenpacken. Dann können wir los.«

Während Carsten einige Sachen zusammensuchte, machte ich mich nützlich und räumte in der Küche auf. Unter anderem wischte ich den Boden trocken, auf dem sich das Wasser aus dem Eimer ergossen hatte, mit dem Ava die Küchenschränke abwaschen wollte. Christopher erkundete krabbelnd die Gegend.

»Na, kleiner Kerl, bist du auf Entdeckungstour?«, fragte Carsten.

Ich hatte ihn nicht kommen hören und zuckte zusammen, als er plötzlich im Türrahmen auftauchte.

»Du hättest nicht aufräumen müssen, Anna. Das hat Zeit bis später. Meinetwegen können wir los.«

»Kein Problem. Das war keine große Sache. Wer weiß, wann du heute nach Hause kommst. Hast du alles gefunden?«

»Das Wichtigste habe ich zusammengepackt. Den Rest nehme ich es das nächste Mal mit.«

Ich nahm Christopher auf den Arm, und wir verließen das Haus. Während der Autofahrt sprach Carsten nicht viel. Obwohl er trotz seines hohen Alters ein großer, kräftiger Mann war, wirkte er, so zusammengesunken auf dem Beifahrersitz, eher zerbrechlich. Er schwieg und starrte in Gedanken versunken aus dem Fenster. Ich wollte ihm kein Gespräch aufdrängen und schwieg ebenfalls. Vielleicht brauchte er ein paar Minuten, um sich von dem Schreck zu erholen.

»Das ist wirklich freundlich, dass du mich fährst«, sagte Carsten schließlich, als wir vor dem Bahnübergang in Keitum zum Stehen kamen, um einen voll beladenen Autozug passieren zu lassen.

»Das ist doch selbstverständlich«, erwiderte ich.

»Das würde ich nicht sagen. Du hast viel um die Ohren.«

»Aber es handelt sich um einen Notfall, und da ist alles andere zweitrangig. Außerdem seid ihr auch immer für uns da, wenn wir Hilfe benötigen.«

Er lächelte mir aus seinem sonnengegerbten Gesicht freundlich zu. Um seine Augen herum lagen unzählige kleine Fältchen. Dann legte er seine knochige Hand auf meinen Unterarm.

»Du bist ein gutes Mädchen«, sagte er und drückte ihn leicht.

Ich erwiderte sein Lächeln. Ein weiterer Zug rauschte an uns vorbei. Ich blickte in den Rückspiegel, um Christophers Reaktion zu beobachten. Er war in sein Spiel mit seinem Teddybären vertieft, sodass ihn die Geräusche des ratternden Zuges nicht zu stören schienen. Er kannte es, denn er hatte in der Vergangenheit einige Male mit mir oder Nick an dieser Stelle warten müssen. Normalerweise freute er sich sogar und zeigte begeistert in Richtung des Zuges. Die Schranken öffneten sich, die rote Warnlampe erlosch, und die wartende Autoschlange setzte sich langsam in Bewegung. Wir fuhren durch Westerland, an der

Polizeistation vorbei und bogen vor dem Bahnhof rechts ab in Richtung der Nordseeklinik.

»Du brauchst nicht mitzukommen, Anna«, sagte Carsten, als ich auf dem Parkplatz hielt.

»Bist du sicher?«, erkundigte ich mich besorgt und stieg aus, um die Tasche aus dem Kofferraum zu holen.

»Ja, wirklich. Ich frage mich durch. Es ist nicht das erste Mal, dass ich hier bin. Danke fürs Herbringen. Du hast mir damit sehr geholfen.«

»Gerne. Versprich mir, dass du dich meldest, sobald du Näheres weißt. Grüße Ava von uns«, bat ich ihn und reichte ihm die Tasche.

»Das mache ich, versprochen. Bis später!«

Ich stieg ins Auto und sah dem alten Mann nach, wie er mit behäbigen Schritten auf den Eingang des Krankenhauses zusteuerte. Ava und er waren beide über 80 Jahre alt und lebten seit ewigen Zeiten zusammen. Ich wünschte von ganzem Herzen, dass Ava wieder auf die Beine kam. Ich machte mir in letzter Zeit oft Gedanken darüber, wie es wäre, plötzlich allein zu sein. Ein Leben ohne Nick und Christopher konnte ich mir nicht mehr vorstellen. Nick und ich waren bei Weitem nicht so lange ein Paar wie Ava und Carsten. Trotzdem war der Gedanke, ihn zu verlieren, unerträglich. Ich verscheuchte die dunklen Gedanken, die sich in meinem Kopf zusammenbrauten, und startete den Motor. Wahrscheinlich hatte ich einfach nur eine schlechte Phase, die genauso schnell wieder verschwand, wie der kräftige Nordseewind die Wolken am Himmel vertrieb.

Kurzerhand beschloss ich, auf dem Heimweg einen Abstecher zu Britta zu machen. Ich fuhr durch Westerland nach

Rantum. Hinter dem Westerländer Campingplatz bog ich rechts auf die Hauptstraße ab. Zuvor musste ich eine große Gruppe Radfahrer passieren lassen. Ein Fahrrad nach dem anderen fuhr vor mir über den Radweg, aneinandergereiht wie Perlen an einer Kette. Die meisten Fahrer trugen Helme in den unterschiedlichsten Farben und waren mit Fahrradtaschen, -körben und Wasserflaschen ausgerüstet. Die Kette schien kein Ende nehmen zu wollen. Nachdem der letzte Radler vorbei war, konnte ich endlich meine Fahrt fortsetzen. Der Himmel war nur leicht bedeckt und bot immer wieder genügend Wolkenlücken, um die Sonne hindurch zu lassen. Der leichte Wind scheuchte die Wolkenfetzen vor sich her. Die Temperatur war angenehm, ich ließ das Fenster ein Stück herunter. Viele Urlauber nutzten das freundliche Wetter und fuhren mit Inlinern und Fahrrädern den asphaltierten Fahrradweg parallel zur Hauptstraße nach Rantum. Andere von ihnen waren zu Fuß unterwegs, teilweise mit Walkingstöcken oder Wanderschuhen ausgerüstet. Sie hatten sich ihre Jacken um die Hüften gebunden, da sie durch den strammen Fußmarsch ins Schwitzen gekommen waren, nahm ich an.

Brittas Wagen stand auf dem Parkplatz vor dem Haus, als ich in die Straße einbog. Als ich in die Einfahrt fuhr, konnte ich sie durch das Küchenfenster sehen. Sie sah mich und winkte mir freudig zu. Unmittelbar darauf ging die Haustür auf, und sie kam heraus.

»Da hast du Glück!«, begrüßte sie mich. »Ich bin eben vom Einkaufen gekommen.« Sie lehnte sich gegen den Türrahmen. »Na, Christopher, alles okay bei dir, du kleiner Wonneproppen? Warst du gerade in der Gegend? Kommt rein!«

»Wir haben gerade Carsten in die Klinik gebracht«, erklärte ich.

»Ist ihm etwas zugestoßen?«, fragte Britta mit besorgter Miene und nahm mir Christopher ab.

»Nein, ihm nicht. Ava ist beim Putzen von der Leiter gestürzt und wurde mit dem Rettungswagen in die Klinik gebracht. Ich habe Carsten hingefahren. Er musste ein paar Sachen für Ava zusammenpacken.«

»Ach herrje, ist sie schwer verletzt?«

»Ich weiß es nicht. Sie war ansprechbar. Genaueres erfahre ich hoffentlich bald von Carsten.«

»Hoffentlich hat sie sich nichts gebrochen. In dem Alter ist das so eine Sache.«

»Ja, da hast du recht. Ich glaube, Carsten macht sich große Sorgen. Er kam mir sehr nachdenklich vor«, erwiderte ich.

»Na, gehen wir mal nicht vom Schlimmsten aus. Ava schafft das! Eine echte Sylterin lässt sich nicht unterkriegen!«, versicherte mir Britta. »Tee?«

»Liebend gern! Den kann ich gut gebrauchen«, antwortete ich.

»Dachte ich mir. Und Christopher? Möchte der kleine Mann auch etwas?«, erkundigte sich Britta.

»Das wäre prima. Ich habe in der Eile gar nichts für ihn eingepackt. Das kam alles so plötzlich.«

»Alles? Was ist denn noch passiert?«

»Das habe ich dir noch gar nicht erzählt. Ich hatte vorhin Besuch, als der Anruf von Carsten kam. Da kommst du im Leben nicht drauf!«

Britta sah mich erwartungsvoll an. »Sag schon, wer war da? Ein ehemaliger Verehrer? Ich dachte, du hast endgültig genug von Überraschungsbesuchen. Darf ich dich an die Folgen deines letzten Besuchers erinnern?«

»Bloß nicht!« Ich lachte, obwohl die Erinnerung daran alles andere als angenehm war. »Nein, ich hatte Besuch von Stella.«

Brittas Mund klappte auf und dann wieder zu. So sprachlos hatte ich sie selten gesehen.

»Stella?«, wiederholte sie mit hochgezogenen Augenbrauen. »Das ist nicht dein Ernst! Unsere Stella Meinkert?«

»Genau die. Sie stand heute Vormittag urplötzlich vor unserer Tür. Ich muss ungefähr ähnlich geguckt haben wie du jetzt.«

»Und was wollte sie? Hamburg liegt nicht um die Ecke.«

»Nichts weiter. Sie wollte mich nur besuchen. Angeblich will sie ein paar Tage ausspannen«, beantwortete ich Brittas Frage.

»Ich kann mich nicht erinnern, dass sie uns das auf dem Klassentreffen erzählt hat und das hätte sie todsicher gemacht, wenn sie es zu dieser Zeit vorgehabt hätte«, überlegte Britta.

»Davon bin ich überzeugt. Daran hätten wir uns mit Sicherheit erinnert. Dieser Besuch ist eher eine spontane Entscheidung gewesen. Ich frage mich bloß, woher sie meine Adresse hat.«

»Das passt gar nicht zu Stella«, erwiderte Britta grüblerisch, während sie den Tee zubereitete. »Die Adresse hat sie vermutlich von Franka. Das war kein Problem. Sie hat uns alle eingeladen, per Post.«

»Stimmt. Hätte ich selbst drauf kommen können.«

Ich stand im Rahmen der Küchentür und behielt Christopher mit einem Auge im Blick. Er räumte scheppernd eine große Kiste Bauklötze aus, die Britta ihm gegeben hatte. Sie besaß Unmengen von Spielzeug von ihren beiden Jungen. Langeweile kannte Christopher im Hause Hansen nicht. Er fühlte sich dort immer sofort pudelwohl.

»Wo wohnt sie?«, fragte Britta.

»Sie hat sich in einem Hotel einquartiert. Mehr weiß ich nicht.«

»Hm. Wie lange will sie auf Sylt bleiben?«

»Die nächsten zwei Wochen.«

»Und ihr Mann? Ist der auch dabei? Den würde ich zu gerne einmal kennenlernen. So wie sie von ihm gesprochen hat, muss das ein wahrer Adonis sein.«

Ich zuckte die Schultern. »Keine Ahnung! Sie hat nur von sich gesprochen.«

»Typisch«, murmelte Britta und reichte mir den dampfenden Teebecher.

»Danke!«

»Friesenfeuer.«

»Riecht köstlich.«

»Ist Pepper mit Nick unterwegs?«

»Nein, ich habe ihn zu Hause gelassen. Ein paar Stunden kann er ohne Weiteres allein bleiben.«

Mein Mobiltelefon klingelte. Ich eilte in den Flur und fischte es aus meiner Handtasche, die ich auf der Kommode abgestellt hatte.

»Das war Carsten. Ava geht es den Umständen entsprechend gut. Sie hat großes Glück gehabt. Außer ein paar Prellungen hat sie keine Verletzungen davongetragen, vor allem ist nichts gebrochen. Sie muss über Nacht zur Beobachtung im Krankenhaus bleiben«, gab ich den Gesprächsinhalt in Kürze wieder.

»Na, da bin ich erleichtert.«

Britta atmete freudig aus, und mir fiel ebenfalls ein Stein vom Herzen.

Wir saßen eine Zeit lang auf dem Sofa und unterhielten uns, während Christopher zufrieden spielte. Irgendwann sah ich auf meine Armbanduhr und erschrak.

»Was, so spät ist das schon? Britta, ich muss los. Pepper platzt bestimmt fast. Nick müsste auch jede Minute nach Hause kommen«, vermutete ich und erhob mich von meinem Platz.

»Dann ist doch alles gut. Warum die Eile? Nick kann mit Pepper gehen«, sagte Britta und grinste. Sie hatte recht.

Als ich nach Hause kam, parkte Nicks Wagen vor dem Haus. Er öffnete die Haustür, bevor ich den Schlüssel ins Schloss stecken konnte.

»Sweety! Hallo, mein Kleiner! Wo wart ihr?«, fragte er und nahm Christopher auf den Arm. »Ich habe mir Sorgen gemacht.« Es klang nicht vorwurfsvoll.

Ich berichtete von Avas Unfall und dem Besuch bei Britta.

»Meine Güte, die arme Ava!«, erwiderte Nick. »Glücklicherweise ist nicht mehr passiert, und sie hat sich nichts gebrochen. In dem Alter heilen Brüche meistens schlecht.«

»Das kannst du laut sagen. Sie sollte trotzdem in Zukunft vorsichtiger sein. Ich finde, dass sie sich einfach zu viel zumutet«, stellte ich fest.

»Na, das sagt die Richtige!« Nick schmunzelte.

»Willst du mir damit etwas Bestimmtes sagen?«, neckte ich ihn und kniff ihn liebevoll in die Seite.

Er lachte.

»Nein. Nur so«, entgegnete er und drückte mir einen dicken Kuss auf die Wange.

Da es früh am Abend war, und das Wetter hielt, beschlossen wir, einen Abstecher an den Strand zu machen. Wir setzten uns ins Auto und fuhren mit Christopher und Pepper in den Norden der Insel nach List. Dort parkten wir den Wagen in einer Seitenstraße und gingen am Restaurant »L.A. Sylt« vorbei zum Strand der Blidselbucht. Pepper zerrte an der Leine und konnte es kaum abwarten, sich in die Fluten zu stürzen. Er wusste, wohin wir gehen würden. Ich liebte diese Bucht sehr, weil man einen herrlichen Blick zum Lister Hafen genießen konnte. Eine Fähre aus dem nahe gelegenen Dänemark lief in diesem Moment in den Hafen ein. Bei klarer Sicht konnte man in südlicher Richtung den Kampener Leuchtturm und St. Severin, die Kirche von Keitum, erkennen. Das Meer war hier auf der Wattseite wesentlich ruhiger als auf der Westseite, wo die Wellen ungebremst mit ihrer ganzen Kraft auf Land trafen. Da das Wasser an diesem Strandabschnitt relativ flach verlief, eignete sich die Bucht sehr schön zum Schwimmen. Der Strand war bei Familien mit kleinen Kindern äußerst beliebt. Bei Flut konnten sie baden, Muscheln suchen und im flachen Wasser große Krabben beobachten, wie sie drohend ihre Scheren erhoben, wenn man sich ihnen näherte. Letztendlich ergriffen sie die Flucht, indem sie seitlich über den Meeresboden hinweg liefen. Bei Ebbe dagegen konnte man weit hinaus auf dem Meeresgrund laufen. Daher fanden regelmäßig Wattwanderungen statt, die von den Touristen gerne angenommen wurden, vor allem in den Sommermonaten. Allein sollte man sich niemals zu weit vom Ufer entfernen. In den vergangenen Jahren mussten Dutzende Urlauber gerettet werden, weil sie die Kraft des Meeres mit seinen Strömungen unterschätzt hatten und von der herannahenden Flut überraschend eingeschlossen wurden. Manch einer bezahlte diese Leichtsinnigkeit gar mit seinem Leben.

Nach einigen Minuten Fußmarsch ließen wir uns an einer geeigneten Stelle nieder. Ich breitete das mitgebrachte Handtuch aus, während Nick mit unserem Sohn auf dem Arm unten an der Wasserkante entlang wanderte. Pepper war längst im Wasser und jagte dem Ball nach, den Nick ihm unermüdlich wieder und wieder ins Wasser warf. Bei dem Anblick meiner kleinen Familie wurde mir ganz warm ums Herz. Ich konnte mich unendlich glücklich schätzen und war dankbar dafür. Ich zog meine Schuhe aus und folgte meinen drei Männern barfuß über den weichen Sand zum Flutsaum.

»Na, willst du einen Sprung in die Fluten wagen?«, fragte mich Nick, als er mich kommen sah.

»Das ist mir viel zu kalt, das weißt du doch!«, wehrte ich ab. »Aber bitte, tu dir keinen Zwang an, ich passe derweil auf Christopher auf.«

Nick blickte sich kurz um. Um uns herum war um diese Zeit niemand mehr zu sehen. Entschlossen reichte er mir das Kind, zog sich hastig seinen Pullover über den Kopf und warf ihn neben sich in den Sand. Danach entledigte er sich seiner Hose und der übrigen Kleidungsstücke, bis er splitterfasernackt vor mir stand.

Ich musste ihn völlig entgeistert angesehen haben, denn er grinste und sagte: »Noch nie einen nackten Mann gesehen?«

Während ich nach einer passenden Antwort suchte, lief er los und stürzte sich kopfüber in die Fluten. Das klare Wasser spritzte nach allen Seiten. Christopher quiekte vor Freude auf meinem Arm, und Pepper sprang seinem Herrchen mit großen Sätzen freudig hinterher.

»Dein Daddy ist verrückt geworden! Aber dafür liebe ich ihn umso mehr«, murmelte ich vor mich hin, streichelte Christopher dabei über den Schopf und beobachtete Nick beim Schwimmen. Wie er da aus dem Wasser auftauchte und zu uns herüber sah, hätte er mit seinem perfekten Körper problemlos als Model für einen bekannten Herrenduft posieren können.

Zu Hause brachte ich Christopher ins Bett, während Nick eine heiße Dusche nahm. Dann machte ich es mir unten im Wohnzimmer bequem. Pepper schlief auf seinem großen Kissen. Seine Pfoten zuckten im Traum. Er war nach dem Ausflug ans Meer völlig erledigt. Nick setzte sich kurze Zeit später zu mir. Der Duft seines Duschgels stieg mir in die Nase. Sein dunkles Haar war noch feucht. Er sah rundum zufrieden aus.

»Na, hast du dich aufgewärmt?«, wollte ich wissen und rückte näher an ihn heran.

»Ich fühle mich wie neu geboren. Die Idee mit dem Schwimmen war hervorragend. Du hättest mitkommen sollen«, gab er zurück und legte einen Arm um mich.

»Mir ist das Wasser zu kalt. Dann kommt der frische Wind dazu, wenn man rauskommt. Da friert man erst recht. Nee, das ist nichts für mich! Draußen müssen mindestens 28 Grad sein, bevor ich freiwillig ins Wasser gehe. Und außerdem: Wer hätte sich um Christopher gekümmert?«

Nick lachte. »Meine alte Frostbeule! Du wärst besser in der Karibik aufgehoben.«

Ich boxte ihn spielerisch gegen die Brust. »Willst du mich etwa loswerden? Ich hatte heute Mittag übrigens Besuch.«

Nicks Gesichtsausdruck veränderte sich. »Davon hast du gar nichts erzählt.«

»Avas Unfall hat mich völlig aus dem Konzept gebracht. Außerdem ist es nicht so wichtig. Stella, eine ehemalige Schulkameradin von Britta und mir, stand plötzlich vor unserer Tür.«

»Ach«, stutzte Nick. »War sie nicht auch auf eurem Klassentreffen?«

»Ja. Sie will ein paar Tage auf Sylt ausspannen. Ich habe nicht lange mit ihr reden können, weil Carsten in der Zeit anrief«, berichtete ich.

»Du magst sie nicht besonders, oder?«

»Wie kommst du darauf?«

»Weil du sonst anders von ihr erzählen würdest.«

»Merkt man das? Aber du hast recht, ich mag sie nicht sonderlich. Sie hat mir nie etwas getan, aber sie ist eingebildet, wusste früher schon alles besser und trug die teuersten Klamotten der ganzen Schule. Sie wurde von einem Chauffeur zur Schule gebracht. Ihr Vater war ein hohes Tier in einem Pharmakonzern.« Ich machte eine kurze Pause. »Außerdem ist sie atemberaubend schön«, fügte ich leise hinzu und senkte meinen Blick.

»Wo ist das Problem?«, fragte Nick und beobachtete mich aufmerksam.

Ich zuckte mit den Schultern. »Weiß nicht, irgendwie komme ich mir in ihrer Gegenwart so … unscheinbar vor.« Ich blickte ihm direkt in die Augen.

Für einen Moment sah er mich ernst an, dann verzog sich sein Mund zu einem Schmunzeln.

»Sweety, ich glaube, darüber brauchst du dir keine Gedanken machen. Du kannst es mit jeder anderen Frau locker aufnehmen.«

Ohne eine Antwort abzuwarten, lehnte er sich zu mir und küsste mich zärtlich, was zur Folge hatte, dass sich mein Pulsschlag rasant beschleunigte. Der Abend konnte lang werden.

KAPITEL 8

Gleich morgens um 8.00 Uhr machte ich mich auf den Weg nach Braderup. Aufgrund der Tatsache, dass die Nacht nicht sehr lang gewesen war, fühlte ich mich dementsprechend müde. Nick hatte ab mittags Rufbereitschaft und ließ den Tag langsam angehen. Er kümmerte sich vormittags um Christopher. Pepper nahm ich mit. Nachdem ich einmal in eine brenzlige Lage geraten war, in die ich vermutlich nicht geraten wäre, wenn Pepper an meiner Seite gewesen wäre, nahm ich ihn mittlerweile fast überall hin mit. Ich fuhr mit meinem Wagen direkt bis an das neu gebaute Haus von Inka Weber. Außer mir schien sich heute kein weiterer Handwerker auf dem Grundstück aufzuhalten, denn kein anderes Fahrzeug parkte davor. Ich stieg aus und tauschte meine Sneakers gegen Gummistiefel, die hinter meinem Sitz lagen. Anschließend holte ich Pepper aus dem Kofferraum meines Wagens. Zusammen gingen wir um das Haus herum direkt in den Garten. Mittlerweile hatte die Baufirma nahezu alle Baumaterialien, die nicht mehr benötigt wurden, vom Grundstück entfernt, sodass ich ungehindert mit meiner Arbeit beginnen konnte. Zu meiner Freude konnte ich darüber hinaus feststellen, dass ein Teil der Pflanzen, die ich bei einer örtlichen Baumschule, mit der ich eng zusammenarbeitete, bestellt hatte, bereits geliefert worden waren.

»Na, das ist ja hervorragend!«, sagte ich zu Pepper.

Mit einem digitalen Entfernungsmesser machte ich mich an die Arbeit. Ich schritt einige Punkte im Garten ab und notierte die von dort aus gemessenen Abstände für die einzelnen Pflanzen in meinem Skizzenbuch. Nachdem ich damit fertig war, sah ich mich nach Pepper um. Ich hatte ihn von der Leine abgemacht, um ungestört arbeiten zu können. Normalerweise lief er nie weit von mir weg, sondern hielt sich ganz in meiner Nähe auf. Wo war er bloß? Hoffentlich jagte er nicht wieder irgendeinem Kaninchen hinterher. Das war in der letzten Zeit zu einer Art Hobby für ihn geworden. Sie waren in der Regel zu schnell für ihn, worüber ich ehrlich gesagt sehr froh war.

»Pepper!«, rief ich. »Hier!«

Nach ihm Ausschau haltend wanderte ich über das Grundstück und kramte gleichzeitig in meiner Jackentasche nach der Hundepfeife. Ich hörte ihn, bevor ich ihn entdeckte. Unser Hund steckte mit den Vorderläufen in einem knietiefen Loch. Lediglich sein Hinterteil ragte heraus. Seine Rute wedelte aufgeregt. Rechts und links von ihm flog ein Gemisch aus Sand und Erde in hohem Bogen aus dem Loch. Pepper buddelte wie besessen. Akustisch begleitet wurde seine Arbeit durch abwechselndes Brummen und Winseln.

»Pepper, was machst du da? Hör sofort auf zu graben! Aus!«, schimpfte ich und näherte mich mit energischen Schritten dem Hund.

Als ich ihn erreicht hatte, fasste ich ihn an seinem Halsband und zog ihn zurück, da er keine Anstalten machte, mit dem Graben aufzuhören.

»Raus da, aber schnell! Oh, wie du wieder aussiehst! Du machst mir das ganze Auto schmutzig.« Ich schüttelte verärgert den Kopf.

Peppers gesamte Schnauze sowie seine Vorderbeine waren mit brauner Erde bedeckt. Er hechelte und wedelte aufgeregt mit dem Schwanz. Dabei stieß er ein hohes Bellen aus, das mir regelrecht in den Ohren schmerzte, und fixierte das Erdloch, das ihn magisch anzuziehen schien. Was war in ihn gefahren? Sein Verhalten kam mir suspekt vor, so kannte ich ihn gar nicht. Noch nicht einmal die Kaninchenjagd brachte ihn derart in Aufregung. Ich hatte Mühe, ihn von seiner Wirkungsstätte loszubekommen. Immer wieder aufs Neue versuchte er, sich dem Loch zu nähern. Als ich es beinahe geschafft hatte, ihn endgültig von der Stelle fernzuhalten, erkannte ich den Grund für sein Verhalten. Mein gesamtes Frühstück ergoss sich mit einem Schwall über meine Schuhe.

»Guten Tag, kann ich Ihnen behilflich sein?«, fragte Uwe Wilmsen die Frau, die scheinbar orientierungslos auf dem Flur des Polizeireviers von Westerland umherirrte.

»Ich suche meinen Mann«, erwiderte sie.

»Arbeitet er bei uns? Ist Ihr Mann ein Kollege?«, wollte Uwe wissen und musterte die Frau eingehend.

Sie war ihm vollkommen unbekannt. Wenn es sich um die Frau eines Kollegen gehandelt hätte, hätte er sie sicherlich schon einmal gesehen. In der Regel kannte man die Ehepartner der Kollegen, erst recht auf einer Insel wie dieser. Bei den jüngeren Kollegen war es hingegen gelegentlich schwieriger, weil die Partnerinnen beziehungsweise Partner öfter wechselten.

»Nein.« Die Frau schüttelte energisch den Kopf. »Mein Mann arbeitet nicht bei der Polizei, aber er ist seit einer Woche nicht nach Hause gekommen. Er hat sich auch nicht gemeldet.«

Uwe sah sie aufmerksam an. Die Angelegenheit erschien ihm suspekt.

»Seit über einer Woche?«, wiederholte er, um sicherzugehen, dass er sie richtig verstanden hatte. Sie nickte. »Kommt es häufiger vor, dass Ihr Mann länger unterwegs ist, ohne sich zu melden?«, hakte er vorsichtig nach und deutete der Frau an, ihm in sein Büro zu folgen, was sie widerstandslos tat.

»Bitte nehmen Sie Platz, Frau …?«

»Winkler, mein Name ist Dörte Winkler«, stellte die Frau sich vor und ließ sich auf dem Besucherstuhl nieder.

»Also, Frau Winkler, jetzt der Reihe nach. Wie heißt Ihr Mann?«

»Winkler.«

»Und der Vorname?«

»Ach so. Roland. Er heißt Roland mit Vornamen.«

»Wann haben Sie Ihren Mann zum letzten Mal gesehen oder gesprochen?«, setzte Uwe die Befragung fort und angelte nach einem Kugelschreiber aus seiner Schreibtischschublade.

»Das war am vergangenen Dienstag.«

»Und wann genau?«, wollte Uwe wissen und machte sich Notizen. »Zu welcher Tageszeit war das?«

»Am frühen Nachmittag, glaube ich. Genau, ich war auf dem Weg zum Einkaufen und anschließend fuhr ich zu meiner Mutter«, berichtete Frau Winkler.

Uwe beobachtete die Frau, während sie sprach. Sie saß

stocksteif mit aneinander gepressten Knien auf dem Stuhl. Ihre abgewetzte braune Handtasche ruhte auf ihren Oberschenkeln. Nervös nestelte sie mit den Fingern am Reißverschluss der Tasche. Frau Winkler hatte kurzes Haar, war gänzlich ungeschminkt und wirkte in ihrem beigefarbenen Trenchcoat beinahe durchsichtig. Sie war das reinste Nervenbündel. Außer einem silbernen schmalen Ehering trug sie keinen weiteren Schmuck, soweit Uwe auf den ersten Blick erkennen konnte.

»Möchten Sie ein Glas Wasser?«, fragte Uwe, doch sie verneinte sofort. »Haben Sie eine Vorstellung, wo Ihr Mann sich derzeit aufhalten könnte? Hat er eine Andeutung gemacht, ob er vielleicht verreisen wollte? Aufs Festland eventuell?«

»Nein, wir verreisen nie.«

»Frau Winkler, ein bisschen mehr muss ich schon wissen, wenn ich Ihnen helfen soll, Ihren Mann zu finden. Sie haben meine eingangs gestellte Frage noch nicht beantwortet. Kommt es häufiger vor, dass Ihr Mann länger von zu Hause wegbleibt?«

Frau Winkler senkte den Blick. Dann hob sie ihren Kopf und sah Uwe kurz an, bevor sie wieder auf ihre Hände sah. Etwas lastete unverkennbar schwer auf ihrer Seele.

»Manchmal«, begann sie zögerlich, »ist er für ein paar Tage weg. Er sagt nicht, wohin er geht, aber ich weiß, dass er aufs Festland fährt, um ...« Sie beendete den Satz nicht. Eine leichte Röte überzog das ansonsten farblose Gesicht.

»Um?«, wiederholte Uwe. Er ahnte, was sie sagen würde. Seine jahrelange Berufserfahrung hatte seine Sinne geschärft. »Trifft er sich auf dem Festland mit jemandem?«

»Ja«, antwortete Frau Winkler so leise, dass Uwe sie

nur schwer verstehen konnte. Sie hielt weiterhin den Blick gesenkt.

»Trifft er sich mit einer anderen Frau? Ist es das, was Sie sagen wollen, Frau Winkler?«

Sie nickte. Nun bekam auch ihr Hals rote Flecken. »Aber ich kenne sie nicht«, fügte sie hinzu.

»Haben Sie mit Ihrem Mann darüber gesprochen?«

Sie blickte Uwe verstört an, als ob er eine völlig absurde Frage gestellt hätte. »Nein, darüber sprechen wir nicht. Er geht davon aus, dass ich nichts weiß, aber ich habe ihn beim Telefonieren belauscht. Außerdem bin ich nicht dumm, auch wenn das viele denken.«

»Wie lange besteht das Verhältnis schon?«, erkundigte sich Uwe und machte sich weiterhin eifrig Notizen. Er hatte Schwierigkeiten, diese Frau einzuschätzen.

»Seit über zwei Jahren«, sagte sie, ohne zu zögern.

Uwe traute seinen Ohren kaum. Er hatte Mühe, seine Überraschung angemessen zu verbergen. Wie konnte man tatenlos so lange Zeit zusehen, wie man hintergangen und betrogen wurde? Das war ihm unbegreiflich.

»Bitte erlauben Sie mir eine direkte Frage: Lieben Sie Ihren Mann?«

»Selbstverständlich«, entgegnete Dörte Winkler.

»Ich schlage vor, ich nehme eine offizielle Vermisstenanzeige auf, Frau Winkler. Sind Sie damit einverstanden?«, vergewisserte sich Uwe.

»Ja, tun Sie das bitte«, erwiderte Frau Winkler gleichmütig.

Nachdem Uwe alle relevanten Fakten aufgenommen hatte, verabschiedete sich Frau Winkler von ihm. Uwe saß eine Weile nachdenklich auf seinem Platz. Er war schockiert über die Gleichgültigkeit, die diese Frau an den Tag legte. Obwohl der Begriff »Gleichgültigkeit« die Situation nicht einmal richtig umschrieb. Uwe fiel kein anderes passendes Wort für Frau Winklers Verhalten ein. Wenn sie ihren Mann doch liebte, warum kämpfte sie nicht für ihre Ehe? Und warum zeigte sie sein Verschwinden erst nach so langer Zeit bei der Polizei an? Uwe wollte gerade aufstehen, um sich einen starken Kaffee zu holen, denn den brauchte er jetzt unbedingt, als sein Telefon klingelte.

»Oh, Nick, ich bin unglaublich froh, dass du gleich gekommen bist!«

Ich lief ihm entgegen, schlang meine Arme um ihn und presste mein Gesicht an seine Brust.

»Natürlich, Sweety! Ich habe mich unverzüglich auf den Weg gemacht. Uwe und die Kollegen müssen jeden Moment eintreffen.«

»Wo ist Christopher?«, fragte ich, als ich ihn nicht bei Nick sah.

»Den habe ich schnell bei Britta vorbeigebracht. Ich glaube nicht, dass das hier das richtige Umfeld für ein Kleinkind ist.«

Im selben Augenblick bogen zwei Streifenwagen mit Blaulicht um die Ecke und hielten genau vor dem Grundstück. Das Auto der Spurensicherung traf gleichzeitig ein. In kürzester Zeit versammelte sich ein Großaufgebot der Polizei in der Straße, die vorsorglich abgeriegelt wurde. Die Beamten stiegen aus und begrüßten uns mit einem kurzen Kopfnicken. Uwe, Nicks Freund und Chef, kam direkt auf uns zu.

»Hallo, ihr beiden! Bist du in Ordnung, Anna?«

»Ja, es geht schon«, gab ich zurück, obwohl mich der kühle Wind frösteln ließ. Mir steckte der Schreck noch immer in den Gliedern. »Es ist dort hinter dem Haus. Pepper hat die Stelle gefunden. Da ist … Mir ist schlecht geworden«, stammelte ich und deutete in den Garten.

»Das passiert den Besten von uns. Na, dann wollen wir uns die Sache mal genauer ansehen!« Uwe gab den Kollegen ein Zeichen. »Du brauchst nicht mitzukommen, Anna, wenn du nicht willst. Wir nehmen deine Aussage später zu Protokoll. Nick? Was ist mit dir?«

»Ich komme gleich nach. Geh ruhig vor, Uwe«, erwiderte er. Dann wandte er sich mir zu. »Soll ich dich lieber nach Hause bringen?«, fragte er und legte behutsam einen Arm um mich.

»Nein, ich bleibe hier. Vielleicht habt ihr Fragen an mich.«

»Das musst du nicht. Wie Uwe sagte, das Protokoll hat bis morgen Zeit. Soll ich dich zu Britta bringen?«, versuchte Nick, mich zu überzeugen, dass es besser wäre, diesen Ort zu verlassen.

»Danke, Nick, ich bleibe. Du brauchst dir keine Sorgen zu machen.«

Das Bild der blassblauen Hand, die aus dem Loch ragte, tauchte vor meinem inneren Auge auf. Sicherlich würde es für lange Zeit mein Begleiter werden. Dieser Anblick hatte sich quasi in meine Netzhaut eingebrannt. Ich versuchte mich abzulenken, indem ich zu Pepper sah. Er saß bei zur Hälfte heruntergelassener Scheibe im Auto und hechelte nach Frischluft. Ich hielt es für besser, ihn in den Wagen zu setzen, damit er zur Ruhe kommen konnte nach der ganzen Aufregung.

»Kann ich dich wirklich allein lassen? Ich muss mir den Fundort ansehen. Uwe wartet sicherlich auf mich«, fragte Nick mit fürsorglichem Blick.

»Ich komme mit!«, erwiderte ich.

Nick nahm meine Antwort mit Erstaunen zur Kenntnis. Sie überraschte mich selbst.

»Bist du dir wirklich sicher?«

Ich nickte zuversichtlich. Nick war erst seit einem halben Jahr bei der Kripo. Zuvor arbeitete er bei der Schutzpolizei. Vor einem Jahr übernahm Uwe die Leitung der Kripo in Westerland und holte seinen Freund mit ins Team. Daher war es wichtig, dass Nick von Anfang an in die Ermittlungen einbezogen wurde. Er sollte nicht meinetwegen gezwungen werden, Ausnahmen machen zu müssen. Als Nick in Kanada lebte, hatte er bei verschiedenen Spezialeinheiten gearbeitet und entsprechende Zusatzausbildungen absolviert.

Ich folgte Nick zu den Kollegen hinter das Haus. Zwischenzeitlich hatten sich trotz Straßensperre mehrere Schaulustige vor dem Grundstück versammelt, angelockt durch das massive Aufgebot von Polizeifahrzeugen. Die Beamten hatten das gesamte Grundstück weiträumig mit Absperrband abgeriegelt. Da der Fundort der Leiche hinter dem Haus lag, war er vor neugierigen Blicken umherspazierender Passanten geschützt, und die Ermittler konnten ungestört ihrer Arbeit nachgehen, ohne dabei gefilmt oder fotografiert zu werden. Ein junger Kollege von Nick wurde trotzdem vorsichtshalber vor dem Haus abgestellt und forderte Spaziergänger auf, unverzüglich weiterzugehen.

»Und? Könnt ihr bereits Näheres sagen?«, fragte Nick, als wir in Rufweite kamen.

»Bislang wissen wir lediglich, dass es sich um eine männliche Leiche handelt. Er hat weder Papiere noch Autoschlüssel oder Ähnliches bei sich«, erklärte Uwe.

»Todesursache?«, hakte Nick nach.

»Da fragen wir am besten unseren Spezialisten«, schlug Uwe vor.

Wir gingen zu einem Mann, der unmittelbar vor dem Leichnam kniete und den Inhalt eines großen Koffers neben sich auf dem Boden ausgebreitet hatte. Darunter befanden sich diverse Fläschchen, Röhrchen, Pinzetten sowie ein elektronisches Thermometer. Der grauhaarige Mann wirkte hoch konzentriert und sprach in ein Diktiergerät.

»Moin, Herr Doktor Luhrmaier! Ich unterbreche Sie nur sehr ungern.« Uwe räusperte sich. Der Mann drehte seinen Kopf in unsere Richtung, und sein stechender Blick blieb an uns haften. »Kommen Sie voran? Das ist übrigens Anna Scarren, sie hat den Toten gefunden«, fuhr Uwe fort.

Der Rechtsmediziner stand auf. Er war klein, Ende 50 und von sehr drahtiger Gestalt. Vermutlich lief er leidenschaftlich gern Marathon oder war ein begeisterter Kletterer, mutmaßte ich und wollte ihm instinktiv die Hand reichen. Doch er wehrte ab und deutete auf seine Handschuhe, die er trug.

»Hallo!«, sagte ich. »Eigentlich war es nicht ich, sondern unser Hund, der den Toten entdeckt hat.«

»Das dachte ich mir beinahe, denn hier wimmelt es nur so von Hundehaaren und Abdrücken von Hundepfoten. Außerdem hat sich hier jemand übergeben. Das waren dann wohl auch Sie. Egal. Sie sind also Frau Scarren, schon von Ihnen gehört. Angenehm, Josef Luhrmaier.« Dann sah er zu Nick, der direkt hinter mir stand. »Moin,

Herr Scarren, wir hatten ja bereits des Öfteren miteinander zu tun.«

»Moin. Können Sie uns schon Einzelheiten zur Todesursache und dem Todeszeitpunkt sagen?«, erkundigte sich Nick.

Herr Doktor Luhrmaier seufzte aus tiefstem Herzen. »Ihr jungen Leute! Immer diese Ungeduld! Die genaue Todesursache kann ich natürlich zum gegenwärtigen Zeitpunkt nicht bestimmen. Im ersten Augenblick auffällig ist, dass es keine offensichtlichen Anzeichen für einen gewaltsamen Tod gibt.«

»Das heißt was genau?«, schaltete sich Uwe ein.

»Das heißt, Herr Wilmsen, dass er weder erschossen noch erschlagen wurde. Der Schädel ist unversehrt. Eine Einstichstelle oder etwas in dieser Art lässt sich ebenfalls auf den ersten Blick nicht finden. Folglich ist er auch nicht mit einem Messer oder einer anderen Waffe erstochen worden. Grundsätzlich ausschließen möchte ich das natürlich nicht. Mehr kann ich Ihnen beim besten Willen erst nach einer sorgfältigen Obduktion sagen. Was ich mit Sicherheit weiß, ist, dass der Tote seit ein paar Tagen hier liegt und sich vermutlich nicht selbst verscharrt hat. Von Suizid gehe ich nicht aus, doch das kann man zum jetzigen Zeitpunkt nicht völlig ausschließen. Wer weiß? Der Teufel ist ein Eichhörnchen.« Er lachte kurz. »Das Opfer starb nicht eines natürlichen Todes, davon bin ich felsenfest überzeugt, und ich täusche mich recht selten. Er ist mindestens fünf Tage tot, der Verwesungsprozess hat bereits eingesetzt. Aber für das Gebiet der forensischen Entomologie habe ich einen ausgezeichneten Experten an der Hand.«

Wir sahen ihn fragend an.

»Wenn die Würmer kommen, Sie verstehen?«, sagte er und grinste. »Ich gehe darüber hinaus davon aus, dass der Fundort auf keinen Fall mit dem Tatort identisch ist. Aber das herauszufinden, ist Ihre Sache, meine Herren. Herr von Brömmberg, kommen Sie bitte mal rüber zu uns!«

»Wer ist das?«, erkundigte sich Nick leise an Uwe gewandt.

»Das ist der stellvertretende Staatsanwalt«, raunte Uwe ihm zu.

Ein dünner, schlaksiger Mann kam näher. Mit seiner Cordhose und dem Sakko aus kariertem Wollstoff ähnelte er eher einem englischen Landedelmann als einem Staatsanwalt. Er machte einen unsicheren Eindruck, hatte aschblondes Haar und eine grünliche Gesichtsfärbung, was an den Umständen des Zusammentreffens liegen konnte, vermutete ich. Wahrscheinlich sah mein Gesicht nicht viel anders aus.

»Darf ich vorstellen«, ergriff Luhrmaier das Wort, »das ist Malte von Brömmberg, stellvertretender Staatsanwalt aus Flensburg.«

Der junge Mann gab uns reihum die Hand und rang sich ein Lächeln ab. »Guten Tag! Herr Doktor Luhrmaier hat es bereits erwähnt, ich vertrete Staatsanwalt Achtermann. Lassen Sie sich von meiner Anwesenheit nicht in Ihrer Arbeit stören. Ich erwarte später Ihren Bericht.« Er deutete eine Verbeugung an und entfernte sich in Richtung der Straße.

»Komischer Kauz«, bemerkte Uwe, während er ihm nachsah.

»Vielleicht ist ihm beim Anblick des Toten schlecht geworden«, gab ich zu bedenken.

»Dann hat er den falschen Job«, bemerkte Nick daraufhin nüchtern.

Er mochte ihn nicht, das konnte ich spüren.

»Er folgt einer langen Familientradition. Die meisten seiner männlichen Vorfahren waren Staatsanwälte. Vermutlich hatte er keine andere Wahl, als die Tradition fortzuführen«, erklärte Luhrmaier und zuckte mit den Schultern.

»Arme Sau!«, erwiderte Uwe. »Sie und Brömmberg waren sehr schnell vor Ort, Herr Doktor Luhrmaier? Normalerweise ist der direkte Fundort nicht Ihr Arbeitsgebiet.«

»Wenn Sie damit andeuten wollen, dass wir Rechtsmediziner den lieben langen Tag in einem Kellerraum unserer Arbeit nachgehen, irren Sie gewaltig. Die wenigsten Sektionssäle liegen unterirdisch. Das ist ein klassischer Irrtum. Ebenso wenig höre ich bei meiner Arbeit Musik oder esse nebenbei.«

»Entschuldigung, ich wollte Ihnen nicht zu nahe treten. Meine Frage bezog sich mehr auf die zeitliche Anwesenheit«, korrigierte Uwe seine Bemerkung.

»Nichts für ungut, Herr Wilmsen. Herr von Brömmberg und ich waren in einer anderen Angelegenheit auf der Insel und beinahe schon auf dem Rückweg, als der Leichenfund gemeldet wurde. Aber nun zurück zum Fall. Wo waren wir stehen geblieben?«

»Keine eindeutigen Hinweise auf die Todesursache, und Sie wollten uns etwas zeigen«, murmelte Nick vor sich hin und kratzte sich am Kinn.

»Ach, richtig. Hier« – der Rechtsmediziner deutete mit der Hand auf das linke Bein des Toten – »an dieser Stelle sieht die Haut merkwürdig aus, abgesehen von den Totenflecken, was ganz normal ist. Sehen Sie das?«

Ich wagte einen Blick auf die Stelle, auf die er zeigte, und mir wurde schlagartig flau im Magen. Die Haut sah leicht verfärbt und uneben aus. Insekten tummelten sich auf der Stelle. Luhrmaier verscheuchte sie mit einer schnellen Handbewegung. Jetzt konnte man eine feine Linie erkennen, die sich um ein handgroßes Hautareal gebildet hatte. Ich hatte keine Ahnung, wie die Haut eines Toten normalerweise aussah. Bislang waren mir solche Bilder in der Realität erspart geblieben. Im Fernsehen dagegen hatte ich Derartiges öfter gesehen. Eine erneute Übelkeit überkam mich, und mein Magen krampfte sich zusammen. Ich drehte mich schnell weg.

»Alles okay?«, flüsterte Nick mir zu und legte eine Hand auf meinen Arm.

Ich nickte ihm beruhigend zu, denn ich wollte ihn nicht blamieren und auf der Stelle vor allen seinen Kollegen in Ohnmacht fallen. Es war meine eigene Entscheidung gewesen, den Ort ein zweites Mal zu betreten. Also atmete ich tief durch und riss mich zusammen. Allerdings fehlte nicht viel und ich wäre tatsächlich in die Knie gegangen. Mein Kreislauf war nicht der stabilste.

Daher sagte ich: »Geht schon, ich glaube, ich schaue mal nach Pepper.«

»Gute Idee«, erwiderte Nick und strich mir mit der Hand über den Rücken. »Ich komme gleich nach.«

»Was ist an der Haut merkwürdig, Doktor Luhrmaier? Was meinen Sie?«, wollte Uwe wissen.

»Sie kommt mir an einigen Stellen ungewöhnlich verändert vor. So wie hier, sehen Sie?« Alle drei Männer beugten sich über den Toten, um die Stelle zu begutachten, auf die Doktor Luhrmaier mit dem Zeigefinger deutete. »Könnte meiner Meinung nach auf eine Verätzung hinweisen. Aber das muss ich mir nachher genauer ansehen. Wie gesagt, erst verbindliche Informationen nach der Obduktion. Ich möchte mich ungern in irgendwelche Spekulationen verrennen.«

Mit diesen Worten sammelte er seine Sachen zusammen und verstaute sie in dem großen schwarzen Koffer. Dann klappte er ihn fest zu. Die Metallverschlüsse klackten laut beim Verschließen.

»Ich bin fertig. Sie können den Toten mitnehmen«, teilte er den beiden Mitarbeitern des ortsansässigen Bestatters mit, die gelangweilt an der Hauswand lehnten und auf ihren Einsatz warteten. Sie nickten. Einer der beiden nahm einen letzten tiefen Zug von seiner Zigarette, bevor er die Kippe fallen ließ und sie anschließend auf dem Boden austrat.

»Die wird aufgehoben und mitgenommen!«, polterte Luhrmaier los. »Hier ist ein Tatort und kein Festplatz.«

Eingeschüchtert bückte sich der Mann und nahm die zertretene Zigarettenkippe ohne Murren an sich. Nachdem die rechtsmedizinische Erstaufnahme beendet und der Leichnam abtransportiert worden war, machten sich die Kollegen der Spurensicherung weiter an die Arbeit, um alles im Umkreis des Fundortes der Leiche akribisch abzusuchen.

Ich saß bei geöffneter Tür auf dem Beifahrersitz meines Wagens und schrieb eine SMS an Britta, als ich Nicks

Stimme hörte. Ich sah von meinem Handy auf und konnte ihn in Begleitung von Uwe um die Ecke des Hauses kommen sehen. Die beiden Männer blieben einen Moment stehen und sprachen miteinander. Dann verabschiedete sich Uwe, und Nick kam auf mich zu.

»Na, Sweety, geht es dir besser? Du hast vorhin so blass ausgesehen, dass ich Sorge hatte, du würdest jeden Augenblick umfallen«, sagte er und sah mich prüfend an.

»Damit lagst du nicht falsch. Mir war nicht besonders gut. Aber jetzt fühle ich mich besser. Trotzdem möchte ich eine solche Entdeckung kein zweites Mal machen müssen.«

»Das kann ich verstehen. Soll ich dich nach Hause bringen?«

»Das ist lieb von dir, aber ich kann selbst fahren. Du musst sicher zur Dienststelle, oder?«, fragte ich.

»Ja, der Fall duldet leider keinen Aufschub, obwohl ich mich lieber um dich kümmern würde. Ich lasse dich nur ungern allein fahren.«

»Das verstehe ich, aber du musst dir keine Sorgen machen. Ich fahre gleich zu Britta und hole Christopher ab.«

Ich zog Nick zu mir und gab ihm einen Kuss. Er lehnte seine Stirn gegen meine und seufzte.

»Ich hätte dir das alles gerne erspart.«

»Ich weiß. Dafür konntest du nichts. Pepper ist eben ein ausgezeichneter Spürhund.«

Nicks Miene hellte sich auf.

»Stimmt. Okay, wir sehen uns später. Pass gut auf dich auf! Grüße an Familie Hansen! Ehe ich es vergesse: Kannst du mir bitte die Telefonnummer von der Besitzerin des Grundstücks geben? Wir müssen sie informieren und befragen.«

»Klar!« Ich griff nach dem Skizzenbuch, das ich auf das Armaturenbrett gelegt hatte, und reichte Nick Inkas Visitenkarte, die ich darin aufbewahrte. »Hier! Auf der Karte steht alles drauf.«

»Super, danke. Fahr vorsichtig!«

»Mach ich! Bis später!«

Nick schloss die Beifahrertür, und ich krabbelte rüber auf den Fahrersitz. Dann fuhr ich nach Rantum zu Britta, um Christopher abzuholen.

KAPITEL 9

Am nächsten Tag räumte ich den Frühstückstisch ab, als ein Auto vor dem Haus hielt. Ich kannte den Wagen nicht und erwartete keinen Besuch. Neugierig reckte ich den Kopf, um erspähen zu können, wer ausstieg. Als ich eine blonde Frau sah, ahnte ich bereits, um wen es sich handelte. In diesem Augenblick drehte sie ihren Kopf in meine Richtung. Es war tatsächlich Stella. Ich stöhnte innerlich, und meine gute Laune war schlagartig verflogen. Da klingelte es auch schon an der Tür.

»Ich mache auf!«, hörte ich Nick rufen.

Gleich darauf erklang Stellas aufdringliche Stimme. Verärgert feuerte ich das Küchenhandtuch, mit dem ich gerade eines von Christophers Fläschchen abgetrocknet hatte, auf die Arbeitsfläche und machte mich widerwillig auf den Weg in die Diele. Was zum Teufel wollte Stella schon wieder? Ihre unangemeldeten Besuche entwickelten sich langsam regelrecht zur Plage.

»Hallo, Stella!«, begrüßte ich sie mit einem aufgesetzten Lächeln, das sie jedoch nicht zu bemerken schien, denn sie richtete ihr Augenmerk auf Nick. Der zog eine Augenbraue hoch und schloss die Haustür. Pepper war angeflitzt gekommen und beschnüffelte unseren Gast ausgiebig.

»Wie schön, dass ich endlich deinen Mann kennenlerne. Das nenne ich einen wahren Glücksfall«, flötete sie und fuhr sich lasziv mit den Fingern durch ihr langes blondes

Haar. »Anna hat viel von dir erzählt«, wandte sie sich ihm zu und verschlang ihn beinahe mit ihren Blicken.

Ihre Bemerkung entsprach nicht der Wahrheit, ich hatte absichtlich nicht viel von ihm erzählt. Dass sie Nick wie selbstverständlich duzte, ärgerte mich zusätzlich. Normalerweise war mir diese vertraute Form der Anrede nicht wichtig, aber bei Stella musste man vorsichtig sein. Sie verfügte über ein äußerst besitzergreifendes Wesen.

»Ich war zufällig in der Gegend. Es ist noch früh am Tag, könnte ich einen Kaffee bekommen? Der Kaffee im Hotel ist dünner als Tee und schmeckt abscheulich.« Sie verzog angewidert den Mund und schüttelte sich übertrieben.

»Natürlich«, knurrte ich und machte mich auf den Weg in die Küche. Was mache ich hier, fragte ich mich. Stella schneit plötzlich herein und scheucht mich durch die Gegend wie eine ihrer Angestellten. Ich war fest davon überzeugt, dass sie zu Hause welche besaß. Stella mit einem Staubsauger oder einem Schrubber in der Hand war nur schwer vorstellbar. Mit zwei Bechern Kaffee in der Hand stolzierte ich zurück ins Wohnzimmer. Ich war die Herrin im Haus, das sollte ich schnellstmöglich klarstellen. Meine Klassenkameradin hatte es sich derweil in meinem Lieblingssessel bequem gemacht und unterhielt sich angeregt mit meinem Mann.

»Hier bitte, dein Kaffee, schwarz«, betonte ich und stellte die Tasse unsanft vor ihr auf den niedrigen Couchtisch. Den anderen Becher reichte ich Nick, der sich mit einem Augenzwinkern bedankte.

»Oh danke, Anna. Du bist sehr aufmerksam«, erwiderte Stella.

»Ich lasse die Damen dann mal allein«, sagte Nick und erhob sich.

Christopher saß auf seiner Spieldecke und stapelte seine bunten Bauklötze. Er ließ sich von Stellas Anwesenheit nicht im Geringsten stören und brabbelte fröhlich vor sich hin. Ich hatte ihm eine CD mit Kinderliedern aufgelegt, die leise im Hintergrund dudelte. Das gefiel ihm, hatte ich festgestellt. Wenn ich Klavier spielte, weckte das ebenfalls sein Interesse. Als Nick die Treppe hochging, blickte er seinem Vater kurz hinterher und spielte anschließend weiter. Pepper lag neben dem Flügel auf dem Fußboden und döste mit halb geschlossenen Augen vor sich hin. Die Bewegungen seiner Ohren verrieten, dass er trotzdem aufmerksam aufpasste.

»Hattest du in der Zwischenzeit Gelegenheit, dir ein paar Dinge auf Sylt anzusehen?«, begann ich, mit Stella Small Talk zu betreiben.

»Gestern war ich zum Shoppen in Kampen«, erwiderte Stella. Na klar, was auch sonst, dachte ich mir, sprach es jedoch nicht aus. »Die Insel gefällt mir, aber dieser ewige Wind ist störend. Das könnte ich nicht dauernd ertragen«, bemängelte sie und nippte an ihrem Kaffee. »Geht dir das nicht entsetzlich auf die Nerven?«

»Nein, das gehört dazu, wenn man an der Nordsee lebt oder Urlaub macht«, konterte ich. Ich erwischte mich, wie ich zickig wurde.

»Dein Mann sieht äußerst attraktiv aus«, wechselte Stella abrupt das Thema.

Dabei sprach sie etwas leiser und beugte sich leicht zu mir, um zu vermeiden, dass Nick es hörte. Aber Nick befand sich irgendwo oben im Haus und hatte sicher

Wichtigeres zu tun, als unser Gespräch zu belauschen. Was die Leute von ihm dachten, war ihm ohnehin gleichgültig.

»Nick ist ein fantastischer Vater und Ehemann, das stimmt«, gab ich zurück und setzte mich aufrechter hin. »Was macht dein Mann, während du Urlaub auf Sylt machst? Warum ist er nicht mitgekommen?«, drehte ich den Spieß um.

Stella antwortete nicht sofort. »Konrad ist momentan auf einer Dienstreise. Wir machen oft getrennt voneinander Urlaub. Er fährt gerne im Urlaub nach Südostasien oder Afrika. Seine große Leidenschaft sind Reptilien, insbesondere Schlangen, musst du wissen.«

Ich verzog ein kleines bisschen den Mund. »Das ist ein sehr extravagantes Hobby, finde ich.«

»Siehst du, so gucke ich auch immer, wenn er von den Viechern zu schwärmen anfängt. Diesem Hobby muss er leider allein nachgehen. Dafür kann ich mich wirklich nicht begeistern«, pflichtete sie mir bei und überschlug betont lässig ihre langen Beine. Die Show hätte sie sich sparen können, Nick befand sich nicht im Raum.

»Dann fahrt ihr nie zusammen in den Urlaub?«

»Doch, natürlich, aber dann irgendwohin, wo es diese Tiere nicht gibt. Ich könnte niemals eine Schlange anfassen.« Stella schüttelte sich angewidert.

Nick kam die Treppe herunter. Ich sah, wie Stella ihn ansah und jede seiner Bewegungen verfolgte. Ich kochte innerlich vor Wut, anstatt mich lieber über Stellas Verhalten zu amüsieren.

»Ich störe nur ungern, aber hast du nicht einen Termin, Anna?«, sagte er und zeigte auf seine Armbanduhr.

»Oh, natürlich! Danke, dass du mich erinnerst. Das

hätte ich glatt vergessen.« Demonstrativ schlug ich mir die Handfläche vor die Stirn. »Tja, Stella, es tut mir leid, aber ich muss weg.«

»Bist du lange weg? Ich könnte sonst hier bei Nick und deinem Sohn auf dich warten. Ich habe nichts anderes vor.«

Ihr Vorschlag verschlug mir glatt die Sprache. Entgeistert sah ich sie an und begann zu stottern.

»Doch, ich werde eine ganze Weile weg sein. Und Nick muss gleich zur Arbeit. Oder, Nick?«

Ich kam mir richtig blöd vor. Glaubte Stella allen Ernstes, dass ich sie in meinem Haus, mit meinem Mann und meinem Sohn allein lassen würde? Niemals. Ich traute ihr nicht über den Weg. Als Stella merkte, dass ihr grandioser Plan nicht aufzugehen schien, erhob sie sich mit theatralischer Miene.

»Na, wie du willst. Dann vielleicht ein anderes Mal.« Sie schielte in Nicks Richtung. »Ich hoffe, wir sehen uns bald mal wieder, Nick.«

Ich wäre ihr am liebsten an die Gurgel gegangen. Energisch schob ich sie vor mir her in die Diele zur Haustür und vergaß dabei bewusst meine gute Erziehung. Selten hatte ich derart schnell versucht, einen Besucher zum Gehen zu bewegen.

»Also, Stella, ich wünsche dir einen schönen Tag. Guck dir die Insel an, da gibt es viel zu entdecken. Das Naturgewaltenzentrum in List ist beispielsweise ein lohnendes Ziel. Solltest du nicht verpassen. Tut mir echt leid, dass du stets im ungünstigsten Moment bei uns auftauchst, aber wir sind viel beschäftigt.« Mit diesen Worten verabschiedete ich sie an der Haustür.

»Das nächste Mal habe ich sicher mehr Glück«, erwiderte sie und ging zu ihrem Wagen.

Ich schloss die Tür hinter ihr und atmete erleichtert aus. Sie war weg. Hauptsache, sie kam nicht so bald wieder. Nick stand mit vor der Brust verschränkten Armen hinter mir und grinste mich an. Er hatte mich die ganze Zeit über aufmerksam beobachtet.

»Du kannst ja richtig biestig sein. Diese Seite an dir war mir bislang völlig unbekannt. Eifersüchtig?«

»Nur wachsam. Und wenn du Stella besser kennen würdest, würdest du verstehen, warum ich das tun musste«, rechtfertigte ich mich.

»Ich muss los«, erwiderte Nick und gab mir einen Kuss. »Vergiss bitte nicht, im Revier vorbeizukommen. Wir benötigen deine Aussage zu dem Mordfall für das Protokoll.«

»Ich mache mich fertig und komme anschließend bei euch vorbei. Versprochen. Seid ihr einen Schritt weiter? Weiß man mittlerweile, um wen es sich bei dem Toten handelt?«

»Nein. Aber ich hoffe, dass Doktor Luhrmaier in der Zwischenzeit vorangekommen ist.«

»Ich wünsche euch viel Erfolg auf der Suche nach dem Täter! Vielleicht treffen wir uns nachher auf der Wache.«

»Danke. Bis später.«

»Moin, Nick«, begrüßte Uwe seinen Freund und Kollegen, als er das Büro betrat.

»Moin, Uwe. Wie sieht es aus? Gibt es Neuigkeiten zu unserem Fall?«

»Moin. Das kann man wohl sagen. Du kommst genau

zur richtigen Zeit. Wie geht es Anna? Hat sie sich von dem Schrecken erholt? Kommt selten vor, dass man eine Leiche bei der Arbeit findet, abgesehen von unserem Job.«

»Ja, sie hat das Ganze erstaunlich gut weggesteckt. Allerdings glaube ich, sie will keine Schwäche zeigen und gibt sich deshalb so tough. Sie will nachher vorbeikommen und ihre Aussage zu Protokoll geben«, beantwortete Nick die Frage.

»Anna kann einiges wegstecken, das hat sie öfter bewiesen.«

»Stimmt, das hat sie«, pflichtete Nick ihm bei.

»Übrigens hat uns unser geschätzter Kollege Doktor Luhrmaier gestern Abend spät noch eine E-Mail gesendet. Wie es aussieht, hat er extra Überstunden geschoben, um seine Untersuchungen abzuschließen.«

»Super. Und? Was steht in dem Obduktionsbericht?«

»Der war gestern Abend noch nicht fertig. Laut den Untersuchungsergebnissen handelt es sich eindeutig um Mord, hat Luhrmaier knapp mitgeteilt. Die Details bekommen wir heute Morgen mit dem vollständigen Bericht«, erklärte Uwe.

»Wissen wir endlich, wer der Tote ist? Ist es jemand von der Insel?«, wollte Nick wissen.

»Bei dem Mordopfer handelt es sich um einen … Warte, ich habe es notiert …« Uwe warf einen Blick auf den Notizblock, der neben seinem Telefon lag. »… Roland Winkler.«

Uwe machte eine Pause und starrte auf ein Vollkornbrötchen mit Körnern, das vor ihm in einer blauen Plastikdose auf dem Schreibtisch lag. Zwischen den beiden Hälften lugten Salatblätter hervor. Er nahm das Brötchen in beide Hände und führte es zum Mund. Eine dünne Tomatenscheibe fiel auf die Schreibtischunterlage, als Uwe hineinbiss. Er verzog das Gesicht und stöhnte genervt.

»Blöder Gemüsekram«, brummte er mit vollem Mund vor sich hin.

Dann kaute er lustlos auf dem ersten Bissen herum. Nick schmunzelte. Er wusste, dass der Kollege anstelle dieses gesunden Snacks viel lieber ein ofenfrisches, knuspriges Weißmehlbrötchen, dick belegt mit Salami oder Schinken, gegessen hätte. Aber Uwe hatte seit geraumer Zeit einige Pfunde zu viel auf den Rippen und musste unbedingt auf seine Ernährung achten. Seine Frau Tina war in dieser Hinsicht unerbittlich und hatte strenge Regeln aufgestellt, was das Essen anging. Mittlerweile protestierte Uwe nicht mehr, sondern aß das, was seine Frau ihm vorsetzte. Was blieb ihm anderes übrig? Im Grunde hatten Tina und die anderen recht. Ein schwerer Bandscheibenvorfall hatte ihn vor nicht allzu langer Zeit außer Gefecht gesetzt. Uwe musste unbedingt mehr auf seine Gesundheit achten. Seit einigen Monaten ging er regelmäßig zum Sport und versuchte, sich gesünder zu ernähren. An die körperliche Bewegung hatte er sich schneller gewöhnt als gedacht, aber der Verzicht auf bestimmte Lebensmittel fiel ihm außerordentlich schwer. Dabei war fettiges Essen nicht einmal das Schlimmste. Die größte Falle lauerte im Zucker, der sich in beinahe allen Lebensmitteln versteckte. Aß man beispielsweise einen Joghurt, um sein Gewissen zu beruhigen und etwas Gutes für seinen Körper zu tun, tappte man in die Zuckerfalle. Mit nur einem Becher Fruchtjoghurt, hatte Uwe in einem Artikel über gesunde Ernährung gelesen, erreichte man quasi die empfohlene Menge Zucker pro Tag für einen Erwachsenen, wenn man der Weltgesundheitsorganisation Glauben schenken durfte. Das fand Uwe erschreckend. Er fühlte sich von der Lebensmittelindustrie bewusst hinters Licht geführt. Egal, was man zu sich nahm, überall versteckte sich der Zucker.

»Hm, Roland Winkler. Nie gehört. Muss ich den kennen?«, wandte sich Nick dem Fall zu und riss Uwe aus seinen Gedanken.

»Was?«

»Ich sagte, dass ich noch nie etwas von einem Roland Winkler gehört habe«, wiederholte Nick. »Wo bist du mit deinen Gedanken? Geht's dir gut?«

»Ach so, ja, alles in Ordnung. Roland Winkler konnten wir anhand seiner Fingerabdrücke identifizieren. Er ist auf der Insel geboren und betreibt ein kleines Bauunternehmen, das er vor Jahren von seinem Vater übernommen hat, als der gestorben ist. Allerdings läuft es nicht sehr erfolgreich. Vor zwei Jahren soll er in dubiose Geschäfte verwickelt gewesen sein. Manipulation, Bestechung usw. Man konnte ihm damals nichts beweisen, aber die ganze Sache hat ihm letztendlich das Genick gebrochen. Du weißt ja, ist der Ruf erst ruiniert … Neue Aufträge blieben aus, und mit seiner Firma ging es finanziell nur noch mehr den Bach runter«, erklärte Uwe und biss erneut in sein Brötchen.

»Und weshalb ist er aktenkundig?«, hakte Nick nach.

Uwe schluckte den Bissen schnell runter. »In seiner Jugend ist er wiederholt mit dem Gesetz in Konflikt gekommen. Er wurde mehrfach wegen schwerer Körperverletzung angezeigt und ist vorbestraft. Für ein paar Monate hat er sogar gesessen.«

Nick zog fragend eine Augenbraue hoch. »Kein unbeschriebenes Blatt, wie es aussieht. Meinst du, jemand wollte sich an ihm rächen? Eine offene Rechnung aus der Vergangenheit oder etwas in dieser Art?«

»Wäre ein Motiv, das glaube ich aber nicht. Die Anzeigen liegen Jahrzehnte zurück. Damals war er immer wieder in Schlägereien in Kneipen unter Gleichaltrigen verwickelt. In den letzten Jahren ist er nicht mehr aufgefallen«, erwiderte Uwe kopfschüttelnd.

»Hm, ehrlich gesagt, würde es mich wundern, wenn jemand nach so langer Zeit Rache üben sollte. Aber wer weiß das schon«, überlegte Nick. »Vielleicht hat es etwas mit seinem Unternehmen zu tun. Du erwähntest dubiose Geschäfte, in die er verwickelt gewesen sein soll.«

»Auch eine Variante. Diese Möglichkeit sollten wir auf keinen Fall außer Acht lassen. Aber jetzt kommt das eigentlich Interessante: Seine Frau war gestern bei mir und hat ihn als vermisst gemeldet.«

»Was du nicht sagst! Aber was ist daran besonders interessant? Ich finde es normal, dass man jemanden als vermisst meldet, wenn er nicht nach Hause kommt. Und in diesem Fall war es leider berechtigt.«

»Er wird seit einer Woche vermisst.«

»Seit einer Woche? Und da meldet seine Frau sich erst gestern bei der Polizei?« Nick stand das Erstaunen ins Gesicht geschrieben.

»Ich fand das zunächst genauso seltsam. Im Laufe des Gesprächs stellte sich heraus, dass Roland Winkler eine Geliebte hat, und das bereits seit zwei Jahren«, berichtete Uwe und biss erneut in das Brötchen, das er noch immer in den Händen hielt.

Tomatensaft rann ihm über die Finger. Er fluchte verhalten und angelte mit einer Hand nach der Packung mit den Taschentüchern auf seinem Schreibtisch. Er versuchte krampfhaft, sie einhändig zu öffnen.

»Die arme Ehefrau. Das war sicherlich ein zusätzlicher Schock für sie«, bemerkte Nick und nahm die Packung an sich. Er entnahm ein Papiertaschentuch und reichte es Uwe.

»Danke. Das glaube ich nicht, denn sie wusste die ganze Zeit von dem Verhältnis. Ihr Mann blieb öfter über Nacht weg«, antwortete Uwe mit vollem Mund und wischte sich die Finger mit dem Taschentuch sauber.

Dann warf er das gebrauchte Tempo in den Müll, klappte die leere Plastikbox zu und ließ sie in seiner Aktentasche unter dem Schreibtisch verschwinden. Mit spitzen Fingern nahm er ein Stückchen Salat, das auf eine der Akten vor ihm gefallen war, und ließ es ebenfalls in den Papierkorb fallen.

»Was? Sie wusste von dem Verhältnis und hat es toleriert?«, fragte Nick verblüfft. »Was war das für eine merkwürdige Ehe?«

»Tja, manchmal tun sich Abgründe auf, von denen man lieber nichts wissen möchte«, stellte Uwe fest und lehnte sich in seinem Bürostuhl weit zurück. Mit einer zerknautschten Papierserviette, die er aus den Tiefen seiner Schreibtischschublade hervorgezaubert hatte, putzte er sich zu guter Letzt den Mund ab.

»Du sagst es. Aber was hat unser Doktor herausgefunden?«, drängelte Nick.

»Wir sollen ihn anrufen.«

»Auf was warten wir dann? Ruf an!«

»Hetz mich nicht. Bevor ich nichts gegessen habe, läuft gar nichts. Mit leerem Magen kann ich nicht denken«, verteidigte sich Uwe.

Nick seufzte. Es stimmte, wenn Uwe hungrig war, konnte er unausstehlich werden. Das hatte Nick in den vergangenen Jahren mehrfach am eigenen Leib erfahren dürfen. Endlich griff Uwe zum Telefonhörer. Er drückte die Taste, unter der die Nummer der Gerichtsmedizin in Flensburg gespeichert war. Nachdem mehrere Freizeichen ertönt waren und Uwe beinahe die Hoffnung aufgegeben hatte, den Kollegen Luhrmaier zu erreichen, erklang dessen energische Stimme am anderen Ende der Leitung.

»Luhrmaier!« Er wirkte gehetzt.

»Moin, Herr Doktor, hier spricht Uwe Wilmsen. Der Kollege Nick Scarren sitzt neben mir. Ich habe auf Lautsprecher geschaltet, damit er das Gespräch mit verfolgen kann. Lassen Sie hören, was Sie im Fall Winkler herausgefunden haben.«

»Guten Morgen, die Herren!«, erwiderte Doktor Josef Luhrmaier kurz angebunden. »Da ich sehr in Eile bin, will ich gleich auf den Punkt kommen. Der Tote war zum Todeszeitpunkt stark alkoholisiert. Er hatte 1,8 Promille im Blut. Wie ich vermutet habe, hat sich meine Annahme, dass er ermordet wurde, bestätigt.«

»Ermordet mit Alkohol?«

»Haha, sehr witzig, Herr Wilmsen. Ich wäre Ihnen sehr verbunden, wenn Sie mich nicht unterbrechen würden und eine Spur mehr Ernst an den Tag legen könnten.«

»'tschuldigung«, murmelte Uwe und zwinkerte Nick zu.

»Wo war ich stehen geblieben? Ach ja. Eine natürliche Todesursache können wir daher definitiv ausschließen. In dem uns vorliegenden Fall handelt es sich eindeutig um Mord. Und zwar einen von der stillen Sorte.«

»Was meinen Sie mit ›stiller Sorte‹«. Nick zog fragend die Augenbrauen zusammen.

»Mord ohne Lärm. Kein Schuss, kein Schrei. Still eben. Was liegt da näher als ein Mord mit Gift.«

»Gift?«, wiederholte Nick.

»Sie haben richtig gehört, Herr Kollege. Gift. Der Täter ist dabei äußerst raffiniert vorgegangen. Dem Opfer wurde Fluorwasserstoffsäure zugeführt, kurz Flusssäure genannt«, fügte Doktor Luhrmaier hinzu.

Im Hintergrund war lautes Rascheln von Papier zu hören.

»Und was ist das Raffinierte daran?«, wollte Uwe wissen und kratzte sich den Vollbart.

»Flusssäure ist ein starkes Kontaktgift«, ließ Doktor Luhrmaier die Kollegen wissen, die seinen Ausführungen gespannt folgten.

»Was bedeutet das?«, erkundigte sich Nick.

»Das bedeutet, dass Flusssäure bei Hautkontakt sofort absorbiert wird. Das wiederum hat zur Folge, dass Verätzungen entstehen, die bis in sehr tiefe Gewebeschichten der Haut vordringen, ja sogar bis in die Knochen.«

»Aber das muss man doch merken?«, fragte Uwe nach.

»Eben nicht, Herr Kollege. Das ist ja das Hinterhältige an der Sache. Diese Verätzungen finden im Inneren des Gewebes statt, ohne dass die Haut äußerlich sichtbare Verletzungen oder Veränderungen aufweisen muss. Besonders tückisch ist, dass das Opfer oft erst mehrere Stunden später, nachdem es mit der Säure in Kontakt gekommen ist, Schmerzen verspürt.«

»Das nenne ich wirklich hinterhältig«, stellte Nick nachdenklich fest. »Wo wird diese Säure eingesetzt? Dieses Teufelszeug bekommt man bestimmt nicht problemlos in der Apotheke um die Ecke? Oder?«

»Natürlich nicht, wo denken Sie hin! Fluorwasserstoffsäure wird beispielsweise als Rostentferner für Textilien eingesetzt. Dann als zehnprozentige wässrige Lösung.«

»Hm«, überlegte Uwe. »Wie viel Säure reicht aus, um einen Menschen damit umzubringen?«

Während er nachdachte, kritzelte er nebenbei wirre Linien auf seinen Notizblock.

»Also, in aller Regel ist eine handtellergroße Verätzung durch 40-prozentige Flusssäure ausreichend, um eine tödliche resorptive Giftwirkung zu erzielen.«

»Schreckliche Vorstellung«, bemerkte Nick und rieb sich mit einer Hand den Nacken.

»Neben der ätzenden Wirkung hat die Säure noch mehr zu bieten.«

»Wir sind gespannt.« Uwes Kugelschreibermine war leer. Er griff nach einem Bleistift. »Gefährlich ist zudem, dass die Fluoridionen in der Säure den Kalzium- und Magnesiumstoffwechsel des menschlichen Körpers blockieren und somit die Funktion lebenswichtiger Enzyme hemmen. Die Folge sind akut bedrohliche Stoffwechselstörungen, die unter multiplem Organversagen tödlich verlaufen. Zu guter Letzt schädigt die Fluorwasserstoffsäure das Nervensystem«, konkretisierte Doktor Luhrmaier seine Ausführungen.

»Das klingt erschreckend niederträchtig«, stellte Uwe nachdenklich fest. »Da wollte jemand auf Nummer sicher gehen.«

»Davon können Sie ausgehen, Herr Wilmsen«, pflichtete Doktor Luhrmaier ihm bei. »Jemand, der genau wusste, was er tat.«

»Haben Sie sonst noch etwas gefunden, was uns helfen kann?«, fragte Nick. Er war aufgestanden und tigerte während des Telefonats hin und her. Auf diese Art fiel es ihm leichter, sich zu konzentrieren.

»Ich finde, das sind Ergebnisse, mit denen Sie etwas anfangen können. Vielleicht ist das ebenfalls hilfreich für Sie, wenn ich Ihnen sage, dass man Flusssäure nur in Kunststoff- oder Plastikbehältern aufbewahrt. Glasbehältnisse dagegen sind ungeeignet, da Glas von der Säure angegriffen wird. Sie wird für die Glasätzerei eingesetzt, um Glasoberflächen zu reinigen oder zu mattieren und sie mit Dekoren zu verzieren.«

»Danke, Herr Doktor Luhrmaier, Sie haben uns sehr geholfen«, bedankte sich Uwe.

»Gern geschehen. Ich schicke Ihnen den schriftlichen Bericht im Anschluss an unser Telefonat raus. Jetzt sind Sie an der Reihe! Schönen Tag, die Herren!«

»Danke, Ihnen auch«, entgegnete Uwe, aber sein Gesprächspartner hatte bereits aufgelegt.

»Flusssäure. Klingt eigentlich ganz harmlos. Habe ich zuvor nie gehört. Du?« Nick sah Uwe fragend an.

»Nein, aber Chemie war nie meine große Stärke. Der Mord an Roland Winkler war eiskalt geplant, davon bin ich felsenfest überzeugt. Erst wurde er mit dem Zeug umgebracht und anschließend beiseitegeschafft in der Hoffnung, dass man seine Überreste niemals oder wenigstens nicht allzu schnell finden würde. Der Täter wollte clever und gründlich vorgehen.«

»Und wenn es ein Unfall war?«, erwog Nick.

»Ein Unfall?« Uwe sah den Kollegen irritiert an.

»Könnte doch sein. Das Opfer ist versehentlich mit der Flüssigkeit in Berührung gekommen. Dann ist er an den Folgen verstorben. Irgendwer hat Panik bekommen, als er tot war, und hat ihn auf dem Grundstück in Braderup vergraben.«

»Warum sollte jemand so etwas tun, Nick?«, erwiderte Uwe stirnrunzelnd.

»Weil der Täter die Säure nicht ordnungsgemäß aufbewahrt hatte oder was auch immer. Mord hat kein festes Prinzip.« Er zuckte ratlos die Schultern.

»Ich weiß nicht, das klingt für mich unlogisch.«

»War nur eine Idee. Irgendwo müssen wir schließlich ansetzen. Ich schlage vor, dass wir umgehend mit der Witwe sprechen. Eventuell kann sie uns einen Hinweis liefern, wer der oder die Mörder sein könnten«, schlug Nick vor.

»Das hatte ich ohnehin vor. Komm, lass uns gleich fahren, wir sollten nicht unnötig Zeit verlieren. Ich möchte bei der Staatsanwaltschaft ungern in Erklärungsnot geraten, warum wir keine Ergebnisse liefern«, erwiderte Uwe und stand auf.

Ein paar Brötchenkrümel rieselten zu Boden.

Auf dem Polizeirevier hatte ich Nick nicht angetroffen. Einer der Kollegen, der meine Aussage zum Fund der

Leiche zu Protokoll genommen hatte, teilte mir mit, dass Nick mit Uwe unterwegs sei. Ich verließ die Wache und nutzte das angenehm spätsommerliche Wetter, um mit Christopher und Pepper einen Spaziergang durch die Westerländer Fußgängerzone zu unternehmen. Das hatte ich lange nicht mehr gemacht, und nun bot sich die Gelegenheit, weil ich in der Nähe war. Außerdem konnte ich etwas Ablenkung gut gebrauchen. Die Sache machte mir mehr zu schaffen, als ich mir eingestehen wollte. Die Friedrichstraße war gut besucht. Zurzeit machten viele Menschen Urlaub auf der Insel, da in einigen Bundesländern die Herbstferien begonnen hatten. Ich schob Christopher im Kinderwagen vor mir her und betrachtete die Auslagen der Geschäfte. Pepper trottete geduldig neben mir her. An einem Mülleimer musste er unbedingt sein Bein heben. Einkaufstouren machten ihm wenig Freude, er tobte lieber am Strand. Ich machte einen Abstecher in die »Badebuchhandlung« und hielt Ausschau nach einem Taschenbuch, das ich Ava schenken wollte. Wenn sie aus dem Krankenhaus kam, brauchte sie viel Ruhe und konnte die Zeit zum Lesen nutzen. Nachdem ich ein interessantes Buch gefunden und gekauft hatte, schlenderte ich weiter in Richtung Promenade. Es verging kaum ein Tag, seit ich auf Sylt lebte, an dem ich nicht am Meer war, und sei es nur für eine kurze Stippvisite. Ich genoss den Anblick, wenn die Sonne das Meer in den unterschiedlichsten Blautönen aufleuchten ließ. Mal lag es völlig ruhig, die Wellen wiegten sich sanft in gleichmäßigem Rhythmus, und die Sonne glitzerte auf der Wasseroberfläche wie Millionen kleiner Diamanten. An stürmischen Tagen toste das Meer mit unbändiger Kraft und riss alles mit sich, was sich ihm in den Weg stellte. Eine ungezügelte Kraft, die erbarmungslos mit zerstörerischem Zorn zuschlug. Wie ein wütendes Tier nahmen die meterhohen Wellen immer wieder Anlauf und rissen ganze Stücke aus den Dünen heraus, wenn sie sich wutschnaubend zurückzogen, um gleich darauf erneut mit lautem Grollen auf den Strand zu krachen. Die schäumende Gischt spritzte auf. Ein feiner Nebel aus Wasser und Salz durchzog jedes Mal die Luft. Ich liebte dieses Naturschauspiel, begegnete ihm jedoch mit dem nötigen Respekt. An diesen Tagen mussten die Insulaner machtlos zusehen, wie die Natur die Muskeln spielen ließ und erbarmungslos alles in kürzester Zeit zerstörte, was im Rahmen des Küstenschutzes mühsam aufgebaut worden war. Alljährlich wurden hohe Geldsummen für Sandvorspülungen ausgegeben, um die schützenden Dünen zu erhalten. Im Süden der Insel, bei Hörnum und teilweise auch vor Westerland, hatte man Tetrapoden aus Beton aufgebaut, um den Wellen die Wucht zu nehmen, wenn sie ungebremst auf die Insel prallten. In den letzten Jahren litt besonders Sylts Südspitze unter erheblichen Landverlusten. Man konnte zusehen, wie die Hörnum Odde stetig kleiner wurde. Nach jedem schweren Sturm waren die Spuren deutlich zu erkennen. Ein erschreckendes und zugleich faszinierendes Schauspiel.

Als ich an »Gosch« vorbeikam und mein Blick auf die dicht aneinandergereihten Fischbrötchen in der Auslage fiel, bekam ich schlagartig Hunger. Ich überlegte einen Moment, ob ich meinem Magen nachgeben sollte, und stellte mich dann in der Schlange davor an.

»Ein Krabbenbrötchen zum Hieressen, bitte«, sagte ich, als ich an der Reihe war.

»Knoblauch oder Cocktailsoße?«, fragte der Verkäufer mit leidenschaftsloser Stimme.

Diese Frage stellte er bestimmt Dutzende Male am Tag, überlegte ich und empfand einen Hauch von Mitleid. Er schien mir nicht der geborene Verkäufer zu sein, der mit Herz und Seele in seinem Job aufging.

»Ein bisschen Cocktailsoße, bitte«, erwiderte ich und legte die abgezählten Münzen auf den Teller auf dem Tresen.

Der Verkäufer griff nach einem Krabbenbrötchen in der Auslage und ließ aus einer Kelle die rosarote Soße darüber laufen. Dann reichte er mir meine Bestellung in eine Papiermanschette gewickelt und eine Papierserviette.

»Danke«, sagte ich und schenkte ihm ein Lächeln.

Wider Erwarten konnte ich den Anflug eines Lächelns auf seinem Gesicht erkennen, als er mir zunickte. Anschließend lenkte ich den Kinderwagen ein Stück weiter. An einem der hohen, langen Tische war in diesem Augenblick ein Platz freigeworden. Ich stellte den Kinderwagen davor ab und nahm auf einem Barhocker Platz. Pepper setzte sich artig neben mich und hypnotisierte angestrengt das Krabbenbrötchen in meiner Hand. Dünne Speichelfäden tropften ihm rechts und links aus den Maulwinkeln.

»Vergiss es, Pepper! Du brauchst gar nicht zu sabbern, du bekommst nichts«, nahm ich ihm jegliche Hoffnung auf ein Stück meines Brötchens.

Er war verrückt nach Krabben, das wusste ich, aber er sollte nicht betteln. Vielleicht würde ich ihm ein paar von den rosa Tierchen übrig lassen. Mir lief ebenfalls das Wasser im Mund zusammen. Doch bevor ich anfing zu essen, kramte ich aus meiner Tasche einen Keks für Christopher hervor und reichte ihn ihm. Er streckte seine kleinen Hände danach aus und begann sofort, darauf herumzulutschen. Ich biss genussvoll in das Brötchen. Dabei purzelten mehrere Krabben seitlich heraus und landeten auf dem Boden direkt vor Pepper. Dieser ließ sich die Gelegenheit nicht entgehen und leckte sie blitzartig auf.

»Glück gehabt«, murmelte ich und musste grinsen.

Ich ließ es mir weiterhin schmecken. Der leicht süßliche Geschmack der Soße unterstrich den Geschmack der Krabben. Ein Glas gekühlter Weißwein hätte mein Mahl komplett gemacht, aber es war mitten am Tag und ich musste noch Auto fahren, daher gab ich diesem Verlangen nicht nach. Nach dem Essen wischte ich mir die Finger mit der Serviette ab und sah mich nach einem Mülleimer um.

Plötzlich vernahm ich hinter mir eine Stimme.

»So sieht also dein Termin aus?«

Erschrocken drehte ich mich um. Da stand Stella. In Angriffsposition, wie ihr provokanter Gesichtsausdruck deutlich machte.

»Hallo, Stella«, sagte ich und beugte mich über den Kinderwagen, um Christopher von seinen Keksresten zu befreien.

»Du hättest mir ruhig die Wahrheit sagen können, als du mich vorhin abgewimmelt hast. Mir machst du vor, du hättest einen wichtigen Termin, und dann treffe ich dich beim ausgedehnten Einkaufsbummel«, wies sie mich lautstark zurecht.

Im ersten Moment verschlug es mir die Sprache. Ich schnappte nach Luft. Mit einem derartigen Auftritt aus heiterem Himmel hatte ich nicht gerechnet. Abgesehen davon entbehrte Stellas Verhalten jeglicher Grundlage.

Die Gäste an den Nachbartischen sahen von ihren Tellern auf und blickten zu uns herüber.

»Ich hatte einen Termin. Aber ich glaube nicht, dass ich dir Rechenschaft ablegen muss für das, was ich tue und wohin ich gehe«, konterte ich.

Meine Stimme bebte vor Aufregung. Dieses Mal war Stella eindeutig zu weit gegangen. Was nahm sich diese Schnepfe heraus? Mit herausforderndem Blick sah sie mich an.

Dann sagte sie in abfälligem Ton: »Glaubst du, nur weil du auf Sylt ein großes Haus, ein Kind und einen gut aussehenden Mann hast, bist du etwas Besonderes? Da muss ich dich enttäuschen. Du bist immer noch die unscheinbare Anna von früher geblieben! Sieh dich an!«

Hasserfüllt musterte sie mich und machte eine abfällige Handbewegung.

»Was ist bloß in dich gefahren, Stella? Könntest du dich bitte in deinem Ton mäßigen?«, forderte ich sie auf. Ich beugte mich zu Christopher, da er mich aus angsterfüllten Augen ansah. Ich wollte nicht, dass er sich ängstigte und ihretwegen zu weinen begann.

»Ach, ist dir das peinlich vor den anderen Leuten? Tu doch nicht so scheinheilig!«, keifte Stella.

»Weißt du was? Ich habe keine Lust, mich von dir beschimpfen zu lassen. Das habe ich nicht nötig. Wenn du schlechte Laune hast, lass deinen Frust nicht an mir aus. Zukünftig lässt du auch meine Familie und mich in Ruhe. Verstanden? Schönen Tag noch!«

Ich drehte mich auf dem Absatz um und schob den Kinderwagen zügig in Richtung des Parkplatzes, wo ich mein Auto vorhin abgestellt hatte. Mein Herz pochte vor

Aufregung. Die Lust auf einen Ausflug zum Strand war mir nach Stellas Auftritt gänzlich vergangen. Sie rief mir noch etwas hinterher, aber ich verstand es nicht. Ich wollte es gar nicht verstehen. Ich war so aufgewühlt, dass meine Hände zitterten.

»Alles gut, Christopher!«, beruhigte ich ihn. »Die furchtbare Frau ist weg. Du brauchst keine Angst zu haben.«

Er sah mich erschrocken aus großen Augen an. Ich versuchte, ihn mit einem Spielzeug, das am Kinderwagen befestigt war, abzulenken. Pepper sah ebenfalls zu mir auf und trottete dann brav neben mir her. Nachdem ich mich halbwegs gefangen hatte, zog ich mein Handy aus der Tasche und rief Britta an.

»Guten Tag, Frau Winkler, wir müssten dringend mit Ihnen sprechen. Das ist der Kollege Nick Scarren«, begrüßte Uwe Dörte Winkler, als sie die Haustür öffnete.

Sie schien in keiner Weise überrascht zu sein über den unerwarteten Besuch.

In ihrem mausgrauen Strickensemble wirkte sie noch farbloser als ohnehin schon. Unter ihren dicht nebeneinanderliegenden Augen hatten sich dunkle Schatten gebildet. Blaugrüne Adern schimmerten hervor. Die Haut um die Nase herum war gerötet. Man hätte den Eindruck gewinnen können, Frau Winkler sei stark erkältet.

»Treten Sie ein.« Sie machte eine Handbewegung und trat einen Schritt zur Seite, um Uwe und Nick eintreten zu lassen.

Ihre Stimme klang tatsächlich erkältet. Im Hausinneren roch es muffig und abgestanden, als wäre seit

Tagen nicht mehr gelüftet worden. Nick hätte am liebsten sofort alle Fenster weit aufgerissen, um frische Luft hereinzulassen. Er hatte das Gefühl, jeden Augenblick ersticken zu müssen. In dem engen Flur hingen mehrere Jacken an einer schmucklosen Garderobe. Auf einem kleinen, altmodisch wirkenden Tischchen, dessen Farbe stellenweise ausgeblichen war, stand ein graues Telefon mit Wählscheibe. Uwe konnte sich nicht erinnern, wann er das letzte Mal solch ein altes Modell gesehen hatte. Er dachte, diese Telefone seien seit ewigen Zeiten nicht mehr im Einsatz. Dörte Winkler forderte die beiden Männer auf, im Wohnzimmer Platz zu nehmen. Die Einrichtung in diesem Raum stammte ebenfalls aus längst vergangenen Zeiten. Die schlichten Möbel waren mit großer Sicherheit nicht wertvoll, aber jedem Trödelhändler ging vermutlich bei diesem Anblick das Herz auf. Obwohl das Mobiliar viele Jahre auf dem Buckel haben musste, war alles ordentlich und wirkte auf den ersten Blick sauber. Über die Lehnen der alten Couchgarnitur waren gehäkelte Deckchen gelegt. An einer Seite des Sofas, das direkt an der Wand stand, waren unterschiedliche Puppen kunstvoll drapiert. Einige von ihnen trugen Trachten. Ansonsten wirkte der Raum eher schmucklos. Finanziell schien es den Winklers in der Tat nicht gut zu gehen, wenn man sich das Interieur genauer ansah. Oder sie waren ausgesprochen sparsam.

»Setzen Sie sich. Möchten Sie einen Kaffee?«, erkundigte sie sich. »Das dauert allerdings einen Moment, bis er fertig ist. Ich muss ihn erst aufsetzen.«

»Nein danke, machen Sie sich keine Umstände«, erwiderte Nick und nahm neben Uwe auf dem Sofa Platz.

Dörte Winkler setzte sich ihnen gegenüber auf einen Sessel.

»Frau Winkler, wir müssen Ihnen leider mitteilen, dass Ihr Mann tot aufgefunden wurde.« Uwe wartete auf eine Reaktion, doch Dörte Winkler schien durch ihn hindurchzusehen.

»Haben Sie mich verstanden?«

»Ja, selbstverständlich«, erwiderte sie. »Bitte sprechen Sie weiter.«

Das Verhalten der Frau irritierte die beiden Beamten.

»Frau Winkler, die Obduktion hat ergeben, dass Ihr Mann ermordet worden ist. Vergiftet.«

Sie saß weiterhin regungslos da und verzog keine Miene.

»Haben Sie eine Vorstellung, wer Ihren Mann umgebracht haben könnte und aus welchem Grund?«, fuhr Uwe fort.

Dörte Winkler blieb stumm und starrte auf ihre Hände, die auf ihren Oberschenkeln ruhten.

»Hatte Ihr Mann Feinde? Gab es vor Kurzem Streit oder wurde er bedroht?«, versuchte Nick, die Frau zu einer Äußerung zu bewegen. »Ich weiß, das ist zurzeit alles sehr schockierend für Sie, aber Sie würden uns helfen, wenn Sie irgendetwas wissen. Bitte reden Sie mit uns. Jede Kleinigkeit kann wichtig sein.«

Nick blickte verstohlen zu Uwe. Stillschweigen. Dann endlich räusperte sich die Frau, hob den Kopf und begann zu sprechen.

»Vor einer Woche hatte mein Mann Besuch von Hauke Hinrichsen«, sagte sie ohne jegliche Gefühlsregung.

»Wer ist das?«, fragte Nick. »Ein Kunde Ihres Mannes oder ein Freund?«

Sie lachte bitter auf. »Nein, ganz im Gegenteil.« Sie machte eine abwehrende Handbewegung. »Hinrichsen ist Bauunternehmer. Mein Mann mochte ihn nicht besonders. Die beiden sind sich im Großen und Ganzen aus dem Weg gegangen, soweit es sich vermeiden ließ.«

»Aber trotzdem hat dieser Hinrichsen Ihren Mann besucht? Was wollte er?«, erkundigte sich Nick.

Uwe machte sich derweil Notizen.

Dörte Winkler zuckte ratlos die Schultern und blickte aus dem Fenster, als wenn sie das alles kaum berührte. »In die Angelegenheiten meines Mannes habe ich mich nie eingemischt. Es war sein Geschäft. Abgesehen davon habe ich keine Ahnung von der Materie. Roland hasste es, wenn ich nachfragte, also habe ich es bleiben lassen.«

»Wissen Sie, ob sich die beiden gestritten haben?«, wollte Uwe wissen und sah von seinem Notizbuch auf.

»Nein, ich glaube nicht. Sie sind jedenfalls nicht laut geworden, wenn Sie das meinen. Hinrichsen war mit seinem Hund hier. Ich bin an dem Tag zuerst zum Einkaufen und anschließend zu meiner Mutter gefahren. Sie wohnt in Niebüll. Das mache ich jede Woche. Ich bleibe immer über Nacht und komme erst am nächsten Tag spätnachmittags nach Hause. Sonst lohnt sich die Fahrt kaum.«

»Ist Ihre Mutter alleinstehend?«, fragte Uwe.

»Ja, sie schafft den Haushalt allein nicht mehr, ich muss ihr helfen, sauber machen und für sie einkaufen.« Sie seufzte. »Mein Vater ist vor fünf Jahren gestorben. Seitdem baut sie zusehends ab.«

»Sie waren also bei dem Gespräch zwischen Herrn Hinrichsen und Ihrem Mann nicht anwesend?«, wollte Nick wissen.

»Nein.« Dörte Winkler ließ Schultern und Kopf hängen, sodass es wirkte, als sei sie mit ihrer Kraft am Ende. Dann hob sie den Kopf und blickte die beiden Beamten nacheinander an.

»Ich habe meinem Mann kurz Bescheid gegeben, dass ich losfahre. Er saß mit Hinrichsen in der Werkstatt. Vor ihnen auf dem kleinen Tisch standen Flaschen. Sie haben getrunken. Jeder von ihnen hatte ein Schnapsglas in der Hand.«

»Sie haben getrunken, und es entstand nicht der Eindruck, dass sie sich gestritten haben«, fasste Nick zusammen. »Sonst ist Ihnen nichts aufgefallen?«

Sie schüttelte erneut den Kopf. Dann betrachtete sie wieder ihre Hände. Sie drehte mit der linken Hand gedankenverloren den Ehering an dem rechten Ringfinger, bevor sie antwortete. »Sie schienen sich prächtig zu unterhalten. Ich habe mich im ersten Augenblick darüber gewundert, aber mein Mann konnte sehr wechselhaft sein. Mal war er wütend, eine Minute später freundlich.« Sie griff nach der Packung Taschentücher vor ihr auf dem niedrigen Couchtisch, nahm ein Papiertaschentuch heraus und putzte sich damit geräuschvoll die Nase. »Entschuldigen Sie bitte.«

»Kein Problem. Sie wissen nicht zufällig, worum es in dem Gespräch der beiden ging?«, hakte Uwe nach.

»Tut mir leid. Dazu kann ich Ihnen nichts sagen. Ich war nur sehr kurz anwesend. Vielleicht ging es ums Geschäft, keine Ahnung. Mein Mann hat Hinrichsen neulich einen Auftrag vor der Nase weggeschnappt. Das habe ich mitbekommen. Hinrichsen war zunächst stinksauer und hat meinen Mann am Telefon übel beschimpft. Deshalb habe ich mich ja gewundert, dass er kurze Zeit später hier auftaucht und die beiden friedlich zusammen Schnaps trinken.«

»Danke, Frau Winkler, wir möchten Sie nicht länger belästigen. Sie haben uns sehr geholfen. Geben Sie uns bitte noch die Adresse Ihrer Mutter in Niebüll, reine Routine«, ergänzte Uwe, als sie ihn fragend ansah.

»Selbstverständlich«, erwiderte sie und gab ihm bereitwillig die gewünschten Angaben. Uwe notierte sich alles in seinem Notizbuch. Dann klappte er es zu und steckte es in die Innentasche seiner Jacke.

»Danke, Frau Winkler.«

Uwe erhob sich. Nick stand ebenfalls auf.

»Warten Sie einen Moment!«

Dörte Winkler ging zu dem dunkelbraunen Wohnzimmerschrank mit den schwarzen Beschlägen und öffnete eine Schublade. Sie holte einen kleinen Zettel heraus, schloss das Schubfach sorgfältig und reichte Uwe ein Stück Papier im A5-Format, auf dem handschriftliche Notizen zu erkennen waren.

»Das ist die Adresse von … Sie wissen schon«, sagte sie.

Dabei huschte ihr Blick nervös zu Nick. Die Situation war ihr sichtlich unangenehm.

»Vielen Dank, Frau Winkler. Wenn Ihnen noch etwas einfallen sollte, zögern Sie nicht, uns anzurufen. Denken Sie daran, alles kann wichtig sein«, verabschiedete sich Uwe.

»Auf Wiedersehen!«, erwiderte sie und blieb bewegungslos im Wohnzimmer stehen.

Nick und Uwe gingen allein hinaus.

»In diesem düsteren stickigen Loch würde ich depressiv werden«, stellte Nick fest, als sie zu ihrem Wagen gingen. »Viel länger hätte ich es darin nicht ausgehalten. Was steht auf dem Zettel, den sie dir gegeben hat?«

»Darauf ist der Name und die Adresse der Geliebten ihres Mannes notiert. Außerdem hat sie darauf alle Daten eingetragen, an denen sich ihr Mann mit der anderen Frau getroffen hat.«

»Sie hat ihre Adresse und sogar die Besuchsdaten? Mich wundert langsam nichts mehr. Wir sollten der Dame unbedingt einen Besuch abstatten, was meinst du?«

»Auf jeden Fall. Kannst du das übernehmen? Ihr Wohnort liegt nicht weit von Niebüll entfernt. Nimm Ansgar oder Oliver mit.«

»Mache ich. Am besten mache ich mich schnellstmöglich auf den Weg«, schlug Nick vor und sah auf die Uhr. »Ich fahre vorher kurz zu Hause vorbei und sage Anna Bescheid.«

»Okay, ich werde mich in der Zwischenzeit um diesen Bauunternehmer Hinrichsen kümmern.«

»Glaubst du, dass die Winkler ihren Mann umgebracht hat? Ein klares Motiv hätte sie: Eifersucht. Schließlich hatte ihr Mann jahrelang eine Geliebte. Prüfst du ihr Alibi? Ich rufe gleich einen der Kollegen an, der mich aufs Festland begleiten soll«, sagte Nick.

»Ja. Ich glaube nicht, dass sie es war. Sie macht auf mich nicht den Eindruck, als wäre sie in der Lage, einen Menschen zu töten. Wie hätte sie ihn auf das Grundstück schleppen sollen. So schmächtig, wie sie ist, pustet sie die nächste Windböe von den Füßen. Wenn du schon in der Nähe von Niebüll bist, kannst du auf dem Rückweg bei ihrer Mutter vorbeifahren. Ein persönlicher Besuch erscheint mir in diesem Fall ratsamer als ein Telefonat.«

»Wie du meinst. Aber um auf Frau Winkler als Täterin zurückzukommen: Sie könnte einen Helfer gehabt haben. Vielleicht hat sie auch einen Liebhaber und spielt uns bloß die betrogene, hilflose Witwe vor. Stille Wasser sind bekanntlich tief«, gab Nick zu bedenken.

»Da bist du auf dem Holzweg«, versicherte Uwe. »Melde dich, wenn du zurück bist.«

Als Uwe mit einem Kollegen das Grundstück der Firma Hinrichsen betrat, kam gerade eine große dünne Frau mit kurzen blonden Haaren über den Hof. Sie trug eine Jeanslatzhose mit bunten Knöpfen und eine karierte Hemdbluse, die sie bis zu den Ellenbogen aufgekrempelt hatte. Ihre Füße steckten in einfachen Gummistiefeln. Sie sah aus, als wenn sie eben noch auf einer Baustelle tätig gewesen wäre.

»Suchen Sie jemanden?«, fragte sie forsch und musterte die Beamten.

Uwe hatte sich einen uniformierten Kollegen aus dem Revier zur Unterstützung mitgebracht, da Nick unterwegs aufs Festland war.

»Moin, Uwe Wilmsen, Kripo Westerland«, erklärte Uwe und hielt der Frau seinen Ausweis vor die Nase. »Und Sie sind?«

»Beke Hinrichsen, was kann ich für Sie tun?«, wollte sie wissen, baute sich vor den beiden auf und stemmte die Hände in die Hüften.

Sowohl ihre Kleidung als auch ihr Auftreten verliehen ihr eine burschikose Note, fand Uwe. Vermutlich wollte sie auf diese Art ihre Autorität unterstreichen.

»Wir würden gern mit Hauke Hinrichsen, dem Eigentümer der Firma, sprechen«, sagte Uwe unbeeindruckt und steckte seinen Ausweis zurück in die Jackentasche.

»Was wollen Sie von meinem Mann?«, fragte Beke Hinrichsen und reckte leicht das Kinn.

»Ist er zu Hause?«, ergänzte Uwe, ohne auf die Frage einzugehen.

In diesem Augenblick erschien ein Mann im offenen Werkstatttor in Begleitung eines Rottweilers und schritt behäbig auf die Besucher zu. Er war von kräftiger Statur und hatte kurz geschorenes Haar. Seine Größe, der kompakte Körperbau und die dunkle Kleidung, die er trug, verliehen ihm ein bulliges Äußeres. In gewisser Weise ähnelte er seinem vierbeinigen Begleiter.

»Hauke, die Herren sind von der Kripo und wollen mit dir sprechen«, nahm seine Frau vorweg.

»Aha. Worum geht es? Gibt es ein Problem?«, fragte Hauke Hinrichsen und musterte die Besucher misstrauisch.

Der Hund stand neben seinem Herrchen und hechelte. Er hatte einen riesigen Schädel mit einem kräftigen Gebiss. Kein Schoßhund, stellte Uwe fest. Den breiten Nacken zierte ein dickes Lederhalsband mit Nietenbesatz. Christof Paulsen blickte ängstlich zu dem Tier. Seine Muskeln verkrampften sich, und Schweiß lief ihm über den Rücken. Hunde von dieser Größe und Sorte machten ihn nervös, seitdem er vor einem Jahr bei einem Einsatz gebissen und erheblich verletzt worden war. Die tiefe Bisswunde am Oberarm musste mit mehreren Stichen genäht werden und wollte nur schwer heilen.

Hauke Hinrichsen schien sein Unbehagen zu bemerken und sagte daraufhin: »Sie brauchen keine Angst zu haben. Rudi tut nix. Ihnen kann ich es ja sagen, er ist zahm wie ein Lamm, auch wenn er nicht danach aussieht.« Er lächelte und streichelte dem Tier liebevoll über den Kopf.

»Jaja, ich weiß, die wollen alle nur spielen«, murmelte Christof, den Blick auf den Hund gerichtet, und fasste sich automatisch an den Oberarm.

Unter dem Stoff seines Hemdes war die Narbe deutlich zu spüren. Die Aussage des Hundebesitzers beruhigte ihn in keiner Weise. Trotzdem versuchte er, dem Hund gegenüber seine Unsicherheit nicht zu zeigen. Ganz cool bleiben, ermutigte er sich selbst und straffte die Schultern.

»Weshalb wir gekommen sind: Fällt Ihnen zu dem Namen Roland Winkler etwas ein?«, begann Uwe.

»Natürlich, er ist ein Kollege, wenn Sie so wollen. Warum?«, antwortete Hinrichsen prompt.

Seine Frau stellte sich einen Schritt näher an die Seite ihres Mannes. Der Hund gähnte gelangweilt, wobei sein eindrucksvolles Gebiss noch deutlicher zum Vorschein kam. Christof schluckte und konzentrierte sich auf das Ehepaar Hinrichsen.

»In welcher Beziehung stehen Sie zu ihm?«

Hauke Hinrichsen runzelte die Stirn, als ob er die Frage nicht verstanden hätte.

»Wir kennen uns, wie man sich eben auf der Insel kennt. Wir haben nichts miteinander zu tun, weder geschäftlich noch privat. Weshalb fragen Sie?«

»Er ist ein Konkurrent von Ihnen«, stellte Uwe fest.

Hauke Hinrichsen lachte aus vollem Hals. »Entschuldigen Sie bitte, aber als Konkurrenten würde ich ihn keinesfalls bezeichnen. Winkler betreibt ein Ein-Mann-Unternehmen, und das alles andere als erfolgreich. Hin und wieder erhält er einen Auftrag, aber das ist nicht der Rede wert.«

»Sie mögen ihn nicht, habe ich den Eindruck.«

»Wir sind keine dicken Freunde. Leben und leben lassen, das trifft es eher. Er stellt keine ernst zu nehmende Konkurrenz für mein Unternehmen dar, wenn es das ist, worauf sie anspielen. Aber vielleicht verraten Sie mir endlich, warum Sie das alles so brennend interessiert? Hat er sich bei der Polizei über mich beschwert?«

Die Frage war scheinbar ironisch gemeint.

»Roland Winkler ist tot.«

»Tot?«, wiederholte Hinrichsen ungläubig. »Ist er umgebracht worden?«

»Wie kommen Sie darauf, dass er ermordet wurde?« Uwe wurde hellhörig.

»Naja, sonst wäre kaum die Kripo mit dem Fall betraut?«, erwiderte Beke Hinrichsen umgehend.

»Wann hatten Sie das letzte Mal Kontakt mit Herrn Winkler?«, fragte Uwe und sah das Ehepaar Hinrichsen einen nach dem anderen an.

Hauke Hinrichsen kratzte sich am kahl rasierten Nacken, als müsste er angestrengt nachdenken. »Da muss ich erst überlegen. Hm, das müsste ungefähr eine Woche her sein. Ja genau, da war ich kurz bei ihm.«

»Sie haben ihn aufgesucht? Ich denke, Sie standen sich nicht sonderlich nah. Gab es dafür einen besonderen Grund?«

»Nein. Es war nicht wichtig. Eigentlich ist es überhaupt nicht der Rede wert.« Hinrichsen winkte ab.

Uwe sah ihn mit skeptischer Miene an und fragte sich, was dieser Eiertanz zu bedeuten hatte.

»Würden Sie bitte konkret werden«, forderte er ihn unmissverständlich auf. »Warum haben Sie Herrn Winkler an diesem Tag aufgesucht und worüber haben Sie gesprochen?«

»Der Besuch war mehr oder weniger spontan. Ich war ganz zufällig in der Gegend und wollte ihm bei der Gelegenheit zu seinem neuen Auftrag gratulieren.«

»Obwohl Sie sich beide nicht besonders grün sind, machen Sie sich die Mühe und suchen Ihren Konkurrenten auf, nur, um ihm zu einem Auftrag zu gratulieren? Klingt nicht sehr überzeugend, Herr Hinrichsen«, bemerkte Uwe. »Wann genau waren Sie bei ihm? Tag? Uhrzeit?« Er ließ sich ungern verschaukeln.

»Das war vorletzten Dienstag am Nachmittag. Die Uhrzeit weiß ich nicht mehr. Ich habe meine tägliche Runde mit Rudi gemacht und bei ihm vorbeigesehen. Ich hatte ein kleines Schlückchen zum Anstoßen dabei. Zur Feier des Tages.«

»Ist das üblich in der Branche, dass man sich untereinander gratuliert, wenn man sich in Wahrheit nicht ausstehen kann?«, wollte Christof wissen. Er ließ den Hund, obwohl sich dieser hingelegt hatte und anscheinend schlief, nicht aus den Augen.

»So eng darf man das nicht sehen. Ich habe ihm diesen Auftrag wirklich gegönnt. Das müssen Sie mir glauben.«

»Wir müssen überhaupt nichts glauben, Herr Hinrichsen«, stellte Uwe verärgert klar.

»Winkler bekommt selten derart lukrative Aufträge, wissen Sie? Das sollte eine aufrichtige Geste meinerseits sein«, behauptete Hinrichsen und blickte zu seiner Frau, die bestätigend nickte und sich bei ihrem Mann einhakte.

»Roland verstand sein Fach und wurde bei Ausschreibungen aufgrund seines kleinen Betriebes leider allzu oft übergangen. So geht es vielen seiner Art«, fügte Hinrichsen gönnerhaft hinzu. »Sie wissen bestimmt, dass er vor ein paar Jahren einige Probleme hatte. Das hat die ohnehin schwierige Lage seiner Firma nicht einfacher gemacht. Und dann die Sache mit seiner Frau.«

»Von welcher Sache sprechen Sie?«, stellte sich Uwe unwissend.

»Die Angelegenheit ist ein wenig delikat, müssen Sie wissen. Im Grunde geht es mich auch gar nichts an, aber ein Geheimnis ist es lange nicht mehr. Die meisten hier auf der Insel wissen davon.« Er machte einen Schritt auf die Beamten zu und sprach etwas leiser, obwohl niemand weit und breit zu sehen war, der es hätte hören können. »Naja, die Ehe der beiden war seit geraumer Zeit marode. Dörte, also Rolands Frau, hat sich mehr um ihre Mutter gekümmert als um ihren Ehemann. Da kommt es schon mal vor, dass sich ein Mann das, was er braucht, woanders holt. Wenn Sie verstehen, was ich meine. Kurz gesagt, Roland hatte ein Verhältnis. Sie soll hier auf Sylt gearbeitet haben, aber jetzt lebt sie auf dem Festland. Mehr weiß ich aber wirklich nicht.« Er hob abwehrend beide Hände, um sich von weiteren Spekulationen zu distanzieren.

»Was Sie nicht sagen. Haben Sie eine Idee, wer durch den Tod von Herrn Winkler einen Nutzen haben könnte?«, richtete Uwe seine Frage an das Ehepaar Hinrichsen.

Sie sahen einander fragend an.

Dann sagte er: »Ich wüsste nicht, wer ein Interesse daran gehabt haben könnte, Roland umzubringen. Ich vermute, das hatte private Gründe.«

»Sprechen Sie doch mal mit seiner Frau«, schlug Beke Hinrichsen vor. »Die Sache mit der Geliebten war sicher nicht leicht für Dörte. Ich würde das jedenfalls nicht tatenlos hinnehmen, wenn mein Mann mich betrügen würde. Alle wussten davon, das prallt nicht einfach von einem ab. Vielleicht hat sie die Nase voll gehabt und die Nerven verloren.«

»Beke!«, herrschte ihr Mann sie an.

»Kann doch sein«, verteidigte sie sich und verschränkte die Arme vor der Brust wie ein trotziges Kind.

»Wir ermitteln in alle Richtungen«, erwiderte Uwe. »Danke, dass Sie sich Zeit genommen haben. Eventuell kommen wir ein weiteres Mal auf Sie zu.«

»Jederzeit gerne. Wir hoffen, Sie finden den Mörder bald. Nicht auszudenken, dass hier auf unserer schönen Insel ein Mörder frei herumläuft«, betonte Beke Hinrichsen.

Uwe und Christof verabschiedeten sich von dem Ehepaar und verließen das Gelände der »B. + H. Hinrichsen Bauunternehmung und Gartenbau GbR«.

Auf dem Heimweg hielt ich am Haus von Ava und Carsten Carstensen an, um das Buch, das ich für Ava besorgt hatte, abzugeben. Ich klingelte, aber niemand öffnete. Carsten war offenbar nicht zu Hause. Daher klemmte ich das Geschenk zwischen die Hauswand und einen großen Blumentopf, in dem eine blaue Hortensie in voller Blütenpracht erstrahlte. Carsten würde es sicherlich sofort entdecken, wenn er nach Hause kam, überlegte ich. Dann fuhr ich mit Christopher und Pepper nach Hause. Es war höchste Zeit für Christophers Mittagessen und seinen anschließenden Mittagsschlaf. Pepper bekam erst abends seine Portion Futter. Ich war überrascht, als ich Nicks Wagen vor unserem Haus stehen sah. Er hatte mich kommen hören und trat durch die geöffnete Haustür auf mich zu.

»Hallo, Sweety!«, begrüßte er mich und gab mir einen Kuss.

»Was machst du um diese Zeit zu Hause? Haben sie dich rausgeschmissen?«, fragte ich scherzhaft und befreite Christopher aus seinem Kindersitz.

Nick lachte und öffnete die Heckklappe, um Pepper in die Freiheit zu entlassen.

»Nein, ich wollte schnell zu Hause vorbeischauen, ein paar Sachen holen und dir sagen, dass ich gleich mit Ansgar aufs Festland fahre.« Er warf einen Blick auf seine Armbanduhr.

»Was macht ihr dort und wann kommst du zurück?«

Wir gingen ins Haus. Pepper trabte mit hocherhobener Rute vorweg.

»Ermittlungen. Wir müssen nach Leck, aber heute Abend bin ich zurück. Wann genau, kann ich nicht sagen.«

»Ich nehme an, es geht um den Mord in Braderup, oder? Habt ihr erste Hinweise?«, fragte ich und zog Christopher seine Jacke aus.

»Ja, ich muss in diesem Zusammenhang eine Zeugin befragen. Sie wohnt in Leck. Ansgar wird mich begleiten.«

»Dann wünsche ich euch viel Erfolg!«

»Danke, hoffentlich ist der Weg nicht umsonst. Ich muss los! Also, ihr drei, macht keinen Blödsinn, ich bin bald zurück. Du, Pepper, pass gut auf!«

Nick drückte Christopher einen Kuss auf die Stirn. Dann streichelte er Pepper über den Kopf, der sich fest an sein Bein schmiegte. Als Letzte war ich an der Reihe und erhielt einen dicken Abschiedskuss.

Nachdem ich Christopher gefüttert hatte, legte ich ihn schlafen. Ich saß im Nebenzimmer an meinem Schreibtisch und arbeitete weiter an meinem Konzept für Inkas Grundstück. Trotz des schrecklichen Vorfalls musste es weitergehen. Ich konnte mich allerdings nicht richtig auf meine Arbeit konzentrieren. Die Szene mit Stella in der Fußgängerzone ging mir nicht aus dem Kopf. Warum war sie plötzlich derart wütend auf mich? Ich konnte mich nicht erinnern, ihr etwas getan zu haben, was sie so sehr erzürnt haben könnte. Ich hatte ihr zwar deutlich zu verstehen gegeben, dass ich keine Zeit hatte, aber das war lange kein Grund, derart auszurasten. Britta, der ich den Vorfall am Telefon geschildert hatte, konnte sich auf dieses Verhalten ebenso wenig einen Reim machen wie ich. Aus dem Kinderzimmer hörte ich Geräusche. War Christopher aufgewacht? Ein Blick auf mein Handy verriet mir, dass es bereits 15.00 Uhr war. Über der Grübelei hatte ich völlig die Zeit vergessen. Ich stand auf und ging ein Zimmer weiter. Pepper, der neben mir auf dem Fußboden gelegen und gedöst hatte, folgte mir.

»Na, mein Kleiner? Hast du gut geschlafen?«, sagte ich, zog die Vorhänge beiseite und nahm meinen Sohn auf den Arm.

Er lächelte mich an und strahlte eine kuschelige Wärme aus. Als ich ihn fest an mich drückte, stieg mir ein unangenehmer Geruch in die Nase. Die Windel war voll. Das war wahrscheinlich der Grund, warum er aufgewacht war. Ich trug ihn ins Badezimmer, um ihn sauber zu machen und eine neue Windel anzulegen. Als ich mit allem fertig und auf dem Weg ins Erdgeschoss war, klingelte es an der Tür. Pepper rannte bellend vor mir die Treppe nach unten.

Ich öffnete, und Jill, Nicks Schwester, lächelte mir entgegen.

»Hi, Anna! Störe ich?«

»Nein, du störst nie! Komm rein. Ich bin eben mit allem fertig geworden. Ich freue mich, dich zu sehen. Kaffee?«, fragte ich.

»Super Idee!«, sagte sie freudestrahlend und schloss die Tür hinter sich. Sie schien ausgesprochen gute Laune zu haben. Vielleicht hatte sie gute Nachrichten im Gepäck, kam es mir in den Sinn. »Christopher wächst von Minute zu Minute oder kommt mir das nur so vor?«, stellte sie fest und betrachtete ihren Neffen.

Dann bückte sie sich zu Pepper, um ihn zu begrüßen. Er genoss es sichtlich, als sie ihm über den Rücken strich. Ich ging vor ihr her in die Küche.

»Das Gefühl habe ich manchmal auch«, bestätigte ich. »Besonders, wenn seine Sachen zu klein werden.«

»Ist Nick unterwegs?«

»Ja, er ist zu einer Zeugenbefragung aufs Festland gefahren. Wegen des Mordes in Braderup, weißt du. Er wird heute erst spät zurück sein.«

»Schreckliche Sache. Ich habe von dem Mord gehört. Tina hat mir davon berichtet, als ich sie gestern beim Einkaufen getroffen habe. Sie hat gesagt, dass du den Toten gefunden hast. Uuhh, das ist wirklich gruselig. Das stelle

ich mir furchtbar vor. Ich würde Albträume bekommen.«
Sie schüttelte sich demonstrativ.

»Angenehm war es nicht, das gebe ich zu. Aber ich bemühe mich, den Gedanken daran, so gut es geht, zu verdrängen.« Ich reichte ihr den vollen Kaffeebecher. »Möchtest du Milch in deinen Kaffee?«

»Nein danke, ich trinke ihn schwarz.« Sie nahm mir die Tasse ab.

»Wie geht es dir? Wir haben uns eine Ewigkeit nicht gesehen«, erkundigte ich mich und lehnte mich gegen die Arbeitsplatte. Christopher hatte ich auf den Boden auf seine Spieldecke gesetzt. Er steuerte zielstrebig auf die Kiste mit den bunten Bauklötzen zu, seinem Lieblingsspielzeug.

»Mir geht es gut, ich kann nicht klagen.«

Jill strahlte über das ganze Gesicht. Ich wurde das Gefühl nicht los, dass hinter dieser extremen Heiterkeit ein neuer Mann steckte. Jills Beziehungen hielten erfahrungsgemäß nie sehr lange. Dafür begannen sie in aller Regel mit einem wahren Feuerwerk der Leidenschaft und endeten nach kurzer Zeit mit einem filmreifen Drama. Nick schenkte den Liebesabenteuern seiner Schwester kaum noch Beachtung. Dafür waren sie nicht langlebig genug, um sich ernsthaft Gedanken zu machen. Er war überzeugt, dass Jill eines Tages den Richtigen finden würde. Sie war erst Mitte 20 und sah – wie ihr Bruder – blendend aus. Man brauchte sich keine Sorgen zu machen, dass sie eines Tages niemanden mehr finden würde. Im Gegenteil, sie konnte sich vor Verehrern kaum retten. Vielleicht war genau das das Problem.

»Soll ich mal raten, weshalb du so gut gelaunt bist?«,

fragte ich mit einem Schmunzeln, während ich mir einen Tee zubereitete.

Sie spitzte die Lippen und wollte etwas erwidern, als es erneut an der Haustür klingelte. Pepper sprang auf und lief bellend in die Diele. Was ist bloß los heute, dachte ich.

Christopher erschrak und begann zu weinen. Ich bückte mich und nahm ihn hoch, um ihn zu trösten.

»Erwartest du Besuch?«, erkundigte sich Jill und nahm einen Schluck von ihrem Kaffee.

»Nicht, dass ich wüsste. Kannst du bitte Christopher nehmen, ich gehe nachsehen? Vielleicht ist es der Paketdienst und bringt das Hundefutter, das ich im Internet bestellt habe.«

»Klar. Komm her, mein Süßer! Du musst nicht weinen, nur weil der Pepper bellt. Deine Mum geht gucken, wer geklingelt hat, und kommt gleich wieder.«

Ich folgte mit großen Schritten Pepper in die Diele, öffnete die Tür und stutzte.

Nick hielt den Wagen direkt vor dem Haus mit der Nummer 25, die Dörte Winkler auf dem Zettel notiert hatte. In diesem Haus wohnte Beatrice Schneider, die Geliebte von Roland Winkler.

»Hier muss es sein«, sagte er zu Ansgar, und beide stiegen aus.

»Ein Mietshaus«, stellte Ansgar fest und rückte seine Jacke zurecht.

»Dann wollen wir mal sehen, ob die Dame zu Hause ist.«

Nick betätigte den Klingelknopf und wartete ab. Es tat sich nichts. Er klingelte ein zweites Mal. Keine Reaktion. Dann trat er ein paar Schritte von der Tür zurück und blickte zu den oberen Fenstern. Auch dort war niemand zu sehen. Die Gardine bewegte sich nicht. In diesem Augenblick ertönte eine Frauenstimme hinter ihm.

»Zu wem wollen Sie, junger Mann?«

Eine Frau, Mitte 70, mit zwei Einkaufstaschen behängt, näherte sich und beäugte die Beamten neugierig. Sie war in Begleitung einer weiteren Frau im gleichen Alter.

»Guten Tag, wir möchten zu Frau Schneider«, erwiderte Nick freundlich.

»Das musste ja eines Tages soweit kommen, dass die Polizei vor der Tür steht. Guten Tag, mein Name ist Brombach, das ist Frau Heckenschmitt, meine Nachbarin«, sagte die Frau und stellte ihre Einkaufstüten vor Nick und Ansgar auf den Bürgersteig.

»Was meinen Sie damit?«, wollte Ansgar wissen.

»Ich will niemanden verdächtigen, aber diese Frau Schneider kommt uns allen in der Straße seltsam vor. In so einem kleinen Ort fällt solch eine Person schnell auf.« Sie schürzte wissend die Lippen.

Ihre Nachbarin nickte zustimmend. Beide Frauen trugen helle Steppwesten über ihren gemusterten Blusen, und ihre Frisuren glichen sich ebenfalls. Vermutlich besuchten sie nicht nur dasselbe Modegeschäft, sondern auch denselben Friseursalon.

»Inwiefern seltsam? Könnten Sie sich bitte genauer ausdrücken«, forderte Nick die Damen auf.

»Sie ist eben anders. Außerdem hat sie ständig Herrenbesuch«, ergriff Frau Brombach das Wort.

»Herrenbesuch?«, wiederholte Nick.

»Also, wenn Sie mich fragen, ist sie eine … eine von diesen Frauen, Sie wissen schon. Aber sicher bin ich mir natürlich nicht. Die anderen im Haus denken übrigens dasselbe. Da sind wir nicht die Einzigen, nicht wahr, Hedwig?«

Die Nachbarin nickte eifrig. Das Reden überließ sie offenbar ausschließlich Frau Brombach.

»Sie meinen, Frau Schneider arbeitet als Prostituierte?«

Die Frauen erröteten schlagartig und senkten den Blick. Frau Heckenschmitt blickte hilflos drein und knetete nervös den Riemen ihrer Handtasche, die sie quer umgeschnallt hatte. Nick holte ein Foto aus seiner Jacke.

»War dieser Mann unter den Besuchern? Erkennen Sie ihn eventuell?«

Frau Brombach sah sich zuerst das Foto genau an und reichte es dann an Frau Heckenschmitt weiter, die ebenfalls einen Blick auf das Bild warf.

»Ja, an den kann ich mich sehr gut erinnern. Der kam regelmäßig. Er ist sogar über Nacht geblieben«, versicherte sie stolz. »Aber er hat jedes Mal höflich gegrüßt, wenn ich ihm im Treppenhaus begegnet bin. Zufällig natürlich.«

»Natürlich. Wann war er das letzte Mal hier? Können Sie sich daran erinnern?«

Sie überlegte angestrengt.

»Das ist eine Weile her. Genau weiß ich das nicht mehr, tut mir leid. Was ist denn mit ihm? Werden Sie Frau Schneider jetzt verhaften?«

»Nein, wir werden niemanden verhaften. Wir befinden uns in laufenden Ermittlungen, ich darf Ihnen leider keine weiteren Einzelheiten nennen«, erklärte Nick. Er vermied bewusst, das Wort »Mord« auszusprechen.

Eine junge Frau kam um die Ecke und steuerte direkt auf den Hauseingang zu.

»Da kommt Frau Schneider«, flüsterte Frau Brombach Nick zu und bückte sich eilig nach ihren Einkaufstaschen. Ansgar war jedoch schneller und reichte sie ihr.

»Danke, junger Mann, das ist sehr aufmerksam von Ihnen. Auf die Polizei ist eben Verlass. Ich kann Ihnen gerne einen Kaffee kochen, wenn Sie später Zeit haben«, bot sie an.

»Das ist sehr nett, Frau Brombach, aber wir haben leider keine Zeit. Danke für Ihre Auskunft«, erwiderte Nick und wandte sich dann an die junge Frau, die gerade im Begriff war, die Haustür aufzuschließen. »Frau Schneider?«

»Ja?« Sie drehte sich überrascht um. »Wollen Sie zu mir?«

»Ja. Nick Scarren, Kripo Westerland, der Kollege Kreutzer«, stellte Nick sie vor. »Wir würden gern irgendwo ungestört mit Ihnen reden.«

»Kommen Sie mit hoch.« Sie schloss auf, und die beiden Männer folgten ihr ins erste Obergeschoss. Nachdem sie die Wohnungstür hinter ihnen geschlossen hatte, fragte sie: »Kann ich Ihnen etwas anbieten? Ein Wasser oder einen Kaffee? Den müsste ich bloß schnell machen. Das dauert einen Moment.«

»Gern ein Wasser«, erwiderte Nick.

»Für mich auch, bitte«, schloss sich Ansgar an.

»Nehmen Sie schon mal im Wohnzimmer Platz, ich komme sofort.«

Mit diesen Worten verschwand Beatrice Schneider in der kleinen Küche. Nick setzte sich auf das Sofa mit dem Blick auf die Küchentür. Frau Schneider betrat kurze Zeit später mit einem Tablett mit Gläsern und einer großen Mineralwasserflasche das Wohnzimmer.

»Verraten Sie mir jetzt, was Sie von mir wollen?«, fragte sie, während sie die Gläser verteilte und das Wasser eingoss.

»Ich möchte nicht lange um den heißen Brei herum reden. Wir wissen, dass sie Roland Winkler kennen«, begann Nick.

»Sie kommen wegen Roland? Ich dachte schon, eines dieser ollen Tratschweiber aus dem Haus hat Sie auf mich angesetzt. Die stecken doch überall ihre neugierigen Nasen rein.«

»Wenn Sie Frau Brombach oder Frau Heckenschmitt meinen, kann ich Sie beruhigen. Sie sind nicht der Grund für unser Kommen.«

»Da bin ich beruhigt. Ich bin ursprünglich gelernte Friseurin, übe meinen Beruf aber nicht mehr aus. Ab und zu schneide ich ein paar Kollegen die Haare. Damit verdiene ich mir ein kleines Taschengeld. Sie werden mich jetzt deswegen nicht anzeigen, oder?«

»Nein. Frau Schneider, darum geht es nicht. Uns ist bekannt, dass Sie ein Verhältnis mit Herrn Roland Winkler haben«, fuhr Nick fort und trank dann einen Schluck Wasser. Seine Kehle fühlte sich trocken an.

Die junge Frau setzte sich in einen Sessel. Sie stützte die Unterarme auf ihren Oberschenkeln ab und verschränkte die Finger ineinander.

»Dann brauche ich Ihnen nicht viel mehr sagen. Ja, Roland und ich sind ein Paar. Wenn auch nicht offiziell.«

»Frau Schneider, es tut mir leid, Ihnen sagen zu müssen, dass Roland Winkler tot ist«, sagte Nick und wartete ihre Reaktion ab.

Sie atmete hörbar und lehnte sich in dem Sessel zurück. Ihre großen hellen Augen füllten sich mit Tränen, und sie rang mit der Fassung. Ansgar kramte geistesgegenwärtig ein Päckchen Taschentücher aus seiner Jackentasche und reichte es ihr.

»Danke. Wie? Warum?«, schniefte sie und zog ein Papiertaschentuch aus der Packung, um die Tränen damit wegzuwischen.

»Wann haben Sie Herrn Winkler das letzte Mal gesehen?«, wollte Nick wissen.

»Das ist über zwei Wochen her. Er wollte nächstes Wochenende wiederkommen«, antwortete sie tränenerstickt.

»Kam er Ihnen in letzter Zeit verändert vor? Hatte er mit jemandem Streit oder Probleme? Hat er Ihnen gegenüber etwas in dieser Richtung verlauten lassen?«

Sie schüttelte resigniert den Kopf. »Nein, ganz im Gegenteil. Er war ausgesprochen gut gelaunt gewesen. Das hatte mit seiner Arbeit zu tun. Mehr weiß ich nicht. Wenn er bei mir war, haben wir nicht übers Geschäft oder die Arbeit gesprochen.« Sie machte eine Pause. »Wie ist er gestorben?« Ihr ganzer Körper bebte bei dieser Frage.

»Er wurde ermordet«, erwiderte Nick leise. Ihm tat die junge Frau leid.

Frau Schneider schluchzte und zerknüllte das Papiertaschentuch zwischen ihren Händen.

»Es tut mir leid, dass ich Sie das alles fragen muss. Aber wie haben Sie sich kennengelernt?«, fuhr Nick fort.

»Ich habe bis vor einem Jahr auf Sylt gearbeitet. Erst in einer Reinigung, da habe ich die Buchhaltung gemacht, und dann in einer Bäckerei. Roland hat dort morgens immer seine Brötchen gekauft. Wir haben uns auf Anhieb gut verstanden.«

Eine dicke Träne rollte über ihre Wange. Sie wischte sie mit dem Handrücken weg.

»Warum arbeiten Sie nicht mehr auf Sylt?«

»Mir war die Fahrerei zu anstrengend und zeitraubend. Eine Wohnung auf der Insel kann ich mir bei meinem Gehalt nicht leisten. Da erzähle ich Ihnen sicher nichts Neues. Durch einen glücklichen Zufall habe ich hier um die Ecke eine Stelle bei einer Sanitärfirma als Buchhalterin gefunden. Es ist ein guter Job.«

»Wussten Sie, dass Herr Winkler verheiratet war?«, fragte Nick. Ansgar machte Notizen.

»Ja klar, das hat er mir gleich bei unserem ersten Treffen gesagt. Er war eine ehrliche Haut.«

»Das war kein Problem für Sie?«

Sie lachte kurz. »Nein, denn ich wusste von Anfang an, dass er sich nicht von seiner Frau scheiden lassen würde. Das hat er deutlich gesagt, und das war für mich in Ordnung. Ich bin geschieden und liebe meine Unabhängigkeit. Für mich war die Situation gut, wie sie war.«

»Wo waren Sie am Dienstag letzter Woche?«

»Sie denken doch nicht etwa, dass ich Roland umgebracht habe?«, fragte sie aufgeregt und wurde blass.

»Wir überprüfen sämtliche Personen, die mit dem Opfer in Kontakt standen. Das ist ganz normal. Also?«

»Ich war tagsüber bei der Arbeit, und abends bin ich zum Fitnesstraining gefahren. Wie jeden Dienstag.«

»Dafür gibt es sicher Zeugen. Geben Sie uns bitte die Adresse des Sportstudios.«

»Natürlich«, erwiderte sie.

Ansgar notierte alle Angaben, um sie später zu überprüfen.

»Vielen Dank für Ihre Kooperationsbereitschaft«, sagte Nick und erhob sich zum Gehen.

»Ich bringe Sie zur Tür.« Frau Schneider stand auf und begleitete die Polizeibeamten zur Wohnungstür.

»Hm«, sagte Ansgar, als sie im Auto saßen. »Was meinst du? Hat sie etwas mit dem Mord zu tun?«

»Ich möchte mich lieber nicht festlegen. Dafür ist es noch zu früh. Warten wir ab, was die Überprüfung ihres Alibis ergibt«, erwiderte Nick. »Bevor wir zurückfahren, statten wir der Mutter von Dörte Winkler einen Besuch ab und checken dieses Alibi. Gib mal die Adresse ins Navi ein, bitte.«

»Meinst du, die Polizei verdächtigt uns, etwas mit Winklers Tod zu tun zu haben?«, fragte Beke Hinrichsen ihren Mann, während sie den Geschirrspüler ausräumte. Sie schüttelte letzte Wassertropfen von einer Plastikschüssel, die nicht vollständig trocken geworden war. Anschließend wischte sie mit einem Geschirrtuch nach, bevor sie sie in einer breiten Schublade verschwinden ließ.

»Kann ich mir nicht vorstellen. Ich nehme an, der Besuch war reine Routine. Sie müssen alle Leute in Winklers Umfeld befragen«, sagte er beiläufig.

»Hoffentlich behältst du recht. Der Dicke hat viele Fragen gestellt, und sein Kollege, dieser Schönling, hat sich genau umgesehen.«

»Na und? Sollen sie ruhig. Hier gibt es nichts, was sie interessieren könnte.«

»Auf jeden Fall steigen unsere Chancen rapide, den Auftrag zu bekommen, jetzt wo Winkler tot ist«, stellte

Beke fest und verstaute mit lautem Klappern einen Stapel Teller im Geschirrschrank. Das Brett, auf dem sie gestapelt waren, bog sich bedrohlich nach unten.

»Du hast Nerven! Ich hoffe, wir haben die Polizei nicht öfter im Haus in der nächsten Zeit. Was den Auftrag angeht, da werden wir uns abermals bewerben müssen. Ich gehe fest davon aus, dass er neu ausgeschrieben wird. Alles wieder von vorn. Ich bin aber zuversichtlich, dass das Ergebnis dieses Mal zu unseren Gunsten ausfällt. Wer sollte außer uns infrage kommen? Wir haben die neuesten Maschinen, die kompetentesten Mitarbeiter und die längste Erfahrung in der Branche. Über den Preis kann man verhandeln. Daran soll es nicht scheitern.«

»Und wenn eine Firma vom Festland den Zuschlag erhält?«, räumte seine Frau ein. Sie trocknete mit dem Geschirrtuch einen Topf nach. Dann öffnete sie eine Schranktür und verstaute ihn darin.

»Das ist absoluter Quatsch! Das wird keiner machen. Die örtlichen Betriebe gilt es zu unterstützen. Die Gemeinde lebt von unseren Gewerbesteuern und das nicht schlecht. Der Tourismus ist schließlich nicht die einzige Einnahmequelle. Es ist schlimm genug, dass man sich als Sylter mit Ach und Krach eine Wohnung auf der Insel leisten kann bei den horrenden Mieten. Da kann einem nicht auch noch die Arbeit weggenommen werden.« Hauke Hinrichsen begann sich in Rage zu reden und bekam hektisch rote Flecken im Gesicht.

»Reg dich nicht auf, Hauke. Das ist nicht gut für deinen hohen Blutdruck«, mahnte ihn seine Frau. »Hast du heute Morgen deine Tabletten genommen?« Ihr Blick wanderte zu der großen Tablettenschachtel auf der Fensterbank.

»Jaja.« Er winkte verärgert ab und verließ, noch immer vor sich hin schimpfend, die Küche.

Sie seufzte und hängte das Geschirrtuch an den Haken neben der Spüle. Dann schloss sie die Klappe der leeren Spülmaschine und verließ ebenfalls den Raum.

»Ich bin gekommen, um mich zu entschuldigen«, sagte Stella und setzte einen Dackelblick auf.

Ich war zu perplex, um etwas Passendes zu erwidern. Unaufgefordert betrat Stella das Haus. Sie drückte mir im Vorbeigehen eine gekühlte Flasche Champagner in die Hand und zog sich wie selbstverständlich ihre Jacke aus. Ihre überdimensionale Handtasche eines bekannten Markenlabels stellte sie neben die Anrichte auf dem Boden ab. Pepper beschnüffelte interessiert die Tasche, während Stella ihre Jacke an die Garderobe hängte.

»Pepper? Wage es nicht!« So intensiv, wie er die Tasche beschnüffelte, musste ich befürchten, dass er jeden Augenblick sein Bein heben und sie als sein Eigentum markieren würde. Bei meinen Worten blickte er mich mit unschuldiger Miene an, als wenn ihm dieser Gedanke völlig fremd wäre. Welche Unterstellung!

»Wo hast du Gläser?«, wollte Stella wissen und sah mich auffordernd an. »Ich vermute in der Küche«, beantwortete sie ihre Frage selbst, als ich nicht gleich antwortete. Dann eilte sie an mir vorbei durch den gläsernen Verbindungsgang in die Küche.

Ich stand noch immer wie angewurzelt an der offenen Tür und blickte ihr fassungslos hinterher. Pepper war ihr gefolgt. Ich konnte Stellas Sinneswandel nicht nachvollziehen. Vor Kurzem noch hatte sie mich in aller Öffentlichkeit beschimpft, und nun stolzierte sie mit Schampus in der Hand fröhlich in unsere Küche, als wäre nichts passiert. Sollte ich ihre Entschuldigung annehmen oder sie besser augenblicklich aus meinem Leben verbannen? Ich rang mit mir, während ich die Haustür schloss und ihr folgte. Ich hörte, wie Stella sich Jill als meine alte Schulfreundin vorstellte. Jill musste annehmen, dass wir zu Schulzeiten die dicksten Freundinnen gewesen waren. Ich beließ es dabei, für den Augenblick jedenfalls. Ich hätte später noch Gelegenheit, die Dinge richtigzustellen. Mir war momentan wenig daran gelegen, irgendwelche überflüssigen Diskussionen loszutreten. Wenn Stella gegangen war, würde ich für Klarheit sorgen.

»Anna, ich muss los«, sagte Jill plötzlich und sprang von ihrem Platz auf.

»Schade, willst du wirklich gehen? Leiste uns ein bisschen Gesellschaft«, versuchte ich meine Schwägerin zum Bleiben zu bewegen. Ich wollte mich nicht mit Stella allein unterhalten.

»Ich würde gerne bleiben, aber ich muss los. Ich melde mich in den nächsten Tagen bei dir. Versprochen. Danke für den leckeren Kaffee.« Sie strich zum Abschied Christopher über den Kopf. »Tschüss, mein Süßer!«

»Warte, ich bringe dich zur Tür!«, bot ich an.

»Lass mal! Ich kenne den Weg, bleib du bei deinem Gast.« Sie umarmte mich und machte sich auf den Weg. »Grüße Nick bitte von mir!«

»Mache ich!«

»Eine nette Person«, bemerkte Stella, als Jill außer Sichtweite war. Sie war im Begriff, die Champagnerflasche zu öffnen. »Eine Freundin von dir?«

»Jill ist Nicks Schwester«, entgegnete ich und hielt Christopher auf meinem Schoß.

Er hatte den Anhänger an meiner Halskette für sich entdeckt und untersuchte ihn neugierig mit seinen Fingerchen. Immer wieder versuchte er, sich den Anhänger in den Mund zu stecken.

»Das hätte ich nicht gedacht. Sie sieht ihm überhaupt nicht ähnlich. Ich meine, er ist ein dunkler Typ mit schwarzen Haaren und dunklen Augen, und sie ist blond und blauäugig.«

»Das soll vorkommen«, erwiderte ich kurz angebunden und setzte Christopher zurück auf seine Spieldecke auf den Boden. Das Spiel mit dem Anhänger war ihm langweilig geworden. Ich ärgerte mich, dass Stella ein weiteres Mal unangemeldet bei uns zu Hause auftauchte und mir meine Zeit stahl. Doch ich war zu gut erzogen, um sie kurzerhand rauszuwerfen. Über diese Tatsache ärgerte ich mich fast noch mehr. Stella schien meinen Unmut zu spüren.

»Ich weiß, du bist wütend auf mich, Anna, und hast allen Grund dazu. Es tut mir unendlich leid, wie ich mich in der Stadt benommen habe. Kommt nicht wieder vor, versprochen. Ich bin in letzter Zeit nicht mehr ich selbst. Frieden?«

Sie streckte mir ihre Hand entgegen. Ich zögerte. Innerlich sträubte sich alles gegen dieses Friedensangebot. Aber hatte ich eine andere Wahl, wenn ich nicht als zickig und nachtragend dastehen wollte? In spätestens einer Woche war Stella von der Insel verschwunden, und somit auch aus meinem Leben, hoffte ich. Ich nahm ihre Hand.

»Schon gut«, murmelte ich und holte zwei Sektgläser aus dem Schrank.

»Hast du keine richtigen Champagnergläser?«, fragte sie. Als sie meinen Gesichtsausdruck sah, fügte sie schnell hinzu: »Entschuldige, die Gläser sind absolut in Ordnung. Auf den Inhalt kommt es an.«

Ich erwiderte nichts und schluckte die Bemerkung runter, die mir auf der Zunge lag. Stella goss uns ein und prostete mir anschließend zu. Sie fühlte sich sichtlich wohl bei uns. Im Laufe der Zeit folgte sie mir auf Schritt und Tritt – ins Kinderzimmer, in die Küche – als hätte ich sie eingeladen, ein paar Tage bei uns zu verweilen. Während wir uns über belanglose Dinge des Lebens unterhielten, verrann die Zeit. Zwischenzeitlich gab ich Christopher sein Essen, machte ihn bettfertig und legte ihn anschließend schlafen. Mein ungebetener Gast machte unterdessen keinerlei Anstalten, zurück in sein Hotel zu fahren. Als Christopher eingeschlafen war, gingen wir ins Erdgeschoss. Pepper erhielt seine abendliche Ration Trockenfutter, die er lautstark und in Windeseile vertilgte. Kaum hatte der Futternapf den Boden berührt, hing er bereits mit seiner Schnauze darin.

»Der hat großen Hunger«, stellte Stella fest. »Ist das nicht ein bisschen zu wenig für einen Hund dieser Größe? Er sieht aus, als ob er nicht satt ist.«

Stellte sie jetzt auch noch meine Hundekenntnis infrage? Ich war kurz davor zu explodieren.

»Er ist nie satt. Pepper ist ein Labrador-Mischling, und Labradore haben bekanntlich immer Hunger«, erklärte ich und versuchte ruhig zu bleiben. »Ich möchte vermeiden, dass er eines Tages platzt und eine dicke Wurst auf Beinen wird, wie leider viele seiner Artgenossen.«

»Naja, von Hunden verstehe ich nichts«, gab Stella kleinlaut zu.

Das war mir klar, ergänzte ich in Gedanken. Wir setzten uns ins Wohnzimmer. Bis auf Stella und mich waren alle versorgt. Unsere Gläser waren längst geleert. Ich bekam langsam Hunger, wollte aber mit dem Essen unbedingt auf Nick warten. Er war bestimmt hungrig nach dem langen Tag. Ich wusste nicht, ob er auf dem Festland Zeit gehabt hatte, eine Kleinigkeit zu sich zu nehmen. Wir hatten seit seiner Abfahrt nicht mehr zusammen gesprochen.

»Ich hole die Champagnerflasche, die machen wir leer«, sagte Stella mit Blick auf unsere leeren Gläser. Ich wollte aufstehen. »Bleib sitzen und gönn dir eine Pause. Ich weiß mittlerweile, wo die Küche ist.«

Sie sprang auf und verschwand in der Küche. Kurz darauf kam sie mit der Champagnerflasche zurück und füllte die Gläser erneut.

»Für mich bitte nur ganz wenig«, bremste ich sie und hob meine Hand in Richtung des Glases.

»Ach so, du stillst?«, fragte sie mit hochgezogenen Augenbrauen.

Ich schüttelte den Kopf. »Nein, dann hätte ich überhaupt keinen Alkohol getrunken, aber ein Glas ist genug.«

»Los, Anna, sei keine Spielverderberin, ein kleines Schlückchen geht immer. Weißt du«, begann sie, »du hast eine nette kleine Familie. Und dieses wunderschöne Haus auf dieser Trauminsel. Alles ist so harmonisch, nahezu perfekt. Du musst sehr glücklich sein.«

»Ja, das bin ich«, erwiderte ich mit wachsendem Misstrauen. Ich war mir nicht sicher, wie ich Stellas Feststellung deuten sollte.

»Mein Mann und ich haben leider keine Kinder. Konrad will keine. Er ist beruflich stark eingebunden und ständig unterwegs. Wenn er zu Hause ist, würden ihn Kinder bloß stören.«

»Das ist traurig. Was ist mit dir? Hast du mit ihm darüber gesprochen?«, wollte ich wissen.

Sie seufzte und faltete die Hände auf ihrem Schoß. Die kleinen Anhänger an dem goldenen Armband klapperten.

»Konrad ist extrem launisch und kann verdammt wütend werden, musst du wissen. Ein richtiger Choleriker. Das möchte ich einem Kind ersparen. Es ist für mich schwer genug.« Sie senkte den Blick, sah auf ihre Hände und schwieg.

Ich wusste im ersten Moment nicht, was ich antworten sollte.

»Was möchtest du einem Kind ersparen, Stella?«, fragte ich vorsichtig.

Stella antwortete nur zögerlich. »Ach Anna, das passt nicht in deine heile Welt. Ich möchte dich nicht mit meinen Problemen belasten.«

»Das tust du nicht. Ist dein Mann dir gegenüber etwa gewalttätig?« Sie schwieg und strich sich eine Haarsträhne hinters Ohr. »Du musst dich dagegen wehren, Stella! Keine Frau muss das hinnehmen. Geh zur Polizei und zeige ihn an! Biete ihm die Stirn! Du musst dich nicht schämen. Das ist das Schlimmste, was du machen kannst.«

Als ich Stella in sich zusammengesunken sitzen sah, überrollte mich eine Welle Mitgefühl. Ich hatte ihr unrecht getan. Alles war nur Fassade gewesen, um sich zu schützen. Und ich, ich war gemein gewesen. Stella hob den Kopf und sah mich mit einem merkwürdigen Gesichtsausdruck an, der wiederum nicht zur Situation passte. Für einen Bruchteil einer Sekunde hatte ich den Eindruck, sie würde sogar lächeln. Plötzlich merkte ich, wie mich eine bleierne Müdigkeit übermannte. Mein Kopf wurde schwer, alles drehte sich vor meinen Augen. Stellas verzerrtes Gesicht kam immer näher und entfernte sich wieder. Ich fuhr mir mit der Hand über die Augen und wollte etwas sagen, aber ich war nicht in der Lage dazu. Meine Zunge ließ sich nicht mehr bewegen. Dann wurde ich von einem schwarzen Loch verschlungen.

KAPITEL 10

»Guten Morgen, Sweety!«

Ich schlug die Augen auf und sah Nick neben mir auf dem Bettrand sitzen. Er hielt mir eine Tasse heißen Tee vor die Nase. Kleine Dampfwolken stiegen daraus empor. Ich benötigte einen Moment, um meine Gedanken zu sortieren.

»Hier ist Tee für dich. Pass auf, er ist noch sehr heiß, verbrenn dich nicht.« Nick musterte mich. »Na, ihr habt ja ordentlich gefeiert gestern«, sagte er mit einem Schmunzeln in der Stimme.

»Wir haben nicht gefeiert«, erwiderte ich schlaftrunken und massierte mir mit den Fingern die Schläfen. In meinem Kopf schien eine Billardkugel zu wohnen, die bei der kleinsten Bewegung hin und her zu rollen schien. Behutsam setzte ich mich auf und griff nach der Teetasse, die mir Nick vor die Nase hielt. »Wo ist Christopher? Was war überhaupt los?«, fragte ich.

»Christopher geht es prächtig. Ich mache mir Sorgen um dich. Du trinkst sonst nicht so viel, dass es dich dermaßen umhaut.«

»Ich habe noch nicht einmal zwei Gläser Champagner getrunken und zwischendurch immer wieder Wasser«, beteuerte ich und klemmte mir eine lange Haarsträhne hinters Ohr, die mich am Kinn kitzelte.

Nick sah mich an. »Du musst dich nicht rechtfertigen.

Das kann mal passieren. Ist nicht tragisch. Ich möchte nur nicht, dass es dir schlecht geht. Und wenn es ein Problem gibt, können wir darüber reden.«

»Es gibt kein Problem, Nick, wenn ich es dir doch sage! Ich habe lediglich zwei Gläser von dem Champagner getrunken, den Stella mitgebracht hat. Und das zweite Glas habe ich nicht vollständig ausgetrunken, sondern bloß daran genippt. Glaub mir. Du stellst mich hin, als wäre ich eine Alkoholikerin. Ich dachte, du kennst mich und vertraust mir.« Ich sah Nick zerknirscht an. Ich hatte in meinem Leben noch nie einen Blackout aufgrund von zu viel Alkohol gehabt. Warum glaubte Nick mir nicht?

»Eben, weil ich dich kenne, mache ich mir Sorgen. Jetzt trink den Tee, du wirst sehen, dann fühlst du dich gleich besser.«

Ich war zu matt, um die Diskussion weiterzuführen, sondern tat, wie mir geheißen. Nach einigen vorsichtigen Schlucken heißem Tee und einer warmen Dusche waren meine Lebensgeister zurückgekehrt. Ich zog mich an und ging nach unten ins Wohnzimmer.

»Na, geht's besser?«, erkundigte sich Nick.

Er lag bäuchlings auf dem dicken Wollteppich und spielte mit Christopher. Pepper lag ein Stück abseits und beobachtete die beiden. Als er mich kommen sah, sprang er auf und lief schwanzwedelnd auf mich zu. Ich streichelte ihn und kraulte ihn am Ohr.

»Ja danke. Ich weiß beim besten Willen nicht, wie ich gestern Abend ins Bett gekommen bin.« Ich setzte mich neben Vater und Sohn in einen Sessel. »Hallo, mein kleiner Schatz«, begrüßte ich Christopher und streichelte ihm sanft über den Kopf.

»Als ich gestern vom Dienst nach Hause gekommen bin, lagst du auf dem Sofa und hast dich nicht mehr gerührt. Zunächst habe ich einen riesigen Schrecken bekommen, aber Stella meinte, du wärst todmüde gewesen und vor Erschöpfung eingeschlafen. Ich habe dich nach oben getragen und ins Bett gebracht.«

»Stella war hier, während ich geschlafen habe? Wie spät war es?« Ich konnte mich an nichts mehr erinnern, so sehr ich mich bemühte.

»Es war kurz vor 21.00 Uhr. Stella ist anschließend mit dem Taxi in ihr Hotel gefahren. Sie wollte dich nicht allein lassen und hat auf mich gewartet. Sie hatte Sorge, dass Christopher aufwachen könnte und du ihn nicht hören würdest. Warum fragst du?«

»Merkwürdig. Nick, die Angelegenheit ist mir unglaublich peinlich. Ich habe keinen blassen Schimmer, was mit mir los war. Ich kann nur immer wieder betonen, dass ich nicht zu viel getrunken habe. Das musst du mir bitte glauben!« Ich kniete mich zu Nick auf den Boden und sah ihm fest in die Augen.

»Alles in Ordnung, Sweety. Don't worry!«

Er lächelte mich an und drückte mir einen Kuss auf die Stirn. Ich war erleichtert, dass er mir keine Vorwürfe machte. Nick vertraute mir, auch wenn ich in diesem Fall gewisse Zweifel hatte, ob er mir tatsächlich glaubte. Ich an seiner Stelle würde vermutlich ähnlich denken.

»Kommen Tim und Ben diese Woche nicht zum Unterricht?«, wollte Nick wissen.

»Nein, sie sind auf einer Klassenfahrt im Harz, und Britta hat sich in ihre Arbeit im Hotel vergraben«, erklärte ich und war dankbar für den Themenwechsel. »Sie will endlich die Ideen in die Tat umzusetzen, die ihr seit langer Zeit im Kopf herumschwirren.«

Brittas Kinder kamen seit über einem Jahr wöchentlich zum Klavierunterricht zu mir. Ich war zunächst skeptisch, ob sie tatsächlich durchhalten würden, aber es machte sowohl mir als auch ihnen viel Spaß. Mittlerweile konnten sie auch Stücke mit höherem Schwierigkeitsgrad problemlos spielen. Ich war stolz auf die beiden. Besonders Ben zeigte sich äußerst begabt.

»Das hatte ich völlig vergessen, stimmt«, erwiderte Nick. »Was hast du?«

Nick bemerkte, dass ich mit meiner Hand über meinen Oberschenkel strich.

»Ich weiß nicht. Diese Stelle tut weh, als ob ich einen blauen Fleck hätte.« Ich zuckte die Schultern. »Halb so wild. Wahrscheinlich habe ich mich irgendwo gestoßen und es nicht bemerkt oder vergessen. Aber nun zu dir: Bist du bei deinem Besuch auf dem Festland weitergekommen?«

»Mehr oder weniger. Ich glaube, die Nachricht vom Tod ihres Geliebten hat die Frau ziemlich mitgenommen. Ob sie mit dem Mord in Verbindung gebracht werden kann, vermag ich momentan nicht zu sagen. Mir fehlt ein klares Motiv. Sachdienliche Hinweise konnte sie uns leider nicht geben. Ihr Alibi ist wasserdicht. Das haben wir überprüft.« Nick seufzte.

»Mir würde Eifersucht einfallen«, wandte ich ein. »Das ist ein klassisches Motiv und erscheint mir in diesem Fall naheliegend, oder?«

»Nein, glaube ich nicht.« Nick schüttelte den Kopf und schob ein kleines Feuerwehrauto vor Christopher hin und her, der dieses Spiel begeistert verfolgte. »Die Frau war mit der Beziehung vollkommen zufrieden. Roland Winkler hat von Anfang an mit offenen Karten gespielt. Sie liebt ihre Unabhängigkeit und braucht die Freiheit, wie sie uns erklärt hat. Ein gemeinsames Zusammenleben unter einem Dach stand für beide nie zur Debatte. Roland Winkler wollte seine Ehefrau unter keinen Umständen verlassen. Eine merkwürdige Konstellation.«

»Hm. Das sagt sie vielleicht nur. Für mich wäre das nichts. Ich würde mir keinen Mann mit einer anderen Frau teilen wollen«, stellte ich fest.

»Ich will nicht hoffen, dass du einen Liebhaber hast«, sagte Nick mit gespielter Entrüstung.

»Blödsinn! Wozu brauche ich einen Liebhaber? Ich habe dich!«

»Was weiß ich?«, gab Nick zurück. »Du bist eine attraktive Frau.«

Ich schüttelte den Kopf. »Du kommst auf sonderbare Ideen. Aber im Ernst: Gibt es andere Spuren oder Verdächtige in dem Fall?«

»Ehrlich gesagt, tappen wir momentan im Dunklen. Eine richtig heiße Spur fehlt bislang. Ich fahre gleich ins Revier und spreche mit Uwe.« Nick sah auf seine Armbanduhr. »Vielleicht hat er Neuigkeiten. Kann ich dich mit Christopher allein lassen?«

»Natürlich, ich bin nicht krank. Und einen Kater habe ich auch nicht, falls du das andeuten willst.«

Nick rappelte sich auf und küsste mich auf die Wange. Auf dem Weg in die Diele sagte er: »Ich nehme heute Pepper mit. Nach Dienstschluss ist Hundetraining. Oder willst du ihn hier behalten? Dann hole ich Pepper kurz vorher ab.«

Als der Hund seinen Namen hörte, sprang er von seinem Platz auf und lief Nick hinterher zur Haustür, wo seine Leine hing.

»Nein, nimm ihn ruhig mit!«, rief ich Nick zu, der sich seine Schuhe anzog.

Dann widmete ich mich unserem kleinen Sohn, der sich einen Bauklotz in den Mund stecken wollte. Der bunte Holzwürfel war glücklicherweise viel zu groß, sodass keinerlei Gefahr bestand, dass er ihn verschlucken konnte.

»Bis später, ihr zwei!«

»Viel Erfolg und viel Spaß beim Training!«

»Danke!«

Dann fiel die Haustür ins Schloss. Gleich darauf hörte ich Nicks Wagen vom Grundstück fahren.

Nachdem Nick weg war, machte ich mir in der Küche ein Käsebrot. Ich hatte an diesem Morgen noch nichts gegessen, und mein Magen machte durch lautes Knurren auf sich aufmerksam. Als ich meinen Hunger gestillt hatte, machte ich mich mit Christopher auf den Weg zu Ava und Carsten. Ich hatte spontan beschlossen, den beiden einen Besuch abzustatten und mich nach Avas Wohlergehen zu erkundigen. Sie war aus dem Krankenhaus entlassen worden. Sie hatte mir eine Nachricht auf dem Anrufbeantworter hinterlassen, um mir mitzuteilen, dass sie zu Hause sei, und bedankte sich für das Buch, das ich ihr geschenkt hatte. Ich klingelte, und kurz darauf öffnete Carsten die Haustür. Ein fröhlicher Ausdruck erschien auf seinem faltigen Gesicht, als er Christopher und mich vor der Tür stehen sah. Die Sorge der letzten Tage um seine Frau war wie weggeweht, er wirkte ausgeglichen und entspannt.

»Moin, Anna, moin, junger Mann! Welch angenehmer Besuch, kommt herein!«, forderte er uns auf und ließ uns eintreten.

»Moin, Carsten, ich hoffe, wir stören euch nicht. Ich wollte sehen, wie es Ava geht«, sagte ich.

»Du störst nie, Mädchen! Ava ist in der Stube. Geh ruhig rein zu ihr. Sie wird sich freuen, euch zu sehen. Ihr ist langweilig, da ist sie für jede Abwechslung dankbar.« Er lachte und schloss die schwere Haustür.

Ich ging den niedrigen dunklen Flur des alten Friesenhauses entlang bis ins Wohnzimmer. Ich konnte mich sehr gut an meinen ersten Besuch bei den beiden älteren Herrschaften erinnern. Das war eine verrückte Geschichte. Bei dem Gedanken musste ich lächeln. Ava saß im Wohnzimmer in einem Sessel, hatte einen Wäschekorb auf dem Schoß und legte frisch gewaschene Socken paarweise zusammen. Ihre wachen Augen blitzten auf vor Freude, als sie uns erblickte.

»Das ist ja eine Überraschung! Wie schön, dass ihr mich besuchen kommt. Wie geht es euch? Setz dich! Wo habt ihr den Vierbeiner gelassen?«, sagte sie und stellte den Korb zur Seite. Ich nahm auf dem Sofa neben ihr Platz.

»Hallo, Ava! Pepper ist mit Nick unterwegs. Wir sind gekommen, um zu fragen, wie es dir geht«, erwiderte ich. »Wie ich sehe, bist du fleißig. Solltest du dich nicht lieber ausruhen? Hast du noch Schmerzen?«

Sie winkte ab und strich dann ihren Rock glatt. »Ich habe in meinem Leben schrecklichere Dinge überstanden.

Es geht mir gut. Die Ärzte sagen, ich soll mich schonen, aber wenn ich nur still in meinem Sessel sitze, roste ich ein. Ich weiß nicht, was schlimmer ist. Ausruhen kann ich mich auf dem Friedhof.«

Carsten verdrehte die Augen. Ich musste schmunzeln. Der Satz hätte ebenso von meiner Mutter stammen können. In dieser Hinsicht ähnelten sich die beiden.

»Versprich mir aber, dass du es nicht übertreibst, Ava«, mahnte ich.

»Keine Sorge, Unkraut vergeht nicht. Außerdem passt Carsten auf wie ein Luchs, dass ich nicht einen Handschlag zu viel mache.« Sie lächelte ihrem Mann liebevoll zu. »Hab schönen Dank für das Buch, Anna. Ich habe mich sehr darüber gefreut. Zur Hälfte habe ich es schon gelesen, es ist sehr amüsant.«

»Schön, das freut mich. Ich hatte gehofft, dass es dir gefällt.«

»Carsten hat erzählt, dass du diesen Toten in Braderup gefunden hast. Furchtbar! Wir haben in der ›Sylter Rundschau‹ darüber gelesen. Das muss entsetzlich für dich gewesen sein«, erklärte sie mit betroffener Miene.

»Ja, Pepper hat ihn gefunden. Es war schrecklich. Ich bekomme immer noch eine Gänsehaut, wenn ich daran denke«, antwortete ich. »Damit rechnet man nicht.«

»Natürlich nicht«, erwiderte Ava erschüttert, als wenn sie selbst dabei gewesen wäre. Mitfühlend legte sie mir ihre Hand auf den Unterarm.

»Möchtest du einen Tee, Anna?«, mischte sich Carsten in unser Gespräch.

»Nein danke. Ich muss weiter und will euch nicht länger aufhalten«, erwiderte ich mit Blick auf meine Uhr.

»Wobei willst du uns aufhalten? Bei uns passiert nicht viel. Ein Tag ist wie der andere. Wir freuen uns über jede Abwechslung. Nächstes Mal musst du unbedingt mehr Zeit mitbringen«, bemerkte Ava und richtete ihren Blick auf Christopher.

Sie griff nach seinem kleinen Fuß und kitzelte ihn unter der Fußsohle. Christopher sah sie an, ohne eine Miene zu verziehen. Diesen Blick kannte ich von Nick. Bei einer unserer ersten Begegnungen hatte er mich auf diese Weise völlig verunsichert.

»Er ist schon jetzt ein bildhübscher Junge. Die Mädchen werden ihn eines Tages umschwirren wie die Motten das Licht. Aber wen wundert das bei den Eltern.« Ava grinste.

»Da hast du recht, er ist Nick wie aus dem Gesicht geschnitten«, erwiderte ich stolz.

»Nicht nur seinem Vater«, murmelte Carsten im Hintergrund.

Nick raunte ein leises »Moin«, als er das Büro des Westerländer Polizeireviers betrat. Er schickte Pepper auf seine Decke unter dem Schreibtisch. Der Hund legte sich brav auf seinen Platz und fing an, an dem Kauknochen herumzubeißen, den ihm die Sekretärin ein paar Tage zuvor mitgebracht hatte. Sie war regelrecht vernarrt in ihn und verwöhnte ihn, so oft sich eine Gelegenheit bot. Nick hatte die offizielle Erlaubnis, den Hund mit zur Arbeit zu bringen. Seit er mit ihm an dem Training für Polizeihunde teilnahm, gehörte Pepper sozusagen offiziell zum Team.

»Moin, Nick!« Uwe sah seinen Freund misstrauisch an. »Alles okay? Du siehst aus, als hättest du ein Gespenst gesehen?«

Nick antwortete nicht, sondern sah sich geistesabwesend auf seinem Schreibtisch um.

»Hallo, Nick! Ich rede mit dir!«

»Was? Entschuldige bitte, ich war mit meinen Gedanken gerade woanders«, entschuldigte sich dieser und hängte seine Jacke über die Stuhllehne seines Stuhles.

»Das merke ich. Was ist los mit dir? Ärger?«

»Ärger? Nein, alles gut.«

Nick rang sich ein gequältes Lächeln ab und warf einen erneuten Blick auf die Unterlagen auf seinem Schreibtisch. Dann steuerte er wortlos auf die Kaffeemaschine auf der Fensterbank zu, goss sich Kaffee in seinen Becher und starrte dann aus dem Fenster, die Kaffeetasse fest umklammert. Uwe beobachtete ihn. Er glaubte seinem Freund nicht, bohrte aber nicht nach. Da er Nick inzwischen gut genug kannte, um zu wissen, wann es zwecklos war, Fragen zu stellen, ließ er ihn in Ruhe. Nick würde sich ihm irgendwann von selbst anvertrauen, wenn er Redebedarf hatte.

»Gibt es Neuigkeiten in unserem Fall?«, fragte Nick, drehte sich um und setzte sich auf seinen Stuhl. Er lehnte sich zurück und hielt den Kaffeebecher mit beiden Händen umschlossen vor dem Bauch.

»Nein, jedenfalls keine, die uns helfen würden. Wir sind keinen Schritt weiter.«

»Hast du jemanden losgeschickt, um Dörte Winklers Mutter zu befragen, nachdem Ansgar und ich sie nicht angetroffen haben?«

»Ja, die Kollegen sind unterwegs. Bislang liegen uns die Aussagen der Ehefrau, der Geliebten des Opfers sowie des Bauunternehmerpaares Hinrichsen vor. Mit der Grundstücksbesitzerin Inka Weber habe ich auch gesprochen. Sie war schockiert, konnte aber nichts zum Sachverhalt beitragen. Sie kannte Winkler nicht. Sie war auf dem Festland, das Alibi habe ich überprüft. Die angrenzenden Nachbarhäuser standen zur Tatzeit fast alle leer. Eine Kollegin habe ich mit Zeugenbefragungen in der näheren Umgebung beauftragt. Sie wertet sie gerade aus. Wir müssen in erster Linie klären, wie Roland Winkler mit der tödlichen Flusssäure in Kontakt gekommen ist.«

»Und vor allem, woher sie kommt und wer sie ihm verabreicht hat«, ergänzte Nick und trank einen kräftigen Schluck von seinem Kaffee. »Igitt! Der hat auch schon besser geschmeckt.« Er verzog angewidert den Mund. »Was ist das denn für eine dünne Brühe?«

»Den hat die neue Praktikantin gekocht. Beschwere dich nicht bei mir.«

»Ich hoffe, sie bleibt nicht lange bei uns und kocht ab sofort jeden Tag den Kaffee«, sagte Nick und stellte den Kaffeebecher vor sich auf dem Schreibtisch ab. »Wie war die Befragung bei diesem Bauunternehmer Hinrichsen?«

»Das Ehepaar Hinrichsen zeigte sich erschüttert über den Tod von Roland Winkler. Besonders Frau Hinrichsen schien die Tatsache, dass ein Kollege ihres Mannes ermordet wurde, Sorgen zu bereiten«, berichtete Uwe.

»Kannten sie sich gut oder haben eng zusammengearbeitet? Ich kann mir gut vorstellen, dass sie eher Konkurrenten als gute Freunde waren. Bauaufträge auf der Insel sind sehr begehrt und lukrativ, da wird mit harten Bandagen gekämpft. Für Freundschaften bleibt da wenig Spielraum.«

»Hauke Hinrichsen hat Roland Winkler neulich

besucht, das hat er zugegeben. Angeblich, um ihm zu einem großen Auftrag zu gratulieren.«

Nick schenkte Uwe einen skeptischen Blick. »Ist das üblich in der Branche?«

»Kam mir auch komisch vor. Aber vielleicht verbindet die beiden mehr, als wir vermuten, und ihr Verhältnis ist doch nicht so schlecht. Im Vergleich zu Roland Winklers Unternehmen scheint das der Hinrichsens hingegen sehr gut zu laufen. Der riesige Maschinenpark, der dort steht, ist beeindruckend. Das gesamte Gelände ist penibel aufgeräumt. Insgesamt wirkt alles sehr professionell, das muss ich zugeben«, berichtete Uwe.

»Was nicht unbedingt etwas zu sagen hat. Interessanter wäre ein Blick in die Bücher. Wenn der Laden so gut läuft, wie du vermutest, müssten dann nicht die Maschinen überall auf der Insel im Einsatz sein, anstatt auf dem Hof ausgestellt stehen?«, gab Nick zu bedenken und zog fragend die Augenbrauen hoch.

»Ich glaube, die Entscheidung, dich zur Kripo zu holen, war goldrichtig.« Uwe schnalzte mit der Zunge. »Ich stimme dir völlig zu. Wir sollten ein bisschen mehr an der schillernden Fassade kratzen. Zufällig arbeitet ein Freund von mir beim Bauamt. Ich habe ihn bereits gebeten, uns einige Unterlagen zur Verfügung zu stellen. Alle öffentlichen Ausschreibungen für Sylt laufen über seinen Tisch. Er will sich in den nächsten Tagen bei uns melden. Vielleicht sind wir danach schlauer.«

»Wie praktisch. Es kann nie schaden, ein breites Netzwerk zu haben«, erwiderte Nick.

Er rieb sich mit einer Hand den Nacken. Uwe blieb Nicks Anspannung nicht verborgen.

»Ist wirklich alles okay mit dir? Du gefällst mir heute nicht. Du wirst doch wohl nicht krank werden?«, bemerkte Uwe.

»Mir geht es gut, kein Grund zur Besorgnis«, beruhigte Nick seinen Freund und Chef.

Er fühlte sich in der Tat nicht besonders gut, das hatte Uwe richtig festgestellt. In der letzten Zeit hatte er viel um die Ohren. Der neue Job verlangte ihm einiges ab, der kleine Christopher brauchte seine Zuwendung, und Anna war mit ihrem florierenden Unternehmen gleichermaßen eingespannt. Das alles kostete Kraft. Und dann gab es diese Sache von heute Morgen, die ihn nicht mehr losließ. Sicherlich hatte er sich nur getäuscht, und seine Fantasie hatte ihm einen bösen Streich gespielt. Er brauchte ein bisschen Ruhe und Erholung. Am Wochenende könnte er mit Anna, Christopher und Pepper einen Tag am Strand verbringen, sofern das Wetter mitspielte, überlegte er. Das würde allen guttun.

»Nick?«

»Was?«

»Also, langsam mache ich mir ernsthaft Sorgen um dich. Du hörst mir überhaupt nicht zu.«

»Sorry, Uwe. Ich bin bloß ein bisschen unkonzentriert, mehr nicht«, entschuldigte sich Nick.

Er konnte an Uwes Gesichtsausdruck erkennen, dass ihn seine Antwort nicht zufriedenstellte.

»Hallo, Anna, hier ist Inka«, hörte ich die Stimme meiner Auftraggeberin am Telefon.

»Hallo, wie geht es dir?«

»Das wollte ich von dir wissen? Ich war gestern auf dem Festland und telefonisch nicht zu erreichen. Mein

Handy ist kaputtgegangen und war zur Reparatur. Für das Geld der Reparatur hätte ich besser ein neues gekauft. Ich habe erst jetzt meine Mailbox abhören können und von dem Mord erfahren. Die Polizei hat sich bei mir gemeldet. Das ist alles furchtbar! Du hast die Leiche gefunden, hat man mir mitgeteilt.«

»Ja, unser Hund hat den Toten aufgespürt. Ich hatte versucht, dich zu erreichen, aber keine Nachricht hinterlassen, als die Mailbox ansprang. Diese Sache wollte ich nicht einfach auf Band sprechen«, erklärte ich.

»Weiß man, wer der Tote ist und wer das getan hat? Eine Leiche ausgerechnet auf meinem Grundstück! Ich weiß gar nicht, ob ich da überhaupt noch wohnen möchte. Ich muss dauernd daran denken, dass dort ein Mann zu Tode gekommen ist. Konnte der Mörder sich nicht ein anderes Grundstück aussuchen? Hoffentlich ist das nicht geschäftsschädigend.«

»Dass er wirklich dort ermordet wurde, ist eher unwahrscheinlich. Aber ich kann dich verstehen. Was willst du nun machen?«, wollte ich wissen.

»Ich weiß, die Polizei hat gesagt, dass der Fundort der Leiche nicht der Tatort ist. Das läuft für mich auf dasselbe hinaus. Allein der Gedanke lässt mir das Blut in den Adern gefrieren. Ich bin nur froh, dass ich den Toten nicht sehen musste, geschweige denn entdeckt habe!« Sie klang äußerst mitgenommen. »Was würdest du an meiner Stelle tun?«

»Die Entscheidung, das Haus zu verkaufen oder zu behalten, kann ich dir nicht abnehmen. Es ist zwar nur ein schwacher Trost, aber der Vorbesitzer unseres Hauses ist zu Hause verstorben, allerdings eines natürlichen Todes.«

»Echt? Das macht dir nichts aus?«

»Nein, ich kannte ihn nicht persönlich. Ein Haus erlebt viel im Lauf der Jahre und könnte viele Geschichten erzählen über Freude, Leid, Liebe und Tod. Soll ich mit meiner Arbeit fortfahren, oder benötigst du noch Bedenkzeit?«

Ich konnte hören, wie Inka tief Luft holte.

»Nein. Die Polizei hat das Grundstück freigegeben. Mach weiter, ich werde dort wie geplant einziehen. Es bleibt dabei. Mein gesamtes Vermögen steckt in diesem Projekt. Danke, Anna.«

»Wofür?«, fragte ich überrascht.

»Für deine seelische Unterstützung. Statt dich aufzubauen, jammere ich rum wie ein kleines dummes Mädchen. Entschuldige!« Sie lachte. Ihre Stimme klang viel fröhlicher als noch vor einer Minute.

»Kein Problem!« Ich musste lächeln. »Dann werde ich mich an die Arbeit machen, damit du pünktlich einziehen und deinen Laden eröffnen kannst.«

Sie schmiegte sich dicht an ihn, ihren Kopf auf seiner Brust abgelegt. Ihre Finger zogen dabei zärtliche Bahnen über die Haut seines Oberkörpers.

»Ich hätte nie gedacht, dass es dazu kommen würde. Du und ich.«

»Ich hoffe, du bereust es nicht bereits«, erwiderte er mit sanfter Stimme und fuhr mit seinen Fingerspitzen über ihren Arm. Ihre Haut war weich und warm.

»Hey, das kitzelt!« Sie lachte und kuschelte sich dichter an ihn. »Nein, ich bereue keine einzige Sekunde mit dir.«

Er drückte sein Gesicht an ihren Kopf und sog den Duft ihres Haares ein. Ein Hauch von Zitrusfrüchten stieg ihm in die Nase und erinnerte an den Sommer. Die Strahlen der tief stehenden Sonne, die durch das Fenster drangen, verliehen ihm einen goldenen Schimmer.

»Du bist wunderschön, weißt du das?«, murmelte er ihr ins Ohr und glitt mit seiner Hand durch ihre seidiges langes Haar.

Sie schenkte ihm ein Lächeln. Seine Worte taten ihr gut.

»Du bist ein alter Charmeur«, erwiderte sie.

Eine Weile lagen sie schweigend nebeneinander. Dann hob er leicht den Kopf und wirkte unruhig.

»Was ist? Musst du gehen?«, fragte sie und schielte auf die Uhr auf ihrem Nachttisch.

»Ja, leider. Aber ein paar Minuten habe ich noch. Die Pflicht ruft, sonst bekomme ich Ärger. Dienst ist Dienst«, antwortete er.

»Dann sollten wir keine Zeit verlieren!«

Sie rollte sich auf ihn und begann, seinen Hals zu küssen. Er schloss die Augen und schlang seine Arme um ihren Körper.

»Hallo, Nick! Hallo, Pepper! Schön, dass ihr da seid. Wie ist es gelaufen?«, erkundigte ich mich, als Nick das Haus betrat.

Ich ging auf ihn zu. Er wirkte erschöpft und abgespannt.

»Das Training war gut heute. Aus Pepper wird langsam ein echter Polizeihund. Er wird immer besser. Jetzt braucht er dringend etwas zu fressen. Das hat er sich verdient«, erwiderte Nick und streichelte dem Hund anerkennend über den Kopf. »Was habt ihr heute gemacht?«

»Ich habe mit meiner Auftraggeberin Inka Weber telefoniert. Ich kann weitermachen mit der Gartenplanung.

Deine Kollegen von der Spurensicherung haben ihr mitgeteilt, dass alle Untersuchungen auf dem Grundstück abgeschlossen sind. Das ist gut, dann können wir den Zeitplan halten, und sie kann wie geplant noch vor Weihnachten ihr Schmuckatelier eröffnen«, erklärte ich auf dem Weg ins Wohnzimmer.

»Klingt vielversprechend. Hallo, mein Kleiner!« Nick beugte sich zu Christopher, der angekrabbelt kam. Er lachte, als er seinen Vater erblickte. Nick nahm seinen Sohn auf den Arm.

»Magst du etwas essen?«, fragte ich.

»Gerne, ich habe Hunger.«

»Gut, dann komm am besten mit in die Küche. Du kannst Christopher füttern, während ich uns etwas koche. Ich wollte rotes Curry machen mit Süßkartoffeln und Gemüse. Es wird allerdings sehr scharf. Ich hoffe, das ist in deinem Sinne.«

»Ich stehe auf Scharfes.« Nick grinste und gab mir einen Klaps auf den Hintern.

»Du bist unmöglich!«, lachte ich.

Während ich das Essen zubereitete, verabreichte Nick Christopher sein Abendessen. Pepper saß neben den beiden und beobachtete genau, was vor sich ging. Vermutlich hoffte er, dass ein Happen für ihn abfallen würde.

»Pepper, du bekommst gleich dein Futter. Hör auf zu betteln!«, sagte ich. »Ach, was soll's, ich gebe dir sofort dein Futter.«

»Das hat er sich verdient, er hat gut mitgemacht heute beim Training«, bestätigte Nick.

Ich legte das Küchenmesser zur Seite, wischte mir die Hände an einem Küchenhandtuch ab und ging in die angrenzende Speisekammer. Ich bückte mich, um den großen Sack mit Peppers Trockenfutter zu öffnen. Als ich mich aufrichtete, wurde mir plötzlich schwindlig. Mit einer Hand musste ich mich an einem Regal abstützen. So verharrte ich einen Moment, bis der Schwindel vorüber war. Mit dem gefüllten Futterbecher in der Hand kehrte ich zurück in die Küche und schüttete das Futter in den Hundenapf. Kalter Schweiß stand mir auf der Stirn.

»Sweety?« Nick sah mich erschrocken an und hielt inne. »Was ist mit dir? Du bist kreidebleich im Gesicht. Komm, setz dich!«

Er sprang auf und zog mir einen Stuhl ran. Ich ließ mich wortlos darauf sinken und stützte meinen Kopf in beide Hände. Nick holte mir ein Glas Wasser und stellte es vor mir auf den Esstisch.

»Trink einen Schluck, das hilft meistens«, forderte er mich auf. »Fühlst du dich nicht gut? Tut dir etwas weh?«

Ich schüttelte den Kopf.

»Nein, mir war nur ein bisschen schwindlig. Jetzt geht es wieder.« Ich trank einen Schluck Wasser. Nick beobachtete mich besorgt. »Wirklich, du brauchst dir keine Sorgen zu machen. Ist bestimmt bloß der Kreislauf. Wahrscheinlich bin ich zu schnell aufgestanden«, versuchte ich, ihn zu beruhigen.

»Wenn es öfter vorkommt, solltest du dringend einen Arzt aufsuchen.«

»Das mache ich. Morgen ist alles vergessen, ganz bestimmt.«

Ich blieb einen Moment sitzen und machte mich dann wieder an die Essenszubereitung. Nach dem Essen brachten wir gemeinsam Christopher ins Bett. Er schlief bald ein. Anschließend machten wir es uns im Wohnzimmer bequem. Nick saß auf dem Sofa und las in einem Buch. Ich blätterte in einer Zeitschrift. Plötzlich klappte er das Buch zu, hob den Kopf und sah zu mir.

»Ich muss mit dir reden«, sagte er mit ernster Stimme, und mein Herzschlag drohte für einen Moment auszusetzen. Was, um alles in der Welt, wollte er mit mir besprechen? So wie er mich ansah, verhieß es nichts Gutes.

»Worüber willst du mit mir sprechen?«, fragte ich zögerlich.

»Ich weiß nicht, wie ich es dir sagen soll. Heute ...«, begann er, senkte den Blick und strich mit der Handfläche über den Buchdeckel.

Ausgerechnet in diesem Augenblick klingelte das Telefon.

»Entschuldige!« Genervt stand ich auf und ging ans Telefon.

Der Anrufer entpuppte sich als meine Mutter. Die Nummer war unterdrückt gewesen, was mich wunderte, sonst hätte ich das Gespräch in diesem Moment nicht angenommen, sondern sie später zurückgerufen.

»Hallo, mein Kind! Geht es euch allen gut?«, trällerte sie fröhlich in den Apparat.

»Ja, uns geht es gut. Mama, kann ich dich später ...«

»Schön, bei uns ist auch alles in Ordnung. Du hast dich sicher gewundert, warum unsere Nummer nicht mehr auf dem Display erscheint. Aber dein Vater ist der Ansicht, dass das besser ist. Er hat irgendetwas von Datenmissbrauch gefaselt, aber den genauen Hintergrund habe ich vergessen. Das ist aber nicht der Grund, weshalb ich anrufe. Ich wollte dir Bescheid geben, dass wir nächsten

Samstag in den Urlaub fliegen. Stell dir vor, ich habe Volker endlich soweit, dass er mit mir in ein Flugzeug steigt«, teilte sie mir mit triumphierender Stimme mit.

»Das freut mich, Mama. Ein Urlaub tut euch bestimmt gut. Ich möchte nicht unhöflich erscheinen, aber können wir morgen ausführlich telefonieren? Es passt momentan nicht gut.«

»Willst du gar nicht wissen, wohin wir fliegen?« Der beleidigte Unterton in ihrer Stimme war nicht zu verkennen.

»Doch, aber ...«, gab ich halbherzig zurück. Mein Blick fiel dabei zu Nick, der lediglich mit den Schultern zuckte.

»Wir fliegen nach Lanzarote«, fuhr meine Mutter unterdessen fort, unbeeindruckt von meinen Versuchen, dieses Gespräch zu vertagen. »Wir bleiben zehn Tage. Mehr war mit deinem Vater nicht zu machen.«

»Gut. Habt ihr jemanden gefunden, der sich während eurer Abwesenheit um das Haus kümmert?«, fragte ich. Jetzt war es schon egal, meine Mutter war in ihrer Berichterstattung sowieso nicht mehr zu bremsen. Nick kannte das so gut wie ich.

»Eine Nachbarin schaut täglich nach dem Rechten und nimmt die Post aus dem Kasten. Die Zeitung hat Volker für die Zeit abbestellt. Man muss nichts verschenken. Die Blumen müssen nur alle paar Tage gegossen werden. Der Hochsommer ist vorbei, und mit einer Hitzewelle ist kaum mehr zu rechnen. Mehr ist nicht zu tun«, zählte meine Mutter die einzelnen Tätigkeiten auf. »Unser Freund Günter hat angeboten, uns zum Flughafen zu bringen. Dann brauchen wir kein Taxi zu nehmen.

Wir können schließlich das Auto nicht die ganze Zeit am Flughafen stehen lassen. Das ist viel zu teuer!«

»Dann ist alles organisiert, und ihr könnt beruhigt in den Urlaub starten«, stellte ich zusammenfassend fest.

Wenn ich annahm, dass das Gespräch damit zu Ende war, täuschte ich mich gewaltig. Meine Mutter kam erst richtig in Fahrt. Ich sah zu Nick und rollte mit den Augen. Er schmunzelte und verschaffte mir durch seine Reaktion eine gewisse Erleichterung.

Nachdem mir meine Mutter die nächsten 20 Minuten einen ausführlichen Bericht über den Reiseplan und die Hotelanlage auf Lanzarote geliefert hatte, verabschiedete sie sich.

»So, Anna, ich muss leider Schluss machen. Dein Vater will was von mir. Nein, Volker, nicht dieser Koffer!« Mein Vater schien auf der Bildfläche erschienen zu sein. »Ich muss dringend deinem Vater helfen. Er hat den falschen Koffer aus dem Keller geholt. Wenn man sich nicht um alles selbst kümmert. Also mach's gut und viele Grüße an Nick und meinen kleinen Enkel! Wir melden uns. Tschüss!«

Damit legte sie auf. Erschöpft ließ ich mich neben Nick auf das Sofa fallen. Ich fühlte mich überrannt, und mein Kopf tat weh. Nick sah mich fragend an.

»Meine Eltern fliegen in den Urlaub«, stöhnte ich und lehnte mich mit geschlossenen Augen zurück.

»Das habe ich mitbekommen«, erwiderte Nick und gähnte. »Der Dauer des Gesprächs nach zu urteilen, handelt es sich um eine Weltreise.«

»Nein, sie fliegen auf die Kanarischen Inseln. Aber du kennst meine Mutter.«

»Allerdings. Entschuldige, aber ich bin todmüde. Lass uns schlafen gehen.«

»Aber du wolltest mir etwas sagen«, erinnerte ich ihn.

»Nicht mehr heute Abend. Das kann bis morgen warten.«

»Sicher?« Ich sah ihn ernst an.

»Sicher«, erwiderte er und stand auf.

Er reichte mir seine Hand. Ich griff danach, und er zog mich vom Sofa hoch. Beim Aufstehen stieß ich mit meinem Oberschenkel gegen sein Bein. Ein stechender Schmerz durchfuhr mein gesamtes Bein. Reflexartig fasste ich mir an die schmerzende Stelle.

»Anna! Was hast du? Habe ich dir aus Versehen wehgetan?«

»Nein. Die Stelle tat mir gestern bereits weh. Ich weiß nicht, was ich da habe. Vielleicht hat mich etwas gestochen, und nun ist es entzündet«, mutmaßte ich. »Ich werde Mückensalbe darauf geben.«

»Ich mache mir Sorgen um dich«, sagte Nick.

»Brauchst du nicht. Das geht vorbei. Komm.« Ich ergriff seine Hand und zog ihn zur Treppe. »Es ist schon spät.«

KAPITEL 11

Jill lief die Seepromenade in Westerland entlang. Sie hatte heute einen Tag frei und wollte einen ausgedehnten Stadtbummel machen. Die Sonne schien von einem fast wolkenlosen blauen Himmel. Nur kleine Wölkchen, wie Sahnetupfen auf einer Torte, zogen vereinzelt vorüber. Die Luft war angenehm warm. Möwen ließen sich vom leichten Westwind treiben, den Blick stets nach unten gerichtet, um keine Gelegenheit auf Nahrung zu verpassen. Die Geschäfte öffneten nach und nach ihre Tore für die kauffreudige Kundschaft. Es war früh am Tag, und die ersten Urlauber tummelten sich auf der Friedrichsstraße. Aus einer spontanen Laune heraus kaufte Jill sich einen Kaffee zum Mitnehmen, obwohl sie ausgiebig gefrühstückt hatte. Doch ein Kaffee war nie verkehrt, sagte sie sich. Darin stand sie ihrem Bruder Nick in nichts nach. Er trank fast zu jeder Tages- und Nachtzeit Kaffee. Jill setzte sich mit dem Becher in einen der blauweißen Strandkörbe vor dem Geländer. Zu dieser Uhrzeit waren lediglich wenige besetzt. Sie wusste, dass diese Körbe ebenso vermietet wurden wie diejenigen direkt unten am Strand. Sollte der Mieter erscheinen, konnte sie immer noch das Feld räumen. Im Inneren des Korbes war es angenehm windgeschützt, und Jill genoss den Blick auf die Weite des Meeres. Die Wellen bäumten sich auf, rollten heran, brachen mit lautem Getöse auf den

Strand, zogen sich zurück und sammelten Kraft für einen erneuten Anlauf. Ein unendlich wiederkehrendes Spiel. Unten an der Wasserkante liefen vereinzelt Spaziergänger. Jill trank ihren Kaffee aus und lauschte dem stetigen Meeresrauschen. Der Wind kitzelte um ihre Nasenspitze. Am liebsten hätte sie stundenlang einfach dagesessen und aufs Wasser gesehen. Plötzlich spürte sie ihre Blase. Sie stand auf und steuerte schräg gegenüber auf die öffentlichen Toiletten zu. Kurz bevor sie sie erreicht hatte, fiel ihr eine Frau auf, die gerade im Eingang verschwand. Sie hatte langes rotes Haar und trug eine auffällig große Sonnenbrille, die beinahe vollständig ihr Gesicht verdeckte. Für einen kurzen Augenblick stockte Jill der Atem. Die Frau erinnerte sie sehr stark an jemanden aus der Vergangenheit. Jill bekam schlagartig eine Gänsehaut. Nein, sie musste sich getäuscht haben. Es war unmöglich. Trotzdem beschleunigte sie ihre Schritte, um der Frau zu folgen. Sie stürmte in den Vorraum der Toiletten, konnte sie jedoch nirgends erblicken. Obwohl sich der Druck auf Jills Blase von Minute zu Minute verstärkte, wartete sie an den Waschbecken, dass die Frau wieder auftauchte. Sie musste hier sein, sie hatte sie hineingehen sehen. Oder war sie eventuell vorne in den Laden abgebogen? Dann hätte sie sie verpasst. Jill beschloss, noch einen Moment auszuharren. Nach einer Weile vergeblichen Wartens hielt es Jill nicht mehr länger aus und verschwand eilig in einer der Kabinen. Als sie sich anschließend die Hände wusch und dabei gedankenverloren in den Spiegel sah, tauchte neben ihr eine Person auf.

»Hallo, wir kennen uns. Du bist Nicks Schwester, nicht wahr?«, sagte die blonde Frau. »Ja, aber ...«, stotterte Jill.

Sie überlegte fieberhaft, woher sie die Frau kannte, als diese erwiderte: »Wir haben uns neulich bei Anna zu Hause gesehen. Erinnerst du dich nicht?«

»Natürlich! Sorry, dass ich so eine lange Leitung hatte. Du bist Stella, eine Schulfreundin von Anna. Klar erinnere ich mich.«

»Machst du auch Urlaub auf der Insel?«, fragte Stella und trocknete sich mit einem Papierhandtuch die Hände. Dann kramte sie in ihrer riesigen Handtasche nach einem Lippenstift und zog sich damit die Lippen nach.

»Nein, ich wohne und arbeite auf Sylt«, erklärte Jill. »Ich bin Meeresbiologin.«

»Wie interessant! Dann hast du ähnliches Glück wie Anna. Herrlich, hier leben und arbeiten zu dürfen.« Sie seufzte. »Fehlt nur noch der perfekte Mann.«

»Wie bitte?«, fragte Jill und angelte nach einem Papierhandtuch.

»Ach nichts, ich denke nur laut. Blöde Angewohnheit von mir.« Sie lachte künstlich und ließ den Lippenstift in ihrer Handtasche verschwinden.

»Aha. Ich muss weiter. Schönen Tag noch!« Jill schulterte ihre Tasche und wollte die Toiletten verlassen, da hielt Stella sie zurück.

»Hast du Zeit und Lust auf einen Kaffee? Ich lade dich ein.«

Jill hatte Zeit, aber ihr war diese Freundin von Anna unsympathisch. Sie konnte sich nicht erklären, weshalb Anna mit dieser Frau befreundet war. Sie passte absolut nicht zu ihrer Schwägerin.

»Tut mir leid, aber ich habe dringend etwas zu erledigen«, log Jill. »Ein anderes Mal gern.«

»Schade. Vielleicht sehen wir uns bei Anna und Nick wieder.«

Hoffentlich nicht, dachte Jill und nickte ihr zu. »Ja vielleicht.«

»Mein Kumpel hat sich gemeldet«, sagte Uwe, als Nick das Büro betrat.

Nick legte die Stirn in Falten. »Vom Bauamt«, half Uwe ihm auf die Sprünge.

»Hat er was für uns?«, fragte Nick kurz angebunden.

»Darf ich fragen, was mit dir los ist? Seit Tagen bist du völlig neben der Spur. Raus mit der Sprache: Was bedrückt dich? Du brauchst dir nicht die Mühe machen, es abzustreiten. Dafür kenne ich dich zu gut.«

Nick stöhnte und ließ sich auf seinen Bürostuhl fallen. Er fuhr sich mit der Hand durchs Haar. »Das habe ich nicht vor.«

»Also?« Dieses Mal ließ Uwe nicht locker. Nick war einer seiner Mitarbeiter. Er wollte wissen, wenn es etwas gab, was er für seine Leute tun konnte.

»Vorgestern hatte Anna Besuch von einer ehemaligen Klassenkameradin. Sie heißt Stella.«

»Sieht sie gut aus?«, wollte Uwe wissen, um der Unterhaltung eine ungezwungene Note zu verleihen.

Nick zog die Augenbrauen hoch. »Ja, sehr gut sogar. Warum fragst du?«

»Du hast dich in sie verliebt«, spekulierte Uwe.

»Was? Bist du verrückt geworden?« Nicks Stimme überschlug sich beinahe vor Entsetzen.

»War nur ein Scherz.«

»Deine Witze waren schon besser. Nein, ich mache mir

Sorgen um Anna. Es geht ihr offensichtlich nicht gut, aber sie spielt es herunter. Als diese Stella bei ihr war, haben die beiden ihr Wiedersehen gefeiert. Und zwar ausgiebig.« Uwe hörte aufmerksam zu.

»Anna hatte einen Blackout. Ich habe drei leere Champagnerflaschen im Altglas gefunden«, fuhr Nick fort.

»Und?« Uwe zuckte die Achseln.

»Und was?«

»Na, das ist nicht verwerflich, oder? Jeder trinkt mal einen über den Durst. Oder willst du mir weismachen, dass dir das noch nie passiert ist? Das wäre glatt gelogen. Erinnerst du dich noch, als wir ... Mann, hattest du einen sitzen.« Uwe grinste verschmitzt.

»Jaja, die alte Geschichte. Wie oft willst du die noch hervorkramen. Aber Anna trinkt nie. Schon gar nicht so viel, dass sie sich am nächsten Morgen an nichts mehr erinnern kann. Sie hat nicht einmal mitbekommen, dass ich sie abends ins Bett gebracht habe«, protestierte Nick.

»Hast du Angst, dass sie zur Alkoholikerin wird?«, fragte Uwe. »Mal ehrlich, Nick. Das kann jedem von uns passieren. Ich glaube nicht, dass du dir darüber allzu große Sorgen machen solltest. War es das, was dich aus der Bahn geworfen hat?«

Nick zögerte, bevor er weitersprach. »Nein. Da gibt es noch etwas anderes. Ich weiß nicht, wie ich es erklären soll.«

»Dann fang einfach an!«, forderte sein Freund ihn auf.

Nick fühlte sich unbehaglich.

»Ich habe meine verstorbene Frau gesehen.« Uwe sah Nick mit großen Augen an. Dieser Satz verschlug ihm die Sprache. »Du hältst mich für komplett verrückt, ich weiß. Das kann ich dir nicht übel nehmen. Ich habe selbst Angst, durchzudrehen.«

»Nick, was soll ich sagen? Es klingt in der Tat ziemlich verrückt. Wie kommst du darauf, dass es sich bei der Person um deine verstorbene Frau handelt? Wo hast du sie gesehen? Bist du sicher, dass es nicht nur ein Traum war?«, hakte Uwe nach.

»Nein, es war kein Traum. Ich weiß, dass sie es unmöglich sein kann. Aber sie sieht aus wie Cathy: ihr Haar, ihre Kleidung, die Größe, sogar ihr Gang. Alles passt.« Nick vergrub für einen Augenblick sein Gesicht in den Händen. Er seufzte. »Ich habe sie schon zweimal gesehen. Gestern stand sie mitten auf dem Bahnhofsvorplatz, als ich auf dem Weg nach Hause war. Und vorhin habe ich sie an der Fußgängerampel beim Supermarkt gesehen.«

»Konntest du ihr Gesicht erkennen?«

»Nein, direkt von vorne habe ich sie nie gesehen.«

»Hast du mit Anna darüber gesprochen?«, erkundigte sich Uwe.

Nick schüttelte den Kopf. »Bislang nicht, ich möchte sie nicht beunruhigen. Sie fühlt sich nicht gut seit ein paar Tagen. Ich glaube, der Fund der Leiche macht ihr mehr zu schaffen, als sie zugibt.«

»Nick, du bist ein realistisch denkender Mensch. Wir wissen beide, dass deine erste Frau nicht mehr am Leben ist«, fasste Uwe zusammen.

»Das weiß ich, aber wer ist diese Person? Was macht sie hier?«

»Das ist purer Zufall. Ähnlichkeiten mit fremden Menschen kommen vor.«

»Meinst du?«, fragte Nick. »Und wenn nicht? Es ist alles so lange her. Von der Geschichte damals wissen nur sehr wenige Menschen.«

»Ich finde, du solltest unbedingt mit Anna darüber sprechen. Sie wundert sich sonst, warum du manchmal geistesabwesend wirkst, und macht sich unnötig Sorgen. Vielleicht solltest du dir ein paar Tage freinehmen. Macht einen Kurzurlaub zusammen und fahrt ein paar Tage weg«, schlug Uwe vor.

»Wir stecken mitten in einem Mordfall, da will ich dich nicht allein lassen«, entgegnete Nick.

»Um mich brauchst du dir keine Sorgen machen. Die Kollegen sollen sich nicht langweilen. Denk darüber nach. Meinen Segen hast du.« Er schenkte Nick ein aufmunterndes Lächeln. »Wenn du diese Frau das nächste Mal siehst, sprich sie an. Dann geht es dir bestimmt besser. Ich bin überzeugt, dass es sich hierbei nur um eine zufällige Ähnlichkeit handelt. Dein Unterbewusstsein hat dir einen Streich gespielt.«

Nick seufzte. »Wahrscheinlich hast du recht. Ich glaube nicht an Wiedergeburt. Danke, Uwe.«

»Keine Ursache.«

»Was hat denn dein Freund vom Bauamt herausgefunden?«

Ich stand am Waschbecken und ließ mir kaltes Wasser über beide Handgelenke laufen. Christopher schlief nebenan im Kinderzimmer. Ich hatte ihn für seinen Mittagsschlaf fertiggemacht, als ich plötzlich von einer heftigen Schwindelattacke erfasst wurde. Mein Herz raste wie verrückt, und vor den Augen verschwamm alles. Was war los mit mir? Ich musste in den nächsten Tagen einen Arzt aufzusuchen, wenn keine Besserung eintrat. Irgendetwas stimmte nicht. Ich überlegte, Britta anzurufen, und ging die Holztreppe nach unten ins Wohnzimmer. Pepper, der auf seinem Platz lag, hob den Kopf, als er mich hörte. Dann schlief er weiter. Ich nahm das Telefon und wählte Brittas Nummer. Nach einigen Freizeichen sprang der Anrufbeantworter an. Sie war nicht zu Hause. Ich legte auf, da ich keine Nachricht hinterlassen wollte. Dann versuchte ich, sie auf ihrem Handy zu erreichen. Dieses Mal hatte ich Erfolg, Britta nahm ab.

»Hallo, meine Liebe!«, trällerte sie voll Elan ins Telefon. »Alles in Ordnung bei dir? Ich stecke bis zum Hals in Arbeit. Ich wollte mich längst bei dir melden und habe ein ganz schlechtes Gewissen.«

»Dafür besteht kein Grund. Ich kann mir vorstellen, dass du die kinderlose Zeit nutzt, um im Hotel einiges voranzutreiben. Klappt alles, wie du es dir gedacht hast?«, erkundigte ich mich.

»Es läuft alles wie am Schnürchen. Wenn man ausreichend Zeit hat, schafft man richtig was weg. Und Spaß macht es obendrein. Die Arbeit hatte ich regelrecht vermisst. Wie sieht es bei dir aus? Wie läuft dein neuestes Projekt?«

»Alles prima«, erwiderte ich. Plötzlich wollte ich meine Freundin nicht mit meinen Problemen belasten. Sie klang euphorisch und voll Tatendrang. »Ich wollte mich nur melden und hören, wie du vorankommst.«

»Das ist nett von dir. In ein paar Tagen bin ich mit allem fertig. Die Jungs kommen bald nach Hause. Wenn alles wieder in geordneten Bahnen läuft, müssen wir uns unbedingt treffen. Es gibt viel zu erzählen. Hast du eigentlich Frank in letzter Zeit gesehen oder gesprochen?«

»Nein, warum?«

»Wenn ich mich nicht täusche, hat unser Frauen verschlingender Superdoktor demnächst Geburtstag. Ich wollte wissen, ob er zu Hause feiert oder sich klammheimlich aus dem Staub macht. Urlaub in der Karibik, Cocktail schlürfend unter Palmen umgeben von lauter Bikinischönheiten! Das könnte ich mir ausgezeichnet bei ihm vorstellen.« Sie klang amüsiert.

»Keine Ahnung. Wir mussten seine Dienste glücklicherweise lange nicht in Anspruch nehmen.«

»Ja, wer ist schon gern freiwillig im Krankenhaus?«, erwiderte Britta. »Na, ich werde dir demnächst ausführlich berichten, was ich alles in den letzten Tagen geschafft habe.«

»Darauf bin ich sehr gespannt. Dann wünsche ich dir weiterhin viel Erfolg. Wir hören voneinander. Viele Grüße an Jan!«

»Danke! Mach's gut und Grüße an Christopher und Nick!« Mit diesen Worten legte sie auf.

Ich setzte mich aufs Sofa, starrte auf das Telefon in meiner Hand und erschrak, als ich plötzlich zwei Telefone vor mir sah.

»Hallo, kann ich Ihnen behilflich sein?«, fragte Beke Hinrichsen, als sie den beiden Polizisten die Haustür öffnete.

»Moin, Frau Hinrichsen, wir würden gerne noch mal mit Ihrem Mann sprechen«, erklärte Uwe.

»Das tut mir leid, der ist unterwegs. Kann ich Ihnen weiterhelfen?«, wollte sie wissen.

»Bitte richten Sie ihm ...«

Ein lautes Motorengeräusch durchbrach die Unterhaltung. Nick und Uwe drehten sich um. Ein schwerer Geländewagen mit Ladefläche fuhr auf den Hof. Der dunkle Pickup hielt wenige Meter vor ihnen, und Hauke Hinrichsen stieg aus. Er schlug die Fahrertür mit einem kräftigen Stoß zu und kam auf sie zu. Offenbar war er direkt von einer Baustelle zurückgekommen, denn er trug Gummistiefel, an denen kleine Erdklumpen klebten, und hatte ein Klemmbrett in der Hand.

»Ach, Sie haben Glück, da kommt mein Mann gerade. Hauke, hier ist Besuch für dich!«, rief sie ihm entgegen.

»Das sehe ich«, erwiderte er mit mürrischem Blick. »Was wollen Sie schon wieder von mir? Wir hatten doch bereits alles gesagt.« Er machte sich nicht die Mühe, seine Verärgerung über das erneute Erscheinen der Beamten zu verbergen.

»Wir müssen mit Ihnen sprechen. Unter vier Augen«, gab Uwe ihm deutlich zu verstehen.

Hinrichsen zuckte lässig die Schultern und wechselte einen verstohlenen Blick mit seiner Frau.

»Wenn es unbedingt sein muss. Lassen Sie uns am besten rüber in das Büro gehen. Da sind wir ungestört.«

Er steuerte zielstrebig mit großen Schritten auf den Anbau des Hauses zu. Nick und Uwe folgten ihm, während Beke Hinrichsen im Haus verschwand.

»Bitte nehmen Sie Platz. Kaffee, Wasser?«, fragte Hauke Hinrichsen, als die drei Männer im Büro standen. Mehrere Stapel Papier und diverse Aktenordner lagen verteilt auf dem runden Tisch und den Stühlen. Hinrichsen schob sie beiseite, um Platz zu schaffen.

»Nein, vielen Dank. Wir möchten Ihre Zeit nicht über Maß in Anspruch nehmen und gleich auf den Punkt kommen. Sagt Ihnen das Projekt ›Seaside‹ etwas?«, begann Nick ohne Umschweife.

»Natürlich, das geht seit Wochen durch die Presse. Jeder auf der Insel hat davon gehört«, entgegnete er gleichgültig und goss Kaffee aus einer Thermoskanne in einen Kaffeebecher, auf dem in dicken Lettern »Der Chef hat immer recht« prangte. »Aber deshalb sind Sie wohl kaum gekommen, um mich das zu fragen. Den Weg hätten Sie sich sparen können.« Er schraubte den Deckel der Thermoskanne fest zu.

»Dann wissen Sie mit Sicherheit, dass Roland Winkler den Zuschlag für einen umfangreichen Auftrag im Rahmen dieses Projektes erhalten hat«, fuhr Uwe unbeirrt fort.

»Weiß ich das?«

»Herr Hinrichsen, bitte halten Sie uns nicht zum Narren. Wir haben unsere Hausaufgaben gemacht«, versicherte ihm Nick. Diese Spielchen widerstrebten ihm von jeher.

»Schon gut. Klar habe ich davon gewusst. Jeder aus der Branche wusste davon. Die Konkurrenz schläft nicht.« Er brachte ein kurzes Lachen hervor, das jedoch im Ansatz sofort erstarb, als er in die ernsten Gesichter seiner Besucher blickte.

»Sie hatten kein Problem damit?«, wollte Uwe wissen.

Hauke Hinrichsen lachte abermals. Dieses Mal wesentlich lauter und länger. Dann trank er einen Schluck, bevor er weitersprach.

»Natürlich möchte jeder derjenige sein, der den dicken Fisch an Land zieht. Das kann einem niemand verübeln.

Unsere Firma hat sich ebenfalls beworben, ein gängiges Prozedere. Dieses Mal hat Roland Winkler das große Los gezogen. Pech für uns und die anderen. So läuft das eben!«, erklärte er und drehte einen Kugelschreiber zwischen den Fingern hin und her.

»Und die Entscheidung haben Sie einfach hingenommen?«, erkundigte sich Nick.

»Hatte ich eine Wahl? Ich lege die Spielregeln nicht fest«, betonte Hauke Hinrichsen. Seine wachsende Verärgerung über dieses Gespräch war unverkennbar. »Sagen Sie, was soll das hier werden?«

»Das erkläre ich Ihnen gern, Herr Hinrichsen. Sie haben sich ebenso an dieser Ausschreibung beteiligt und sich gute Chancen ausgerechnet«, fasste Uwe zusammen.

»Natürlich, aber das sagte ich bereits. Sie wiederholen sich, Herr Kommissar. Das ist in unserer Branche so üblich. Aufträge kommen nicht von selbst auf den Hof geflattert. Um mich kümmert sich nicht Vater Staat. Ich muss selbst für mein Einkommen und meine Rente sorgen. Obendrein muss ich meine Angestellten bezahlen. Und die haben Familien zu ernähren. Ich habe eine Fürsorgepflicht meinen Leuten gegenüber zu erfüllen.«

Weder Uwe noch Nick ging auf seine Ausführung ein, denn sie wussten beide genau, worauf Hinrichsen abzielte. Anspielungen dieser Art auf das Beamtenwesen waren ihnen langläufig bekannt.

»Es muss Sie unheimlich geärgert haben, dass ein kleines unbedeutendes Unternehmen wie das von Roland Winkler Ihnen einen Auftrag in diesem Umfang vor der Nase weggeschnappt hat, oder?«, versuchte Uwe, sein Gegenüber aus der Reserve zu locken.

»Wollen Sie mir unterstellen, dass ich einen Kollegen deswegen umbringe?« Er lachte übertrieben. »Das ist ja lächerlich! Ich bitte Sie, meine Herren, wir sind nicht im Wilden Westen, wo man seinen Widersacher auf diese Weise unschädlich macht.« Seine rote Gesichtsfarbe verriet, dass ihn das Gespräch mehr aufwühlte, als er bereit war zuzugeben.

»Was meinen Sie mit ›auf diese Weise‹?«, ließ Nick nicht locker.

»Jetzt reicht es mir aber! Man könnte annehmen, Sie würden mich tatsächlich verdächtigen, Roland Winkler ermordet zu haben! Was unterstellen Sie mir? Ich werde mich über Sie beide beschweren«, polterte Hauke los und schlug mit der Faust auf den Tisch. Das letzte Fünkchen Selbstbeherrschung hatte sich in Luft aufgelöst.

»Niemand will Ihnen etwas unterstellen, Herr Hinrichsen. Wir machen unsere Arbeit und versuchen, einen Mord aufzuklären«, erwiderte Uwe in sachlichem Ton, auch wenn er sich zusammenreißen musste. Am liebsten hätte er dem ungehobelten Kerl seine Meinung gesagt.

»Und bezichtigen dabei unschuldige und rechtschaffene Bürger des Mordes«, brauste Hinrichsen wütend auf. »Nennen Sie das solide Polizeiarbeit?«

»Ich denke, es reicht, Herr Hinrichsen! Beruhigen Sie sich.« Nick versuchte, den aufgebrachten Mann zu besänftigen, ehe die Situation eskalierte.

»Ich will mich aber nicht beruhigen!«

Beke Hinrichsen betrat plötzlich das Büro.

»Was ist hier los?«, fragte sie und stellte sich demonstrativ neben ihren Mann. Sie hatte vorsichtshalber den

Hund mitgebracht. »Alles in Ordnung, Hauke? Warum regst du dich dermaßen auf?«

»Diese Herren unterstellen mir eine Beteiligung am Mord an Winkler«, erklärte Hauke Hinrichsen seiner Frau aufgebracht.

»Wir unterstellen niemandem irgendetwas«, stellte Uwe klar. Unter keinen Umständen wollte er die hitzige Diskussion weiter anfachen.

»Mein Mann darf sich nicht aufregen, er hat ein schwaches Herz. Gehen Sie auf der Stelle!«, forderte Beke Hinrichsen Nick und Uwe auf.

»Bitte halten Sie sich für weitere Fragen zu unserer Verfügung. Das Gespräch ist damit noch nicht abschließend beendet. Schönen Tag noch!«, verabschiedete Uwe sich.

Nick und er zogen sich zurück. Es hatte wenig Sinn, die Befragung unter diesen Gegebenheiten weiterzuführen. Sie würden Hauke Hinrichsen zur nächsten Befragung auf das Revier vorladen.

»Puh«, sagte Nick, als sie über den Hof zu ihrem Wagen gingen, »hat der sich aufgeregt! Wenn du mich fragst, zeugt das von einem schlechten Gewissen. Grundlos geht man nicht derartig in die Luft. Der hängt irgendwie mit drin.«

»Das vermute ich auch, aber ein handfester Beweis ist das leider nicht. Wir bleiben in jedem Fall an ihm dran.«

»Glaubst du, die Hinrichsen wollte den Hund auf uns hetzen?«, fragte Nick.

»Vielleicht hat sie geglaubt, uns damit einschüchtern zu können. Man muss sich manchmal sehr wundern, auf welche Ideen die Leute kommen.«

Uwes Handy klingelte, als sie gerade im Auto saßen.

»Wilmsen, Kripo Westerland. Ach, du bist es. Schieß los!«

Nick wartete geduldig, bis Uwe sein Telefonat beendet hatte. Währenddessen überflog er die Notizen, die er sich zu dem Gespräch mit Hinrichsen gemacht hatte.

»Wer war das?«

»Das war der Kollege, den ich zu Dörte Winklers Mutter geschickt habe. Du wirst nicht glauben, was er mir eben erzählt hat.«

»Nun mach es nicht so spannend, Uwe.«

»Die alte Dame war nicht zu Hause.«

»Toll. Soweit war ich auch gekommen. Nach Aussage ihrer Tochter ist sie doch solchermaßen beeinträchtigt, dass sie allein nicht klarkommt. Wie kann sie demzufolge ständig unterwegs sein?«

»Berechtigte Frage. Die Lösung ist einfach. Frieda Lohmann, die Mutter von der Winkler, macht nicht auf, weil sie seit über zwei Wochen gar nicht zu Hause ist.«

»Ach, was du nicht sagst.«

»Sie hat ein neues Hüftgelenk bekommen und befindet sich zurzeit in einer Rehaklinik nahe St. Peter-Ording.«

»Woher weißt du das?«

»Eine Mitarbeiterin des Pflegedienstes hat es den Kollegen erzählt. Sie war zufällig bei einer Nachbarin, als die beiden bei der Mutter geklingelt haben. Normalerweise kümmert sie sich auch um Frieda Lohmann.«

»Volltreffer! Dann hat uns die Winkler belogen. Sie war nicht in Niebüll bei ihrer Mutter, denn die war zu dem Zeitpunkt bereits in der Klinik.«

»Warte, es kommt noch besser. Die Pflegerin hat erzählt, dass jeden Mittwochabend ein aufgemotzter Pickup vor dem Haus der Lohmann hält. Ein Mann sitzt am Steuer. Er steigt allerdings nie aus, sondern bleibt im Fahrzeug sitzen. Kurze Zeit später kommt Dörte Winkler aus dem Haus, steigt zu ihm in den Wagen, und beide fahren weg.«

Nick stieß einen leisen Pfiff aus. »Das ist ein Ding! Hab ich es nicht gesagt, stille Wasser sind tief?«

»Du hattest den richtigen Riecher. Das hätte ich dieser unscheinbaren Person niemals zugetraut, dass sie einen Liebhaber hat.«

»Das wissen wir nicht mit Sicherheit, ob es sich bei dem Mann um ihren Liebhaber handelt«, gab Nick zu bedenken. »Hat sich die aufmerksame Pflegerin zufällig das Kennzeichen des Fahrzeugs gemerkt?«

»Nein, aber der Wagen ist in Nordfriesland zugelassen. Es dürfte nicht schwer sein, einen auffälligen Pickup ausfindig zu machen. Sehr viele wird es von der Sorte nicht geben.«

»Ich schlage vor, wir sollten der trauernden Witwe schnellstmöglich einen Besuch abstatten.«

Uwe nickte zustimmend und startete den Wagen.

Als sie das Polizeirevier in Westerland fast erreicht hatten, rief Nick plötzlich: »Halt an!«

»Was ist? Du hast mich zu Tode erschreckt!«, wollte Uwe wissen und fuhr prompt rechts ran.

»Da war sie wieder!«

»Wer? Von wem sprichst du?«

»Die Frau! Ich habe sie gesehen.« Mit diesen Worten riss Nick die Beifahrertür auf und stürmte aus dem Wagen.

Uwe konnte ihm nur verwundert nachsehen. Nick lief über die viel befahrene Straße und rannte auf den Bahnhofsvorplatz. Außer Atem sah er sich um, doch die Frau war wie vom Erdboden verschluckt. Sie war hier, er hatte sie mit eigenen Augen gesehen, daran bestand kein Zweifel. Er war weder verrückt noch bildete er sich das alles bloß ein. Ein weiteres Mal ließ er seinen Blick über die Menschen auf dem Platz schweifen, und dann entdeckte er sie auf der Höhe der »Wilhelmine«, der berühmten Brunnenfigur in der Fußgängerzone von Westerland. Ohne eine Sekunde zu zögern, lief er los. Die Hauptstraße war stark befahren, sodass Nick sie nicht ohne Weiteres überqueren konnte. Ungeduldig wartete er auf eine Lücke im Verkehr. Um ein Haar wäre er von einem herannahenden Auto erfasst worden. Der Fahrer hupte und fuchtelte wütend mit den Armen. Nick kümmerte sich nicht darum, sondern gab sich Mühe, die Frau nicht aus den Augen zu verlieren. Er stand in der Mitte der Straße und wartete den Gegenverkehr ab. Als sich eine Gelegenheit bot, die Straße zu passieren, sprintete er los. Für einen Augenblick glaubte er, die Frau verloren zu haben, als er sie entdeckte, wie sie im Eingang des Kaufhauses »H.B. Jensen« verschwand. Er lief ihr hinterher. Sein Atem ging schnell und sein Herz hämmerte in seiner Brust. Als er den Eingangsbereich erreicht hatte, verschaffte er sich rasch einen Überblick. Zwischen den unzähligen Kleiderständern waren überall Frauen zu sehen, auch rothaarige, aber nicht die, die er suchte. Im Augenwinkel sah er den gläsernen Fahrstuhl ein Stockwerk höher fahren. Da war sie! Nick rannte die Treppe, die parallel zum Aufzug verlief, nach oben und nahm auf seinem Weg immer gleich zwei Stufen auf einmal. Oben angekommen orientierte er sich erneut. Sie war nirgends zu sehen. Verdammt! Er fluchte innerlich, denn er hatte sie endgültig aus den Augen verloren. Sie musste hier sein, denn die Fahrstuhltüren standen offen, und auf der Treppe wäre sie im direkt in die Arme gelaufen. War sie ein Stockwerk höher gelaufen, ohne, dass er es bemerkt hatte?

»Kann ich Ihnen behilflich sein, junger Mann?«, hörte er die Stimme einer freundlichen Verkäuferin hinter sich.

Nick drehte sich um. Sein Hals fühlte sich vom Laufen trocken an. Er schluckte.

»Nein, vielen Dank! Ich suche jemanden. Eine Frau mit langen roten Haaren, sie trägt eine Sonnenbrille und eine Jeansjacke. Sie muss eben aus dem Fahrstuhl gestiegen sein. Haben Sie sie zufällig gesehen?«

Die Verkäuferin trat einen Schritt zurück und sah Nick misstrauisch an. Vermutlich hielt sie ihn für verrückt.

»Ich fürchte, in diesem Fall kann ich Ihnen nicht weiterhelfen«, antwortete sie und zog sich umgehend zurück.

Sie muss denken, ich habe sie nicht alle, überlegte Nick. Vielleicht hätte er ihr seinen Dienstausweis zeigen sollen. Doch er wollte kein Aufsehen erregen. Außerdem handelte es sich um eine Privatangelegenheit. Als er enttäuscht den Rückzug antrat – er passierte gerade einen Ständer mit Damenwäsche – erklang hinter ihm erneut eine Frauenstimme.

»Nick? So ein Zufall, was machst du hier?«

Die Stimme gehörte zu Stella.

»Hallo, ich …« Nick wusste nicht, was er antworten sollte, denn seine Gedanken kreisten noch immer um die rothaarige Unbekannte.

»Verstehe, du wolltest Anna mit einem Geschenk überraschen und weißt nicht, was du kaufen sollst. Habe ich recht?«, fragte sie triumphierend und musterte ihn. Nick zuckte die Schultern, er fühlte sich überrumpelt.

»Ich werde dir behilflich sein, etwas Schönes zu finden. Komm, wir schauen mal. Ich weiß schließlich, was Frauen mögen.«

Sie packte ihn am Arm und zog ihn mit sich, bevor Nick protestieren konnte.

»Woran hast du gedacht? Parfüm oder Dessous?«

»Nein«, entgegnete Nick.

Auf keinen Fall wollte er mit dieser Frau Dessous für Anna kaufen gehen. Das machte er lieber allein.

»Dann vielleicht ein schönes Tuch? Tücher kann eine Frau nie genug haben«, versicherte Stella und steuerte auf die Wand zu, an der Dutzende farbige Schals und Tücher kunstvoll präsentiert waren. »Das hier würde Anna bestimmt gefallen. Das Grün unterstreicht ihre Augenfarbe. Was denkst du, Nick?«

»Das ist hübsch«, erwiderte er und fühlte sich, als ob ihn eine Dampflok überrollt hätte.

»Dann solltest du es nehmen.«

Sie nahm das Tuch von der Wand und drückte es dem sprachlosen Nick in die Hand.

Nachdem Nick das Tuch an der Kasse bezahlt hatte, zog Stella ihn nach draußen.

»Was machen wir jetzt?«, wollte sie wissen.

Nick verstand nicht, was sie von ihm wollte. Er musste dringend Uwe anrufen, um sich für seinen plötzlichen Aufbruch vorhin zu entschuldigen, und außerdem wollte er nach Hause.

»Stella, ich danke dir für deine Unterstützung, aber ich muss los. Ich wünsche dir einen angenehmen Abend.«

Mit dieser rigorosen Abfuhr hatte sie nicht gerechnet. Sie war es nicht gewohnt, dass ein Mann sie einfach stehen ließ.

»Gleichfalls«, antwortete sie schnippisch und stolzierte hocherhobenen Hauptes davon.

Seltsame Person, dachte Nick auf dem Heimweg.

Pepper begrüßte Nick stürmisch an der Tür.

»Anna? Wo seid ihr?«, hörte ich Nick rufen. Ich konnte ihn kaum verstehen, weil Christopher laut weinte.

»Wir sind in der Küche!«, rief ich zurück.

»Warum weint er?«, wollte Nick wissen, als er in die Küche kam.

Er steuerte zielstrebig auf seinen Sohn zu, der in seinem Kinderstuhl saß und herzerweichend schluchzte. Dicke Tränen kullerten über seine geröteten Wangen.

»Er hat sein Fläschchen umgestoßen und sich erschrocken, als es scheppernd zu Boden fiel. Er hat sofort angefangen zu weinen«, erklärte ich und wischte mit einem Lappen die letzten Tropfen vom Fußboden.

»Hey, kleiner Mann, das ist doch nicht schlimm.« Er streichelte ihn über den Kopf. Christopher schien sich langsam zu beruhigen. »Ich habe euch vermisst!« Nick umfasste meine Taille und gab mir einen Kuss.

Als er von mir abließ, streichelte ich über seine Wange.

»Ich habe dich auch vermisst«, sagte ich und sah ihm tief in die Augen. Er lächelte. Dann ging er zum Kühlschrank und nahm eine Flasche Mineralwasser heraus.

»Was ist in der Tüte? Warst du in der Stadt einkaufen?«, fragte ich neugierig und deutete auf die Plastiktüte, die er auf dem Tisch abgelegt hatte.

»Da ist eine Kleinigkeit für dich drin.«

»Für mich? Aber ich habe nicht Geburtstag«, erwiderte ich überrascht.

Nick nahm die Tüte und zog ein wunderhübsches Halstuch hervor.

»Das ist ja schön!«

»Ich hoffe, es gefällt dir«, sagte Nick und beobachtete mich aufmerksam, wie ich das Tuch auseinanderfaltete.

Christopher lachte inzwischen wieder, denn Pepper kitzelte ihn mit seiner Nase an den Füßen.

»Ja sehr. Wie komme ich zu der Ehre? Hast du etwas angestellt?« Ich legte es mir um den Hals.

Er stöhnte. »Muss ich erst etwas anstellen, um dir ein Geschenk zu machen? Nein, ich war in der Stadt und habe zufällig Stella getroffen. Sie war der Ansicht, das Tuch würde dir gut stehen. Sie hatte recht, es unterstreicht die Farbe deiner Augen.«

»Stella?«, fragte ich und meine Freude erhielt einen kleinen Dämpfer. »Du warst mit Stella in der Stadt einkaufen?« Ich nahm das Tuch ab und legte es ordentlich zusammen.

»Ich war nicht mit ihr einkaufen, sondern habe sie rein zufällig bei ›H.B. Jensen‹ getroffen. Gibt es ein Problem?«

Ich wusste nicht, wie ich es erklären sollte. Das Tuch gefiel mir nach wie vor, aber die Tatsache, dass Stella ihre Finger im Spiel hatte, störte mich erheblich. Mir wurde schlagartig schwindlig und ich bekam Herzrasen. Ich fasste mit einer Hand an meine Brust.

»Sweety? Was ist mit dir?« Nick stellte die Wasserflasche ab und kam besorgt auf mich zu.

»Geht gleich wieder«, beruhigte ich ihn und wartete, dass der Schwindel nachließ. Ich schloss für einen Moment die Augen und versuchte, gleichmäßig zu atmen.

»Du musst zum Arzt, so geht das nicht weiter, Anna«, drängte Nick.

»Schon gut, ich habe für übermorgen einen Termin gemacht.«

»Geht das nicht eher?«

»Keine Chance, eher geht nicht. Auf einen Tag kommt es nicht an.«

Der Schwindel war gewichen, und mein Herzschlag hatte sich normalisiert. Trotzdem hatte ich Angst bekommen, wollte es jedoch nicht eingestehen. Ich wollte unter keinen Umständen, dass Nick sich Sorgen machte. Er hatte beruflich genug um die Ohren. Es handelte sich bestimmt nur um leichte Kreislaufbeschwerden. Vielleicht hatten meine Eltern doch recht, und ich brauchte ein bisschen Entlastung.

»Im Notfall müssen sie dich unverzüglich behandeln. Wir können Frank anrufen«, schlug Nick vor. »Im Krankenhaus sind die Untersuchungen ohnehin gründlicher. Ich kann dich in die Notaufnahme bringen, da ...«

»So schlimm ist es nicht. Ist sicherlich nur der Kreislauf«, unterbrach ich ihn und legte ihm beruhigend eine Hand auf den Unterarm.

»Wie du meinst, du bist alt genug.«

»Was hat Stella erzählt?«, wechselte ich das Thema.

»Nicht viel. Wie gesagt, ich habe sie nicht lange gesprochen«, erwiderte Nick und hob Christopher aus seinem Kinderstühlchen. »So, mein Kleiner, Schlafenszeit! Heute bringt dich dein Daddy ins Bett. Was hältst du davon?«

Christopher gluckste vor Freude, als Nick ihn auf den Arm nahm, und umfasste sein Ohr.

»Autsch!«, stieß Nick übertrieben hervor, worauf Christopher vor Begeisterung lachte.

Bei dem Anblick von Vater und Sohn wurde mir warm ums Herz, und ich musste mit den Tränen der Rührung kämpfen. Was war bloß los mit mir? War ich etwa schwanger und meine Hormone spielten verrückt? Rührten meine gesundheitlichen Aussetzer daher? Als ich mit Christopher schwanger war, hatte ich keine Probleme dieser Art gehabt.

Später, als ich neben Nick im Bett lag, fiel mir ein, dass er mir am Vortag etwas sagen wollte, bevor meine Mutter anrief.

»Was wolltest du mir gestern eigentlich sagen?«

Er drehte sich auf die Seite und sah mich an.

»Ich glaube, wir sollten ernsthaft darüber nachdenken, uns professionelle Hilfe zu holen«, sagte er, ohne den Blick von mir abzuwenden.

Seine Worte überraschten und verunsicherten mich zugleich.

»Aber ich finde, es läuft gut zwischen uns. Fehlt dir etwas in unserer Beziehung? Mit einem Kind ist es anders als nur zu zweit. Wir können über alles offen sprechen. Du musst es nur sagen. Oder meinst du, wir haben zu selten Sex, seit Christopher auf der Welt ist?«, fügte ich vorsichtig hinzu.

»Halt, Anna«, unterbrach mich Nick. Seine Mundwinkel zuckten amüsiert. »Du kommst auf Ideen! Nein, darum geht es nicht. Du hast mich missverstanden. Ich bin glücklich mit dir und Christopher, das weißt du. Ihr seid mein Ein und Alles. Okay, ich gebe zu, früher haben wir öfter miteinander geschlafen. Gegen ein bisschen mehr hätte ich nichts einzuwenden.« Er grinste schelmisch. »Ich wollte vorschlagen, eine Haushaltshilfe einzustellen. Sieh mal, du arbeitest viel und kümmerst dich fast ausschließlich allein um Christopher, und ich bin auch stark ausgelastet. Ich habe zwar keinen Schichtdienst mehr wie früher, aber der neue Job ist trotz allem kräftezehrend. Geregelte Arbeitszeiten gibt es nach wie vor nicht. Mit einer Haushaltshilfe könnten wir für ein wenig Entlastung sorgen. Sie muss nicht jeden Tag kommen, kann aber einige Arbeiten erledigen. Was hältst du von der Idee? Ich möchte, dass wir die Zeit, die uns zur Verfügung steht, gemeinsam verbringen können.«

»Und ich dachte schon ...« Erleichtert nahm ich seine Worte zur Kenntnis.

»Wie kommst du darauf?«, wollte Nick wissen und strich mir eine Strähne aus dem Gesicht.

»Keine Ahnung. Aber du hast recht. Deine Idee sollten wir schnellstmöglich in die Tat umsetzen. Die letzte Zeit war sehr anstrengend. Manchmal weiß ich gar nicht, wo ich anfangen und wo ich aufhören soll. Ich möchte allem gerecht werden.«

»Deshalb wollte ich das Thema unbedingt mit dir besprechen. Ich weiß, dass du es immer allen recht machen willst, aber du bist auch nur ein Mensch, Anna. Du kannst und sollst dich nicht zerreißen.«

Nick streichelte mit dem Handrücken über meine Wange. Dann rückte er näher und küsste mich. Erst zärtlich, dann immer leidenschaftlicher. Ich zog ihn zu mir und genoss jeden Quadratzentimeter seines Körpers an meinem.

Mitten in der Nacht wurde ich von einem markerschütternden Schrei geweckt. Erschrocken setzte ich mich in meinem Bett auf und blickte zu Nick. Er saß senkrecht im Bett und atmete schwer.

»Nick, was ist los?«, fragte ich und tastete nach dem Schalter meiner Nachttischlampe.

»Alles in Ordnung, ich habe schlecht geträumt. Schlaf weiter«, antwortete er und schenkte mir ein gequältes Lächeln.

Ich konnte sehen, dass er schweißgebadet war. Einige Haarsträhnen klebten an seiner Stirn, und sein nackter Oberkörper war von kleinen Schweißperlen bedeckt. Er schlug die Bettdecke beiseite und stand auf, um ins Bad zu gehen. Besorgt sah ich ihm nach. Nick wurde lange Zeit von Albträumen heimgesucht, das wusste ich. Und ich kannte auch deren Ursache. Die Geister der Vergangenheit entließen ihn nicht aus ihren Fängen. Die Tatsache, dass sie ihn offenbar erneut verfolgten, verursachte mir Kopfschmerzen. Was war vorgefallen, dass es von Neuem angefangen hatte? Verschwieg er mir etwas, um mich zu schonen? Ich hörte aus dem Badezimmer das Wasser in der Dusche laufen. Kurz darauf kam Nick zurück ins Schlafzimmer. Er legte sich zurück ins Bett.

»Geht es dir besser?«, erkundigte ich mich und strich ihm liebevoll über die Brust. »Warum hat es wieder angefangen? Oder geht es um etwas anderes?«

Er seufzte und griff nach meiner Hand. »Bloß ein Albtraum. Ich bin einfach überarbeitet. Kein Grund zur Beunruhigung. Wirklich.«

Er rutschte näher zu mir und gab mir einen Kuss. Dann drehte er sich auf die Seite und zog sich die Decke fest über die Schultern. Er wollte nicht reden, und ich würde seine Entscheidung akzeptieren müssen, auch wenn es mir schwerfiel. Ich schaltete das Licht aus. Nick war längst eingeschlafen, als ich noch immer wach lag. Ich lag auf dem Rücken, starrte an die Decke, und meine Gedanken kreisten unaufhörlich in meinem Kopf. Obwohl ich todmüde war, konnte ich nicht einschlafen. Zu allem Überfluss begann mein Bein zu schmerzen. Dieses Mal waren die Schmerzen heftiger als an den Vortagen. Ich konnte das Zentrum des Schmerzes nicht eindeutig lokalisieren. Es wurde allerhöchste Zeit, dass ich mich in ärztliche Obhut begab.

KAPITEL 12

Obwohl ich kaum geschlafen hatte und mich elender fühlte als am Tag zuvor, war ich froh, an diesem Morgen auf die Baustelle nach Braderup fahren zu können. Ich wollte Nicks nächtlichen Schrei und meinen dumpfen Schmerz im Bein eine Zeit lang ausblenden. Nick musste heute erst spät ins Büro und kümmerte sich um Christopher. Deshalb konnte ich mich für ein paar Stunden voll auf meine Arbeit konzentrieren. Es war 8.00 Uhr, als ich von Morsum nach Braderup fuhr. Auf den Straßen war wenig los, folglich kam ich zügig durch. Die meisten Urlauber lagen um diese Zeit in den Betten oder saßen bei einem ausgedehnten Frühstück. Bei diesem Gedanken meldete sich mein Magen. Nach dem Aufstehen hatte ich lediglich eine Scheibe Toastbrot mit Rosenmarmelade, eine Spezialität von Ava Carstensen, und eine Tasse Tee zu mir genommen. Das war über eine Stunde her. Ich versuchte meinen Magen zu ignorieren und fuhr an der Wattseite der Insel entlang in nördliche Richtung. Die Sonne erwachte und tauchte das Watt und die angrenzenden Wiesen in ein rötliches Licht. Das unterschiedliche Farbenspiel auf der Insel faszinierte mich jedes mal. Zu jeder Jahres- oder Tageszeit überraschte es mit neuen Eindrücken. Das Farbspektrum schien unerschöpflich zu sein. Heute war es absolut windstill, dünne Nebelschwaden waberten dicht über dem Boden und boten ein gespenstisches Bild. Wie gerne würde ich jetzt einen Spaziergang machen, überlegte ich, während die Szenerie an mir vorbeizog. Dafür war keine Zeit. Ich war mit der Gartenbaufirma verabredet, bei der ich Pflanzen für Inkas Garten bestellt hatte. Einen Spaziergang durch die atemberaubende Natur Sylts musste ich auf ein anderes Mal verschieben. Nick hatte recht, wir lebten momentan auf der Überholspur und mussten uns mehr Auszeiten gönnen. Sicher rührten meine Schwindelattacken von der Anstrengung der letzten Wochen und Monate her, davon war ich mittlerweile felsenfest überzeugt. Ein Warnsignal des Körpers. Ich passierte das Ortsschild von Braderup. Als ich um die Ecke in die Straße einbog, in der Inkas Grundstück lag, konnte ich den Kleintransporter der Gartenbaufirma bereits sehen. Als ich näherkam, öffneten sich die Türen des Wagens, und die beiden Gärtner stiegen aus. Ich parkte mit meinem Auto dahinter. Dabei hielt ich genügend Abstand, sodass die beiden problemlos ihre Fracht entladen konnten.

»Moin«, begrüßte ich sie, als ich ausgestiegen war.

»Moin, Anna! Alles klar?«, fragte Peter, einer der beiden.

»Ja danke! Habt ihr alles mitgebracht, was ich bestellt habe?«, erkundigte ich mich und warf einen prüfenden Blick auf die Ladefläche des Fahrzeugs.

»Die Hortensien haben wir dabei. Die Einzelgehölze auch, die du bestellt hast, sowie die beiden Kugelahornbäume. Die Heckenrosen kommen in den nächsten Tagen genauso wie der Rollrasen«, erwiderte Hinnerk, ein blonder Hüne mit Vollbart und Zopf. »Mehr Platz hatten wir nicht. Außerdem schaffen wir das nicht alles an einem Tag.«

»Super, dann kann es losgehen!«, stellte ich zufrieden fest. Ich holte einen Plan aus meiner Mappe hervor, die ich aus dem Auto mitgenommen hatte, und breitete ihn auf der Motorhaube meines Wagens aus. »Seht mal! Hier habe ich euch eingezeichnet, wo welche Pflanze ihren Platz bekommen soll.«

Die beiden Männer beugten sich über den Plan und studierten ihn ausführlich.

»Sieht gut aus. Das dürften wir hinkriegen«, sagte Peter. Hinnerk nickte zustimmend. »Dann wollen wir mal.«

Während die beiden Männer den Kleintransporter entluden, spazierte ich über das Grundstück. Zu meiner Freude hatte die Baufirma in der Zwischenzeit alle Gerätschaften und Baumaterialien weggeschafft, sodass die Gärtner ungehindert mit den Pflanzungen beginnen konnten. Alle Pflasterarbeiten waren erledigt. Die Sylter Mauer um das gesamte Grundstück herum war ebenso fertig und musste nur noch bepflanzt werden. Dafür waren die Heckenrosen vorgesehen. Lediglich die weiße Gartenpforte fehlte noch. Wir lagen exakt im Zeitplan, Inka würde sich freuen. Ich ging weiter, vermied es aber, direkt an die Stelle zu gehen, an der Pepper den Toten gefunden hatte. Der grauenvolle Anblick in meinem Kopf war noch zu präsent. Trotz allem glitt mein Blick immer wieder ungewollt in diese Richtung. Während ich über die öde, staubige Fläche wanderte, erfasste mich auf einmal eine neuerliche Schwindelattacke. Plötzlich verschwamm alles vor meinen Augen. Schatten, die Wolkenfetzen ähnelten, huschten durch mein Blickfeld. Ich blieb stehen, schloss die Augen und atmete bewusst gleichmäßig. »Ganz ruhig bleiben«, sagte ich leise zu mir selbst, »gleich ist es vorbei.«

»Alles klar, Anna?«, hörte ich Peter rufen, der mit einer Sackkarre einen der Kugelahornbäume an die entsprechende Pflanzstelle fuhr und zu mir rüber sah.

Ich öffnete meine Augen und rief zurück: »Ja, alles okay! Mir war bloß schwindlig. Bestimmt das Wetter!«

Die Sehstörung war zu meiner Erleichterung gänzlich verschwunden, und ich setzte meine Gartenbegehung fort, allerdings war ich mit meinen Gedanken nicht richtig bei der Sache. Mein Gesundheitszustand verunsicherte mich zusehends.

Er reihte sich in eine der Wartespuren an der Verladestation für den Syltshuttle in Niebüll ein. Erfreulicherweise standen nur wenige Wagen an diesem Morgen vor ihm. Das lag einerseits an der frühen Uhrzeit, zum anderen war es mitten in der Woche. Die meisten Urlauber reisten üblicherweise am Wochenende an. Samstag war im Allgemeinen Bettenwechsel auf der Insel, vor allem während der Saison. Er hatte kurz überlegt, sich einen Kaffee im Bistro zu kaufen, aber er hatte zu Hause gefrühstückt. Das Geld konnte er besser sparen. Im Wagen sitzend blätterte er in der Tageszeitung, die er sich an einer Tankstelle gekauft hatte. Nach knapp zehn Minuten Wartezeit ertönte eine Durchsage, und das Signal sprang von Rot auf Grün. Motoren wurden gestartet, und die Autoschlange setzte sich in Bewegung. Im Schritttempo fuhr ein Wagen nach dem anderen auf den bereitstehenden Syltshuttle. Nach weiteren 15 Minuten setzte sich der beladene Zug behäbig in Bewegung. Er ließ den Verladebahnhof hinter sich und rollte zunächst an Häusern vorbei, bis er freie Weideflächen und Felder passierte. Solarfelder glänzten wie spiegelglatte Wasserflächen in der Sonne. Das gleichmäßige Rütteln des Zuges wirkte beruhigend, obwohl er alles andere als ruhig war. Er musste unbedingt persönlich mit Beke sprechen. Die Angelegenheit konnte nicht warten. Er blickte auf den Beifahrersitz, auf dem seine Tasche lag, in der sich der Brief befand. Genau darüber musste er dringend mit ihr sprechen. Der Syltshuttle hatte das Festland hinter sich gelassen und rollte auf dem Hindenburgdamm der Insel Sylt entgegen. Schwärme von Seevögeln stiegen beim Herannahen des Zuges in den Himmel empor. Sie flogen einen weiten Bogen nach links und ließen sich dann an einer anderen Stelle im Watt nieder. Zurzeit herrschte Ebbe, und das Meer gab das Land für einige Stunden frei, das sonst vollständig mit Wasser bedeckt war. Dichte Horste von Schlickgras ragten vereinzelt aus dem graubraunen Schlick hervor und wirkten wie einsame Eilande in einem riesigen Ozean. Der freigelegte Wattboden bot einen reichlich gedeckten Tisch für Seevögel aller Art, denn darin tummelte sich allerlei Getier. Angefangen von Muscheln, Würmern und Schnecken bis hin zu Krebsen. Er faltete die Zeitung zusammen und warf sie achtlos über die Schulter auf den Rücksitz. Während er untätig in seinem Wagen verweilte, trommelte er nervös mit den Fingern auf dem Lenkrad. In dem Fahrzeug vor ihm saßen zwei Leute und küssten sich innig. Vermutlich handelte es sich um ein frisch verliebtes Paar auf dem Weg in den gemeinsamen Urlaub, nahm er an. Er blickte in den Rückspiegel. Der Fahrer des Autos hinter ihm hatte seinen Sitz nach hinten gelehnt und machte allem Anschein nach ein Nickerchen. In Kürze würde der Zug Westerland erreichen. Bis nach Archsum war es ein Katzensprung. Er hatte seinen Besuch bewusst nicht angekündigt. Womöglich hätte seine Schwester versucht, ihm sein Kommen auszureden. Doch er wollte sich nicht einfach am Telefon abwimmeln lassen. Jetzt schon gar nicht. Im Keitumer Bahnhof machte der Zug einen kurzen Zwischenstopp, bevor er sein Ziel Westerland endgültig erreichte. Sobald der Syltshuttle zum Stehen gekommen war, wurden die Motoren der Autos angelassen, Bremsleuchten leuchteten rot auf, und die Blechschlange setzte sich in Bewegung. Nach dem Verlassen des Zuges reihte er sich an der Ampelkreuzung nach rechts in Richtung Keitum ein.

Ich schloss die Haustür auf. Pepper begrüßte mich flüchtig. Er trug einen Knochen in der Schnauze, mit dem er gleich wieder unter der Treppe auf seinem Platz verschwand. Ich hängte meine Jacke an die Garderobe, stellte meine Handtasche neben die Kommode und zog die staubigen Schuhe aus.

»Ich bin zurück!«, rief ich.

Nicks Stimme erklang aus dem Obergeschoss. »Wir sind oben!«

Auf Socken ging ich die Diele entlang zur Treppe. Oben angekommen betrat ich das Kinderzimmer. Nick lag bäuchlings auf dem Fußboden und spielte mit Christopher. Im Hintergrund lief die CD mit Kinderliedern.

»Hallo, Sweety, wie ist es gelaufen?«, fragte Nick und blickte mich erwartungsvoll an.

»Super. Die Jungs haben gute Arbeit geleistet. Wir liegen voll im Zeitplan. Inka wird planmäßig eröffnen können«, berichtete ich und kniete mich zu den beiden auf den Fußboden.

»Das freut mich. Kannst du übernehmen? Ich muss los. Uwe hat vor wenigen Minuten angerufen, er wartet dringend auf mich.«

»Natürlich«, erwiderte ich.

»Ich werde schätzungsweise nicht vor 18.00 Uhr zurück sein«, sagte Nick. Er beugte sich zu Christopher und drückte ihm einen dicken Kuss auf die Stirn. »Ach, ehe ich es vergesse. Uwe hat mir die Telefonnummer einer Haushaltshilfe, einer Frau Scherber, gegeben. Er kennt sie seit vielen Jahren und hat sie uns weiterempfohlen. Sie wohnt bei ihm um die Ecke. Der Zettel mit der Nummer liegt unten in der Küche. Wenn du magst, kannst du sie nachher anrufen und einen Termin vereinbaren. So, ich muss mich sputen. Also, bis später!« Er küsste mich auf die Wange und verschwand nach unten.

»Du? Was willst du denn hier?«

Die Stimme von Beke Hinrichsen klang alles andere als begeistert, als sie die Tür öffnete und ihren Bruder davor stehen sah.

»Ich muss mit dir reden. Sofort«, sagte er.

»Und da tauchst du plötzlich aus heiterem Himmel hier auf? Bist du verrückt geworden? Warum hast du nicht wenigstens vorher angerufen? Der Zeitpunkt könnte nicht ungünstiger sein, Bruno«, gab sie ihm schroff zu verstehen und machte keine Anstalten, ihn hereinzubitten.

»Der Zeitpunkt ist immer ungünstig. Wo ist Hauke? Ist er zu Hause?«, wollte er wissen und schielte an seiner Schwester vorbei ins Hausinnere.

»Hauke ist unterwegs. Er muss arbeiten. Du kannst ihn nicht sprechen. Was willst du von ihm?«

Widerwillig ließ sie ihren Bruder eintreten, da er sich nicht abwimmeln ließ. Bevor sie die Haustür hinter ihnen schloss, vergewisserte sie sich, dass sie keiner der Nachbarn gesehen hatte. Die anwesenden Arbeiter auf dem Hof nahmen ohnehin keinerlei Notiz von ihnen, da sie beschäftigt waren.

»Was ist das?«, fragte Bruno Gräber und hielt Beke einen Briefumschlag unter die Nase. Einige Kaffeeflecke zierten das weiße Papier.

»Ein Brief, nehme ich an. Was soll das sonst sein?«

Er lachte spöttisch. »Tu nicht so ahnungslos! Du weißt ganz genau, was das für ein Brief ist.«

»Nein, ehrlich nicht!«, beteuerte sie. »Außerdem interessiere ich mich nicht für deine Post.«

Sie stolzierte an ihm vorbei in die Küche. Er folgte ihr. Während sie sich an den Küchentisch setzte, blieb er stehen, noch immer den Brief in der Hand.

»Dieser Brief«, schnaubte er und knallte den Umschlag auf den Küchentisch, sodass seine Schwester erschrocken zusammenzuckte, »ist von deinem lieben Ehemann! Darin steht, dass er das Geld bis Monatsende von mir zurückhaben will. Und zwar alles!«

Beke Hinrichsen wusste nicht, was sie erwidern sollte. Sie hatte mit dem plötzlichen Auftauchen ihres Bruders nicht gerechnet. Normalerweise war das nicht seine Art.

»Ich wusste wirklich nichts davon, Bruno. Ich verspreche dir, dass ich mit Hauke reden werde«, versicherte sie ihrem Bruder. Sie musste einen kühlen Kopf bewahren und ihn bei Laune halten. Unter keinen Umständen durfte er die Nerven verlieren. Das konnte unangenehme Folgen für alle bedeuten. »Setz dich, Bruno, und beruhige dich.

Möchtest du einen Kaffee oder ein Wasser? Du kannst auch gern ein Bier haben. Gib mir bitte diesen Brief, ich will ihn mir mal ansehen. Hauke hat es sicher nicht ernst gemeint. Er hat im Moment viel Stress.«

»Einen Kaffee, bitte«, erwiderte er und reichte seiner Schwester widerstandslos den Brief.

Seine Aufregung verebbte, und er wirkte eine Spur gefasster. Beke nahm die Veränderung erleichtert zur Kenntnis.

»Du weißt, dass ich euch das Geld nicht auf einen Schlag zurückzahlen kann«, begann er. »Das war nie Bestandteil der Abmachung! Das weiß Hauke ebenso gut wie du. Was soll das also?«

»Beruhige dich, Bruno. Ich kenne die Abmachung. Das ist sicher weiter nichts als ein Missverständnis. Ich versichere dir, ich spreche mit Hauke, sobald er zurück ist. Das kriegen wir hin. Mach dir keine Sorgen.« Sie stellte die Kaffeemaschine an und nahm einen Becher aus dem Schrank.

»Wenn ihr mich linken wollt, kann ich auch anders. Dann gehe ich zur Polizei.« Er machte eine Pause und kaute an seinem Daumennagel. »Ich habe nichts zu verlieren«, fügte er hinzu.

Wachsam beobachtete Beke ihren Bruder. Er sah schlecht aus. Seine dunklen Augen wirkten müde in dem ohnehin farblosen Gesicht. Sein Haar war viel zu lang. Ein vernünftiger Haarschnitt war längst überfällig. In dem Maße verzweifelt, wie Bruno sich gab, würde er seine Drohung am Ende doch in die Tat umsetzen, befürchtete Beke. Diese Erkenntnis traf sie wie ein Schlag. Ihr wurde plötzlich heiß. Diese Seite an ihrem Bruder kannte sie bislang nicht. Bis zum heutigen Tage konnte sie sich darauf verlassen, dass er am Ende das tat, was sie von ihm verlangte. Sie versuchte, sich ihre Unsicherheit nicht anmerken zu lassen, und goss Kaffee in die Tasse, die sie vor ihm auf dem Küchentisch abstellte.

»Hier bitte! Milch und Zucker stehen auf der Fensterbank.«

»Danke«, murmelte er.

Dann griff er nach dem Kaffeebecher. Die heiße Tasse hinterließ einen kreisrunden Abdruck auf der geblümten Wachstischdecke, als er sie anhob und zum Mund führte. Beke hoffte, dass sich ihr Mann recht viel Zeit ließ mit seiner Heimkehr. Ein Zusammentreffen der beiden Männer wollte sie in der jetzigen Situation unbedingt vermeiden. Sie erwartete Hauke nicht vor dem frühen Abend zurück. Bis dahin, wünschte sich Beke, würde ihr Bruder die Insel längst wieder verlassen haben. Während Bruno den Kaffee trank und wortlos vor sich hinstarrte, überlegte sie fieberhaft, was sie als Nächstes tun sollte. Er konnte in der Tat ihre Pläne durchkreuzen. Plötzlich hatte sie die rettende Idee.

»Ich bin gleich wieder da!«, sagte sie und erhob sich von ihrem Küchenstuhl.

»Wo willst du hin?«, fragte Bruno.

»Warte kurz!«

Nach wenigen Minuten kam sie in die Küche zurück und streckte ihrem Bruder einen dicken Umschlag entgegen. Dieser begutachtete misstrauisch das braune Päckchen vor seiner Nase.

»Was ist das?«

»Nimm!«, drängte sie ihn.

Zögernd griff Bruno nach dem Umschlag. Er öffnete ihn und warf einen flüchtigen Blick hinein, der ihn stutzig machte.

»Was soll das?«, wollte er wissen. Ein misstrauischer Unterton lag in seiner Stimme.

»Ich habe all die Jahre ein bisschen Geld zur Seite geschafft. Nimm es. Hauke braucht davon nichts wissen. Wir müssen als Geschwister zusammenhalten.« Ein verschwörerisches Lächeln umspielte ihren Mund. »Ich will dir helfen, Bruno. In dem Umschlag befinden sich darüber hinaus ein paar Schmuckstücke von Mutter. Du sollst sie haben. Mir ist egal, was du damit anstellst, sie gehören dir. Vielleicht möchtest du sie verkaufen oder als Erinnerungsstücke behalten. Ich trage nichts davon, denn sie haben für mich keinen sentimentalen Wert. Es ist schlichtweg Metall.«

»Danke, aber sie sind wertvoll«, murmelte Bruno und fragte sich, was seine Schwester zu diesem Sinneswandel bewegt haben könnte.

Diese Großzügigkeit kannte er nicht von ihr. Hatte sie Ärger mit ihrem Mann oder bekam sie kalte Füße und wollte ihn auf diese Art milde stimmen? Wie es auch sei, er konnte das Geld dringend gebrauchen. Er wollte die Gelegenheit beim Schopfe packen. Bislang war stets er derjenige gewesen, der leer ausgegangen war. Beke lächelte und schielte immer wieder nervös zur Küchenuhr. Ihre Unruhe blieb Bruno nicht verborgen. Daher beschloss er, sich umgehend auf den Weg zu machen, bevor sie es sich wohlmöglich anders überlegte. Seine Mission war erfüllt und erfolgreicher, als er zu träumen gewagt hatte.

»Ich mach mich auf den Heimweg«, teilte er seiner Schwester mit, trank den letzten Tropfen Kaffee aus und erhob sich. »Danke für den Kaffee und das hier.« Er drehte den Umschlag in seiner Hand hin und her.

»Gerne«, erwiderte Beke und steckte ihre Hände in die Taschen ihrer Kittelschürze.

Ihre Anspannung löste sich langsam. Sie brachte ihn zur Haustür.

»Also, bis demnächst«, verabschiedete er sich und begab sich zu seinem Wagen, den er auf dem Hof geparkt hatte.

»Gute Fahrt!«, sagte seine Schwester und konnte kaum erwarten, dass er einstieg und losfuhr.

Als Bruno den Motor startete, war sie bereits im Inneren des Hauses verschwunden.

Bruno fühlte sich befreit. Dass seine Schwester dermaßen schnell einlenkte, hatte er nicht erwartet. Gut, dass ihr Mann Hauke nicht zu Hause war. Er konnte ihn nicht ausstehen. Ein unangenehmer Zeitgenosse, selbstherrlich, überheblich und ohne Manieren. Aber er passte hervorragend zu seiner Schwester. Sie war ebenso geldgierig und machtbesessen wie er. Bruno fuhr mit seinem klapprigen Wagen in Richtung Westerland. Aus einer spontanen Laune heraus hielt er an einer Tankstelle und kaufte sich zur Feier des Tages eine Flasche Korn. Im Auto sitzend öffnete er die Flasche und nahm einen kräftigen Schluck daraus. Die Flüssigkeit lief ihm brennend die Kehle hinunter. Das tat gut, obwohl sein Selbstgebrannter um Längen besser schmeckte. Normalerweise trank er wochentags keinen Alkohol, aber nach diesem unerwarteten Erfolg gönnte er sich eine kleine Belohnung. Er nahm gleich einen weiteren Schluck. Mehr aber nicht, denn er musste fahren. Dass er um diese Zeit in eine Polizeikontrolle geriet, glaubte er zwar nicht, aber sicher war sicher. Er schraubte die Flasche fest zu. Vielleicht würde er sich auf der Fähre noch ein kleines Schlückchen genehmigen. Entschieden legte er die Flasche in den Fußraum der Beifahrerseite und machte sich auf den Weg zum Lister Hafen.

Das Telefon klingelte. Christopher war gerade eingeschlafen, und ich hoffte, er würde durch das Klingeln nicht aufwachen. Daher beeilte ich mich abzunehmen.

»Hallo, Anna! Hier ist Stella.«

»Stella. Was kann ich für dich tun?«, fragte ich und konnte meinen Unmut über diesen Anruf schwer verbergen.

»Ich wollte hören, wie es dir geht. Was macht der kleine Christopher?«, flötete sie.

»Christopher schläft. Und auch sonst ist alles in bester Ordnung«, versicherte ich ihr widerstrebend.

»Hast du Lust, dich mit mir in der Stadt zu treffen?«

»Ehrlich gesagt habe ich keine Zeit.« Das war nicht einmal gelogen.

»Schade. Ist Nick arbeiten?«, wollte sie wissen.

»Ja. Weshalb fragst du?«

»Nur so. Hat dir das Tuch gefallen, das wir für dich zusammen ausgesucht haben? Nick ist wirklich rührend. Da er mich gebeten hatte, ihm beim Aussuchen zu helfen, konnte ich schlecht Nein sagen. Männer können manchmal derartig hilflos sein.«

»Hat er das? Dich gebeten, ihm zu helfen?« Nicks Version dieses Zusammentreffens hatte ich anders in Erinnerung. Innerlich kochte ich vor Wut.

»Er ist ein toller Mann. Ein wahrer Gentleman. Leider war ich anschließend verhindert und musste seine Einladung zum Essen ausschlagen.«

»Das ist wirklich schade gewesen«, erwiderte ich und schluckte eine bissigere Bemerkung herunter. Niemals würde Nick Stella zum Essen einladen, da war ich mir 100-prozentig sicher. Er wusste, dass ich sie nicht mochte. »Stella, wenn du nichts Wichtiges vorzubringen hast, würde ich gerne mit meiner Arbeit fortfahren.«

Ich wollte mir keine Minute länger mehr ihre Lügengeschichten anhören. Ich vertraute Nick, er hatte mich nicht belogen. Eigentlich war dieser klägliche Versuch Stellas, mich gegen meinen Mann auszuspielen, geradezu lächerlich. Trotzdem brachte er mich in Rage.

»Ich melde mich die Tage, vielleicht hast du dann mehr Zeit«, beendete Stella das Gespräch.

»Ja, vielleicht.« Ich war überzeugt, dass der Grund ihres Anrufes lediglich dazu diente, mir die Geschichte in ihrer Version unter die Nase zu halten.

Ich legte auf und setzte mich aufs Sofa. Was bezweckte Stella mit diesem Spiel? Glaubte sie allen Ernstes, dass sie auf diese Art und Weise einen Keil zwischen Nick und mich treiben konnte? Dass sie ihn sogar für sich gewinnen könnte? War das ihr Beweggrund? Unglaublich, was sich manche Menschen einfallen ließen. Sie verfolgte ihr Ziel hartnäckig und mit allen Tricks, das musste ich neidlos anerkennen, auch wenn es mir schwerfiel, ihr Verhalten nachzuvollziehen. Ich ging nach oben in mein Büro, um zu arbeiten, bis Christopher aufwachte. Stellas Anruf beschäftigte mich eine Zeit lang. Das hatte sie immerhin geschafft.

»Was ist los mit dir?«, erkundigte sich Nick bei Uwe.

»Nichts«, erhielt er als Antwort.

Sie waren gemeinsam mit dem Auto unterwegs, um Dörte Winkler ein weiteres Mal zu befragen.

»Du bist irgendwie schlecht drauf.«

Uwe schnaufte. »Erstens habe ich Hunger, zweitens habe ich mich über diesen von Brömmberg geärgert. Der Typ geht gar nicht. Es wird höchste Zeit, dass der Achtermann aus dem Urlaub zurückkommt. Der ist manchmal anstrengend, aber bei Weitem nicht so ein komischer Kauz wie dieser adlige Sprössling«, ereiferte sich Uwe.

»Was hat er dir getan?«

»Ich habe ihn gebeten, einen Haftbefehl für die Winkler bei der Richterin zu erwirken, aber er teilt meine Ansicht nicht. Ihm fehlen aussagekräftige Beweise. Ich habe ihm unsere bisherigen Ermittlungsergebnisse im Detail präsentiert und darauf hingewiesen, dass zu befürchten ist, dass sich die Dame aus dem Staub macht.«

»Aber das sieht er anders«, vermutete Nick.

»Ja, er ist der Ansicht, wir sollten die arme Frau nicht behelligen, sie wäre ohnehin genügend gestraft. Wir sollten bei aller Recherche nicht vergessen, dass sie gerade einen schweren Verlust erlitten hätte. Blaublütiger Lackaffe!«, grollte Uwe.

»Ich glaube, Luhrmaier hat recht, der Typ hat den falschen Job«, pflichtete Nick dem Kollegen bei. »Ich habe vorhin mit den Kollegen in Niebüll telefoniert. Der Mann mit dem Pickup heißt Julian Häger. Er betreibt eine Motorrad-Werkstatt, ist 45 Jahre alt und bisher nicht aufgefallen, abgesehen von zwei Bußgeldverfahren wegen Geschwindigkeitsüberschreitung.«

»Hm«, überlegte Uwe. »Das ist eine schwache Ausbeute. Wir sollten ihm trotzdem morgen einen Besuch abstatten oder die Kollegen ein weiteres Mal hinschicken.«

Sie bogen in die Straße ein, in der das Bauunternehmen der Winklers lag.

»Sieh mal an!«, bemerkte Nick. »Ich glaube, den Weg nach Niebüll können wir uns sparen.«

Auf dem kleinen Hof parkte ein auffälliger Pickup. Ein bullig wirkender Mann wuchtete gerade einen schweren Koffer vom Beifahrersitz, als Nick mit seinem Wagen direkt daneben hielt.

»Moin«, grüßte Uwe beim Aussteigen. »Gehört das Fahrzeug Ihnen?«

»Wer will das wissen?«, antwortete der Mann gereizt, der Uwe an Körpergröße um einiges überragte.

An beiden Unterarmen waren Tätowierungen zu erkennen. Ein breites Lederarmband zierte sein rechtes Handgelenk. Uwes Magen knurrte laut. Ihm war flau vor Hunger, und jetzt musste er sich diese dumme Frage gefallen lassen.

»Julian Häger?«, fragte Nick.

»Richtig. Was wollen Sie von mir?«

»Kripo Westerland. Wir haben ein paar Fragen an Sie.«

In diesem Moment öffnete sich die Haustür, und Dörte Winkler kam heraus.

»Julian, hast du …« Sie verstummte augenblicklich, als sie Nick und Uwe erblickte. Man konnte ihr deutlich ansehen, dass sie nicht mit den beiden gerechnet hatte. Sie wirkte unsicher.

»Moin, Frau Winkler«, wurde sie von Uwe begrüßt.

»Haben Sie endlich Neuigkeiten im Mordfall an meinem Mann?«, erkundigte sie sich. Sie hatte ihre Fassung schnell wiedererlangt.

»Wir möchten gerne mit Ihnen sprechen. Können wir reingehen?«

Sie zögerte für einen kurzen Augenblick, drehte sich dann auf dem Absatz um und öffnete die Tür.

»Sie bitte auch«, forderte Nick Julian Häger auf, der sich in seinen Wagen setzen wollte. Er kam der Aufforderung unverzüglich nach. Im schmucklosen Flur des Hauses stand ein weiterer gepackter Koffer.

»Sie wollen verreisen?«, erkundigte sich Uwe.

»Ich brauche dringend einen Tapetenwechsel«, erklärte Dörte Winkler mit weinerlicher Stimme.

»Frau Winkler, Sie haben uns nicht die Wahrheit gesagt«, begann Nick. »Was haben Sie dazu zu sagen?«

»Ich habe keine Ahnung, was Sie andeuten wollen«, gab sie zurück.

»Keine Spielchen, bitte. Sie wissen, wovon ich spreche.«

Sie schwieg und sah zu Julian Häger, der hilflos Kaugummi kauend neben ihr stand. Die Hände in den Hosentaschen vergraben, dabei wippte er nervös auf den Zehenspitzen.

»Frau Winkler?«, hakte Uwe nach.

Doch sie antwortete nicht. Stattdessen sah sie unschlüssig umher.

»Okay. Wir wissen, dass sich Ihre Mutter seit über zwei Wochen in einer Rehabilitationseinrichtung befindet. Trotzdem haben Sie ausgesagt, dass Sie zum fraglichen Zeitpunkt bei ihr gewesen sein wollen. Und zwar zu Hause in ihrer Wohnung.« Nicks Blick fiel auf den

Couchtisch, auf dem sich ein Kuvert mit dem Logo eines Reisebüros befand.

»Wann soll's losgehen?«, fragte er provokativ.

»Frau Winkler, bitte beantworten Sie unsere Fragen. Sie können gern einen Anwalt hinzuziehen, wenn Sie das wünschen«, versuchte Uwe, die Frau zum Sprechen zu bewegen.

»Sie sehen doch, dass Dörte das alles sehr mitnimmt. Ein bisschen mehr Rücksicht kann man wohl verlangen«, schaltete sich plötzlich Julian Häger ein.

»Sie halten sich lieber im Hintergrund. Zu Ihnen kommen wir noch«, erstickte Uwe den Verteidigungsversuch des Mannes im Keim.

Dieser verstummte daraufhin schulterzuckend.

»Ich brauche keinen Anwalt.« Dörte Winkler schien sich aus ihrer Starre gelöst zu haben. »Ich habe nichts zu befürchten, denn ich habe Roland nicht umgebracht.«

»Warum haben Sie uns dann von Anfang an nicht gleich die Wahrheit gesagt?«, fragte Uwe nach.

»Wenn ich Ihnen gesagt hätte, dass ich ein Verhältnis habe, hätten Sie mich sofort verdächtigt, stimmt's?« Sie sah die beiden Polizisten eindringlich an. »Außerdem wollte ich Julian aus der Sache raushalten. Er hat mit alledem nichts zu tun.«

»Dazu gibt es unterschiedliche Sichtweisen. Es kann ebenso gut sein, dass Sie es leid waren, dass Ihr Mann Sie betrügt und demütigt. Alle Welt auf der Insel wusste davon. Wollen Sie mir weismachen, dass Ihnen das egal war? Sie haben keinen anderen Ausweg mehr gesehen und ihn eiskalt umgebracht. Da Sie körperlich nicht in der Lage waren, die Leiche allein wegzuschaffen, haben

Sie sich an Ihren Freund gewandt. Mit ihm zusammen haben Sie den Leichnam beseitigt, indem Sie ihn auf einer Baustelle vergraben haben. Wie passend. Und jetzt wollten Sie beide sich heimlich aus dem Staub machen.« Uwe deutete auf das Gepäckstück im Flur.

»Hey, Mann, das reicht, okay?«, polterte Häger los. »Dörte, sag, dass das nicht stimmt.«

Sie schwieg.

»Frau Winkler, Herr Häger, Sie sind vorläufig festgenommen. Sie werden uns aufs Revier begleiten«, sagte Uwe, bevor Nick ihn zurückhalten konnte.

Eine Festnahme ohne richterliche Genehmigung würde auf jeden Fall Ärger geben. Uwe handelte über Brömmbergs Kopf hinweg.

»Moin, Ihren Führerschein und die Fahrzeugpapiere, bitte«, sagte der Beamte und schielte ins Innere des Wagens.

»Warum?«, erkundigte sich Bruno Gräber und kramte fahrig nach den Papieren in seiner Brieftasche. Als er sie endlich hervorgezogen hatte, reichte er sie dem Polizeibeamten.

»Es handelt sich um eine allgemeine Verkehrskontrolle«, erwiderte dieser und warf einen Blick auf die Dokumente.

»Mitten am Tag? Gibt es dafür einen bestimmten Grund?«

Der Beamte zuckte gleichgültig mit den Schultern. Eine Polizeibeamtin ging derweil langsam um den Wagen herum und begutachtete ihn eingehend. Bruno beobachtete sie mithilfe des Rückspiegels und der Außenspiegel. Er fühlte sich in Gesellschaft der Gesetzeshüter zunehmend unwohl. Die Beamtin inspizierte den Wagen von oben bis unten.

»Suchen Sie etwas Bestimmtes?«, fragte Bruno und versuchte ruhig zu bleiben, schließlich hatte er nichts zu verbergen.

»Darf ich fragen, woher Sie kommen und wohin Sie wollen?«

»Ich habe Verwandte auf der Insel besucht und bin auf dem Weg nach Hause aufs Festland. Das ist nicht verboten.«

»Nein. Haben Sie Alkohol getrunken oder sonstige berauschende Mittel konsumiert?«

»Sie meinen, ob ich Drogen genommen habe?«, fragte Bruno überrascht nach.

»Beispielsweise.«

»Natürlich nicht«, beteuerte Bruno Gräber.

»Aber Alkohol haben Sie getrunken, oder?«, hakte der Beamte nach.

»Wie kommen Sie darauf?«, erwiderte Bruno empört.

Der Polizeibeamte deutete auf die angebrochene Flasche im Fußraum des Wagens. »Und was ist das da?«

»Die ist für später«, erklärte Bruno.

»Soso, für später«, wiederholte der Polizist mit einem Grinsen. Diese Ausreden waren ihm allzu geläufig.

Bruno bemerkte den Blick des Beamten, der zu dem braunen Umschlag auf dem Beifahrersitz wanderte. Insgeheim verfluchte er sich dafür, dass er ihn offen liegen gelassen hatte. Er versuchte, unauffällig seine Jacke darüber zu schieben, doch es war zu spät, das Interesse des Polizisten war geweckt.

»Steigen Sie bitte langsam aus«, wurde Bruno aufgefordert.

»Weshalb? Ich habe nichts verbrochen«, maulte Bruno.

»Bitte machen Sie keine Schwierigkeiten. Das ist reine Routine.«

Bruno tat, wie ihm geheißen, wenn auch widerwillig. Er schnallte sich ab, öffnete die Fahrertür und stieg aus dem Auto. Zwischenzeitlich hatte sich die Polizistin, die eben sein Auto genau unter die Lupe genommen hatte, zu ihnen gesellt. Sie flüsterte ihrem Kollegen etwas zu. Dieser nickte stumm. Dann ging er mit Brunos Papieren zu dem Streifenwagen, der ein paar Meter entfernt parkte. Gleich darauf kam er zurück.

»Mit den Papieren ist alles in Ordnung. Würden Sie bitte den Kofferraum öffnen?«, sagte er.

»Warum? Ich denke, es ist alles in Ordnung.«

»Öffnen Sie ihn bitte!«

»Okay, aber ich kann Ihnen versichern, Sie werden nichts Interessantes finden«, stellte Bruno klar.

»Das werden wir sehen«, erwiderte die Polizistin gelassen.

Zähneknirschend ging Bruno zum Heck seines Wagens und öffnete wie gewünscht die Kofferraumklappe.

»Bitte sehr! Wie ich sage, nichts Aufregendes«, sagte er und deutete demonstrativ in das Innere des Kofferraumes.

Der Polizist trat einen Schritt näher und verschaffte sich einen Überblick über den Inhalt des Kofferraums. Neben einem Warndreieck, einem Verbandskasten, dessen Haltbarkeitsdatum längst überschritten war, ein paar abgewetzten Schuhen, einer alten Decke und zwei Plastikkanistern befand sich tatsächlich nichts Verdächtiges darin.

»Was ist da drin?«, fragte der Beamte und hob einen dunklen Stoffbeutel hoch. Man konnte Metall gegeneinander schlagen hören. Er wurde hellhörig.

»Werkzeug«, erwiderte Bruno Gräber knapp.

»Wozu brauchen Sie das?«, fragte der Polizist mit gerunzelter Stirn und warf einen Blick in das Innere des Beutels.

»Um Dinge zu reparieren. Ist das verboten?«

»Und was bewahren Sie in den Kanistern auf?«, stellte der Gesetzeshüter die nächste Frage.

»Chemikalien«, war Brunos kurze Antwort auf diese Frage.

»Aha. Geht es etwas genauer? Welche und wozu benötigen Sie die?« Der Beamte wirkte zunehmend genervter. Die Kollegin rollte mit den Augen.

»Die brauche ich für meine tägliche Arbeit, aber die Kanister sind leer«, erklärte Bruno und steckte beide Hände in die Taschen seiner ausgebeulten Jeans.

Er trat unruhig von einem Fuß auf den anderen. Warum interessierte sich die Polizei so sehr für ihn?

»Sind Sie mit einem Alkoholtest einverstanden?«, fragte der Polizist plötzlich, als Bruno schon geglaubt hatte, endlich weiterfahren zu können.

»Aber ich habe nichts getrunken«, stammelte er.

Da fielen ihm die zwei Schlucke aus der Schnapsflasche von der Tankstelle ein. Mist, fluchte er innerlich.

»Dann haben Sie nichts zu befürchten«, erklärte der Beamte mit einem zufriedenen Gesichtsausdruck.

Der Polizist reichte Bruno ein kleines Gerät und forderte ihn auf, kräftig in die Öffnung zu pusten. Bruno folgte der Aufforderung, blies ordnungsgemäß hinein und gab das Gerät zurück. Nervös verfolgte er den Gesichtsausdruck des Polizeibeamten. Seine Kollegin schielte ihm neugierig über die Schulter. Sie war ausgesprochen jung. Vermutlich lag ihre Ausbildungszeit noch nicht sehr lange zurück.

»Hm, da haben Sie Glück gehabt.«

Bruno atmete erleichtert aus und lächelte.

»Habe ich doch gesagt. Kann ich weiterfahren?«, wollte er wissen.

Die junge Polizistin drehte sich zu dem Kollegen und flüsterte etwas, was Bruno nicht verstehen konnte, denn ausgerechnet in diesem Augenblick fuhr ein Laster mit lautem Getöse an ihnen vorbei, und jegliches Geräusch ging bei diesem Lärm unter.

»Was befindet sich in dem Umschlag auf dem Beifahrersitz?«, fragte der Beamte in ernstem Ton.

»Das geht Sie nichts an!«, platzte es aus Bruno heraus. Im selben Moment bereute er seine Antwort.

Sein Gegenüber zog verwundert eine Augenbraue hoch und ging wortlos zur Beifahrertür des Wagens. Er öffnete sie und nahm den Umschlag heraus.

»Das dürfen Sie nicht einfach!«, protestierte Bruno und wollte auf den Mann zu stürmen.

Doch die Polizistin stellte sich ihm in den Weg. Bruno musste mit ansehen, wie der Polizist den Umschlag öffnete. Er stieß einen Pfiff aus.

»Was haben wir denn hier?«, verkündete er mit triumphierender Miene. »Ich hoffe, Herr Gräber, Sie haben dafür eine verdammt gute Erklärung.«

Nick und Uwe saßen mit vier weiteren Kollegen in einer Teambesprechung, als von draußen auf dem Flur laute Stimmen zu ihnen drangen.

»Was zum Teufel ist da los?«, polterte Uwe und sprang verärgert von seinem Stuhl auf. Er hatte unbändigen Hunger, und seine Stimmung war daher auf dem Tiefpunkt angelangt. Wutentbrannt riss er die Tür des Besprechungszimmers auf und trat auf den Flur.

»Geht das vielleicht ein bisschen leiser?«

Die Stimmen verstummten. Kopfschüttelnd zog er die Tür hinter sich zu und setzte sich zurück auf seinen Platz. Die Kollegen sahen ihn an, aber niemand wagte, ein Sterbenswörtchen zu sagen. Uwe hatte eindeutig schlechte Laune. Sie wussten, dass er bei Hunger in kürzester Zeit von einem gelassenen, ruhigen Mann zu einem aggressiven, reizbaren Raubtier werden konnte. Jeder auf dem Revier vermied es, sich ihm in dieser Stimmung in irgendeiner Weise zu widersetzen.

»Also, wo waren wir stehen geblieben?«, fuhr Uwe fort, strich sich über den Vollbart und blickte fragend in die Runde.

»Flusssäure«, sagte daraufhin einer der Anwesenden.

»Richtig. Wir wissen mittlerweile, welche Firma die Flusssäure hergestellt hat, mit der das Opfer in Berührung kam. Das hat die Laboranalyse zweifelsfrei ergeben. Als nächsten Schritt gilt es, alle Lieferanten zu überprüfen. Ich weiß, das ist eine undankbare Aufgabe, aber unumgänglich. Wer von euch übernimmt das?« Uwe blickte erwartungsvoll in die Runde. Zwei Arme schnellten nach oben. »Okay, Marco und Henrike, ihr übernehmt das. Nick und ich kümmern uns um die Verdächtigen Winkler und Häger. Da wäre noch …«

Bevor Uwe weiterreden konnte, klopfte es zaghaft an der Tür. Nick stand auf und ging hinaus. Es dauerte keine Minute und er kehrte zurück. Er signalisierte Uwe, ihm vor die Tür zu folgen.

»Ich denke, wir sind für heute durch. Noch Fragen?

Jeder weiß, was er zu tun hat«, beendete Uwe die Sitzung, als keine Einwände kamen.

Die Kolleginnen und Kollegen sprachen durcheinander, und Uwe verließ den Raum.

»Was gibt's?«, fragte er Nick, der vor der Tür auf ihn wartete.

»Die Kollegen von der Streife haben einen interessanten Fang gemacht. Das sollten wir uns ansehen.«

Sie begaben sich eine Etage tiefer in eines der Vernehmungszimmer.

»Moin, Herr Gräber! Mein Name ist Uwe Wilmsen, Kripo Westerland, mein Kollege, Nick Scarren«, stellte Uwe sie kurz vor, als sie das Zimmer betraten.

»Kripo?«, fragte Bruno Gräber irritiert und sah die beiden Männer mit großen Augen an. »Ich verstehe nicht ...« Er saß blass und zusammengesunken wie ein Häufchen Elend auf seinem Stuhl und knetete nervös seine dünnen Finger. Seine Hände waren rau, und die Nagelhaut war an einigen Stellen eingerissen. »Ich habe nichts verbrochen«, murmelte er vor sich hin. »Ich habe mit der ganzen Sache nichts zu tun, das müssen Sie mir glauben.«

Sein Blick hatte etwas Flehendes. Er glich einem weidwunden Tier, das darum bangte, am Leben bleiben zu dürfen. Nick betrachtete den Mann aufmerksam. Er war dünn und schlaksig, sein Gesicht schmal, in dessen Mitte eine außerordentlich lange Nase das Hauptaugenmerk des Betrachters auf sich lenkte. Die dunklen Augen standen dicht zusammen und lagen tief in ihren Höhlen. In gewisser Weise erinnerte er an Pinocchio, die Titelgestalt eines Kinderbuchs.

»Von welcher ›Sache‹ sprechen Sie, Herr Gräber?«, fragte Nick und hielt Blickkontakt zu Uwe.

Bruno Gräber fühlte sich zunehmend in die Enge getrieben und begann zu schwitzen.

»Herr Gräber«, fuhr Nick besonnen fort, denn er musste so viele Informationen aus dem Mann herausbekommen wie möglich, »die Kollegen haben in Ihrem Wagen eine ansehnliche Menge Bargeld sowie einige sehr wertvolle Schmuckstücke sichergestellt. Würden Sie uns bitte erklären, wie beides in Ihren Besitz gelangt ist?«

»Die Sachen gehören mir. Ich bin der rechtmäßige Besitzer.«

»In Ihrem Kofferraum befand sich darüber hinaus ein Beutel mit diversem Werkzeug. Unter dem Fahrersitz haben wir eine Taschenlampe und ein Paar Handschuhe gefunden. Finden Sie nicht, dass das sehr auf einen Einbruch hindeutet?«

Bruno Gräber sah Nick entgeistert an. Für einen Moment schien er die Sprache verloren zu haben.

Dann stotterte er: »Sie glauben doch nicht tatsächlich, dass ich irgendwo eingebrochen bin und die Dinge gestohlen habe?« Erst jetzt wurde ihm bewusst, warum er festgehalten wurde. Ein Ausdruck der Fassungslosigkeit huschte über sein Gesicht. Dann Panik gepaart mit Angst.

»Was sollen wir Ihrer Ansicht nach glauben?«, fragte Uwe. »Uns wurde vor wenigen Stunden ein Einbruch gemeldet, bei dem Schmuck und Bargeld entwendet wurden. Seltsamer Zufall, nicht wahr?«

Bruno Gräber blickte auf. Ein kalter Schauer durchlief ihn.

»Wo war der Einbruch?«, fragte er mit brüchiger Stimme.

»Das müssten Sie besser wissen«, konterte Nick.

In Brunos Kopf arbeitete es. »In Archsum, habe ich recht?«, sagte er leise vor sich hin. Plötzlich lächelte er, und gleich darauf begann er, lauthals zu lachen. Sein Lachen steigerte sich. Es entstand der Eindruck, als würde er jeden Moment komplett den Verstand verlieren. Von einer auf die andere Minute erstarb sein Lachen.

»Sie waren es!«, sagte er mit versteinerter Miene.

»Wie bitte? Wovon reden Sie?«, wollte Uwe wissen.

»Sie wollten mich in eine Falle locken.« Bruno Gräber starrte mit aufgerissenen Augen vor sich hin.

»Herr Gräber, könnten Sie bitte präziser werden. Wer wollte Sie in eine Falle locken und weshalb?«, drängte Uwe. Er verstand gar nichts mehr.

Nick stand mit dem Rücken an die Wand gelehnt und hatte die Arme vor der Brust verschränkt. Er versuchte, sich einen Reim auf die Situation zu machen.

»Der Brief«, fuhr Bruno Gräber fort. Uwe verstand nicht, was sein Gegenüber damit sagen wollte. »Haben Sie den Brief aus meinem Auto genommen?« Gräber hob den Kopf, sah jedoch weder Uwe noch Nick dabei an.

»Nein. Wir wissen nichts von einem Brief. Was hat es damit auf sich?«, erkundigte sich Uwe und sah zu Nick, der ratlos die Schultern hob.

»Dann muss er noch im Haus sein«, stellte Bruno Gräber fest. »Ja, ich habe ihn dort gelassen.«

Er wirkte wie in Trance.

»Sie geben also zu, in das Haus eingebrochen zu sein und sowohl das Bargeld als auch den Schmuck an sich genommen zu haben«, versuchte Uwe, dem Verdächtigen ein Geständnis zu entlocken. Er war kurz davor, einen Arzt zu rufen, als Bruno Gräber weitersprach.

»Nein, nein.« Bruno Gräber schüttelte energisch den Kopf und blickte die Beamten nacheinander an. »Sie verstehen das nicht!«

»Dann erklären Sie es uns bitte!«, forderte Nick ihn auf.

»Der Brief muss sich noch im Haus von Beke befinden.«

»Beke?« Uwe und Nick sahen einander verdutzt an. Die Geschichte schien eine vielversprechende Richtung einzuschlagen.

»Ich glaube, wir müssen dringend etwas klären, Herr Gräber«, verkündete Uwe und zog seinen Stuhl näher an den Tisch.

Gräber war mit den Nerven am Ende, vergrub sein Gesicht in beiden Händen und begann hemmungslos zu schluchzen.

Nachdem ich Christopher nach seinem Mittagsschlaf gewickelt hatte und wir ausgiebig miteinander gespielt hatten, unternahmen wir einen ausgedehnten Spaziergang mit Pepper. Jetzt nahm ich ihn mit in die Küche. Ich musste mich um die Wäsche kümmern, die ich zuvor im angrenzenden Hauswirtschaftsraum in die Waschmaschine gesteckt hatte. Ich setzte Christopher auf seine Spieldecke und gab ihm ein Holz-Steck-Puzzle. Sofort griff er danach. Damit würde er eine Weile beschäftigt sein. Er war ein unkompliziertes, ruhiges und genügsames Kind. Das ganze Gegenteil zu anderen Kindern, die ich im Freundes- und Bekanntenkreis erlebt hatte. Wir hatten großes Glück mit unserem Sohn. Ich wünschte mir, dass es dabei bliebe. Während ich die Wäsche aus der Maschine holte und sie anschließend in den Trockner stopfte, wanderten meine Gedanken zu Stella. Ich hatte sie ein weiteres Mal vor den Kopf gestoßen, indem ich ihre Einladung ausgeschlagen hatte. Im Nachhinein fühlte ich mich deswegen unwohl. Vielleicht hatte ich zu hart reagiert. Ich kannte ihre Art und ärgerte mich über sie, weil sie mich belogen hatte. Ich schaltete den Trockner ein und ging in die Küche zurück, um mir ein Glas Wasser zu nehmen. Meine Kopfschmerzen waren zurückgekehrt, außerdem hatte ich zusätzlich Rückenschmerzen bekommen. In der Nierengegend spürte ich ein unangenehmes Ziehen. Vermutlich hatte ich mich nicht warm genug angezogen und deswegen erkältet. Hoffentlich brütete ich keine Nierenbeckenentzündung aus. Darauf konnte ich gut verzichten. Auf der Baustelle heute Morgen war mir nicht kalt gewesen, erinnerte ich mich. Christopher gab unverständliche Laute von sich und riss mich aus meinen Gedanken. Ich kniete mich neben ihn auf die Decke. Er hielt mir ein Puzzleteil hin und freute sich, als ich es ihm abnahm und auf die richtige Stelle legte. Er versuchte mit einem anderen Teil, es mir nachzumachen. Er wurde von Tag zu Tag geschickter und interessierte sich mehr und mehr für seine Umwelt. Während er spielte, widmete ich mich der »Sylter Rundschau«, die auf dem Küchentisch lag. Bislang war ich nicht dazu gekommen, sie zu lesen. Pepper lag unweit von uns auf dem Küchenboden und döste vor sich hin. Als Christopher vorhin schlief, hatte Nick angerufen und mir mitgeteilt, dass er heute wahrscheinlich später kommen würde. Die Küchenuhr über der Tür verriet mir, dass es kurz vor 18.00 Uhr war. Zeit, Christopher zu füttern und bettfertig zu machen. Pepper wartete ebenfalls auf seine Futterration. Unmissverständlich blickte er immer wieder zu seinem leeren Futternapf. Ein stummer Vorwurf lag in seinem Blick. Manchmal erschien es mir, als hätte er eine eingebaute Uhr. Pünktlich zur Fütterungszeit hielt er sich in der Nähe des Futternapfes auf. Faszinierend. Nachdem Christopher versorgt war und selig in seinem Bettchen schlummerte, erhielt unser vierbeiniges Familienmitglied sein Futter. Anschließend setzte ich mich mit einer großen Tasse grünem Tee ins Wohnzimmer. Zum Lesen war ich zu müde, daher zappte ich lustlos durch das Fernsehprogramm. Bei einem seichten Liebesfilm blieb ich letztendlich hängen. Ich sah jedoch nur halbherzig zu. Mir war kalt und jeder Knochen tat mir weh. Womöglich bekam ich eine Grippe. Ich fühlte mich derart elend, dass ich mich am liebsten sofort ins Bett verkrochen hätte, aber ich wollte unbedingt auf Nick warten. Es war erst kurz vor 21.00 Uhr. Morgen hatte ich endlich meinen Arzttermin. Bestimmt würde ich danach Klarheit darüber haben, was mit mir los war.

Der Hund bellte aufgeregt. Kurz darauf klingelte es an der Tür.

»Hast du gehört? Es hat geklingelt. Gehst du?«, fragte Beke ihren Mann Hauke.

Sie lagen bereits im Bett und lasen. Keiner von beiden machte Anstalten aufzustehen.

»Ich bin nicht taub.«

»Wer kann das so spät sein?«

»Woher soll ich das wissen? Hoffentlich ist es nicht dein nerviger Bruder«, erwiderte Hauke Hinrichsen gereizt und schwang sich behäbig aus dem Bett.

»Was sollte er von uns wollen?«, fragte sie. »Bruno ist längst zu Hause, da bin ich mir sicher.«

Hauke Hinrichsen schlüpfte murrend in seine Pantoffeln, griff nach dem Morgenmantel auf dem Stuhl neben dem Bett und zog ihn in aller Seelenruhe über. Es klingelte ein weiteres Mal an der Tür.

»Herrgott, ich komm ja schon!«, rief er verärgert. »Meine Güte, was kann denn so dringend sein um diese Zeit?«

Er schlurfte die Treppe nach unten, schickte den Hund in sein Körbchen und drückte auf den Lichtschalter neben der Tür. Der Hausflur erhellte sich. Dann drehte er den Schlüssel im Schloss herum und öffnete die Haustür.

»Guten Abend, Herr Hinrichsen, entschuldigen Sie die späte Störung. Wir müssen uns dringend mit Ihnen unterhalten. Ist Ihre Frau auch zu Hause?«, fragte Uwe und machte einen Schritt durch die Tür, ohne darauf zu warten, hereingebeten zu werden.

»Natürlich, sie ist oben. Wo sollte sie sonst um diese Zeit sein? Ich hoffe, Sie haben einen triftigen Grund für Ihren Besuch, meine Herren. Ein weiterer Punkt auf meiner Beschwerdeliste gegen Sie«, grummelte er.

Er gab sich wie immer keine Mühe, mit dem Ärger über die spätabendliche Störung hinter dem Berg zu halten.

»Beke!«, brüllte er nach oben. »Komm runter! Besuch!«

Aus dem Obergeschoss konnte man Schritte vernehmen. Dann erschien Beke Hinrichsen, ebenfalls mit einem Morgenmantel bekleidet, auf der obersten Treppenstufe.

»Ist etwas passiert?«, wollte sie wissen und hatte ihre Arme fest um den Oberkörper geschlungen, als ob ihr kalt wäre.

»Wo können wir uns unterhalten?«, fragte Uwe.

»Wir gehen am besten in die Küche«, schlug Hauke Hinrichsen vor.

Das Ehepaar Hinrichsen hatte nebeneinander am Küchentisch Platz genommen. Uwe saß ihnen gegenüber. Nick blieb lieber stehen, mit dem Rücken gegen den großen Kühlschrank gelehnt.

»Sie haben heute einen Einbruch gemeldet«, begann Uwe an Beke Hinrichsen gewandt.

Sie sah zunächst zu ihrem Mann, bevor sie Uwes Frage mit einem Nicken bestätigte.

»Ich kann Ihnen mitteilen, dass unsere Kollegen den Einbrecher gefasst haben«, ließ Uwe sie wissen.

»Ach wie schön. Das ging aber schnell«, erwiderte Beke Hinrichsen und spielte nervös mit dem Gürtel ihres Morgenmantels.

»Wissen Sie, was komisch an der Sache ist?«, fuhr Uwe fort.

Nick verzog keine Miene, sondern konzentrierte sich auf das Ehepaar Hinrichsen.

Beke Hinrichsen schüttelte den Kopf. »Nein, was meinen Sie?«

»Dass der Einbrecher Ihr eigener Bruder ist. Das ist seltsam, finden Sie nicht?« Uwe wartete einen Moment. Das Ehepaar Hinrichsen äußerte sich nicht. »Welches Spiel wird hier gespielt, verdammt noch mal?«, verlor Uwe die Geduld.

Beke Hinrichsen zuckte erschrocken zusammen.

»Was fällt Ihnen ein? Hören Sie gefälligst auf, meine Frau anzuschreien!«, platzte Hauke Hinrichsen der Kragen. »Mein Schwager ist ein Versager. Er hat sich bis über beide Ohren verschuldet und braucht dringend Geld.

Deshalb ist er vermutlich bei uns eingebrochen. Ihm ist jedes Mittel recht, um an Geld zu kommen. Er kennt sich bestens in unserem Haus aus und wusste, wo er gezielt suchen musste. Damit wir ihm nicht gleich auf die Schliche kommen, hat er es nach einem Einbruch aussehen lassen. So einfach ist das!«

»Und das sollen wir Ihnen glauben?«, mischte sich Nick ein.

»Was Sie glauben oder nicht, ist mir völlig egal. Ich sage nur, wie es ist. Basta! Da wird man beklaut und muss sich auch noch rechtfertigen. Das wird ja immer schöner! Wir haben nichts zu verbergen.«

»Dann macht es Ihnen sicherlich nichts aus, uns den Brief zu überlassen, den Sie Ihrem Schwager geschrieben haben«, forderte Uwe ihn auf.

»Wovon sprechen Sie? Ich habe Bruno nie einen Brief geschrieben«, erklärte Hauke Hinrichsen verblüfft. Seine Überraschung schien nicht gespielt zu sein.

»Ihre Frau kann uns sicherlich mehr dazu sagen«, erwiderte Nick. »Frau Hinrichsen?«

Hauke Hinrichsen sah seine Frau fragend an. »Weißt du von einem Brief?«

Beke Hinrichsen lief rot an, erwiderte jedoch nichts. »Wir sagen überhaupt nichts mehr, bis unser Anwalt hier ist. Was fällt Ihnen ein, hier mitten in der Nacht aufzukreuzen und uns zu beschuldigen. Ich werde diese unseriösen Praktiken nicht länger in meinem Haus dulden. Mir reicht's!« Hauke Hinrichsen war im Begriff aufzuspringen.

»Sitzen bleiben!«, gab ihm Uwe deutlich zu verstehen.

Hauke Hinrichsen blieb wider Erwarten tatsächlich sitzen.

»Ich erläutere Ihnen, wie sich die Angelegenheit für uns darstellt«, fuhr Uwe fort und versuchte, sachlich zu bleiben, obwohl er mit diesem ungehobelten Klotz am liebsten ganz anders umgegangen wäre. Er war nicht zu seinem Vergnügen hier und wäre um diese Zeit auch lieber zu Hause bei Tina gewesen, außerdem hatte er Hunger. »Ihr Bruder hat uns wichtige Details geliefert, denen wir nachgehen müssen.«

»Sie werden doch nicht einem Versager ...«, donnerte der Bauunternehmer los.

»Ruhe! Sie hören jetzt zu«, unterbrach Uwe ihn. Seine Geduld war am Ende. Sein Magen knurrte laut. »War es nicht so, dass Sie, Frau Hinrichsen, Ihrem Bruder einen Brief im Namen Ihres Mannes geschrieben haben, in dem Sie ihn aufgefordert haben, das Geld, das er ihnen beiden schuldete, zurückzuzahlen? Und zwar auf einen Schlag. Sie wussten sehr genau, dass er unmöglich in der Lage dazu war, Ihrer Forderung nachzukommen.«

»Das ist eine haltlose Unterstellung!«, unterbrach Hauke Hinrichsen Uwe.

Doch dieser ließ sich nicht beirren und fuhr unbeeindruckt fort. Nick stand direkt neben ihm und hätte jeden Moment eingreifen können, sollte es zur Eskalation kommen.

»Ihrem Bruder, Bruno Gräber, steht das Wasser seit geraumer Zeit bis zum Hals. Diese Tatsache haben Sie sich schamlos zu Nutze gemacht.«

»Ich ...«, wollte Beke Hinrichsen erwidern.

»Unterbrechen Sie mich nicht, ich bin noch nicht fertig«, entgegnete Uwe in scharfem Ton. »Als Ihr Bruder unerwartet vor Ihrer Tür stand, haben Sie ihm Geld und

Schmuck gegeben, angeblich, um ihm zu helfen. Aus reiner Nächstenliebe natürlich. Er nahm beides in gutem Glauben an. Damit ging ihr Plan wunderbar auf. Als er Ihr Haus verlassen hatte, haben Sie keine Minute lang gezögert und die Polizei angerufen, um einen Einbruch zu melden. Um ganz sicherzugehen, dass man Ihren Bruder schnell schnappen würde, haben Sie den Kollegen das Kennzeichen seines Wagens verraten. Sie haben behauptet, dass Ihnen dieser Wagen in der Nähe Ihres Grundstückes zuvor aufgefallen war. Sehr clever, das muss ich Ihnen lassen! Aber auch eiskalt berechnend.«

»Das sind schlichtweg Vermutungen! Haben Sie Beweise für Ihre Anschuldigungen?«, konterte Hauke Hinrichsen. Er rutschte unruhig auf seinem Stuhl hin und her.

»Bitte geben Sie uns den Brief, Frau Hinrichsen. Oder haben Sie ihn bereits vernichtet?«, wollte Nick wissen.

Mit Tränen in den Augen sah sie ihn an. Dann senkte sie den Blick und schüttelte den Kopf. Nick verließ ohne Zögern den Raum und kam eine Minute später mit dem Brief in der Hand zurück in die Küche. Hauke Hinrichsen starrte sprachlos auf das Schriftstück. Dann blickte er zu seiner Frau. Sie knetete ein Taschentuch zwischen ihren Fingern, unaufhörlich liefen Tränen über ihre Wangen.

»Beke, was hat das alles zu bedeuten?«, fragte er seine Frau. »Hast du tatsächlich diesen Brief geschrieben?«

»Ich wollte verhindern, dass Bruno uns Schwierigkeiten macht«, erwiderte sie.

»Bist du von allen guten Geistern verlassen? Wie konntest du nur so blöd sein«, brauste er wütend auf.

»Du bist doch an allem schuld! Wer hat uns denn in diese Lage gebracht?«, beschuldigte sie ihren Mann und wollte wie eine Furie auf ihn losgehen.

»Ich? Wessen Idee war das denn?« Hauke Hinrichsen sprang auf.

Dabei fiel eine Tasse vom Tisch mit lautem Scheppern zu Boden. Da die Situation außer Kontrolle zu geraten drohte, stellte sich Nick zwischen die Eheleute.

»Beruhigen Sie sich! Beide«, versuchte Uwe, die Streithähne mit Worten zu besänftigen. »Nehmen Sie wieder Platz. Also fangen wir von vorne an.«

Ich hatte Nick nicht kommen hören. Der Klang seiner Stimme und seine Berührung an meiner Wange holten mich aus einem unruhigen Schlaf. Ich spürte Peppers kalte Nase in meiner Armbeuge.

»Hallo, Sweety! Sorry, ich wollte dich nicht wecken, aber auf dem Sofa ist es zum Schlafen zu unbequem.«

»Hallo, Nick, wie spät ist es?«

Schlaftrunken richtete ich mich auf. Mein Nacken schmerzte, weil ich mich verlegen hatte. Nick hatte recht, zum Schlafen war das Sofa absolut ungeeignet.

»Kurz nach Mitternacht. Es ist sehr spät geworden, aber wir hatten so viel zu tun«, sagte er.

»Das dachte ich mir beinahe. Seid ihr wenigstens weitergekommen?«, murmelte ich schläfrig.

»Komm, ich bring dich ins Bett. Wir reden morgen.«

Nick hob mich hoch und trug mich die Treppe nach oben ins Schlafzimmer. Dort zog ich mich aus und schlüpfte unter meine Decke, wo ich sofort wieder einschlief.

KAPITEL 13

Am kommenden Morgen fühlte ich mich wie gerädert. Um 9.30 Uhr hatte ich den Arzttermin, den ich mittlerweile herbeisehnte. Nick hatte den Frühstückstisch gedeckt und verabreichte Christopher sein Frühstück, als ich die Küche betrat. Pepper wedelte zur Begrüßung mit dem Schwanz und sah kurz von seinem Kauknochen auf, dem er sofort wieder seine ganze Aufmerksamkeit widmete.

»Morgen! Hast du gut geschlafen?«, fragte Nick und schenkte mir ein Lächeln.

»Sehr lange jedenfalls«, erwiderte ich und gab Christopher einen Kuss auf die Stirn. »Guten Morgen, mein Sonnenschein!«

Dann bekam Nick seinen Guten-Morgen-Kuss.

»Ich bleibe heute Vormittag hier, bis du vom Arzt zurück bist, und passe auf Christopher auf«, sagte Nick und schüttete eine Handvoll frischer Blaubeeren in seinen Naturjoghurt.

»Das ist super. Sonst hätte ich ihn mitgenommen.«

»Brauchst du nicht. Ich gehe heute später, Uwe weiß Bescheid.«

»Was war gestern los, dass du bis in die Nacht arbeiten musstest?«

»Ach, es ging um einen Einbruch, der keiner war«, sagte Nick.

Er begann zu erzählen und ich hörte gespannt zu.

»Das ist unglaublich! Warum gibt sie ihm das Geld und den Schmuck erst und meldet anschließend einen Einbruch? Wenn sie es sich anders überlegt haben sollte, hätte sie die Sachen zurückfordern können, anstatt die Polizei einzuschalten. Das ergibt für mich keinen Sinn«, stellte ich zusammenfassend fest.

»Ja, seltsame Geschichte, aber die Hinrichsens sind nicht unsere einzigen Verdächtigen«, bestätigte Nick nachdenklich.

Ich konnte an seinem Gesichtsausdruck erkennen, dass ihn die Angelegenheit nicht zur Ruhe kommen ließ.

»Wohnt der Bruder hier auf Sylt?«, fragte ich.

»Nein, er wohnt in Niebüll. Er betreibt eine Reinigung, in erster Linie für Geschäftskunden. Hotels, Restaurants, et cetera. Kaum jemand wäscht heute noch selbst«, beantwortete Nick meine Frage. »Warum willst du das wissen?«

»Ich frage aus reiner Neugier.« Nick schwieg und sah nachdenklich aus. »Dich beschäftigt diese Sache sehr, habe ich recht? Du suchst nach dem fehlenden Puzzleteil, das euch zur Lösung bringt.«

»Mein Bauchgefühl sagt mir, dass da was faul ist«, sagte er und steckte sich einen Löffel Joghurt in den Mund.

»War das nicht dieses Ehepaar, das ihr auch in der Mordsache befragt habt?«, fiel mir ein.

»Ja, das ist richtig. Sie haben ein Bauunternehmen, ebenso wie der Tote. Siehst du einen Zusammenhang?«

Ich zuckte ratlos die Schultern. »Keine Ahnung! Du bist bei der Kripo«, gab ich zurück und gab ihm einen Kuss. »Du bist nicht rasiert. Willst du dir einen Bart wachsen lassen?«

»Ich hatte heute Morgen keine Lust zum Rasieren. Stört es dich?«

»Nein, überhaupt nicht. Damit wirkst du richtig verwegen. Wie ein echter Naturbursche, ich kann mich kaum bremsen.«

Nick schüttelte belustigt den Kopf.

»Gut zu wissen«, erwiderte er.

Mein Blick wanderte zu der Uhr über der Küchentür.

»Oh, ich muss mich beeilen, sonst verpasse ich meinen Termin. Heute Abend kommt die Haushaltshilfe vorbei. Ich habe einen Termin um 17.30 Uhr mit ihr vereinbart. Wäre schön, wenn du um diese Zeit hier sein könntest. Deine Meinung ist mir wichtig.«

»Ich kann nichts versprechen, werde es aber auf jeden Fall versuchen. Beeil dich, sonst kommst du wirklich zu spät!«

Ich verabschiedete mich flüchtig, schnappte mir meine Handtasche und die Autoschlüssel und fuhr nach Westerland zu meiner Hausärztin. Als ich das Wartezimmer betrat, war es bis auf den letzten Platz besetzt, sodass ich mit Müh und Not einen der letzten freien und unbequemen Plastikstühle im Flur ergattern konnte. Ich musste mich auf eine längere Wartezeit einstellen. Der Herbst stand unmittelbar bevor, und die erste Erkältungswelle schien die Insel erreicht zu haben, denn die Leute um mich herum husteten und niesten.

Pepper bellte. Nick kam aus der Dusche, als er die Türklingel hörte. Christopher saß in seinem Laufstall, der im Schlafzimmer stand, und sah seinen Vater erwartungsvoll an.

»Das wird deine Mum sein. Bestimmt hat sie etwas vergessen«, sagte Nick zu seinem Sohn. »Bin gleich wieder da!«

Dann griff er nach einem Handtuch und schlang es sich um die Hüften. Barfuß eilte er die Treppe nach unten und riss die Tür auf.

»Hast du deinen Schlüssel ver…« Er brach mitten im Satz ab.

»Hallo, Nick!«

Stella stand lächelnd vor ihm. Sie schien von dem Anblick, der sich ihr bot, hoch erfreut zu sein.

»Morgen. Ich dachte, es wäre Anna«, erwiderte Nick überrascht.

Stella schob sich unaufgefordert am verdutzten Nick vorbei ins Haus. Pepper umkreiste sie argwöhnisch und schnüffelte an ihrem Hosenbein.

»Dann ist Anna gar nicht zu Hause?«, fragte Stella beiläufig, spähte die Diele entlang und machte dann einen Schritt auf Nick zu. Sie stand so dicht vor ihm, dass er ihren Atem auf seiner Haut spüren konnte. Ihr aufdringliches Parfüm stieg ihm in die Nase, es gelang ihm nur schwer, ein Niesen zu unterdrücken.

»Nein«, antwortete Nick kühl.

»Wie schade«, hauchte sie. Dabei strich sie mit den Fingerspitzen über seine nackte Brust. Blitzartig packte Nick sie am Handgelenk und schob ihre Hand von sich weg.

»Hör auf damit! Was willst du?«, fragte er verärgert.

Stella überging seine Frage.

»Das ist eine böse Narbe, die du da hast. Bist du angeschossen worden? Ein Arbeitsunfall, nehme ich an?«, wollte sie wissen und tippte mit dem Zeigefinger auf die

Stelle, die sich deutlich oberhalb seines Herzens auf der Haut abzeichnete.

»Ich glaube, es ist besser, du gehst jetzt, Stella«, forderte Nick sie in schroffem Ton auf und griff nach der Türklinke.

Sie schürzte die Lippen und steckte sich eine Strähne ihres langen blonden Haares hinter das Ohr. Sie war eine sehr schöne Frau, die wusste, ihre Reize gezielt einzusetzen, um das zu bekommen, was sie wollte. Davon war Nick überzeugt. Sie war nicht die erste Frau, die versuchte, bei ihm zu landen. Allerdings würde sie mit dieser Vorgehensweise keinen Erfolg haben. Sie war überhaupt nicht sein Typ und kam nicht im Entferntesten an Anna heran.

»Ganz wie du willst«, erwiderte sie und zog einen Schmollmund wie eine gekränkte Diva in einem schlechten Film.

Sie entfernte sich ein Stück von Nick. Im Vorbeigehen fuhr sie mit der Handfläche seinen Bauch entlang, demonstrativ dicht über dem Rand des Handtuchs – dem einzigen Kleidungsstück, das er trug. Er sog die Luft scharf ein.

»Du bist auch nur ein Mann, Nick, vergiss das nicht«, raunte sie ihm in betörendem Tonfall ins Ohr. Man konnte förmlich das Knistern in der Luft hören. »Ein Mann deines Kalibers braucht etwas anderes als eine Frau wie Anna. Ich könnte dir …«

»Raus«, zischte Nick. »Sofort!«

Sie hatte eine Grenze überschritten, der man nicht mehr mit Toleranz begegnen konnte. Stella lachte demonstrativ, schulterte ihre Handtasche und verließ hocherhobenen Hauptes das Haus. Nick ließ die Haustür mit lautem Krachen ins Schloss fallen. Er lehnte mit dem Rücken gegen die Wand, holte tief Luft und schloss für einen kurzen Moment die Augen. Derartiges war ihm bislang nicht widerfahren. Als er Single war, war er das eine oder andere Mal von Frauen angesprochen und angemacht worden, aber niemals auf diese dreiste und anzügliche Art. Was sollte er bloß Anna sagen? Ehe er näher darüber nachdenken konnte, was sich eben abgespielt hatte, hörte er oben im Schlafzimmer Christopher weinen. Verdammt, er hatte ihn völlig vergessen. In Windeseile hastete er nach oben, um nach seinem kleinen Sohn zu sehen.

Nachdem ich über eine Stunde in der Arztpraxis verbracht hatte, fuhr ich auf direktem Weg nach Hause. Nick musste mich kommen gehört haben, denn er stand mit Christopher auf dem Arm in der geöffneten Haustür, als ich aus dem Wagen stieg. Pepper drängelte sich an ihm vorbei und kam mir freudig entgegengelaufen. Er drückte sich zur Begrüßung fest gegen mein Bein. Ich klopfte ihm auf den Rücken.

»Na, Jungs!«, sagte ich und betrat das Haus.

»Wie war's? Was hat der Doc gesagt?«, fragte Nick neugierig.

Ich seufzte und legte meine Jacke ab. »Sie meint, ich sei überarbeitet. Ich soll mir mehr Ruhe gönnen. Mein Blutdruck ist leicht erhöht, aber das kann daher kommen, dass ich immer ein bisschen aufgeregt vor einem Arztbesuch bin. Vorsichtshalber hat sie Blut abgenommen. Das Ergebnis bekomme ich morgen früh. Vielleicht fehlen mir Vitamine oder irgendwelche Spurenelemente.«

»Das hilft uns nicht viel weiter«, stellte Nick enttäuscht fest.

»Mehr kann sie augenblicklich nicht tun. Warten wir das Blutbild ab. Was habt ihr gemacht? Gab es in der Zwischenzeit etwas, was ich wissen müsste?«

»Nein, ich denke nicht«, zögerte Nick. »Stella war kurz hier. Sie hat nach dir gefragt. Ich habe ihr gesagt, du seist nicht da. Daraufhin ist sie gegangen.«

»Nicht schon wieder!« Ich stieß einen Seufzer aus. »Hat sie gesagt, was sie von mir wollte?«

Nick schüttelte den Kopf. »Nein, ich nehme an, sie wollte dir einfach nur einen Besuch abstatten. Mehr nicht. Du siehst aus, als könntest du einen Tee vertragen.«

»Gute Idee«, stimmte ich Nick zu, nahm ihm Christopher ab und folgte ihm in die Küche.

Als Nick auf dem Parkplatz des Westerländer Polizeireviers ausstieg, kam ihm ein uniformierter Kollege entgegen.

»Moin, Marco! Sag mal, du warst doch dabei, als ihr die Sachen aus dem Wagen von Bruno Gräber sichergestellt habt«, erkundigte sich Nick.

»Hi, Nick! Ja, das ist richtig. Svenja und ich haben das gemacht«, bestätigte der junge Beamte. »Stimmt etwas nicht?«

»Doch, doch, alles in Ordnung«, beruhigte Nick ihn. »Ist euch sonst irgendetwas aufgefallen? Überlege ganz in Ruhe. Alles kann wichtig sein.«

Der Polizist dachte angestrengt nach. Dann sagte er: »Nein, da war nichts. Bis auf die Tatsache, dass der Fahrer ausgesprochen nervös wirkte. Das war uns gleich aufgefallen, als wir ihn angehalten haben. Aber sonst?« Er kräuselte die Stirn. »Alles, was wir in seinem Auto gefunden haben, ist im Protokoll festgehalten. Sorry, Nick, dass ich dir nicht mehr sagen kann.«

»Ist okay, danke dir. Schönen Feierabend!«

»Gern geschehen. Danke, den werde ich haben!«

Wenig später erreichte Nick in Begleitung von Pepper sein Büro. Uwe telefonierte, als er hereinkam. Er blickte in Nicks Richtung und hob die Hand zum Gruß. Pepper legte sich artig auf seinen Platz. Nick setzte sich an seinen Schreibtisch, nachdem er sich einen Becher Kaffee eingegossen hatte, und griff nach der Mappe mit dem Protokoll zum Fall Gräber, die auf dem Stapel Akten vor ihm lag. Er blätterte Seite für Seite aufmerksam durch. Seine innere Stimme sagte ihm, dass sie etwas übersehen hatten. Ein winziges, aber entscheidendes Detail. Das ließ ihm keine Ruhe.

»Wonach suchst du?«, hörte er Uwe fragen, der sein Telefonat zwischenzeitlich beendet hatte und interessiert zu ihm herüber schaute.

»Wir haben etwas übersehen. Ich weiß bloß nicht, was es ist«, seufzte Nick. »An der Geschichte hängt mehr als eine Familienfehde. Mir taucht der Name ›Hinrichsen‹ zu oft auf.«

»Du denkst, es besteht ein Zusammenhang zwischen dem Mord an Roland Winkler und der Familie Hinrichsen?«, überlegte Uwe laut. »Abgesehen von der Tatsache, dass man sich ohnehin unter Geschäftsleuten kannte?«

»Da bin ich absolut sicher. Diese ganze Geschichte mit dem fingierten Einbruch ist nur ein Vorwand. Da steckt mehr dahinter, jede Wette«, versicherte Nick.

»Hm.« Uwe überlegte. »Ich glaube, du verrennst dich, mein Lieber. Worin besteht deiner Einschätzung nach der Zusammenhang?«

»Das versuche ich ja herauszufinden.« Nick stand auf, stellte sich vor das Whiteboard an der Wand und nahm einen Stift in die Hand. »Lass uns die Fakten noch einmal zusammenfassen.« Er malte Kreise, in deren Mitte er die Initialen der Beteiligten schrieb. Dann begann er, die Kreise durch Linien zu verbinden. »Die Kollegen finden in Bruno Gräbers Wagen Geld und Schmuck sowie Werkzeug, das sich hervorragend zum Einbrechen eignet. Gräber selbst wirkt überaus nervös, beteuert aber vehement seine Unschuld. Die vermeintliche Beute ist angeblich ein Geschenk seiner Schwester, Beke Hinrichsen.« Er drehte sich zu Uwe um.

»Richtig. Gräber stattet seiner Schwester Beke einen Besuch ab, weil er in einem Brief, den Beke im Namen ihres Mannes an ihn geschickt hat, aufgefordert wird, das geliehene Geld vorzeitig zurückzuzahlen«, setzte Uwe die Kette fort.

Nick zog eine weitere Linie: »Nachdem Beke ihm die Wertsachen überlassen hat, meldet sie einen Einbruch und serviert der Polizei ihren Bruder samt angeblicher Beute quasi auf dem Silbertablett, indem sie zusätzlich seine Autonummer bekannt gibt. Sie will sichergehen, dass er in jedem Fall gefasst wird.« Uwe lauschte Nicks Ausführungen mit Stirnrunzeln. »Damit der Brief als Beweismittel verschwindet, nimmt sie ihn ihrem Bruder ab und deponiert ihn im Kamin, wo ich ihn gefunden habe, bevor er ihn Flammen aufgehen konnte. Dass wir so schnell darauf kommen würden, damit hat sie nicht gerechnet.«

»Ich verstehe das alles trotzdem nicht. Was ergibt das für einen Sinn? Wo besteht die Verbindung zu Winkler?«

Uwe sah ratlos aus. Er fuhr sich mit der Hand über seinen Bauch. Ein untrügliches Zeichen dafür, dass er wieder Hunger hatte.

»Genau das versuche ich anhand des Protokolls herauszufinden«, erwiderte Nick und nahm auf seinem Stuhl Platz. »Zu ärgerlich, dass wir diesen Gräber laufen lassen mussten.«

»Wir hatten keine andere Wahl. Er ist nicht eingebrochen, und der Alkoholtest war ebenfalls negativ. Wir konnten ihn nicht länger festhalten.«

Während Nick über der Akte brütete, öffnete Uwe eine Schublade seines Schreibtisches und zauberte einen Pappteller mit Kuchen hervor.

Nick betrachtete das Schokoladentörtchen argwöhnisch. »Was ist das?«

»Ein köstliches Schokotörtchen.« Uwe bekam einen verzückten Gesichtsausdruck, rieb sich die Hände und starrte auf das Backwerk, als sei es ein riesiger Diamant.

»Das sehe ich. Ich bezweifle, dass das Ding in deinen Diätplan passt? Tina würde dir den Hals umdrehen, wenn sie dich damit erwischen würde«, stellte Nick fest.

»Wird sie aber nicht. Du wirst doch nichts verraten? Du bist schließlich mein Freund!«

»Das bin ich, und ich werde nichts sagen. Aber du tust dir selbst keinen Gefallen damit.«

»Sei kein Spielverderber, Nick! Betrachte es als eine absolute Ausnahme. Henrike hat heute Geburtstag und Kuchen ausgegeben. Er ist selbst gemacht. Riech mal!«

Nick schüttelte verständnislos den Kopf. »Du solltest dir auch was Süßes gönnen. Schokolade hilft beim Denken und macht glücklich. Bestimmt steht ein Rest in der

Küche«, entgegnete Uwe und hypnotisierte die Kalorienbombe vor sich.

Bei diesem Anblick lief ihm das Wasser im Mund zusammen. Seit Wochen hatte er nichts Süßes mehr in Form von Kuchen oder Schokolade zu sich genommen. Der Verzicht machte ihm schwer zu schaffen. Er besaß nicht die eiserne Disziplin, die Nick an den Tag legte, und würde ihm ohnehin niemals das Wasser reichen können in puncto Fitness und Figur. Feierlich nahm er das Törtchen in die Hand und führte es zum Mund. Dann biss er herzhaft hinein. Als seine Zähne eine dünne Schicht aus dunkler Schokolade durchbrachen, vernahm er ein leises Knacken. Musik in seinen Ohren. Dann spürte er, wie sich ein weicher Kern aus flüssiger Schokolade in seinen Mund ergoss. Eine wahre Geschmacksexplosion. Im gleichen Augenblick brach das Gebäck in der Mitte auseinander. Einige Stücke fielen direkt zurück auf den Teller, andere landeten auf Uwes heller Hose und seinem Hemd.

»Verdammter Mist!«, fluchte er mit vollem Mund und starrte auf die braune Schokoladensoße, die sich auf seinem Hosenbein ausbreitete. »Die Hose ist nagelneu. Meinst du, die Flecken gehen jemals raus?« Er sah Hilfe suchend zu Nick.

Der konnte sich vor Lachen kaum halten.

»Ja, lach du ruhig!«

Nick wischte sich die Lachtränen aus dem Gesicht.

»Am besten bringe ich die Hose nachher gleich in die Reinigung, sonst kann ich mir eine doppelte Standpauke von Tina anhören. Ich weiß, was du sagen willst, Nick! Spar dir bitte jeglichen Kommentar!« Uwe versuchte, mit einer Serviette die Schokoladensoße von seinem Hosenbein zu wischen.

»Ich sage doch gar nichts«, erwiderte Nick mit scheinheiliger Miene.

»Das brauchst du nicht, dein Blick genügt. Hör auf zu grinsen!«

»Aber ich ...« Mitten im Satz verstummte Nick plötzlich und bekam ein ernstes Gesicht.

»Was ist los? Hast du eine Lösung, wie ich den Fleck rausbekomme, ohne dass Tina etwas merkt? Dann wärst du ein echtes Genie, und ich spendiere dir einen Monat lang so viel Kaffee, wie du magst.«

»Ich hab's!«

»Nun lass mich nicht zappeln!«, drängte Uwe ihn.

»Ich wusste, dass wir etwas Wichtiges übersehen haben«, erklärte Nick. »Ist Bruno Gräber noch auf der Insel?«

»Keine Ahnung! Möglich ist es. Nachdem wir ihn gestern Abend laufen gelassen haben, wollte er sich ein Hotelzimmer nehmen, da es sehr spät war. Warum willst du das wissen?«

»Wir müssen ihn unbedingt erwischen, bevor er sich aus dem Staub macht«, entgegnete Nick aufgeregt. »Ich setze ihn umgehend zur Fahndung aus. Und dann müssen wir nach Archsum zu Familie Hinrichsen.« Er griff nach dem Telefonhörer.

»Ich wäre dir sehr dankbar, wenn du mich endlich an dem Stand der Ermittlungen teilhaben lassen würdest«, bemerkte Uwe pikiert. Er feuerte den Pappteller mit den Kuchenresten in den Mülleimer. »Wie lange streikt diese dämliche Müllabfuhr eigentlich noch? Die Mülleimer quellen mittlerweile über«, grummelte er vor sich hin.

Seine Stimmung war nach dem Missgeschick auf dem Tiefpunkt angelangt. »Also, ich höre.« Er blickte Nick auffordernd an.

»Folgendes: Im Protokoll steht, dass sich im Kofferraum des Wagens von Bruno Gräber unter anderem zwei Kanister mit Chemikalien befunden haben.«

»Weiß ich. Ich habe es gelesen. Und weiter?«

»Chemikalien, Uwe! Verstehst du denn nicht?«

»Nick, für Ratespielchen bin ich zurzeit nicht in der Stimmung. Worauf willst du hinaus?«

»Gräber hat ausgesagt, er würde die Chemikalien für seine Arbeit benötigen.« Uwe sah Nick fragend an. »Seine Arbeit! Er betreibt eine Reinigung. Klingelt es jetzt bei dir?«

Während Uwes Hirn diese Information noch verarbeitete, gab Nick die Fahndung nach Bruno Gräber heraus.

»Natürlich!«, platzte es aus Uwe heraus. Er schlug sich mit der flachen Hand vor die Stirn. »Du willst damit sagen, dass sich in den Kanistern ...«

»Flusssäure befand, genau!«, beendete Nick den Satz. »Die setzt man zur Fleckbeseitigung ein.«

»Na klar! Oh Mann, hatten wir ein Brett vor dem Kopf! Wahrscheinlich liegt das daran, dass ich vollkommen unterzuckert bin. Wie bist du darauf gekommen?«

»Anna hat mich unterschwellig auf die Idee gebracht. Sie hat mich heute gefragt, ob Gräber auf der Insel wohnt, und ich habe ihr erzählt, dass er auf dem Festland wohnt und eine Reinigung besitzt. Als du eben das Wort ›Reinigung‹ erwähnt hast, fiel das fehlende Puzzleteil an seinen Platz.«

»Genial, Nick«, stellte Uwe zufrieden fest und erhob

sich aus seinem Stuhl. Ein paar restliche Krümel Schokoladenkuchen rieselten lautlos zu Boden. »Ich bin gespannt, was das Ehepaar Hinrichsen dazu zu sagen hat. Langsam glaube ich auch, dass die drei uns an der Nase herumführen. Lass uns sofort aufbrechen!«

»Einen Moment. Ich muss schnell einen Anruf erledigen.«

In einer Stunde würde die die Haushaltshilfe kommen, um sich vorzustellen. Ich nutzte die verbleibende Zeit und ließ mich auf dem Sofa mit einem Buch nieder. Meine Ärztin hatte mir nahegelegt, mir Ruhepausen zu gönnen. Christopher war mit seinen Spielsachen beschäftigt. Nick hatte Pepper heute mitgenommen. Ich hatte knapp zehn Minuten in meinem Roman gelesen, da klingelte es an der Haustür. Ich stand auf, um zu öffnen.

»Stella, welche Überraschung«, stieß ich hervor. Ich gab mir keine Mühe mehr, besonders freundlich zu sein.

»Anna, meine Liebe! Schön, dich wohlauf zu sehen! Ich wollte vorbeischauen und fragen, wie es dir geht«, begrüßte sie mich mitleidvoll, als wäre ich soeben nach einer schwierigen Herztransplantation nach Hause entlassen worden. Ich wurde aus ihrem sonderbaren Verhalten nicht schlau.

»Ich bin nicht krank. Komm rein!«, stellte ich klar.

Sie tänzelte leichtfüßig vor mir her ins Wohnzimmer. Den Weg kannte sie mittlerweile.

»Da ist ja der kleine Christopher«, rief sie entzückt aus. Als ich mich noch fragte, was dieser überschwängliche Auftritt zu bedeuten hatte, fuhr sie fort: »Ist Nick nicht zu Hause? Und der Hund?«

»Nein, er arbeitet. Pepper ist bei ihm. Warum fragst du?«

»Nur so.« Sie grinste neckisch.

»Worüber amüsierst du dich?« Intuitiv wurde ich misstrauisch. Sie benahm sich merkwürdig.

»Nick ist ein beeindruckender Mann«, sagte sie plötzlich und sah mir dabei fest in die Augen, als wenn sie mich einer Prüfung unterziehen wollte.

»Ich weiß«, erwiderte ich lapidar.

»Er sieht atemberaubend aus – diese Augen, dieser athletische Körper. Einfach perfekt! Einen Mann wie ihn hat man in den seltensten Fällen für sich allein. Aber das muss ich dir sicher nicht erklären, das weißt du selbst.« Sie lachte künstlich.

»Komm bitte auf den Punkt. Was willst du mir damit sagen, Stella?«, hakte ich nach und verspürte einen Kloß im Hals. »Wenn du andeuten willst, dass ... Nein, Nick würde niemals ...«

Sie zuckte gleichgültig mit den Schultern. »Bist du dir da ganz sicher?«, fiel sie mir scharf ins Wort. Sie genoss meine Unsicherheit und begann erneut zu lachen. »Ach Anna, wie naiv bist du eigentlich? Dein Nick ist bloß ein Kerl wie jeder andere auch. Wenn du denkst, er wäre anders, täuschst du dich gewaltig. Wie lange kennst du ihn? Was weißt du von ihm? Du warst ganz sicher nicht die einzige Frau in seinem Leben.«

Warum sagte Stella das? Die aufsteigenden Zweifel und die Wut über Stellas Andeutungen schnürten mir die Kehle zu, und ich fühlte mich von Sekunde zu Sekunde unwohler in meiner Haut. Hatte sich Nick tatsächlich von ihr einwickeln lassen? Ehe ich diese absurde Vorstellung weiterverfolgen konnte, riss mich Stella aus meinen Gedanken.

»Da fällt mir ein, ich wollte dich fragen, woher Nick diese Narbe auf seiner linken Brust hat. Wir kamen heute Morgen nicht mehr dazu, darüber zu reden. Aber du kannst mir das sicher sagen, oder?«

Ihr triumphierender Blick durchbohrte mich und hinterließ eine brennende Spur tief in meinem Herzen. Ich war wie gelähmt und rang nach Fassung. Stella genoss es zu sehen, wie sie mich mit dieser bewusst fallen gelassenen Äußerung bis ins Mark getroffen hatte. Wie war es möglich, dass sie von dieser Verletzung wusste, stellte ich mir die Frage. Was war zwischen den beiden vorgefallen, dass sie sie zu Gesicht bekommen hatte? Sollten meine Zweifel an Nicks Treue berechtigt sein? Plötzlich wurde mir speiübel, und ein heftiger Schwindelanfall überkam mich. Dieses Mal war er dermaßen intensiv, dass ich mich kaum auf den Beinen halten konnte. Ich musste mich an der Rückenlehne des Sessels abstützen, um nicht das Gleichgewicht zu verlieren. Kalter Schweiß stand mir auf der Stirn, ich bekam Angst. Was zum Teufel war los?

»Oje, Anna! Du siehst blass aus. Geht es dir nicht gut?«, erkundigte sich Stella.

Ich war überzeugt, dass ihr scheinheiliges Getue lediglich gespielt war. Sie würde es vermutlich begrüßen, wenn ich auf der Stelle tot zusammenbrechen würde, kam es mir in den Sinn. Dieser Gedanke versetzte mich erst recht in Panik.

»Das geht gleich vorbei. Ich muss mich kurz setzen«, keuchte ich und ließ mich auf den Sessel fallen. Ich bemühte mich, Stärke zu demonstrieren, doch ich scheiterte kläglich.

»Ich hole dir ein Glas Wasser«, sagte Stella und verschwand in Richtung Küche.

Ich konzentrierte mich auf einen von Christophers Bauklötzen auf dem Teppich und atmete gleichmäßig ein und aus. Dabei versuchte ich, Ruhe zu bewahren. Mein Herz raste, und ich kämpfte gegen die aufsteigende Übelkeit an. Ich wischte mir mit einer Hand den Schweiß von der Stirn. Meine Hand war eiskalt. Alles wird gut, sagte ich mir immer wieder.

»Hier!« Stella war zurückgekommen und reichte mir ein Glas Mineralwasser.

Ich griff mit zittrigen Fingern nach dem Glas, setzte es an meine Lippen und trank in kleinen Schlucken. Die kalte Flüssigkeit tat gut.

»Ich muss Nick anrufen«, sagte ich mit kraftloser Stimme. »Kannst du mir bitte das Telefon da drüben geben?« Ich zeigte auf das Sideboard gegenüber.

Aber Stella bewegte sich nicht von der Stelle. Hatte sie mich nicht gehört? Sie stand unmittelbar neben mir und sah auf mich herab.

»Stella, bitte, das Telefon!«, wiederholte ich meine Bitte.

Doch sie machte keine Anstalten, mir das Telefon zu holen. Die Verzweiflung trieb mir die Tränen in die Augen. Dieses Mal war ich sicher, dass sie mich verstanden haben musste. Ich versuchte aufzustehen, aber es gelang mir nicht. Kaum hatte ich mich wenige Zentimeter aufgerichtet, versagten meine Beine ihren Dienst. Die Bilder vor meinen Augen erschienen doppelt und drehten sich mit zunehmender Geschwindigkeit im Kreis wie nach einer rasanten Fahrt im Kettenkarussell. In meinem Inneren verspürte ich ein schmerzhaftes Ziehen, das ich nicht eindeutig lokalisieren konnte. Ich hatte das Gefühl, meine Eingeweide befänden sich miteinander im Krieg.

»Das ist die Strafe für das, was du mir angetan hast«, sagte Stella plötzlich mit Eiseskälte in der Stimme.

»Wovon redest du?«, stöhnte ich und hielt mir beide Hände vor den Bauch.

»Du bist schuld.« Mit der Verachtung einer Kriegerin blickte sie auf mich herab.

»Schuld? Woran?«, wimmerte ich und versuchte, ihr gedanklich zu folgen, obwohl mich die Schmerzen fast um den Verstand brachten.

»An allem, was mir in meinem Leben widerfahren ist«, erwiderte Stella mit voller Überzeugung.

Sie stand in Siegerposition vor mir und wirkte mit ihrem blonden Haar, dem porzellanen Teint und der schneidenden Kälte in der Stimme wie die böse Königin aus einem Märchenfilm. Mir war schleierhaft, wovon sie sprach. Wir standen uns während der gemeinsamen Schulzeit nie besonders nah. Später trennten sich unsere Wege, und wir verloren uns gänzlich aus den Augen. Woran sollte ich demzufolge die Schuld tragen? Weshalb hasste sie mich so sehr?

»Du warst immer die Beste! Die schlaue Anna!« Sie lachte bitter. »Alle mochten dich. Lehrer, Schüler, alle! Die Jungs haben dich umschwärmt wie die Mücken das Wasserloch. Du hättest jeden haben können. Ausgerechnet Christian musstest du dir aussuchen.« Ihre Augen schossen Tausende kleine Giftpfeile in meine Richtung.

»Christian?« Ich versuchte mich krampfhaft zu erinnern.

»Ja, Christian. Christian Dörner. Erinnerst du dich? Du hast ihn mir weggenommen!« Hasserfüllt sah Stella mich an, und ihr hübsches Gesicht war zu einer grässlichen Fratze geworden.

»Das ist nicht wahr!«, wehrte ich mich und krümmte mich vor Schmerzen. Lange würde ich diese Qualen nicht mehr aushalten können.

»Doch! Er wollte nichts von mir wissen, weil du ihm schöne Augen gemacht hast!«, schleuderte sie mir wütend entgegen. Dabei flogen winzige Speicheltröpfchen durch die Luft und trafen mich mitten ins Gesicht.

»Das tut mir leid, dass er sich nicht in dich verliebt hat.«

»Pah! Du hast ihm den Kopf verdreht! Dabei hast du nur mit ihm gespielt, es war dir niemals ernst. Ich! Ich habe ihn wirklich geliebt! Aber du hast alles kaputtgemacht.«

»Du bist wahnsinnig, Stella! Deine Anschuldigungen sind absurd und völlig aus der Luft gegriffen, und das weißt du genau. Christian war ein guter Freund«, rechtfertigte ich mich und merkte, wie meine Kraft bedrohlich schwand. »Wir wollten beide nie mehr voneinander.«

Selbst das Sprechen fiel mir immer schwerer. Ich hatte das Gefühl, meine Zunge würde absterben. Christopher, schoss es mir plötzlich durch den Kopf. Mein kleiner Sohn! Ich musste seinetwegen durchhalten und Hilfe holen. Stella hatte sich in der Zwischenzeit in Rage geredet. Sie wanderte auf und ab und beschimpfte mich mit haltlosen Behauptungen.

»Nur ein Kumpel! Dass ich nicht lache! Wenn du nicht

gewesen wärst, wäre ich heute mit Christian glücklich verheiratet. Wir hätten Kinder und würden ein schönes Leben führen.«

»Du verrennst dich in eine fixe Idee«, erwiderte ich kraftlos.

Was war bloß in sie gefahren?

»Wir werden ja sehen, wer sich verrennt. Du rennst jedenfalls nirgendwo mehr hin!« Sie beugte sich zu mir, sodass ihr Gesicht direkt vor meinem war. Sie sah mich an, und ihr Mund verzog sich zu einem teuflischen Grinsen. Dann richtete sie sich abrupt kerzengerade auf, drehte sich um und ging zielstrebig auf Christopher zu.

»Nein!«, schrie ich panisch. »Lass ihn in Ruhe! Ich warne dich! Wenn du ihm auch nur zu nahe kommst, dann ...«

»Dann was?«, fragte sie gehässig. »Versuche, mich aufzuhalten! Ich bin gespannt, wie du das anstellen willst.«

Wut und Verzweiflung vermischten sich, und ich musste tatenlos zusehen, wie sie sich nach Christopher bückte und ihn hochhob. Er war durch die lauten Stimmen eingeschüchtert und begann herzzerreißend zu weinen. Er streckte seine Arme nach mir aus. Stella durfte unter keinen Umständen Christopher an sich bringen, war mein einziger Gedanke. Mit letzter Kraft versuchte ich, mich aus dem Sessel hochzuziehen. Als ich es geschafft hatte, mich aufrecht hinzustellen, gab mir Stella unvermittelt einen heftigen Stoß, sodass ich das Gleichgewicht verlor und der Länge nach hinfiel.

Nick lenkte den Dienstwagen schwungvoll auf den Hof der Familie Hinrichsen und stoppte.

»Na, so eilig haben wir es auch wieder nicht!«, murmelte Uwe und schnallte sich ab.

Beide Männer stiegen aus und steuerten direkt auf das Büro zu. Aus dem Inneren drangen Stimmen zu ihnen. Das Ehepaar Hinrichsen stritt sich dermaßen hitzig, dass sie die Ankunft der beiden Beamten nicht bemerkten. Uwe öffnete die Tür und ging hinein. Nick folgte ihm.

»Moin, wir möchten ungern ihre Zweisamkeit stören, aber auf unser Klopfen hat niemand reagiert«, erklärte Uwe.

Die Ironie war unverkennbar. Nick musste insgeheim schmunzeln. Uwe hatte Hunger, das merkte man an seinem Verhalten. Das Stück Kuchen von vorhin war nur ein Tropfen auf den heißen Stein gewesen. Hinzu kam der Ärger über den Schokoladenfleck auf der Hose, den er seiner Frau erklären musste. Das Risiko, sie zu belügen und erwischt zu werden, wollte er nicht eingehen. Folglich musste er zu seiner Schwäche stehen.

Das Ehepaar Hinrichsen unterbrach augenblicklich seinen Streit und blickte die Polizisten perplex an.

»Was wollen Sie? Wir haben alles gesagt. Verschwinden Sie von meinem Grundstück, sonst ...«, fuhr Hauke Hinrichsen die beiden an.

»Sonst was?«, fragte Nick ruhig. »Rufen Sie die Polizei?« Hauke Hinrichsen schwieg, aber sein ohnehin rot angelaufener Kopf wurde noch eine Nuance dunkler. »An Ihrer Stelle, Herr Hinrichsen, würde ich mich nicht so aufplustern«, ergänzte Nick.

»Wir haben Grund zu der Annahme, dass Sie beide in den Mordfall Roland Winkler verwickelt sind, und zwar tiefer, als Sie bislang zugegeben haben«, verkündete Uwe und baute sich neben seinem Kollegen auf.

»Das ist lächerlich! Wie kommen Sie auf diese Schnapsidee? Dafür dürften Ihnen jegliche Beweise fehlen!«, meldete sich Frau Hinrichsen zu Wort. »Mehr als haltlose Unterstellungen haben Sie bis dato nicht vorlegen können! Sie kommen in dem Fall nicht weiter und versuchen, uns die Angelegenheit unterzuschieben.«

»Wir schieben niemanden etwas unter, Frau Hinrichsen. Im Wagen Ihres Bruders Bruno Gräber wurden Plastikbehälter mit Chemikalienresten gefunden«, erklärte Nick, unbeeindruckt von Frau Hinrichsens Schimpftirade.

»Na und? Was beweist das? Mein Bruder hat ständig mit Chemikalien zu tun. Er braucht das Zeug in seiner Reinigung. Was hat das mit dem Mord an Winkler zu tun?«, giftete sie in Nicks Richtung.

»Lass gut sein, Beke!«, ermahnte sie ihr Mann. »Wir werden uns dazu nicht weiter äußern.«

»Nein, Hauke, wir brauchen uns das nicht gefallen lassen. Nur weil der Winkler mit Flusssäure umgebracht wurde, haben wir noch lange nichts damit zu tun«, eiferte sie sich.

Nick und Uwe tauschten einen vielsagenden Blick.

»Woher wissen Sie, dass Roland Winkler mit Flusssäure ermordet wurde?«, erkundigte sich Uwe wie beiläufig, innerlich triumphierte er.

Selbst sein nagendes Hungergefühl war mit einem Schlag verschwunden, als er in die versteinerten Mienen des Ehepaares blickte.

Beke Hinrichsen geriet für den Bruchteil einer Sekunde aus dem Konzept.

Sie fing sich jedoch erstaunlich schnell und erwiderte: »Von Ihnen natürlich! Von wem sonst sollten wir das erfahren haben?«

»Da irren Sie sich«, widersprach Nick. »Wir haben zu keiner Zeit erwähnt, wodurch Roland Winkler ums Leben gekommen ist.«

Hauke Hinrichsen ballte die Hände zu Fäusten. Seine Halsschlagader trat deutlich hervor und seine Kieferknochen mahlten unaufhaltsam. Er stand kurz vor einer Explosion.

»Aber ...«, stammelte Beke Hinrichsen, als ihr bewusst wurde, dass ihr ein schwerwiegender Fehler unterlaufen war.

»Sie haben recht, Roland Winkler wurde tatsächlich mit Flusssäure ermordet. Die Flusssäure, mit der Sie, Herr Hinrichsen, Ihren Konkurrenten ausgeschaltet haben, erhielten Sie von Ihrem Schwager. Für ihn war es kein Problem, an die Chemikalie zu gelangen, schließlich verwendet er sie täglich in seiner Reinigung«, erläuterte Uwe.

»Ausgemachter Blödsinn!«, wehrte Hauke Hinrichsen ab. »Das können Sie niemals beweisen. Wie soll ich das Ihrer Meinung nach angestellt haben, ohne mich selbst zu verletzen? Mal abgesehen von der absurden Annahme, dass ich einen Menschen getötet haben soll, nennen Sie mir einen plausiblen Grund für diese Tat!« Er sah Uwe herausfordernd an.

In diesem Moment klingelte Nicks Handy. Er nahm das Telefonat entgegen und stellte sich abseits in den Türrahmen, um ungestört sprechen zu können.

»Das erläutere ich Ihnen gern«, sagte Uwe. »Sie konnten die Tatsache nicht ertragen, dass Roland Winkler mit seinem Ein-Mann-Unternehmen einen lukrativen Auftrag ergattert hatte, den Sie ebenfalls dringend gebraucht hätten. Sie stehen unmittelbar vor der Insolvenz, Herr

Hinrichsen! Vielleicht hätte Winkler Ihnen sogar Personal abgeworben? Wer weiß?« Uwes Stimme wurde lauter.

Hinrichsen winkte wütend ab. »Quatsch! Das sind böswillige Gerüchte, die von irgendwelchen drittklassigen Stümpern verbreitet werden, um meiner Firma zu schaden. Das ist alles frei erfunden. Ich führe das Unternehmen in der dritten Generation. Mein Großvater hat es unter schwersten Bedingungen aufgebaut. Ich habe alles von ihm und meinem Vater gelernt. Ich verstehe mein Geschäft! Wie wollen Sie als Laie das überhaupt beurteilen können? Sie haben keine Ahnung, wie es in der Baubranche läuft. Kümmern Sie sich um Ihre Arbeit. Ich erzähle Ihnen auch nicht, wie Sie Ihre Strafzettel zu verteilen haben.« Er machte eine Pause, um Luft zu holen. Sein Kopf war dunkelrot. Er schwitzte und wischte sich seine feuchten Handflächen an seiner Hose ab. »Sehen Sie sich um! Sieht so ein Laden kurz vor der Pleite aus?« Er deutete mit seiner riesigen Hand auf den Hof, wo die Fahrzeuge und Maschinen ordentlich sauber in Reih und Glied nebeneinander aufgereiht auf ihren Einsatz warteten.

»Ich gebe nichts auf Gerüchte, Herr Hinrichsen. Das kann ich mir in meinem Job nicht leisten. Für mich zählen knallharte Fakten. Ich verfüge über zuverlässige Quellen, da können Sie beruhigt sein«, erwiderte Uwe gelassen. Er hatte sich schon vor langer Zeit abgewöhnt, sich von Angriffen gegen seine Person provozieren zu lassen. »Ihnen steht das Wasser bis zum Hals. Sie haben zurzeit keine nennenswerten Aufträge und können weder Ihre Leute bezahlen noch die Kredite bedienen, mit denen Sie diesen riesigen Fuhrpark da draußen finanziert haben. Die meisten Ihrer Lieferanten sind bereits abgesprungen, weil ihre Rechnungen nicht beglichen wurden. Sie haben sich sauber verkalkuliert und können Ihren finanziellen Verpflichtungen nicht nachkommen, um es auf den Punkt zu bringen.« Hauke Hinrichsen wollte etwas sagen, blieb aber stumm. Seine Frau starrte vor sich hin. »Sie wollten Roland Winkler einen Deal anbieten, damit er sie an dem Auftrag beteiligt. Aber er hat überraschenderweise abgelehnt. Vielleicht hat er sich sogar lustig über Sie gemacht.«

»Er war ein Idiot!«

»Das konnten Sie nicht ertragen und haben ihn kurzerhand ausgeschaltet. Damit die Polizei Ihnen nicht auf die Schliche kommt, haben Sie die Baustelle eines Konkurrenten zum Entsorgen der Leiche gewählt. Sehr vorausschauend! Hat aber leider nichts genützt. Ihre Frau hat sie bei der Sache unterstützt. Richtig? Wo haben Sie die Kleidung gelassen, die sie beim Entsorgen der Leiche getragen haben? Egal, wir werden sie finden.«

Nick kam näher. Er sah zufrieden aus.

»Frau Hinrichsen, Herr Hinrichsen, wir nehmen Sie fest wegen des dringenden Tatverdachts, den Mord an Roland Winkler gemeinschaftlich begangen zu haben«, sagte er.

Hauke Hinrichsen schnaubte vor Wut, während seine Frau bei Nicks Worten in Tränen ausbrach. Sie sank wie ein Häufchen Elend auf einem Stuhl zusammen und schlug beide Hände vors Gesicht.

»Hör auf zu heulen!«, befahl ihr Mann wenig mitfühlend. »Wenn dein dusseliger Bruder nicht auf der Insel aufgetaucht wäre, und du nicht so blöd gewesen wärst und einen Einbruch gemeldet hättest, wäre es nie so weit gekommen.«

»Das war alles deine Idee, weil du den Hals nicht voll genug bekommen konntest. Warum konntest du Winkler nicht in Ruhe lassen? Ich habe dir gleich gesagt, dass das nichts bringt. Aber du weißt immer alles besser«, schrie Beke Hinrichsen und schlug mit geballten Fäusten auf ihren Mann ein.

Nick hatte Mühe, sie zurückzuhalten. In diesem Moment fuhren zwei Streifenwagen mit eingeschaltetem Blaulicht auf den Hof und hielten direkt vor dem Büroanbau.

»Die Kollegen werden Sie auf das Revier mitnehmen«, teilte Nick dem streitenden Ehepaar mit.

»Mein Hund ist drüben im Haus«, sagte Hauke Hinrichsen und blickte zu Uwe.

»Darum kümmern wir uns. Bitte kommen Sie mit! Sie auch, Frau Hinrichsen«, entgegnete Uwe.

Als die Festgenommenen im Streifenwagen Richtung Westerland fuhren, erkundigte sich Uwe bei Nick: »Wer hat vorhin angerufen?«

»Die Kollegen haben das gesamte Grundstück von Roland Winkler noch einmal auf den Kopf gestellt. Dabei haben sie die Flasche gefunden, in der Hinrichsen die Chemikalie transportiert hat. Eine einfache Getränkeflasche aus Kunststoff, wie du sie in jedem Supermarkt bekommst. Ich nehme die Dinger immer mit zum Sport. Erinnerst du dich, dass Luhrmaier gesagt hat, dass man die Flüssigkeit ausschließlich in Plastikbehältern und nicht in Glasflaschen aufbewahren kann, da Glas von der Säure angegriffen wird?«

»Hatte ich, ehrlich gesagt, vergessen«, gab Uwe kleinlaut zu.

»Die Kollegen haben die Flasche, in der sich die Flusssäure befunden hat, im Müllcontainer gefunden. Dort lag auch ein Beutel mit Kleidung, die das Ehepaar Hinrichsen bei der Entsorgung der Leiche getragen haben könnte. Ein Abgleich der Faserspuren an Winklers Kleidung wird Aufschluss darüber geben, ob es sich um ein und dieselben Spuren handelt. Die Laboranalyse wurde bereits beauftragt. Durch den Streik ist der Müll nicht abgeholt worden. Da kannst du sehen, wofür ein Streik gut sein kann. Wir hätten die ausschlaggebenden Beweise sonst vermutlich niemals gefunden.« Nick rieb sich das unrasierte Kinn und musste plötzlich an Annas Worte denken. Er sähe verwegen aus, hatte sie gesagt. »Ab wann würdest du sagen, sieht ein Mann verwegen aus?«

»Was? Alles okay mit dir?«

»Ach vergiss es.« Nick winkte schnell ab.

»Auf der Flasche lassen sich mit Sicherheit die Fingerabdrücke von Hinrichsen finden, davon bin ich überzeugt«, wandte Uwe sich wieder dem Fall zu.

»Sehe ich genauso. Die Flasche wird eingehend untersucht.«

»Hast du noch mehr gute Nachrichten? War die Fahndung nach Gräber erfolgreich?«, erkundigte sich Uwe.

»Bislang Fehlanzeige. Sollte er sich auf Sylt befinden, erwischen wir ihn an der Fähre in List oder an der Verladestation des Syltshuttle. Wenn er bereits auf dem Festland sein sollte, erwarten ihn die Kollegen zu Hause.«

»Gut, dann lass uns aufs Revier fahren«, schlug Uwe vor. »Ich bin gespannt, welche abenteuerliche Geschichte das Ehepaar Hinrichsen auf Lager hat, wenn wir sie mit dem Fund der Flasche konfrontieren. Frau Winkler und ihren Freund musste ich wegen zu dünner Beweislage laufen lassen. Sie hat sich einen Anwalt besorgt. Unser von Brömmberg wird mir deshalb vermutlich auch noch eine ordentliche Standpauke halten. Er hat sie ja von Beginn an für unschuldig gehalten. Verreisen darf die Winkler allerdings vorerst nicht. Ihr Mann ist noch nicht einmal unter der Erde, und sie will mit ihrem Lover in die Karibik. Es herrscht kein Anstand mehr in diesem Land!«, seufzte Uwe. »Aber nun kümmern wir uns erst mal um Bruno Gräber.«

Nick sah auf seine Armbanduhr. »Ich würde gern kurz zu Hause vorbeischauen. Anna und ich haben einen Termin. Es dauert nicht lange.«

»Klar, kein Problem. Dann fangen wir schon mal ohne dich an. Die Hinrichsens sind ein harter Brocken, dafür werden wir Zeit brauchen, bis wir von denen brauchbare Aussagen bekommen.«

Jill stand an der Ecke Friedrichsstraße/Paulstraße und blickte immer wieder ungeduldig auf ihr Smartphone. Sie war verabredet und wartete seit einer Viertelstunde vergeblich. Mit wachsender Verärgerung sah sie umher, konnte ihren Freund aber nirgendwo erblicken. Wo bleibt der denn, fragte sie sich. Ihr Unmut wuchs mit jeder Minute. Das fing ja gut an. Wenn er aufgehalten worden wäre, hätte er sich wenigstens melden können. Nun stand sie hier wie bestellt und nicht abgeholt. Als sie überlegte, sich in die Cafébar nebenan zu setzen, um sich die Wartezeit mit einem Espresso oder einer Kugel Schokoladeneis zu versüßen, fiel ihr in der Menge eine Frau mit Kinderwagen auf. Im ersten Augenblick glaubte sie, Anna zu erkennen, denn die auffällig bunte Tasche vorne am Kinderwagen stach ihr als Erstes ins Auge. Bei genauerem Hinsehen erkannte sie, dass die Person nicht Anna war, denn die Frau hatte blondes Haar. Es handelte sich um diese aufdringliche Stella, die neulich bei Anna zu Besuch war. Sie kam schnurstracks auf Jill zu, ohne sie jedoch bewusst wahrgenommen zu haben.

»Hallo!«, sagte Jill, als sie auf gleicher Höhe waren.

Stella zuckte erschrocken zusammen. »Ach, hallo!«, erwiderte sie überrascht.

»Das ist doch Christopher!«, stellte Jill fest und beugte sich über den Kinderwagen, um ihren Neffen zu begrüßen.

»Ja, wir machen einen Spaziergang. Anna hat wahnsinnig viel zu tun und hat mich gebeten, mit Christopher ein bisschen an die Luft zu gehen«, erklärte Stella. »Wir wollen ans Meer.«

»Er hat völlig verweinte Augen und sieht überhaupt nicht glücklich aus«, bemerkte Jill besorgt.

»Kleine Kinder weinen hin und wieder. Das hat nichts zu bedeuten. Wahrscheinlich hat er bloß Hunger. Ich werde ihm etwas geben, sobald wir die Strandpromenade erreicht haben. Also, wir wollen weiter. Einen schönen Tag!«

Mit diesen Worten schob Stella den Kinderwagen energisch weiter. Nachdenklich sah Jill ihr nach.

»Die hat es aber eilig«, murmelte sie vor sich hin.

Sie wunderte sich darüber, dass Anna einer mehr oder weniger fremden Person ihren Sohn anvertraute. Das passte nicht zu Anna, zumal sie diese Freundin nie zuvor auch nur mit einem Sterbenswörtchen erwähnt hatte. Einen kurzen Augenblick lang überlegte Jill, ob sie Anna anrufen sollte, dann erschien ihr der Gedanke lächerlich. Sie wollte ihrer Schwägerin weder Vorschriften machen noch sich in ihre Angelegenheiten einmischen oder ihr gar nachspionieren. Trotzdem wurde sie das Gefühl nicht los, das irgendetwas nicht stimmte. Plötzlich hielt ihr jemand von hinten die Augen zu. Sie erschrak im ersten Moment und fuhr herum. Ein Strahlen erschien auf ihrem Gesicht. Weiche Lippen pressten sich auf ihren Mund.

»Wartest du schon lange?«

»Allerdings«, gab sie zurück und setzte eine beleidigte Miene auf.

»Ich hoffe, du kannst mir verzeihen. Bekomme ich eine Chance, es wieder gutzumachen?«

»Kommt darauf an«, konterte sie mit verschmitztem Lächeln. »Ein dicker Eisbecher mit Sahne wäre immerhin ein Anfang.«

Er lachte. »Dein Wunsch ist mir Befehl.«

Dann hakte sie sich bei ihm ein, und sie flanierten gemeinsam die Friedrichsstraße entlang in Richtung Promenade.

Als Nick auf den Parkplatz vor dem Haus fuhr, sah er eine Frau vor der Haustür stehen. Sie trug einen hellen Mantel und ein buntes Tuch um den Hals und hielt eine Handtasche in der Hand.

»Hallo«, rief er, als er ausstieg. »Kann ich Ihnen behilflich sein?«

»Moin«, erwiderte die Frau und kam ihm ein paar Schritte entgegen.

Nick öffnete die Heckklappe seines Kombis, und Pepper sprang heraus.

»Wollen Sie zu uns?«, fragte Nick im Näherkommen.

»Mein Name ist Anneliese Scherber, ich bin wegen der Stelle als Haushaltshilfe gekommen. Ich habe einen Termin mit Frau Scarren. Ich habe bereits zweimal geklingelt, aber es scheint niemand da zu sein«, erklärte die Frau.

»Ich bin Nick Scarren. Kommen Sie, vielleicht ist meine Frau oben im Haus und hat die Klingel nicht gehört.«

Nick steckte den Schlüssel ins Türschloss. Die Haustür war nicht abgeschlossen, und Annas Wagen parkte vor dem Haus, folglich musste sie zu Hause sein. Sie verließ nie das Haus, ohne es ordnungsgemäß abzuschließen. Pepper bohrte seine Nase durch den Türspalt, sobald Nick die Tür geöffnet hatte und stürmte in die Diele. Nick betrat das Haus. Frau Scherber folgte ihm zögerlich.

»Sweety? Bist du da?«, rief er und horchte. Es herrschte absolute Stille im Haus. »Anna?« Nick legte sein Schlüsselbund auf die Anrichte in der Diele. Dann rief er erneut: »Anna! Wir haben Besuch! Wo bist du?«

Statt einer Antwort hörte er Pepper im Wohnzimmer winseln. Nick hatte plötzlich ein ungutes Gefühl und eilte mit großen Schritten zu der Sitzgruppe im Wohnbereich. Dort entdeckte er Anna leblos auf dem Boden liegen. Pepper stand neben ihr und hechelte aufgeregt.

»Oh mein Gott«, flüsterte Nick und stürzte auf Anna zu. Er kniete sich neben sie und fühlte ihren Puls. »Schnell, rufen Sie einen Rettungswagen!«, rief er Frau Scherber zu und deutete auf das Telefon auf dem Sideboard. Frau Scherber, die zunächst erschrocken auf die am Boden liegende Anna starrte, reagierte geistesgegenwärtig und wählte umgehend den Notruf.

»Anna, kannst du mich hören?«, versuchte Nick, seine bewusstlose Frau zu einer Reaktion zu bewegen. Anna rührte sich nicht, aber wenigstens atmete sie. Er untersuchte sie vorsichtig, fand aber keine sichtbaren Verletzungen. »Sweety, bitte wach auf!«, flüsterte Nick. Er strich ihr mit der Hand eine Haarsträhne aus dem Gesicht. Plötzlich vernahm er ein leises Stöhnen. Sie kam zu sich und schlug die Augen auf. »Gott sei Dank, du lebst! Was ist passiert?«, fragte Nick, während ihm sein Herz vor Aufregung bis zum Hals schlug.

Seine Frau sah ihn an und wollte antworten, brachte jedoch kein einziges Wort über die Lippen. Dann verlor sie erneut das Bewusstsein. Von Panik ergriffen blickte Nick sich um. Erst jetzt bemerkte er, dass Christopher nicht da war. Sein Spielzeug lag verwaist auf seiner Spieldecke. Sein Teddybär, den er überallhin mit sich trug, starrte Nick mit seinen schwarzen Knopfaugen an. Schlief Christopher oben in seinem Kinderzimmer, überlegte Nick. Durch das Klingeln und sein Rufen wäre er bestimmt wach geworden. Da fiel Nick auf, dass der Kinderwagen nicht an seinem angestammten Platz in der Diele stand. Was war vorgefallen? Nach einem Überfall sah es nicht aus, denn er konnte keinerlei Kampfspuren entdecken. Nichts war umgeworfen, keine Schubladen geöffnet worden. Auf dem Couchtisch standen eine Tasse Tee und ein halb volles Glas Wasser. Anna trank viel über den Tag verteilt und ließ stets einen Rest übrig. Demzufolge war sie allein und hatte keinen Besuch, analysierte Nick.

»Bitte würden Sie kurz bei meiner Frau bleiben, ich will nachschauen, ob unser Sohn oben ist«, bat er Frau Scherber und deutete gen Obergeschoss.

»Selbstverständlich. Der Notarzt müsste jeden Moment hier sein«, erwiderte sie pflichtbewusst.

»Danke.«

Nick hastete in Windeseile nach oben. Flüchtig blickte er in einen Raum nach dem nächsten – keine Spur von Christopher. Als er die Treppe nach unten lief, hörte er vor dem Haus den Rettungswagen halten. Er rannte zur Haustür und riss sie auf. Ein Notarzt stand, begleitet von zwei Sanitätern, vor ihm.

»Bitte kommen Sie schnell, meine Frau ist bewusstlos«, erklärte Nick. »Ich habe keine Ahnung, wie lange schon und was vorgefallen ist. Vor wenigen Minuten war sie für einen kurzen Moment bei Bewusstsein.«

Nick beobachtete den Notarzt, wie er sich über Anna beugte und sie untersuchte.

»Was ist mit ihr?«, fragte er voller Ungeduld.

»Das kann ich im Moment nicht eindeutig sagen. Sie muss sofort in die Klinik«, erwiderte der Arzt. »Es sieht danach aus, als wäre sie gestürzt. Sie hat eine Beule am Hinterkopf. Das scheint aber nicht der alleinige Grund für ihren Zustand zu sein. Ihr Kreislauf ist völlig zusammengebrochen. Ich versuche, sie stabil zu halten. Die Kollegen in der Klinik haben bessere Möglichkeiten, die Ursache zu finden.«

Nick rieb sich nervös mit einer Hand den Nacken. Er fühlte sich hilflos. Was war mit Anna geschehen und wo befand sich Christopher? Die Sanitäter brachten eine Trage herein, auf die Anna behutsam gelegt wurde. Als sie schließlich in den Rettungswagen geschoben wurde, sagte Nick: »Ich komme sofort nach.«

Der Notarzt nickte ihm freundlich zu. Dann fuhr der Wagen mit eingeschaltetem Blaulicht und Sirene los.

»Ich komme ein anderes Mal wieder, Herr Scarren«, sagte Frau Scherber, die hinter Nick an der Tür auftauchte. Er hatte sie in der Aufregung völlig vergessen. »Ich wünsche Ihrer Frau alles Gute.«

»Ja, Frau Scherber. Wenn das alles überstanden ist, melden wir uns. Vielen Dank für Ihre Hilfe.«

Sie schenkte ihm ein zaghaftes Lächeln und verabschiedete sich. Nick ging zurück ins Haus. Er rief Uwe an und schilderte in groben Zügen die Situation.

»Das klingt nach einer Entführung. Jemand muss Christopher mitgenommen haben«, stellte er betroffen fest.

»Aber wer sollte das getan haben und warum? Ich kann es mir nicht erklären!«, erwiderte Nick verzweifelt. Er machte sich große Sorgen um seine Familie.

»Gib mir mal die genaue Beschreibung des Kinderwagens. Dann haben die Kollegen es leichter, ihn ausfindig zu machen«, bat Uwe ihn.

Nick kam der Aufforderung nach. Er zweifelte daran, dass das weiterhelfen konnte. Es war ein ganz gewöhnlicher Kinderwagen, von denen es Dutzende gab, und fiel nicht weiter auf. Plötzlich fiel ihm ein wichtiges Detail ein. Anna hatte vorne am Kinderwagen eine auffallend bunte Tasche befestigt. Davon gab es sicherlich nicht viele auf der Insel.

»Ich rufe auf dem Weg ins Krankenhaus unsere Freunde und Bekannten an. Vielleicht wissen sie, wo Christopher sein könnte. Oder haben ihn gesehen. Ich kann mir beim besten Willen nicht vorstellen, dass Anna ihn jemandem freiwillig mitgegeben hat«, vermutete Nick. »Warum sollte sie das getan haben?«

»Versuche es trotzdem. Kann ich dir behilflich sein?«, fragte Uwe.

»Kannst du ein paar Anrufe übernehmen? Dafür wäre ich dir sehr dankbar, Uwe.«

»Das ist selbstverständlich«, entgegnete Uwe. »Wir werden Christopher bald finden!«

Als Nick aufgelegt hatte, überlegte er kurz, was er als Nächstes tun sollte. Er entschied, Britta anzurufen. Sie war Annas beste Freundin und Christophers Patentante. Vielleicht hatte sie eine Idee, wo Christopher stecken konnte. Nach einigen Freizeichen hörte er Brittas Stimme am anderen Ende der Leitung.

»Hallo, Nick! Schön, von dir zu hören. Alles okay bei euch?«, begrüßte sie ihn fröhlich.

Sie verstummte augenblicklich, als Nick ihr in knappen Sätzen die Situation schilderte. Britta war schockiert, konnte aber leider nicht weiterhelfen. Christopher war weder bei ihr noch hatte sie mit Anna gesprochen. Sie versprach, sich umgehend auf die Suche nach ihrem kleinen Patenkind zu machen. Nick fuhr ins Krankenhaus nach Westerland und rief von unterwegs aus weitere Freunde und Bekannte an. Das Ergebnis war allerdings niederschmetternd. Mit jedem erfolglosen Anruf schwanden die Chancen, Christopher schnell zu finden. Niemand hatte ihn gesehen, er war wie vom Erdboden verschluckt. Nick bat darum, verstärkt auf Personen mit Kinderwagen zu achten, und vergaß auch nicht, auf die auffällig bunte Tasche hinzuweisen. Nachdem ein Anruf bei Ava und Carsten ebenfalls ergebnislos verlief, rief Nick letztendlich bei seiner Schwester Jill an. Vergeblich. Er konnte sie weder auf dem Festnetz noch auf ihrem Handy erreichen. Nick fuhr auf das Gelände der Klinik und fand sofort einen freien Parkplatz. Pepper saß artig im hinteren Teil seines Wagens und wartete darauf, herausgelassen zu werden. Nick ließ die hinteren Scheiben auf beiden Seiten ein ganzes Stück herunter, damit der Hund während seiner Abwesenheit ausreichend mit Sauerstoff versorgt war.

»Warte schön, Pepper, du kannst nicht mit! Ich bin bald zurück.«

Im Krankenhausgebäude lief Nick den langen Gang entlang zur Notaufnahme. Er war viele Male dort gewesen und wusste, wohin er musste. Als er sich bei einer Krankenschwester im Stationszimmer nach Anna erkundigte, bat man ihn, solange im Wartebereich Platz zu nehmen, bis einer der Ärzte ihm Näheres zu Annas Zustand sagen konnte.

»Ist Doktor Gustafson im Haus?«, hakte Nick nach und wollte sich nicht ohne Weiteres abspeisen lassen.

Die Krankenschwester warf einen Blick auf den Dienstplan vor ihr auf dem Schreibtisch.

»Nein, tut mir leid. Doktor Gustafson hat heute dienstfrei. Morgen ist er wieder zu sprechen.«

»Ausgerechnet!«, fluchte Nick verhalten. »Vielen Dank.«

»Gern geschehen«, sagte sie und schenkte ihm ein freundliches Lächeln.

Nick setzte sich im Wartebereich auf einen der aufklappbaren Plastikstühle, die an der Wand befestigt waren. Lange hielt er es nicht auf seinem Platz aus. Er war zu nervös und lief wie ein Tiger im Käfig den schmalen Gang auf und ab. Ein stechender Geruch von Desinfektionsmitteln stieg ihm in die Nase. In Krankenhäusern fühlte er sich stets unwohl. Dieses Warten machte ihn beinahe verrückt. Seine Gedanken kreisten einzig um seine Familie. Er hatte Angst, sie zu verlieren. Die Vorstellung war unerträglich. Bilder seiner Vergangenheit tauchten vor seinem inneren Auge auf, und er spürte die damit verbundene Angst. Das durfte nicht noch einmal passieren. Sein Telefon blieb stumm, egal wie oft er auf das Display sah. Was sollte er tun? Einerseits wollte er selbst nach seinem Sohn suchen, andererseits wollte er Anna nicht im Stich lassen, solange er nicht wusste, in welchem Zustand sie sich befand. Er verabscheute es, untätig herumsitzen. Jede Minute war kostbar. Er wählte erneut die Nummer seiner Schwester. Dieses Mal hatte er Erfolg.

»Wo steckst du? Wieso gehst du nicht ans Telefon?«, zischte er, bevor Jill etwas sagen konnte. »Ich versuche dich die ganze Zeit zu erreichen.« Er versuchte, leise zu sprechen, um die anderen Wartenden nicht zu stören.

»Hallo, Bruderherz! Danke für diese außerordentlich nette Begrüßung. Ich habe mein Telefon nicht gehört. Was gibt es Dringendes?«, erwiderte sie verärgert.

»Sorry«, entschuldigte sich Nick. Dann berichtete er, was geschehen war.

»Wir kommen!«, war das Einzige, was Jill sagte.

»Mir wäre es lieber, du würdest …«, versuchte Nick, seine Schwester davon abzuhalten, aber sie hatte bereits aufgelegt. Ratlos sah er auf sein Handy in der Hand. Warum wollte sie unbedingt ins Krankenhaus kommen? Und wer war »wir«? Es wäre sinnvoller gewesen, sie hätte sich an der Suche nach Christopher beteiligt. Je mehr Leute nach ihm suchten, je größer waren die Chancen, ihn schnellstmöglich zu finden. In der Klinik konnte Jill nichts ausrichten. Nick selbst kam sich überflüssig vor, da er nichts tun konnte, als zu warten. Seine Sorge wuchs von Minute zu Minute, und seine Nerven lagen blank. Er beschloss, sich wieder hinzusetzen und abzuwarten. Er klappte einen der Stühle herunter und setzte sich. Die Unterarme auf die Oberschenkel gestützt betrachtete er die verblassten Landschaftsfotografien, die in schmucklosen Wechselrahmen an der gegenüberliegenden Wand hingen. Während er vor sich hin grübelte, öffnete sich im hinteren Teil des Ganges die Tür eines Behandlungszimmers. Eine junge Ärztin trat heraus. Sie trug einen blauen Kittel und hatte ein Stethoskop um ihren Hals gehängt. Sie blieb kurz stehen und blickte den Gang entlang, dann kam sie langsam näher. Nick sprang auf und blickte in ihre Richtung. Sein Herz zog sich krampfartig zusammen, als er ihren ernsten Gesichtsausdruck erkannte. Sie sah direkt in seine Richtung und schüttelte den Kopf. Der Boden unter Nicks Füßen begann sich aufzutun. Jegliche Farbe war aus seinem Gesicht gewichen.

»Komm schnell! Wir müssen los!«, sagte Jill und sprang aus dem Strandkorb auf, in dem sie es sich vor wenigen Minuten gemütlich gemacht hatten.

»Warum?«, fragte er und blinzelte gegen die Sonne. »Das ist sehr gemütlich hier.«

»Das war gerade Nick am Telefon. Er hat Anna bewusstlos zu Hause gefunden. Jetzt befindet sie sich im Krankenhaus. Und Christopher ist weg«, erklärte Jill aufgeregt und griff nach seiner Hand.

»Sag das doch gleich!«, erwiderte er und schoss blitzartig hoch. »Wo steht dein Wagen?«

»Am ›Sylt Aquarium‹«, erwiderte sie. »Ich hätte mir denken können, dass da etwas nicht stimmt.«

»Wovon sprichst du?«

»Vorhin habe ich Stella mit Christopher gesehen. Jetzt ist sie vermutlich über alle Berge mit ihm.«

»Dann los! Wir dürfen keine Zeit verlieren.«

Er nahm sie an die Hand, und beide liefen, so schnell sie konnten, die Strandpromenade entlang. Sie hasteten die Stufen des Übergangs zur Friedrichsstraße hoch und bogen gleich hinter dem Hotel »Miramar« rechts ab. Sie rannten die Dünenstraße direkt hinter der großen Düne entlang. Jill konnte kaum mit seinen großen Schritten mithalten. Um Haaresbreite wäre sie über einen Chihuahua gestürzt, der an seiner langen pinkfarbenen Leine von seiner Besitzerin gedankenlos kreuz und quer über den Weg geführt wurde. Mit Mühe konnte Jill das Gleichgewicht halten.

»Ich kann nicht so schnell«, japste sie.

»Soll ich vorlaufen und dir entgegenkommen? Dann gib mir den Autoschlüssel«, schlug er vor.

»Nein, ich schaffe das. Ich bin nur nicht mehr im Training«, antwortete Jill leicht gekränkt. Sie wollte keine Schwäche zeigen und mobilisierte ihre letzten Reserven. Sie liefen weiter, quer über den Parkplatz an der Käpt'n-Christiansen-Straße, bis sie die Schützenstraße erreichten. Auf dem Bürgersteig mussten sie immer wieder Fußgängern ausweichen, die ihnen verständnislos nachblickten. Manche riefen ihnen verärgert etwas hinterher. Als Jill befürchtete, gleich kapitulieren zu müssen, tauchte rechter Hand das »Dorint Resort« auf. Dahinter befand sich der große Parkplatz, auf dem sie ihren Wagen abgestellt hatte. Völlig außer Atem erreichten sie das Auto, und Jill kramte in ihrer Handtasche nach dem Autoschlüssel. Ihr T-Shirt klebte an ihrem Rücken, weil sie stark schwitzte. Doch das war in diesem Moment zweitrangig. Sie wollte auf schnellstem Weg in die Klinik zu Anna und ihrem Bruder.

»Ich weiß nicht«, schnaufte sie und rang nach Luft, »wann ich das letzte Mal so schnell gerannt bin.« Ihre Kehle war staubtrocken, und sie sehnte sich nach einem riesigen Glas gekühlten Mineralwasser.

»Ich auch nicht«, gab er zurück und fuhr sich mit dem Handrücken über die nasse Stirn.

Sie stiegen ein, und Jill startete den Motor. Die Fahrt zur Klinik dauerte wenige Minuten.

Bruno Gräber drückte auf den Tasten seines alten Autoradios herum und fluchte.

»Blödes Ding! Hat denn kein einziger Sender vernünftigen Empfang?«

Er war so mit seinem Radio beschäftigt, dass er die Frau beinahe übersah, die vor ihm über die Straße lief. In letzter Sekunde konnte er den Wagen stoppen.

Er öffnete das Fenster der Beifahrertür und rief: »Haben Sie keine Augen im Kopf? Sie können doch nicht einfach ohne zu gucken über die Straße rennen!« Die Frau, die ein kleines Kind auf dem Arm hielt, sah ihn mit aufgerissenen Augen erschrocken an. »Sind Sie in Ordnung?«, erkundigte sich Bruno Gräber, als er sich von dem ersten Schrecken erholt hatte. Ein Verkehrsunfall war das Letzte, was er gebrauchen konnte. Die Frau nickte. »Kann ich irgendetwas für Sie tun? Brauchen Sie Hilfe?«, fragte er.

»Können Sie uns mitnehmen?« Die Frau sah sich hektisch um. Das Kind auf ihrem Arm hatte verweinte Augen.

»Sind Sie in Schwierigkeiten?«

»Sehe ich aus, als ob ich in Schwierigkeiten stecken würde? Können Sie uns nun mitnehmen oder nicht?«, entgegnete sie schroff. Sie hatte sich schnell von dem Schock erholt.

»Wohin wollen Sie?«

»Nach List zum Hafen.«

»Das trifft sich gut, ich will die nächste Fähre kriegen. Steigen Sie ein!«, forderte Bruno sie auf und lehnte sich über den Beifahrersitz, um die Beifahrertür zu öffnen. Die Frau zögerte nicht lange und stieg samt dem Kind ein. Sie war groß und schlank und trug ihr auffallend rotes langes Haar offen. Bruno konnte seinen Blick nicht von ihr lassen. Sie faszinierte ihn. Was für ein himmlisches Wesen! Sie war ihm direkt vors Auto gelaufen und nun saß sie neben ihm. War das Schicksal? Oder göttliche Fügung?

»Glotzen Sie nicht, fahren Sie! Sonst verpassen wir am Ende die Fähre«, riss sie ihn aus seinen Träumereien.

»Wie heißen Sie?«, wollte Bruno nach einer Weile wissen, als er sich wieder im Griff hatte und sie durch das Gewerbegebiet in Tinnum in Richtung Norden fuhren.

Die Frau neben ihm schenkte ihm einen skeptischen Blick. »Nadja«, sagte sie kurz angebunden.

»Mein Name ist Bruno«, erwiderte er.

»Schön für Sie.«

»Haben Sie kein Gepäck dabei oder wenigstens einen Kinderwagen für den Kleinen?«

»Ich bin Ihnen zwar keine Rechenschaft schuldig, aber ich habe meine Reisetruppe während eines Zwischenstopps verpasst. Der Bus ist ohne uns weitergefahren, deshalb muss ich unbedingt diese Fähre erreichen«, erklärte sie. »Sind Sie nun zufrieden?«

»Das nenne ich Pech«, stellte Bruno fest. »Die können doch nicht abfahren, ohne sich zu vergewissern, dass alle an Bord sind. Sie können von Glück reden, dass ich zur Stelle war. Die Linienbusse fahren nicht häufig außerhalb der Saison. Unter Umständen hätten Sie lange warten müssen. Der arme Kleine!«

Nadja murmelte etwas Unverständliches. Dann wandte sie ihren Blick zum Fenster. Dabei hielt sie den kleinen Jungen an sich gepresst. Er schien eingeschlafen zu sein, denn er rührte sich kaum. Bruno hatte keine Ahnung von Kindern.

»Wie heißt der Kleine?«, fragte er, um die bedrückende Stille im Wagen zu durchbrechen. Außerdem wollte er seinem Fahrgast gegenüber, nicht unhöflich wirken. Vielleicht braucht die Dame ein wenig Ablenkung, dachte Bruno. Sie machte sich sicherlich Sorgen, ihre Reisegruppe nicht pünktlich zu erreichen. Das konnte er gut verstehen.

»Hören Sie, Rudi, ...«

»Bruno.«

»Wie bitte?«

»Ich heiße Bruno.«

»Meinetwegen auch das. Bruno, ich finde es außerordentlich nett von Ihnen, dass Sie uns mitnehmen, aber ich bin zurzeit nicht zu Gesprächen aufgelegt. Sie brauchen sich also keine Mühe geben, mich in irgendeine sinnlose Konversation zu verwickeln«, gab sie ihm deutlich zu verstehen und erstickte seine Hoffnung auf ein anregendes Gespräch somit im Keim.

Da hatte er sich eine feine Reisebegleitung angelacht, überlegte er und zuckte mit den Schultern. »Dann eben nicht«, brummte er. Er wollte lediglich freundlich sein.

Während der weiteren Fahrt vermied Nadja es, Bruno

direkt anzusehen, und blickte stattdessen demonstrativ aus dem Fenster. Er wurde das Gefühl nicht los, dass mit ihr etwas nicht stimmte. Wenige Hundert Meter hinter Kampen musste Bruno das Tempo drosseln, da sich vor ihnen eine Autoschlange gebildet hatte.

»Was ist da vorne los?«, wollte Nadja wissen und reckte neugierig den Hals.

»Woher soll ich das wissen?«, erwiderte Bruno Gräber. Jetzt war er derjenige, der keine Lust hatte, sich zu unterhalten.

Brunos Wagen kam hinter dem des Vordermannes zum Stehen. Bruno kurbelte die Scheibe herunter, steckte den Kopf heraus, um herauszubekommen, warum sie auf freier Strecke halten mussten. Er vermutete, dass ein Unfall die Ursache für die Zwangspause sein musste, denn eine Verkehrskontrolle außerhalb einer geschlossenen Ortschaft erschien ihm ungewöhnlich. Dafür musste in aller Regel ein wichtiger Grund vorliegen. Ein Banküberfall beispielsweise, malte er sich in seiner Fantasie aus. Trotz allem verursachte ihm die Situation Unbehagen. Er ärgerte sich im Nachhinein sogar darüber, dass er diese Frau mitgenommen hatte. Sie musste ihm nicht um den Hals fallen, aber eine Spur Dankbarkeit hätte man erwarten können, war er der Ansicht. Er hatte sich offensichtlich geirrt.

»Und? Können Sie etwas erkennen? Wieso geht es nicht weiter?«, fragte Nadja.

»Nö«, war die einsilbige Antwort. Mehr wollte er nicht dazu zu sagen.

Je länger sie standen, je nervöser rutschte Nadja auf ihrem Sitz hin und her. Der kleine Junge schlief und hing schlaff auf ihrem Schoß.

»Müssen Sie mal?«, erkundigte sich Bruno, dem die Nervosität der Dame nicht entgangen war.

»Wie kommen Sie denn auf die Idee?«, konterte sie konsterniert.

»Weil Frauen ständig aufs Klo müssen«, behauptete er.

»Das mag auf Frauen zutreffen, die Sie kennen. Ich jedenfalls nicht«, gab sie patzig zurück.

»Weshalb sind Sie dann so nervös? Ist jemand hinter Ihnen her?«

»Ich weiß nicht, ob hinter Ihnen jemand her ist, und es ist mir ehrlich gesagt auch egal, aber ich muss diese Fähre erreichen.«

Ihre Worte waren scharf wie Rasierklingen. Bruno schwor sich, kein Sterbenswort mehr mit der Dame zu sprechen. Er schielte auf seine Uhr. Sie hatten bis zum Ablegen der Fähre noch rund eine Stunde Zeit. Genug Zeit, um nicht in Panik zu verfallen. Trotzdem hätte er gerne gewusst, warum es nicht weiterging. In diesem Moment setzte sich das Auto vor ihnen in Bewegung. Das wurde auch Zeit. Im Schritttempo rollte die Blechkolonne Stück für Stück weiter. Die Straße machte eine leichte Rechtskurve. Nun konnte Bruno erkennen, warum es nur schleppend voranging. Kalter Schweiß trat ihm auf die Stirn. Da vorne standen zwei Streifenwagen. Wie es aussah, wurden alle Fahrzeuge kontrolliert. Was hatte das zu bedeuten? Die Polizei hatte ihn gehen lassen, er war ein freier Mann. Suchten sie nach ihm? War diese Nadja, die neben ihm saß, nicht so harmlos, wie er annahm? In diesem Augenblick realisierte sie, weshalb sie halten mussten.

»Verdammt«, zischte sie. »Fahren Sie einfach weiter!«

»Sind Sie verrückt geworden? Dann hängen sie uns erst recht an den Fersen!« Bruno Gräber fühlte sich unbehaglicher, je dichter er mit seinem Wagen an die Beamten heran rollte. Ein uniformierter Beamter bedeutete Bruno, die Scheibe herunterzukurbeln.

»Moin, was gibt's?«, fragte Bruno so gelassen er konnte. Er brauchte nicht nervös zu sein, er hatte sich nichts vorzuwerfen.

»Moin, allgemeine Verkehrskontrolle. Ihre Ausweispapiere bitte«, forderte der Polizist ihn auf.

Bruno zögerte, und ehe er etwas sagen konnte, hatte Nadja die Gesprächsführung übernommen. »Bitte lassen Sie uns weiterfahren! Wir sind auf dem Weg zum Arzt und haben schon zu viel Zeit verloren. Unserem Jungen geht es sehr schlecht, er hat hohes Fieber!« Der Polizist überlegte. »Wollen Sie zur Rechenschaft gezogen werden, wenn sich sein Zustand wegen einer routinemäßigen Verkehrskontrolle verschlimmert und ihm etwas zustößt? Ich möchte dann nicht in Ihrer Haut stecken«, ereiferte sie sich.

Bruno war beeindruckt von dem schauspielerischen Talent, das seine Beifahrerin an den Tag legte. Gleichzeitig war er schockiert über ihre Kaltschnäuzigkeit, mit der sie das Auge des Gesetzes belog. Der Beamte beugte sich nach vorne und spähte durch das geöffnete Fenster auf den Beifahrersitz. Der kleine Junge auf dem Schoß der Frau hatte rote Wangen und schlief.

»Okay«, entschied er, »Sie können weiterfahren. Gute Besserung für den Kleinen!«

»Herzlichen Dank!«, säuselte Nadja. Bruno raunte sie zu: »Auf was warten Sie? Geben Sie Gas!«

Nick stand wie angewurzelt auf der Stelle und fixierte angestrengt das Mienenspiel der Ärztin. Ihm wurde gleichzeitig heiß und kalt. Er war nicht in der Lage, sich aus seiner Starre zu befreien. Er fühlte sich, als hätte man ihm einen tonnenschweren Mantel aus Blei umgelegt, der jede Bewegung unmöglich machte. Selbst jeder Atemzug war ein reiner Kraftakt. Die Ärztin kam zielstrebig auf ihn zu. Als sie auf seiner Höhe war, hielt er den Atem an und rechnete mit dem Schlimmsten, doch sie nickte ihm lediglich zu und ging an ihm vorbei. Ehe er begriff, wie ihm geschah, hörte er hinter sich eine Frauenstimme laut aufschluchzen. Er drehte sich langsam um und sah, dass sich die junge Ärztin einer älteren Frau widmete, die zusammengesunken auf einem der Besucherstühle kauerte und ihr Gesicht in den Händen verbarg. Neben ihr saß ein junger Mann und hatte tröstend einen Arm um sie gelegt. Er sprach mit der Ärztin, ohne dass Nick etwas verstehen konnte. Er erholte sich langsam von dem Schock und versuchte, seine Gedanken neu zu sortieren, als die Eingangstür aufgerissen wurde und zwei Personen den Gang entlang auf ihn zu stürzten. Es war Jill, gefolgt von einem großen Mann. Sogleich erkannte Nick auch ihn. Der Mann war Doktor Frank Gustafson.

»Was ist mit Anna? Wie geht es ihr? Gibt es Neuigkeiten von Christopher? Habt ihr eine heiße Spur von ihm?«, sprudelte es aus Jill heraus.

»Nein, ich weiß nicht, wie es ihr geht. Man lässt mich nicht zu ihr, und bislang hat kein Arzt mit mir gesprochen. Von Christopher fehlt weiterhin jede Spur, obwohl wir fieberhaft nach ihm suchen«, berichtete Nick und fuhr sich verzweifelt mit einer Hand durchs Haar.

»Hallo, Jana! Kannst du mir sagen, wo Anna Scarren liegt und was mit ihr ist?«, wandte sich Frank an die Ärztin, die gerade an ihnen vorbeikam.

»Sie ist in der Zwei. Ralf kümmert sich um sie. Mehr weiß ich nicht, tut mir leid.« Sie zuckte entschuldigend die Schultern.

»Danke«, erwiderte Frank. »Ich werde mich um sie kümmern«, sagte er an Nick und Jill gewandt.

Er gab Jill einen Kuss und klopfte dem verdutzten Nick kameradschaftlich auf die Schulter. Nick traute seinen Augen kaum.

»Frank und du?«, fragte er erstaunt, als Frank durch eine der Türen verschwunden war.

»Ja!«, sagte Jill. »Ich wusste, dass du nicht begeistert sein würdest, wenn du es erfährst. Du hältst ihn für einen notorischen Schürzenjäger.«

»Du bist erwachsen, Jill. Ich habe nicht das Recht, dir vorzuschreiben, mit wem du zusammen sein sollst. Außerdem habe ich im Moment andere Sorgen. Ich zermartere mir die ganze Zeit das Hirn, was passiert ist, aber ich komme zu keinem Ergebnis. Anna geht es sehr schlecht, und Christopher ist spurlos verschwunden. Nichts deutet auf einen Überfall oder Einbruch hin. Fenster und Türen im Haus waren unversehrt. Ich verstehe das alles nicht.«

Nick fuhr sich abermals mit einer Hand durchs Haar und rieb sich den Nacken.

»Hm«, überlegte Jill. »Was sagt Stella dazu? Hast du mit ihr gesprochen?«

»Stella? Wie kommst du auf sie? Was hat denn sie mit der Angelegenheit zu tun?«, wollte Nick wissen.

»Sie war mit Christopher unterwegs«, erklärte Jill dem

erstaunten Nick. »Ich habe sie heute in Westerland gesehen, während ich auf Frank gewartet habe. Wir haben nur wenige Sätze gewechselt, denn sie schien sehr in Eile zu sein. Christopher hat angefangen zu weinen, da wollte sie weiter.«

»Wie bitte? Das glaube ich nicht! Warum hast du das nicht gleich gesagt?«

Nick blickte seine Schwester entgeistert an. Sein Herz verkrampfte sich bei der Vorstellung, dass sein kleiner Sohn mit dieser Person unterwegs war und es ihm eventuell nicht gut ging. Gleichzeitig erfasste ihn unbeschreibliche Wut auf Stella. Dass sie ihn verführen wollte, obwohl er mit Anna verheiratet war, war schlimm genug, aber mit Christophers Entführung war sie eindeutig zu weit gegangen.

»Das konnte ich nicht ahnen«, verteidigte sich Jill. »Sie hat gesagt, Anna hätte sie darum gebeten, sich um Christopher zu kümmern, weil sie viel zu tun hat.«

»Die schreckt vor nichts zurück!«, stieß Nick hervor. Plötzlich war er fest davon überzeugt, dass Stella etwas mit Annas Unwohlsein in der letzten Zeit zu tun haben musste. Eine andere Erklärung gab es nicht.

»Was denkst du, Nick?«, riss Jill ihren Bruder aus seinen Überlegungen.

»Anna hätte Stella niemals darum gebeten, sich um Christopher zu kümmern. Sie traut ihr nicht über den Weg. Zu Recht, wie sich herausgestellt hat.«

»Würdest du mir bitte erklären, was es mit dieser Stella auf sich hat? Ich dachte, sie ist eine gute Freundin von Anna. Das hat Stella jedenfalls behauptet«, bat Jill um Aufklärung und sah ihren Bruder auffordernd an.

»Nicht jetzt!« Nick griff nach seinem Handy und wählte. »Hallo, Uwe! Ich bin's. Hör zu, Annas Schulfreundin Stella ist mit großer Wahrscheinlichkeit mit Christopher unterwegs. Am besten kontrolliert ihr den Bahnhof, die Verladestation des Syltshuttle und die Häfen. Ich vermute, sie will mit ihm abhauen.« Nick fügte eine genaue Personenbeschreibung von Stella hinzu. Nachdem er aufgelegt hatte, wandte er sich Jill zu.

»Bitte fahr nach List und halte die Augen nach den beiden offen. Nimm meinen Wagen«, bat er sie und zog seinen Autoschlüssel aus der Hosentasche.

»Ich bin selbst mit dem Auto da.«

»Aber Pepper wartet im Auto. Nimm ihn mit, vielleicht kann er Christopher aufspüren. Auf dem Rücksitz liegt eine Decke, die Christopher gehört. Halte sie Pepper vor die Nase und gib ihm das Kommando ›go‹. Vielleicht zahlt sich das Training aus. Lass mir deine Autoschlüssel hier, falls ich weg muss.«

»Okay. Warum soll ich ausgerechnet in List suchen?«, wollte Jill wissen.

»Ich habe das Gefühl, dass Stella die Fähre nehmen will. Frag mich nicht, warum. Ist nur ein Bauchgefühl.«

»Ich fahre los!«

Nick und Jill tauschten ihre Autoschlüssel, dann drückte sie ihren Bruder ganz fest und machte sich auf den Weg. Als sie außer Sichtweite war, hörte Nick seinen Namen. Blitzschnell drehte er sich um. Frank stand in der geöffneten Tür eines Behandlungszimmers und winkte ihn zu sich.

»Kommst du bitte?«

Das ließ sich Nick nicht ein zweites Mal sagen und steuerte auf ihn zu.

»Wie geht es Anna? Kannst du sagen, was sie hat?«, wollte Nick wissen.

Er betrat den Raum, und Frank schloss die Tür hinter ihnen. Anna lag in einem Krankenhausbett. Ihr Gesicht war blass, und sie hatte die Augen geschlossen. Ein dünner Schlauch, der in einer Infusionsflasche endete, steckte in ihrem Arm. Nick schnürte es bei ihrem Anblick die Kehle zu. Am liebsten hätte er Anna fest in seine Arme geschlossen und ihr gesagt, wie sehr er sie liebte und dass wieder alles in Ordnung kommen würde. Doch nichts war momentan in Ordnung. Er hätte nicht gewusst, wie er ihr das Verschwinden ihres Sohnes beibringen sollte.

»Frank, sag endlich, was los ist?«, drängelte Nick.

»Ehrlich gesagt, wir wissen es nicht«, seufzte Frank und machte eine kurze Pause. »Ich kann dir mit Sicherheit sagen, dass alle Anzeichen auf eine Vergiftung hindeuten. Aber wodurch sie verursacht wurde, kann ich dir nicht eindeutig sagen. Ich muss noch ein paar Blutuntersuchungen abwarten. Das Ergebnis kommt jeden Augenblick.«

Nick zog fragend die Augenbrauen zusammen. »Eine Vergiftung?«

»Ja. Die Symptome sprechen eindeutig dafür: Herzrasen, Krämpfe, Sehstörungen. Ich habe ihr Sterofundin gegeben, um sie stabil zu halten, und ein Mittel gegen die Krämpfe.« Nick blickte besorgt zu Anna. »Vergiftung«, murmelte er. »Aber womit kann sie sich vergiftet haben? Wir haben nichts Außergewöhnliches gegessen.«

»Wenn es nicht völlig absurd klingen würde, würde ich sagen, Anna ist von einer Giftschlange gebissen worden«, bemerkte Frank.

»Giftschlange? Hier auf Sylt?«, fragte Nick verblüfft.

»Willst du mich auf den Arm nehmen? Ich bin überhaupt nicht zum Scherzen aufgelegt, Frank. Ehrlich nicht.«

»Das ist kein Scherz. Das meine ich durchaus ernst. Ich habe einige Jahre im BNITM gearbeitet, daher kenne ich mich mit Schlangenbissen gut aus.« Als er in Nicks fragendes Gesicht sah, ergänzte er: »Im Bernhard-Nocht-Institut für Tropenmedizin in Hamburg.«

»Und jetzt?«, hakte Nick nach. »Dann musst du doch etwas tun können!« Er trat an Annas Bett und legte seine Hand sanft auf ihre.

»Ich tue alles, was in meiner Macht steht, aber um gezielt helfen zu können, muss ich wissen, um welches Gift es sich handelt. Das Spektrum an Schlangengiften ist breit gefächert.«

»Ist das ausschlaggebend?«

»Unbedingt! Schlangen produzieren je nach Gattung unterschiedliche Gifte, die wiederum voneinander abweichende Wirkungen hervorrufen können. Man unterscheidet zwischen Nerven- und Blutgiften. Des Weiteren gibt es Gifte, die das Gewebe oder direkt die Muskeln angreifen. Die Natur ist in dieser Hinsicht sehr einfallsreich.«

»Aber wie sollte Anna gebissen worden sein? Auf Sylt gibt es keine Giftschlangen in freier Wildbahn. Das macht alles keinen Sinn«, fasste Nick zusammen.

Beide Männer standen sich einen Moment ratlos und schweigend gegenüber.

»Ich stehe vor einem Rätsel. Das Fatale ist nur, uns läuft die Zeit davon. Anna wird von Minute zu Minute schwächer«, gab Frank zu.

Dermaßen ernst hatte Nick ihn zuvor nie gesehen, und das machte ihm Angst. Plötzlich vibrierte Nicks Handy.

Er hatte es lautlos gestellt, als er das Krankenhaus betrat. Hektisch zerrte er es aus der Hosentasche und nahm das Gespräch entgegen.

»Hallo, Uwe! Habt ihr Christopher gefunden?«, erkundigte er sich hoffnungsvoll.

»Leider nicht. Wir suchen weiter auf Hochtouren. Aber ich habe etwas, was dich interessieren dürfte«, entgegnete Uwe.

Nick traute seinen Ohren kaum, als er erfuhr, was ihm sein Freund und Kollege mitteilte.

»Ich glaube, wir sind ein erhebliches Stück weitergekommen«, sagte er zu Frank, als das Gespräch beendet war.

»Inwiefern?«, wollte Frank wissen, der Annas Puls fühlte.

»Uwe hatte eben einen Anruf aus Hamburg. Der Ehemann von Annas Schulfreundin Stella Meinkert hat sich bei der Polizei in Westerland gemeldet. Er macht sich Sorgen um seine Frau.«

»Warum ruft er ausgerechnet in Westerland bei der Polizei an, wenn er in Hamburg wohnt?«, erkundigte sich Frank.

»Er ist gestern Abend von einer Dienstreise zurückgekommen. Als er nach Hause kam, war seine Frau nicht da. Im Haus herrschte absolutes Chaos. Zunächst nahm er an, dass das Durcheinander auf das Konto von Einbrechern ging. Aber weder Türen noch Fenster standen offen oder waren beschädigt. Außerdem fehlte nichts im Haus. Er hat einen Zettel mit der Telefonnummer eines Hotels auf Sylt gefunden. Daneben lag eine Schülerzeitung.« Frank runzelte nachdenklich die Stirn. »Anna und

Britta waren kürzlich zu einem Klassentreffen in Hannover. Stella Meinkert war ebenfalls anwesend. In der Zeitung, die eigens für diesen Anlass gedruckt wurde, sind alle ehemaligen Schüler mit einem Foto verewigt. Annas Bild ist mit einem dicken schwarzen Kreuz gekennzeichnet.« Bei diesen Worten lief Nick ein eiskalter Schauer über den Rücken.

»Da ist wohl jemand mächtig sauer, was?«, mutmaßte Frank.

»Sieht so aus. Darüber hinaus hat Stella im Internet nach dem aktuellen Fahrplan des Syltshuttle gesucht. Die Überfahrt hat sie mit der EC-Karte bezahlt. Die Abbuchung hat ihr Mann auf dem Online-Kontoauszug entdeckt. Das Hotel wurde per Kreditkarte bezahlt.«

»Vertrauen ist gut, Kontrolle ist besser«, erwiderte Frank. »Heutzutage bleibt nichts mehr unentdeckt.«

»Besonders interessant ist aber, dass eine von Herrn Meinkerts Giftschlangen fehlte, als er nach Hause kam.«

Frank wurde hellhörig. »Was sagst du da?«

»Er hat sie nach kurzer Zeit einfangen können. Sie hatte sich im Badezimmer verkrochen und war unversehrt. Fest steht aber, dass der Schlange Gift entnommen wurde. Herr Meinkert hat Uwe bestätigt, dass seine Frau das Giftentnehmen problemlos beherrscht.«

»Raffiniertes Persönchen, diese Stella«, sagte Frank.

»Das kannst du laut sagen. Sie wollte einen Einbruch vortäuschen, hat ein Chaos im Haus hinterlassen und hat das Terrarium beschädigt, sodass die Schlange entwischen konnte. Zuvor hat sie der Schlange das Gift entnommen.«

»Das würde bedeuten, dass diese Frau Anna das Gift verabreicht haben könnte, und zwar eine volle Dosis«, kombinierte Frank. »Eine Schlange gibt bei einem Biss nur so wenig Gift ab, dass sie ihren Feind damit außer Gefecht setzen kann, um notfalls ein zweites Mal zubeißen zu können, sollte der Angreifer nicht aufgeben. Ich will damit sagen, dass sie nicht beim ersten Schuss ihre gesamte Munition verbraucht. Bei jungen und unerfahrenen Schlangen kann das vorkommen, aber nicht bei älteren und erfahrenen Tieren. Deshalb kann es gefährlicher sein, von einer jungen Schlange gebissen zu werden als von einem älteren ausgewachsenen Tier.«

»Aber wie soll sie das angestellt haben, ohne dass Anna es mitbekommen hat? Warte, da fällt mir etwas ein.« Nick wirkte aufgeregt. »Anna hat vor Kurzem über eine schmerzende Stelle am Oberschenkel geklagt. Sie sagte, es fühle sich an wie ein blauer Fleck.«

Frank trat an Annas Bett und schlug die Bettdecke beiseite. Nick zeigte auf die Stelle. Eine kleine blaugrüne Verfärbung war zu erkennen, in dessen Mitte sich ein stecknadelkopfgroßer rötlicher Punkt befand.

»Das ist eindeutig eine Einstichstelle. Das hätte mir früher auffallen müssen«, ärgerte sich Frank über sich selbst. »Nick, weißt du, um welche Schlangenart es sich gehandelt hat?«

»Nein, aber das ist leicht festzustellen«, erwiderte er und zückte erneut sein Handy.

Er wählte und wartete ungeduldig darauf, dass sein Gegenüber abnahm. Nach wenigen Sätzen war das Gespräch beendet.

»Bei der Schlange handelt es sich um einen gebänderten Krait. Sagt dir das etwas? Ich habe noch nie davon gehört.«

»Oh ja, er zählt zu der Gruppe der Schlangen mit Nervengiften. In Südostasien ist er weit verbreitet und gehört zur Gattung der Giftnattern. Mit einer Länge von 1 -1,2 Meter ist er nicht besonders groß, aber er produziert ein extrem wirksames neurotoxisches Gift. Ich werde sofort in Hamburg beim BNITM anrufen, um ein Antiserum anzufordern. Sie müssen es so schnell wie möglich schicken. Ich habe keine Ahnung, wie viel Gift Anna verabreicht wurde.«

»Schicken? Etwa mit der Post?«, fragte Nick entsetzt. Verzweiflung stand ihm ins Gesicht geschrieben.

»Natürlich nicht. Das Serum kommt heute noch per Hubschrauber oder Flugzeug. Ich habe meine Kontakte. Mach dir keine Sorgen und vertraue mir!«

»Warum haben Sie vorhin gelogen? Der Junge ist kerngesund, oder?«, fragte Bruno, als sie das Ortsschild von List passierten.

Die letzten Minuten seit der Verkehrskontrolle hatten sie nicht mehr miteinander gesprochen.

»Das geht Sie nichts an. In ein paar Minuten trennen sich unsere Wege und Sie sehen mich nie wieder.«

»Sie heißen nicht Nadja, habe ich recht?«, bohrte Bruno nach.

»Zu viele Fragen«, erwiderte sie.

Bruno folgte der Hauptstraße bis zum Hafen. Rechter Hand befanden sich Geschäfte, eine Apotheke und eine Bäckerei. Auf der gegenüberliegenden Seite lagen einige Restaurants dicht beieinander. Bruno fühlte sich zunehmend unwohler in Gesellschaft seiner Reisebegleitung. Nur noch wenige Meter und ihre Wege würden sich trennen. Er konnte den Moment kaum erwarten. So schön diese Frau auch war, sie brachte Unheil, das spürte er. Am Hafen nahm Bruno die erste Ausfahrt des Kreisverkehrs und reihte sich in die Schlange der wartenden Fahrzeuge ein, nachdem er am Schalter eine Fahrkarte gelöst hatte.

»Da wären wir«, sagte er unbeholfen, als der Wagen endgültig zum Stehen kam und er den Motor ausschaltete. »Wo ist Ihre Reisegruppe?«

Er erhielt keine Antwort auf seine Frage. Im Grunde hat er nichts anderes erwartet. Stattdessen sah seine Beifahrerin ihn an und erwiderte: »Ich wäre Ihnen dankbar, wenn Sie uns bis auf das Schiff mitnehmen würden, danach sind Sie uns los. Versprochen. Jetzt werde ich mir ein bisschen die Beine vertreten. Außerdem muss der Kleine gewickelt werden.«

Ohne seine Reaktion abzuwarten, öffnete sie die Beifahrertür und stieg aus. Bruno sah ihr hinterher, wie sie in Richtung der öffentlichen Toiletten verschwand.

Jill lief mit Pepper an der Leine über den Platz vor der »Tonnenhalle« – einer Art Einkaufszentrum – am Lister Hafen und hielt Ausschau nach Stella und Christopher. Es erschien beinahe unmöglich, die beiden zwischen all den Menschen, die sich auf dem Platz tummelten, ausfindig zu machen. Jills Augen wanderten von Kinderwagen zu Kinderwagen. Ohne Erfolg. Einige Urlauber flanierten unbeschwert umher, aßen Eis oder Fischbrötchen und betrachteten die Schaufensterauslagen. Eben hatte ein Ausflugsschiff angelegt, und die Passagiere kamen nach und nach von Bord. Andere saßen in den Strandkörben vor »Gosch« und genossen den Blick auf das bunte Treiben. Jill hätte es ähnlich gemacht, wenn sie im Urlaub wäre. Aber einerseits lebte und arbeitete sie auf der Insel und andererseits musste sie Christopher finden. Plötzlich klingelte ihr Telefon. Jill erschrak. Sie hatte es so laut gestellt, weil sie unter keinen Umständen einen Anruf verpassen wollte. Sie blickte auf das Display. Brittas Name leuchtete auf dem Display auf.

»Hallo, Britta! Ich bin am Lister Hafen. Hast du Neuigkeiten?«, fragte Jill.

»Wir haben Christopher nicht gefunden, aber sein Kinderwagen steht am Bahnhof in Morsum an der Bushaltestelle direkt neben der Seifenmanufaktur. Uwe hat gesagt, ihr verdächtigt Stella, Christopher entführt zu haben«, erklärte Britta. Ihre Stimme klang aufgeregt.

»Ja, ich habe sie mit ihm gesehen. In Morsum, sagst du? Meinst du, sie hat den Zug genommen und ist uns entwischt? Weiß Nick davon?«, erkundigte sich Jill.

»Ich vermute es. Uwe wollte ihm umgehend Bescheid geben. Er hat mich gebeten, dich zu informieren.«

»Nick wird durchdrehen«, bemerkte Jill. »Er hat mich nach List geschickt, da er vermutet, dass Stella die Fähre nehmen wird. Offensichtlich hat ihn sein Bauchgefühl getäuscht.«

»Stella ist raffiniert. Vielleicht will sie uns mit dieser Aktion auf eine falsche Fährte locken«, mutmaßte Britta. »Da ihr Auto vor dem Hotel steht, bleibt als Fortbewegungsmittel nur der Bus oder das Taxi. Uwe lässt beides überprüfen.«

»Ich werde weitersuchen. Hast du in der Zwischenzeit etwas über Annas Zustand gehört?«

»Nein, ich möchte nicht ständig bei Nick anrufen. Der hat genug um die Ohren«, erklärte Britta. »Ich mache mir solche Sorgen. Hoffentlich geht alles gut. Sag mir bitte sofort Bescheid, wenn du etwas erfährst, okay?«

»Klar, mache ich. Viel Erfolg weiterhin bei der Suche! Ich hoffe, wir finden Christopher bald. Er ist doch noch so klein.«

Mit diesen Worten verabschiedete sich Jill von Britta.

»Komm, Pepper, wir suchen weiter!«, sagte sie zu dem Hund, der während des Telefonats brav neben ihr gesessen hatte.

Da fiel ihr siedend heiß ein, dass Nick sie gebeten hatte, Pepper die Kuscheldecke von Christopher vor die Nase zu halten, damit er eine Fährte aufnehmen konnte. Das hatte sie in der Aufregung völlig vergessen. Sie ging zum großen Parkplatz und nahm die blau gestreifte Decke vom Rücksitz. Sie hielt sie dem Tier direkt vor die Schnauze.

»Hier, Pepper! Merk dir den Geruch«, sagte sie und klemmte sich die Decke unter den Arm. »Und jetzt ›go‹!«

Sie schloss den Wagen ab und folgte dem Hund. Pepper hielt seine Nase dicht über dem Boden und lief an seiner Leine vor ihr her. Als sie die »Bootshalle« von Gosch erreicht hatten, begann Pepper plötzlich aufgeregt mit dem Schwanz zu wedeln und erhöhte das Tempo. Jill hatte Mühe hinterher zu kommen. Von Peppers Nase geleitet, führte sie ihr Weg vorbei am Spielplatz. Dort kletterten Kinder mit ohrenbetäubendem Geschrei auf einem hölzernen Schiffsrumpf herum oder spielten im Sand. Um den Spielplatz herum saßen die Eltern und Großeltern in blau-weiß gestreiften Strandkörben und beobachteten ihre Sprösslinge beim Herumtoben. Pepper zog weiter zu den öffentlichen Toiletten. Hier blieb Pepper abrupt stehen und hielt die Schnauze in den Wind, als wenn er etwas gewittert hätte. Seine Nasenflügel bewegten sich heftig. Aufmerksam und angespannt zugleich beobachtete Jill ihn. Sie kannte sich mit Hunden zu wenig aus, um das Verhalten richtig deuten zu können. Hatte er tatsächlich eine Fährte aufgenommen? Oder waren es die verlockenden Düfte aus den Restaurantküchen rund um den Platz, die Pepper in die Nase stiegen? Plötzlich zog er stark vorwärts in Richtung der Damentoilette. Jill hielt ihn zurück und warf einen Blick in den Eingang zu den Toiletten, konnte aber nichts entdecken, was ihrer Meinung nach von Bedeutung sein könnte.

»Komm, Pepper, da ist nichts. Such weiter! Go!«, forderte sie den Hund auf und hielt ihm erneut die Decke vor die Nase.

Eine ältere Frau, die aus der Toilette kam, beäugte sie misstrauisch. Jill lächelte ihr freundlich zu, doch die Frau wandte sich mit abfälligem Blick kopfschüttelnd ab und setzte ihren Weg fort. Pepper zog Jill weiter zum Fähranleger. Eine lange Autoschlange hatte sich dort gebildet, was bedeutete, dass in Kürze ein Schiff ablegen würde. Da erkannte Jill auf der gegenüberliegenden Seite eine Frau mit einem kleinen Kind auf dem Arm, das Christopher sehr ähnlich sah. Für einen Augenblick machte ihr Herz einen Freudensprung, doch unter der Kapuze der Frau lugten rote Strähnen hervor. Die Frau war eindeutig nicht Stella. Enttäuscht wandte sich Jill ab, doch ihr Instinkt mahnte sie, genauer hinzusehen. Sie richtete ihren Blick erneut auf das Kind und erkannte – Christopher. Er war es! Daran bestand kein Zweifel. Im gleichen Moment gab Pepper ein helles Bellen von sich und zerrte wie von Sinnen an seiner Leine. Er wollte unbedingt in die Richtung, in der die Frau mit dem Jungen stand. Die Rothaarige hatte das Bellen ebenfalls gehört und drehte sich um. Die Frau war eindeutig Stella – mit roten Haaren. Jill blieb verdutzt stehen und versuchte, Pepper zu beruhigen. Sie hoffte inständig, unentdeckt geblieben zu sein. Stella blickte umher, schien sie aber nicht bemerkt zu haben, denn sie drehte sich weg. Christopher weinte, und sie versuchte, ihn zu trösten. Jill überlegte fieberhaft, was sie als Nächstes tun sollte. Würde sie Stella den Jungen einfach entreißen können? Stella würde ihn nicht ohne Weiteres hergeben, davon war Jill fest überzeugt. Sollte sie Nick anrufen und auf die Polizei warten? Die Fähre konnte jeden Augenblick auslaufen. Dann würde es zu spät sein, und Stella würde mit dem Jungen über alle Berge sein. Wenn sie erst einmal in Dänemark war, würde es schwer werden, sie zu fassen. Dazu durfte es nicht kommen. Ehe Jill eine Entscheidung treffen konnte, ertönte ein lautes Signal gefolgt von einer Durchsage, in der die Reisenden gebeten wurden, sich zu ihren Fahrzeugen zu begeben, da das Schiff in Kürze ablegen würde. Emsiges Treiben begann rund um die parkenden Autos. Menschen strömten zu ihren Fahrzeugen, es wurde nach Mitreisenden gerufen, Autotüren wurden zugeschlagen und die ersten Motoren angelassen. Jill geriet in Panik. Sie sah, wie sich die Frau mit Christopher auf dem Arm zu einem der Autos begab, einem weißen Kastenwagen. Für lange Überlegungen war keine Zeit mehr, daher setzte Jill alles auf eine Karte und marschierte direkt auf Stella zu. Pepper zog heftig an der Leine. Jill schlängelte sich durch die wartenden Autos auf den Kastenwagen zu. Ihr Herz schlug ihr bis zum Hals, als sie nur noch wenige Meter von Christopher und der Frau trennten. In dem Wagen saß ein Mann am Steuer, den Jill nie zuvor gesehen hatte. Als sie den Wagen beinahe erreicht hatte, begann Pepper erneut zu bellen. Christophers Kopf drehte sich in ihre Richtung, er entdeckte den Hund und quietschte vor Begeisterung. Er streckte seine kleinen Ärmchen nach dem Hund aus. Auch Stella erfasste blitzartig die Situation, presste den Jungen fest an sich und rannte mit ihm kreuz und quer durch die parkenden Autos zur Promenade. Die Kapuze war ihr vom Kopf gerutscht. Das lange rote Haar fiel ihr über den Rücken und schwang bei jedem Schritt rhythmisch hin und her. Jill nahm ohne zu zögern mit Pepper an der Leine die Verfolgung auf.

»So, ich habe eben in Hamburg das Antiserum angefordert. Es ist auf dem Weg hierher.« Frank blickte auf seine Armbanduhr. »In spätestens einer Stunde haben wir es. Am Flughafen wartet ein Mitarbeiter von uns, der es in Empfang nimmt und sofort in die Klinik bringt.«

Nick saß neben Annas Bett und hielt ihre Hand.

»Wie viel Zeit bleibt uns?«, fragte er mit erstickter Stimme, ohne Frank anzusehen.

»Da Anna das Gift mit größter Wahrscheinlichkeit intramuskulär und nicht intravenös verabreicht wurde, breitet es sich nur langsam aus. Außerdem ist Anna jung und gesund. Entscheidend ist natürlich auch die Menge, die ihr zugeführt wurde. Darüber habe ich allerdings keine genauen Erkenntnisse. Wenn sie alt und krank wäre, sähe die Lage weitaus bedenklicher aus. Das heißt aber nicht, dass ihr Zustand nicht kritisch ist.«

»Wie lange?«, unterbrach ihn Nick.

»Ich will dir nichts vormachen, es sollte schnellstmöglich etwas passieren. Ich weiß nicht, wie lange sie noch durchhält. Momentan können wir sie stabil halten, das ist immerhin ein positives Zeichen.« Beide Männer schwiegen eine Weile. Frank war der Erste, der das Wort ergriff. »Gibt es in der Zwischenzeit Neuigkeiten von Christopher?«

»Man hat den Kinderwagen in Morsum am Bahnhof gefunden, aber von Christopher fehlt weiterhin jede Spur«, erwiderte Nick niedergeschlagen. Er fühlte sich müde und kraftlos.

»Am Bahnhof in Morsum? Wenn ich es eilig hätte, würde ich nicht ausgerechnet dort auf einen Zug warten. Wollte die Trulla vorher noch Seife kaufen oder was?« Als Frank daraufhin Nicks Gesichtsausdruck bemerkte, entschuldigte er sich für seine Äußerung. »Tut mir leid, das war unüberlegt. Das kam mir in den Sinn, weil sich dort die ›Sylter Seifenmanufaktur‹ befindet.«

»Schon gut.«

»Was Jill und mich betrifft«, begann Frank, »ich meine es wirklich ernst. Ich weiß, welches Bild du von mir hast, und ich kann es dir nicht verübeln. Aber Jill ist eine wundervolle Frau, ich werde ihr niemals wehtun.«

»Das will ich dir auch raten. Wenn du sie unglücklich machst, breche ich dir alle Knochen«, stellte Nick klar.

»Davon gehe ich aus, und deshalb würde ich es gern vermeiden.« Frank lächelte charmant, und seine perfekt weißen Zähne blitzten auf.

»Gut, das hätten wir also geklärt«, stellte Nick fest und erwiderte das Lächeln.

»Halt, bleib stehen!«, schrie Jill.

Aber Stella dachte nicht daran, der Aufforderung Folge zu leisten, sondern rannte weiter. Christopher weinte und wurde auf ihrem Arm ordentlich durchgeschüttelt. Jill hatte mit Seitenstechen zu kämpfen, doch sie blieb der Fliehenden tapfer auf den Fersen. Der Abstand zu der Verfolgten verringerte sich kaum, so sehr Jill sich auch anstrengte. Sie machte sich Sorgen, dass Stella Christopher beim Laufen womöglich fallen ließ. Plötzlich entdeckte sie auf der Promenade eine Gruppe Jogger auf sie zukommen. Die ungefähr acht Läufer wurden von einem großen sportlichen Mann angeführt. Stella lief direkt auf die Gruppe zu.

»Halten Sie die Frau auf!«, schrie Jill ihnen zu. Ihre Kehle fühlte sich ausgetrocknet an vom schnellen Laufen. Das war heute das zweite Mal, dass sie ungewollt zu sportlichen Höchstleistungen gezwungen wurde. Pepper zerrte an der Leine. Er war viel schneller als sie, daher leinte sie ihn kurzerhand ab. Der Hund jagte im gestreckten Galopp hinter der Flüchtigen her. Der Anführer der Laufgruppe erfasste augenblicklich die Situation. Er schnitt Stella den Weg ab, sodass sie keine Möglichkeit hatte, nach links oder rechts auszuweichen. Die Promenade war zu schmal und bot darüber hinaus an dieser Stelle keine Fluchtmöglichkeit. Zur Straßenseite war eine Mauer errichtet worden, und zur Meerseite wurde der Weg durch einen hölzernen Staketenzaun begrenzt, hinter dem sich in einem breiten Streifen das Dünengras im

Wind wiegte wie eine Gruppe Tänzer zur Musik. Pepper hatte Stella längst erreicht und sich in ihr Hosenbein verbissen. Er knurrte wütend, während Stella hysterisch schrie.

»Du verdammte Töle! Verschwinde!«, keifte sie und versuchte, sich von dem lästigen Störenfried zu befreien.

Aber Pepper ließ nicht locker. Der Jogger war zur Stelle und packte Stella am Arm. Jill traf wenige Sekunden später nach Luft schnappend ein und entriss Stella den weinenden Christopher. Sie drückte ihn fest an sich und streichelte ihm mit beruhigenden Worten über Kopf und Rücken. Der Jogger hielt Stella mit einer Hand fest am Handgelenk, sodass sie keine Chance hatte zu entkommen. Sie wehrte sich wie eine tollwütige Katze, aber jeder Widerstand war zwecklos. Jill rief Pepper zu sich und kniete sich hin, damit Christopher das Tier streicheln konnte. Sie hoffte, das würde den Kleinen ablenken. Pepper gehorchte aufs Wort und ließ von seinem Opfer ab. Als Christophers kleine Hände das weiche Fell des Hundes berührten, hörte er auf zu weinen.

»So, Lady«, sagte der Jogger zu Stella. »Geben Sie endlich auf, Sie haben sowieso keine Chance. Ich will Ihnen nicht unnötig wehtun.«

Stella schlug um sich und stieß gleichzeitig wütende Flüche aus, wovon sich der Mann jedoch in keiner Weise beeindrucken ließ. Er war groß und kräftig, und Stella zappelte wie ein hilfloser Fisch an der Angel.

»Hey, Steffen, brauchst du Hilfe?«, fragte ein anderer Mann aus der Lauftruppe.

»Danke, aber ich komme klar. Lauft weiter, wir treffen uns nachher im Hotel. Aber lasst mir ein Bier übrig«, erwiderte er amüsiert. Die Männer lachten und setzten sich in Bewegung.

»Vielen Dank! Sie schickt der Himmel!«, sagte Jill, deren Atmung sich langsam normalisiert hatte. »Ich rufe die Polizei. Sie sind sicher schnell da und können übernehmen.«

»Keine Ursache, alles okay mit Ihnen und dem Jungen?«

»Ja. Christopher beruhigt sich langsam«, erwiderte Jill.

»Ich heiße Steffen!«, sagte er und nickte Jill zu.

Stella hatte ihren Widerstand nicht aufgegeben und versuchte, sich vehement aus dem Griff zu befreien. Ohne Erfolg. Ihre Kraft neigte sich dem Ende zu, ihre verbalen Attacken wurden hingegen nicht weniger.

»Jill!«

»Schöner Name«, stellte er fest.

Sie hatte sich auf einer der Bänke niedergelassen, hielt Christopher auf dem Schoß und streichelte Pepper, der mit hängender Zunge neben ihnen saß. Jill würde ihm Wasser geben müssen, sobald sie zurück am Auto waren. Nick hatte stets eine Flasche frisches Wasser und einen Napf im Wagen, wenn er mit dem Hund unterwegs war.

»Dein Hund gehorcht sehr gut. Hast du ihm das beigebracht?«, erkundigte er sich.

»Nein, Pepper gehört mir nicht. Mein Bruder ist bei der Polizei und trainiert ihn. Er soll ihn bei Einsätzen unterstützen.«

Steffen nickte anerkennend.

»Was fällt euch ein, mich festzuhalten? Lasst mich auf der Stelle los! Ich rufe die Polizei! Das ist Körperverletzung!«, drohte Stella, die keine Anstalten machte, sich zu beruhigen.

Passanten waren durch ihr lautstarkes Gezeter aufmerksam geworden. Sie waren neugierig in sicherem Abstand stehen geblieben und verfolgten das Spektakel.

»Das wird nicht nötig sein. Die Polizei kommt jeden Moment«, erklärte Steffen und hielt Stella weiterhin mit eisernem Griff fest.

»Du tust mir weh, du ungehobelter Klotz! Das wird dir noch leidtun! Das schwöre ich dir!«

»Schon gut.« Steffen ließ sich nicht beirren, sondern grinste amüsiert. »Je mehr Sie sich wehren, desto unangenehmer ist es«, gab er ihr zu verstehen.

Zwei Polizeiwagen mit Blaulicht fuhren am Fähranleger vor und hielten kurz hintereinander. Aus dem vorderen Auto zwängte sich Uwe in Zivil. Dem zweiten Wagen entstiegen zwei Beamte in Uniform, ein Mann und eine Frau. Alle drei kamen schnurstracks auf die Wartenden zu. Sofort vergrößerte sich die neugierige Menschentraube auf der Promenade. Immer mehr Leute blieben stehen und warteten gespannt, was als Nächstes passieren würde.

»Gehen Sie weiter! Und stecken Sie die Handys weg! Hier wird nicht gefilmt!«, forderte Uwe die Menge auf. »Das glaube ich nicht«, murmelte er vor sich hin. Dann wandte er sich an Stella. »Na, Frau Meinkert, Ausflug beendet?«, fragte Uwe, ohne eine Antwort zu erwarten. »Bitte nehmt die Dame mit aufs Revier, sie ist vorläufig festgenommen wegen Kindesentführung«, sagte er an seine Kollegen gerichtet.

»Ich werde grundlos festgehalten, und Sie verhaften mich? Was heißt außerdem Kindesentführung? Das ist mein Sohn!« Stellas Stimme klang schrill. »Sie werden von unserem Anwalt hören!« Sie streckte das Kinn demonstrativ nach oben, ließ sich aber widerstandslos abführen.

»Natürlich«, bestätigte Uwe und strich sich über seinen Vollbart. Dann widmete er sich Steffen. Dieser betrachtete seinen rechten Unterarm, auf dem Stella etliche teils blutige Kratzspuren hinterlassen hatte.

»Alles in Ordnung mit Ihnen? Brauchen Sie einen Arzt? Herr …?«

»Bremer, Steffen Bremer. Nein, vielen Dank, das wird nicht nötig sein«, erwiderte Steffen und betrachtete seinen Arm.

»Danke für Ihre Unterstützung. Darf ich Sie bitten, morgen aufs Revier kommen, damit wir Ihre Zeugenaussage aufnehmen können?«

»Kein Problem. Wenn ich nicht mehr gebraucht werde, mache ich mich auf den Weg und kümmere mich um meinen Arm«, verabschiedete sich Steffen und schenkte Jill im Vorbeigehen einen tiefgründigen Blick. Sie wurde augenblicklich rot.

»Ja, Sie können gehen, danke«, bestätigte Uwe. »Und wie geht es euch beiden?«, erkundigte er sich an Jill gewandt.

»Christopher ist sehr aufgeregt und durcheinander. Das ist kein Wunder bei dem, was er durchmachen musste, armer kleiner Kerl«, sagte Jill. »Wir sollten ihn umgehend ins Krankenhaus zu Nick und Anna bringen. Außerdem braucht er dringend eine neue Windel und hat sicher Hunger und Durst. Nick wird es kaum erwarten können, seinen Sohn in Empfang zu nehmen. Hat er sich bei dir gemeldet? Weiß man Näheres zu Annas Zustand?«

»Anna leidet an einer Vergiftung. Ziemlich verrückte Geschichte, aber das soll dir dein Bruder selbst erzählen. Wir sollten ihn anrufen und ihm sagen, dass Christopher in Sicherheit ist. Damit befreien wir ihn wenigstens von einer Sorge«, schlug Uwe vor und zog sein Handy aus der Jackentasche.

»Ja, das sollten wir«, erwiderte Jill. »Und Pepper braucht unbedingt Wasser. Er ist der Held des Tages, denn er hat Christopher aufgespürt. Zusammen mit Steffen hat er Stella gestoppt.«

»Kanntest du ihn?«

»Wen?«, fragte Jill.

»Diesen Steffen. Er hat dich auffallend intensiv angesehen, daher dachte ich, ihr kennt euch«, stellte Uwe fest und grinste süffisant.

»Quatsch, das bildest du dir bloß ein. Ich habe ihn zuvor nie gesehen. Außerdem hat er ganz normal geguckt«, konterte Jill und griff schnell nach Peppers Leine, ohne Uwe direkt anzusehen.

»Klar, ganz normal«, wiederholte Uwe mit einem Schmunzeln im Gesicht. Dann zog er sein Handy hervor und rief Nick an, bevor er sich auf den Weg zurück nach Westerland machte.

Nick fiel ein riesiger Stein vom Herzen, als er den erlösenden Anruf entgegennahm. Die Tür des Krankenzimmers, in dem er noch immer neben Annas Bett saß, öffnete sich und Frank stürzte herein. Seinem Gesichtsausdruck zu entnehmen, schien er gute Nachrichten zu bringen.

»Uwe hat sich gemeldet, sie haben Christopher wohlbehalten gefunden. Stella wollte mit ihm abhauen«, berichtete Nick. »Ich kann dir gar nicht sagen, wie erleichtert ich bin.«

»Das kann ich mir vorstellen. Anna wird es auch gleich besser gehen.«

Er hielt Nick eine gläserne Ampulle mit einer durchsichtigen Flüssigkeit vor die Nase.

»Ist es das, worauf wir dringend warten?«, wollte Nick wissen.

»Das ist das Antiserum. Eben eingetroffen.«

Mit einem dumpfen Knacken öffnete Frank die Ampulle und entnahm mit einer Spritze die lebensrettende Substanz.

»So, Anna, gleich geht es dir besser«, sagte er, und spritzte Anna das Serum behutsam in den Zugang in ihrer Armbeuge. »Jetzt müssen wir nur noch abwarten.«

»Wie lange wird es dauern, bis sie ansprechbar ist?«, erkundigte sich Nick.

»Exakt auf die Minute kann ich das nicht voraussagen. Es wird nicht lange dauern.«

»Was genau hast du ihr gegeben?«

»Das Antiserum wird aus Antikörpern gebildet. Bei Schlangengift verwendet man Schafe oder Pferde als Wirtstiere. Man verabreicht ihnen das Gift und immunisiert sie auf diese Weise. Anschließend werden die gewonnenen Antikörper extrahiert. Einen Haken hat die Sache allerdings. Nicht jeder Mensch reagiert problemlos auf tierisches Eiweiß. Unter Umständen kann es zu einem allergischen Schock kommen.« Nick sah Frank erschrocken an. »Ich habe keine Wahl, Nick. Ich tue alles, was in meiner Macht steht.«

»Das weiß ich und ich vertraue dir. Vielen Dank, Frank.«

»Keine Ursache, das ist mein Job. Außerdem gehöre ich jetzt quasi zur Familie.«

Er grinste spitzbübisch. Nick ließ diese Bemerkung schmunzeln. Das werden wir sehen, dachte er insgeheim. Er kannte seine Schwester und wusste, dass ihre bisherigen Beziehungen nicht von langer Dauer waren. Aber vielleicht war Frank der richtige Mann für Jill, und sie ergänzten sich sehr gut. Man musste abwarten, wie sich die Beziehung der beiden in den nächsten Wochen entwickeln würde.

Ich hörte gedämpfte Stimmen und schlug die Augen auf. Helles Licht blendete mich. Ich lag in einem Bett. Mein Mund fühlte sich ausgetrocknet an. Langsam hob ich den Kopf und realisierte, dass ich mich in einem Krankenhauszimmer befand. Als Nächstes bewegte ich meine Hände und Beine. Erleichtert stellte ich fest, dass alles vorhanden war und uneingeschränkt zu funktionieren schien. In meinem Arm steckte eine Nadel, die mich mit einer Flasche an einem Infusionsständer verband. Wie war ich hierhergekommen? Was war passiert? Ich ließ meinen Kopf zurück auf das dünne Kissen sinken. Mir war leicht übel. Christopher – kam es mir plötzlich in den Sinn. Wo war unser kleiner Sohn? Wo war Nick? Angestrengt versuchte ich, Ordnung in meine Gedanken zu bringen, die kreuz und quer durch meinen Kopf schossen. Nach und nach kehrte meine Erinnerung zurück. Stella stand unangemeldet bei uns zu Hause vor der Tür, ich hatte furchtbare Schmerzen, und Christopher hat herzzerreißend geweint. Ich wollte zu ihm, um ihn zu trösten, aber Stella hinderte mich daran, indem sie mich wegstieß. Was anschließend geschah, wusste ich nicht mehr. Während ich krampfhaft versuchte, die einzelnen Bruchstücke meiner Erinnerung in eine logische Reihenfolge zu bringen, hörte ich Stimmen vor meinem Zimmer. Die Tür wurde geöffnet, und Nick kam herein. Er hielt Christopher auf dem Arm.

»Sweety! Gott sei Dank! Wie geht es dir?«, sagte er und kam mit sorgenvoller Miene auf mich zu.

Hinter ihm tauchten Frank und Jill auf.

»Das weiß ich noch nicht«, scherzte ich noch leicht benommen. »Was war los? Seid ihr okay?«

»Uns geht es gut. Was meinst du, Christopher?« Nick sah seinen Sohn an und streichelte ihm über den Kopf. Dann ließ er sich auf der Bettkante neben mir nieder und gab mir einen Kuss. Ich setzte mich auf und schlang meine Arme fest um beide, überwältigt von dem Gefühl der Freude und Dankbarkeit. Erst als die Nadel in meiner Armbeuge schmerzte und mich ein leichter Schwindel überkam, bemerkte ich, dass ich es etwas langsamer angehen sollte.

»Ich bin überglücklich, dass es dir gut geht. Wir hatten große Sorge um dich«, erklärte Nick.

»Das ist nicht übertrieben, Anna«, ergänzte Frank und trat an mein Bett. Er nahm meine Hand und fühlte meinen Puls. »Das war sozusagen Rettung in letzter Minute. Schließlich habe ich selten Patienten auf der Insel, die mit Schlangengift in Kontakt kommen.«

»Schlangengift? Ich verstehe kein Wort«, gab ich verwundert zurück und sah von einem zum anderen.

»Stella, dieses Biest, wollte dich mit Schlangengift umbringen!«, sprudelte es aus Jill heraus. »Außerdem hat sie Christopher entführt und wollte mit ihm fliehen.

Aber Pepper hat sie gestellt. Okay, nicht ganz allein, Steffen hat ihn unterstützt.«

Sie griff nach Franks Arm und schmiegte sich an ihn. Gleichermaßen überrascht wie erfreut nahm ich diese vertrauliche Geste zur Kenntnis. Frank war also der Grund, weshalb sie neulich so gut gelaunt war. Ich hatte mir gedacht, dass nur ein Mann dahinter stecken könnte. Auf Frank wäre ich allerdings im Traum nicht gekommen.

»Moment. Wer ist Steffen?«, fragte Frank mit hochgezogener Augenbraue.

Jill winkte ab. »Nicht wichtig. Wichtig ist nur, dass wir sie aufhalten konnten.«

Ich sah Nick fragend an. »Ich glaube, das müsst ihr mir genauer erklären. Ich befürchte, ich kann nicht folgen.«

Nick strich mir mit der Hand sanft über die Wange. »Stella hat dir das Schlangengift in den Oberschenkel injiziert.«

»Wie soll sie das angestellt haben, ohne dass ich davon etwas mitbekommen habe?«, erwiderte ich.

»Erinnerst du dich an deinen Filmriss neulich?«, begann Nick zögerlich. Ich nickte. »Ich dachte zunächst, du hättest zu viel getrunken. Die leeren Champagnerflaschen in unserem Altglas haben meinen Verdacht erhärtet.« Er senkte leicht beschämt den Kopf. »Tut mir leid, dass ich dir nicht sofort glauben wollte. Ich habe angenommen, du hast es abgestritten, weil es dir peinlich war.«

»Champagnerflaschen?«

»Ja, sie muss alles bis ins letzte Detail geplant haben. Die leeren Flaschen muss sie mitgebracht haben und sie dann, als du bewusstlos warst, ins Altglas in die Vorratskammer geschmuggelt haben.«

»Unfassbar!« Ich traute Stella eine Menge Gemeinheiten zu, aber das überstieg meine Vorstellungskraft bei Weitem.

»Kannst du mir verzeihen, dass ich an deiner Version gezweifelt habe?«

»Schwamm drüber!«, sagte ich. »Vermutlich hätte ich an deiner Stelle dasselbe gedacht. Auf einen derart perfiden Plan wäre ich im Traum nicht gekommen.«

»Ich habe vor wenigen Minuten mit Uwe telefoniert. Er hat Stella vernommen. Ihr Ehemann ist zwischenzeitlich aus Hamburg angereist. Er hatte sich im Vorfeld bei der Polizei gemeldet und den entscheidenden Hinweis mit dem Schlangengift gegeben. Stella leidet an einer paranoiden Persönlichkeitsstörung. Bitte verbessere mich, Frank, wenn ich etwas Falsches sage.«

»Nein, das ist korrekt. Menschen mit diesem Krankheitsbild geben anderen Menschen die Schuld für eigenes Leid, Schicksal und persönliches Versagen«, ergänzte Frank.

»Sie ist seit mehreren Jahren in psychiatrischer Behandlung. Vor zwei Jahren hat sie ihr Baby verloren, und seitdem hat sich ihr Zustand verschlimmert. Stella hat gestanden, dich mit K.o.-Tropfen außer Gefecht gesetzt zu haben. Die zwei leeren Flaschen hatte sie bereits mitgebracht, damit es so aussah, als hättest du wirklich zu viel getrunken«, erklärte Nick.

»Ganz schön durchgeknallt, die Dame, wenn ich das mal so salopp formulieren darf«, stellte Frank fest.

»Das kannst du laut sagen. Als du bewusstlos warst, hat sie dir das Gift in den Oberschenkel gespritzt. Erinnerst du dich, dass dir eine Stelle wehgetan hat und du nicht wusstest, woher die Schmerzen kamen?«

»Ja, ich erinnere mich. Ich dachte, ich hätte mich gestoßen oder ein Insekt hätte mich gestochen«, überlegte ich.

»Woher hatte Stella das Gift?«

»Ihr Ehemann besitzt mehrere Schlangen. Er hat sich bei der Polizei gemeldet, da er seine Frau vermisst hatte und eines seiner Tiere ausgebrochen war. Er hat sich Sorgen gemacht, dass seiner Frau etwas zugestoßen sein könnte«, erwiderte Nick.

»Wie kam er darauf?«, wollte ich wissen.

»Als er nach Hause kam, deutete alles auf einen Einbruch hin. Eine seiner Schlangen war verschwunden und mehrere Terrarien standen offen. Im Nachhinein hat sich herausgestellt, dass Stella für das Chaos verantwortlich war.«

»Mir hat Stella erzählt, dass sie sich vor den Schlangen im Haus ekelt und sie niemals eine davon anfassen würde«, erwiderte ich.

»Das war eine Lüge. Sie kennt sich sehr gut mit Schlangen aus. Sie ist ebenso versiert im Umgang mit den Tieren wie ihr Mann und weiß, wie man ihnen Gift entnimmt.«

»Ich frage mich die ganze Zeit, was sie dazu bewogen hat, das zu tun? Warum wollte sie dir etwas antun? Sie hätte dich beinahe umgebracht«, rätselte Jill.

»Sie wollte sich vermutlich an mir rächen«, erklärte ich.

»Rächen? Wofür um Himmels willen? Was hast du ihr getan?«, fragte Jill fassungslos.

»Ich habe ihr nichts getan, aber sie macht mich dafür verantwortlich, dass in ihrem Leben nicht alles nach Plan verlaufen ist«, antwortete ich.

»Das ist typisch für Personen mit diesem Krankheitsbild«, warf Frank ein.

Er hatte einen Arm um Jill gelegt. Dann küsste er sie auf die Wange. Der Anblick der beiden als Paar war mir noch immer fremd.

»Was passiert jetzt mit Stella?«, wollte Jill wissen.

»Ein Gutachter wird klären müssen, ob sie für ihre Taten in vollem Maße zur Rechenschaft gezogen werden kann«, sagte Nick.

»Alles in allem ist es eine tragische Geschichte. Ich dachte immer, Stella hätte alles, was sie wollte. Jedenfalls vermittelte sie stets den Eindruck.« Ich überlegte kurz. »Neulich hat sie eine Andeutung gemacht, dass ihr Mann ihr gegenüber gewalttätig ist.«

»Das war vermutlich ebenfalls gelogen, um dein Vertrauen zu erlangen«, bemerkte Frank.

»Wahrscheinlich hast du recht.«

Christopher lag auf meinem Bauch und war eingeschlafen. Nick nahm ihn behutsam hoch.

»Ich glaube, es ist besser, ich bringe ihn nach Hause. Er ist völlig erledigt.«

»Ja, das denke ich auch«, stimmte ich ihm zu. »Frank, wie lange muss ich hierbleiben?«

Frank atmete tief aus und kratzte sich am Kinn, bevor er auf meine Frage antwortete. »Wir müssen abwarten, wie sich deine Werte entwickeln. Über Nacht musst du in jedem Fall hierbleiben. Morgen sehen wir weiter. Ich habe morgen Frühdienst und sehe gleich nach dir. Versprochen.«

»Okay«, seufzte ich und schenkte Nick einen wehmütigen Blick. Er lächelte mir aufmunternd zu.

KAPITEL 14

Am nächsten Morgen erschien Frank wie versprochen bei mir am Krankenbett. Gegen Mittag hatte ich ihn soweit überzeugt, dass ich nach Hause durfte. Meine Werte zeigten keine Auffälligkeiten, und es sprach nichts dagegen, mich nach Hause zu entlassen. Ich musste versprechen, mich zu schonen und in den nächsten Tagen zu einer erneuten Blutprobe vorbeizukommen. Eine Stunde später saß ich bereits bei uns zu Hause im Wohnzimmer auf dem Sofa, und Nick servierte mir eine große Tasse heißen Tee.

»Danke, du bist ein Schatz!«

»Gern. Für dich tue ich alles«, erwiderte er und ließ sich neben mir nieder.

»Ach Nick, das tust du doch bereits.« Er sah mich überrascht an. »Du bist immer für mich da. Du kümmerst dich um deine Familie, um Christopher und Pepper. Mehr kann man sich nicht wünschen.«

»Aber?« Er sah mich prüfend an.

»Nichts aber! Ich möchte, dass du glücklich bist.«

»Das bin ich.«

»Gut.« Nach kurzem Zögern sagte ich: »Ich hatte das Gefühl, dass du in der letzten Zeit verändert warst. Du wirktest oft abwesend und nachdenklich. Ich weiß nicht, wie ich es in Worte fassen soll. Hat es etwas mit mir beziehungsweise mit uns zu tun?«

»Nein«, erwiderte Nick. »Mit euch hat das nichts zu tun.«

Ich spürte, dass er mir etwas sagen wollte, und drängte ihn nicht.

»Ich habe meine verstorbene Frau gesehen«, sagte er und sah in mein verdutztes Gesicht.

»Was? Wie meinst du das? Hast du von ihr geträumt?«

Nick schüttelte den Kopf. »Nein, sie ist mir nicht im Traum begegnet, sondern auf der Straße.«

Ich brauchte einen Augenblick, um ihm zu folgen. »Ich verstehe nicht.«

»Ich weiß selbst, dass das unmöglich ist. Sie ist tot. Aber eine Frau, die Cathy zum Verwechseln ähnlich sieht, ist mir ein paar Mal begegnet.«

Ich traute meinen Ohren nicht. »Ja und was hast du gemacht? Hast du mit ihr gesprochen?«

»Sie ist mir entwischt. Aber das spielt keine Rolle mehr, denn wir wissen beide, wer sie war.«

»Du willst mir damit nicht sagen, dass es Stella war, die in diese Rolle geschlüpft ist.«

»Leider ja. Sie war es. Sie hat es sogar stolz zugegeben. Und im Nachhinein passt alles zusammen. Als ich die Frau das letzte Mal in Westerland gesehen habe, bin ich ihr bis ins Kaufhaus ›H.B. Jensen‹ gefolgt. Dort habe ich sie aus den Augen verloren. Rate mal, wem ich dafür begegnet bin.«

»Stella!«, folgerte ich.

»Genau. Sie hat mich sofort in Beschlag genommen, ich bin sie kaum los geworden.«

»Das ist unglaublich. Mir gegenüber hat sie eure Begegnung allerdings ein wenig anders dargestellt.« Plötzlich ging mir ein Licht auf. »Das Foto!«

»Welches Foto? Wovon sprichst du?«

»Als ich neulich die Wäsche in die Schränke einsortiert habe, habe ich in einer deiner Schubladen ein Foto von Cathy gefunden. Ich wusste ehrlich gesagt nicht, wie ich es deuten sollte. Jetzt ist es klar: Stella muss es dort platziert haben. Wenn sie in der Vorratskammer war, hat sie sicher den Karton mit den Fotos und Zeitungsausschnitten entdeckt und durchstöbert. Wer weiß, wo sie noch überall geschnüffelt hat.«

»Bestimmt. Sie wollte dich auf diese Weise an meiner Loyalität zweifeln lassen und einen Keil zwischen uns treiben. Wer so etwas tut, muss wirklich sehr krank sein oder von Grund auf bösartig.«

»Oh Gott!« Ich schlug beide Hände vors Gesicht.

»Warum hast du mich nicht auf das Foto angesprochen?«, wollte Nick wissen.

»Ich wollte einen günstigen Moment abwarten. Warum hast du mir nichts von dieser Begegnung mit der Frau erzählt?«, fragte ich im Gegenzug.

»Das wollte ich, aber es kam ständig etwas dazwischen. Ich habe am Ende schon an meinem eigenen Verstand gezweifelt. Jill hat mir vorhin erzählt, dass sie sie auch gesehen hat.«

»Jill hat sie auch gesehen?«, wiederholte ich fassungslos.

»Jill hat die Frau auf der Promenade in Westerland gesehen und ist ihr bis auf die Toiletten gefolgt. Aber dort war sie wie vom Erdboden verschluckt.«

»Aber zufällig ist Stella aufgetaucht, habe ich recht?«, mutmaßte ich.

»Richtig.«

»Ich möchte mir gar nicht vorstellen, was passiert wäre,

wenn ihr die Flucht mit Christopher gelungen wäre.« Ein Schauer lief mir über den Rücken.

»In diesem Fall hat Stella uns einen Gefallen getan«, sagte Nick zu meiner Verwunderung.

»Einen Gefallen? Wie darf ich das verstehen?«

»Stella wollte uns auf eine falsche Fährte locken und hat den Kinderwagen am Bahnhof in Morsum abgestellt. Dann ist sie per Anhalter nach List gefahren. Sie ist zufällig von dem Mann mitgenommen worden, den wir in dem Mordfall Roland Winkler dringend gesucht haben.«

»Willst du damit sagen, dass Christopher mit einer psychisch verwirrten Frau und einem Mörder unterwegs war?«

»Im Fall Stella hast du recht. Bei dem Mann handelt es sich um einen Mittäter. Er hat die Chemikalie besorgt, mit der Winkler umgebracht wurde. Ob er tatsächlich wusste, dass mit der Säure ein Mord geplant war, muss erst noch bewiesen werden.«

»Unser armes Kind! Hoffentlich hat er keinen seelischen Schaden genommen bei der ganzen Aktion«, gab ich zu bedenken.

»Ich glaube nicht. Schau ihn dir an! Er macht einen entspannten Eindruck. Er wird sich bald nicht mehr daran erinnern können.«

»Hoffentlich.« Ich legte meinen Kopf gegen seine Schulter. Wir verharrten eine Weile schweigend auf dem Sofa und beobachteten Christopher, wie er mit seinen Spielsachen beschäftigt war. Pepper lag auf dem Teppich und döste. Beim kleinsten Geräusch spitzte er die Ohren, hob den Kopf und horchte aufmerksam. Mit einem lang gezogenen Seufzer legte er sich wieder hin. Das plötzliche Klingeln des Telefons durchschnitt die friedliche Stille.

»Ich geh schon«, sagte Nick und stand auf.

Mit dem Telefon in der Hand kam er zum Sofa und reichte es mir. »Für dich!« Er verzog den Mund zu einem schiefen Grinsen.

»Ja?«, meldete ich mich, obwohl ich ahnte, wer der Anrufer war.

»Anna, mein Kind!« Meine Mutter, ich wusste es. »Ich wollte dir mitteilen, dass wir heute Nachmittag nach Lanzarote starten. Die Koffer sind gepackt und das Taxi ist bestellt. Ursprünglich wollte Günter uns fahren, aber er ist bei der Gartenarbeit von der Leiter gefallen und hat sich eine Rippenprellung zugezogen. Er hat Glück gehabt, dass er sich nichts gebrochen hat. Da ich in den letzten Tagen nichts von dir gehört habe, wollte ich mich kurz melden. Ich dachte, du rufst mal an!«

»Ist es schon so weit?«, fragte ich und ging auf den Vorwurf nicht ein. »Dann freut ihr euch sicher. Das wird bestimmt ein schöner Urlaub.«

»Jaja, ich weiß, die jungen Leute heutzutage sind immer im Stress. Macht nichts. Also, Anna, ich soll dich herzlich von deinem Vater grüßen. In zehn Tagen sind wir zurück, dann habe ich mehr Zeit zum Telefonieren. Dein Vater drängelt. Ich bin gleich bei dir!«, rief sie meinem Vater zu. Dann widmete sie sich wieder mir. »Tschüss und Grüße an Christopher und Nick! Und streichle den Hund!«

»Tschüss, Mama!«

»Das war ein ausgesprochen kurzes Gespräch«, stellte Nick amüsiert fest. »Steht das Haus in Flammen?«

»Ach Nick. Meine Eltern fliegen gleich in den Urlaub. Das hatte ich völlig vergessen.«

»Gut, dass du ihnen nicht gesagt hast, was passiert ist.

Deine Mutter ist imstande und hätte die Reise in letzter Minute abgesagt.«

»Davon kannst du ausgehen. Die Geschichte können wir später erzählen. Ich muss das Ganze auch erst richtig verdauen. Apropos, ich weiß nicht, wie es dir geht, aber ich habe Hunger!«

»Dann bist du auf dem Weg der Besserung. Britta hat heute Morgen angerufen und sich nach dir und Christopher erkundigt. Sie haben uns heute zum Grillen eingeladen. Die Jungs sind auch zurück. Ich habe zugesagt. Oder fühlst du dich noch nicht in der Lage wegzugehen?« Ein Anflug von Besorgnis huschte über sein Gesicht.

»Mir geht es gut. Ich freue mich darauf. Komm her!«

Nick kam zu mir und setzte sich neben mich. Ich schlang meine Arme um seinen Hals und legte meine Stirn gegen seine.

»Ich bin froh, dass es dich gibt!«

Er küsste mich. »Und ich bin froh, dass diese Geschichte glimpflich ausgegangen ist. Versprich mir, dass du deine Abenteuerlust in nächster Zeit etwas im Zaum hältst. Gibt es eigentlich in deiner Vergangenheit weitere Personen, die es auf dich abgesehen haben könnten? Nur damit ich mich vorab darauf einstellen kann.«

Ich boxte ihm spielerisch gegen die Brust. »Du bist unmöglich! Freu dich lieber, dass es bei uns nie langweilig wird!«

»Über Langeweile kann ich mich wirklich nicht beklagen!«

Daraufhin mussten wir beide lachen. Christopher klatschte begeistert in die Hände.

List

Kampen

Wenningstedt-Braderup

Sylt

WESTERLAND
TINNUM
KEITUM

MORSUM

RANTUM

Hörnum

DANKSAGUNG

Ohne die Unterstützung vieler Beteiligter wäre dieses Buch nie entstanden. Dafür möchte ich mich bedanken. Allen voran danke ich meinem Mann, Stefan Narberhaus, für seine tatkräftige Unterstützung und das Zerstreuen von Zweifeln, wenn es mal nicht rund lief. Er hat das Manuskript gelesen, meine Überlegungen kritisch unter die Lupe genommen und mich bei meinen Recherchen vor Ort begleitet.

Besonders danken möchte ich meinen Eltern, Gisela und Lothar Eller, sowie meiner Tante Bärbel Wittke, für ihren Zuspruch.

Ein riesiges Dankeschön geht an Florian Arend von der Polizeiinspektion Garbsen, der mir bereitwillig und geduldig alle meine Fragen rund um die Polizeiarbeit beantwortet hat.

Ein ebenfalls großes Dankeschön richte ich an meine Freundin, Elke Angerhausen, die mir bei medizinischen Themen geholfen hat.

Herzlichen Dank an meine Testleserinnen und Freundinnen, die mich mit konstruktiver Kritik und ehrlichem Feedback unterstützt und motiviert haben: Ulrike Schubert, Mary Bootsmann, Bettina Schwarz, Yvonne Berngruber, Claudia Wild und Annette Böwe.

Ein besonderer Dank geht an Peter Gehrmann, der mir mit seinem exzellenten Fachwissen rund um das Thema Schlangen einen tiefen Einblick vermittelt hat. Von einem gebänderten Krait hatte ich zuvor nie etwas gehört.

Zu guter Letzt möchte ich mich bei allen Mitarbeitern des Gmeiner-Verlages für die gute und angenehme Zusammenarbeit und das mir entgegengebrachte Vertrauen bedanken. Mein besonderer Dank gilt meiner Lektorin, Claudia Senghaas.

Danke an alle Leserinnen und Leser, die mir zeigen, dass es sich lohnt, weiterzumachen.

Weitere Krimis finden Sie im Internet unter:
WWW.GMEINER-SPANNUNG.DE

LIEBLINGSPLÄTZE AUS DER REGION

ANDREA REIDT
Sylt
....
978-3-8392-2003-0 (Buch)
978-3-8392-5253-6 (pdf)
978-3-8392-5252-9 (epub)

REIF FÜR DIE INSEL Wo Meer schäumt, Brandung tobt, Seehunde tauchen, Schweinswale ziehen, Kliffe leuchten, Heide blüht – dort ist Sylt, die Lieblingsinsel der Deutschen im Norden. Vergessen Sie die üblichen Storys. Andrea Reidt zeigt Ihnen versteckte Orte abseits vom Trubel, führt Sie zu den stillen Winkeln der Natur, erzählt Geschichten übers Meer und das Watt, die Küste, Dünen, Strände, Wikinger, Seefahrer, Inseltiere und -pflanzen, Friesenhäuser, Friedhöfe. Und sie erklärt, warum das Inselglück zerbrechlich, vergänglich, bedroht und schutzbedürftig ist. Lesen Sie!

GMEINER KULTUR

WWW.GMEINER-VERLAG.DE
Mensch, Kultur, Region